D

TERCIOPELO

Desnuda ante la muerte.

Desnuda ante la muerte

J. D. Robb

Traducción de Lola Romaní

TERCIOPELO

Título original: *Naked in Death*
Copyright © 1995 by Nora Roberts

Ésta es una obra de ficción. Nombres, personajes, lugares
y situaciones son producto de la imaginación del autor.
Cualquier semejanza con la realidad es pura coincidencia.

Este título ha sido editado por Berkley Books,
editorial dentro de The Berkley Publishing Group,
una división de Penguin Putman Inc.

Primera edición: febrero de 2010

© de la traducción: Lola Romaní
© de esta edición: Libros del Atril, S.L.
Marquès de l'Argentera, 17. Pral. 1.ª
08003 Barcelona
correo@terciopelo.net
www.terciopelo.net

Impreso por Litografía Roses, S.A.
Energía 11-27
08850 Gavá (Barcelona)

ISBN: 978-84-92617-32-6
Depósito legal: B. 46.245-2009

Todos los derechos reservados. Esta publicación no puede ser reproducida,
ni en todo ni en parte, ni registrada en o transmitida por, un sistema de
recuperación de información, en ninguna forma ni por ningún medio,
sea mecánico, fotoquímico, electrónico, magnético, electroóptico, por
fotocopia, o cualquier otro, sin el permiso previo por escrito de la editorial.

R0424443185

Chicago Public Library
Toman Branch
2708 S. Pulaski
Chicago, IL 60623

Lo que es pasado es prólogo.

WILLIAM SHAKESPEARE

La violencia es tan americana como
el pastel de cerezas.

RAP (HUBERT GEROLD) BROWN

Capítulo uno

Se despertó en la oscuridad. Los primeros rayos de un sombrío amanecer se filtraban a través de las tablillas de la persiana y se proyectaban sobre la cama como una sombra de barrotes. Fue como despertarse en una celda.

Durante unos momentos se quedó, simplemente, allí tumbada, temblando y como aprisionada. Poco a poco la pesadilla se fue disolviendo. Después de diez años en el cuerpo de policía, Eve todavía tenía pesadillas.

Seis horas antes había matado a un hombre y había observado la muerte en sus ojos. No era la primera vez que imponía fuerza máxima, ni la primera vez que tenía una pesadilla. Había aprendido a aceptar tanto los actos como las consecuencias.

Pero era la imagen de la niña lo que la perseguía. La niña a la cual no había tenido tiempo de salvar. La niña cuyos gritos resonaban en sus pesadillas junto a los suyos propios.

Toda esa sangre, pensó Eve. Se limpió el sudor de la cara con las manos. Una niña demasiado pequeña para tener tanta sangre en el cuerpo. Eve se daba cuenta de que era de vital importancia dejar ese pensamiento de lado.

El procedimiento estándar del departamento exigía que pasara la mañana en examen. Cualquier agente que descargara su arma con consecuencia de muerte debía someterse a un examen emocional y psiquiátrico antes de poder continuar en servicio. Eve consideraba esas pruebas como un pequeño grano en el culo.

Las superaría, al igual que las había superado en ocasiones anteriores.

Se puso en pie y las lámparas del techo se encendieron automáticamente, a baja intensidad, desde la cama hasta el baño. Al verse en el espejo, hizo una mueca. Tenía los ojos hinchados por la falta de sueño y la piel tan pálida como la de los cuerpos que había enviado al médico forense.

Pero no quiso demorarse en esa imagen. Entró en la ducha, bostezando.

—Dispara 38 grados, presión máxima —ordenó.

Se volvió para que el chorro de agua le cayera directamente sobre la cara. Mientras el vapor se elevaba, se enjabonó descuidadamente. Los sucesos de la noche anterior se le mezclaban en la mente. No tenía que presentarse a examen hasta las nueve, así que dedicaría las siguientes tres horas a serenarse y a dejar que la pesadilla desapareciera por completo.

Una pequeña duda o un ligero arrepentimiento resultaban detectados con frecuencia y podían requerir otra ronda más intensa, otra ronda sometida a las máquinas y a esos técnicos con ojos de lince que las manejaban.

Eve no tenía intención de estar fuera de circulación más de veinticuatro horas.

Se puso el albornoz y se dirigió a la cocina. Programó el AutoChef en café solo y tostadas no muy hechas. Desde la ventana le llegaba el pesado zumbido del tráfico aéreo que transportaba a los viajeros madrugadores a sus oficinas, y a los trasnochadores a sus casas. Había escogido, años antes, ese apartamento precisamente porque se encontraba en una densa zona de tráfico terrestre y aéreo. Le gustaba el ruido y la masa de gente. Volvió a bostezar y echó un vistazo por la ventana. Siguió con la vista el veloz recorrido de un viejo airbus que transportaba a los trabajadores que no tenían la suerte de trabajar en la ciudad o en sus cercanías.

Cargó el *New York Times* en el monitor y leyó por encima los titulares mientras la falsa cafeína le encendía el sistema. El AutoChef había quemado la tostada otra vez, pero se la comió de todas formas mientras pensaba vagamente en pedir una unidad de recambio.

Se encontraba leyendo un artículo acerca de una masiva retirada del mercado de unos robots cocker spaniel cuando el TeleLink hizo un *bip*. Eve lo puso en modo «comunicación» y esperó a que el rostro de su comandante apareciera en la pantalla.

—Comandante.

—Teniente —la saludó, con un rápido asentimiento de cabeza. Observó el pelo todavía mojado y los ojos soñolientos—. Incidente en la Veintisiete de Broadway Oeste, planta dieciocho. Tienes prioridad.

Eve levantó una ceja:

—Estoy en examen. Sujeto muerto a las 22:35h.

—Es imperativo —le dijo, sin una pausa—. Recoge tu arma y tu chaleco de camino al lugar. Código cinco, teniente.

—Sí, señor.

El rostro de él desapareció antes de que ella hubiera podido apartarse de la pantalla. Código cinco significaba que ella debía informar directamente a su comandante, que no habría informes abiertos entre departamentos y que no habría ninguna colaboración con la prensa.

Básicamente, significaba que estaba sola.

Broadway se encontraba lleno de gente y de ruido, era una fiesta de la cual los ruidosos invitados nunca se marchaban. La calle, los peatones y el tráfico aéreo resultaban apabullantes y llenaban el aire de cuerpos y de vehículos. Eve recordaba que, en sus viejos tiempos de uniforme, ése era un punto negro de accidentes y de turistas aplastados, quienes tenían tanto trabajo en admirar esa fiesta que no tenían tiempo de apartarse de en medio.

Incluso a esa hora, el vapor de los puestos de comida, fijos y rodantes, se elevaba en el aire con el aroma de todo tipo de platos, desde fideos de arroz hasta salchichas de soja, que se ofrecían a la multitud de grupos de gente. Eve tuvo que esquivar bruscamente a un ansioso comerciante que transitaba con su humeante Glida-Grill. Recibió el dedo corazón levantado como algo absolutamente normal.

Aparcó en doble fila y, después de evitar tropezarse con un hombre que olía peor que la botella de alcohol que llevaba en la mano, llegó a la acera. Primero observó el edificio. Cincuenta pisos de brillante metal que se clavaban en el cielo como un cuchillo levantado sobre una empuñadura de cemento. Antes de llegar a la puerta recibió dos proposiciones.

No se sorprendió, ya que esa área de cinco bloques de Broadway era conocida con el afectuoso sobrenombre de «paseo de las prostitutas». Enseñó la placa al vigilante que guardaba la entrada.

—Teniente Dallas.

—Sí, señor. —El hombre volvió a colocar el precinto oficial en la puerta para mantener fuera a los curiosos y luego la condujo hasta la zona de los ascensores—. Planta dieciocho —dijo, mientras las puertas se cerraban detrás de ambos.

—Infórmeme, agente. —Eve conectó la grabadora y esperó.

—No fui el primero en llegar a la escena, teniente. Sea lo que sea lo que haya sucedido arriba, no ha salido de arriba. Hay una placa dentro, esperándola. Tenemos un homicidio y un código cinco en la número 1803.

—¿Quién dio el aviso?

—No tengo esa información.

Él permaneció donde estaba cuando las puertas del ascensor se abrieron. Eve salió y se encontró en un estrecho corredor. Unas cámaras de seguridad la enfocaron de[l] techo y sus pasos casi no se oyeron sobre la desgastada [...] de la moqueta hasta que llegó a la 1803. No hizo caso del lector de manos y se anunció con la placa levantada al nivel de la vista frente a la cámara de vigilancia hasta que la puerta se abrió.

—Dallas.

—Feeney.

Ella sonrió, contenta de ver un rostro familiar. Ryan Feeney era un viejo amigo y viejo compañero que había cambiado la calle por el escritorio de un cargo alto en la División de Detección Electrónica.

—Así que hoy en día mandan a los chispas informáticos.

—Querían cargos altos, a los mejores.

Los labios de Feeney dibujaron una curva en el arrugado rostro, pero sus ojos permanecieron serios. Era un hombre pequeño y achaparrado, de manos pequeñas y achaparradas, y con un cabello que tenía el tono del óxido.

—Parece que te hayan dado una paliza.

—Una noche difícil.

—Eso he oído.

Le ofreció una nuez acaramelada de la bolsa que siempre llevaba consigo mientras la observaba y valoraba si estaría preparada para lo que le esperaba en la habitación de al lado.

Ella era joven para el rango que tenía, apenas treinta, y sus ojos, grandes y marrones, nunca habían tenido la oportunidad de ser inocentes. Llevaba el pelo marrón muy corto, más por una cuestión de conveniencia que de estilo, pero le quedaba bien con los rasgos afilados de su rostro triangular, de pómulos altos y barbilla con hoyuelo.

Era una mujer alta y delgada, con tendencia a adelgazar, pero Feeney sabía que debajo de su chaqueta de piel tenía unos músculos firmes. Más que eso. Tenía cerebro y corazón.

—Éste va a ser duro, Dallas.

—Ya me he dado cuenta de eso. ¿Quién es la víctima?

—Sharon DeBlass, la nieta del senador DeBlass.

Ninguno de los dos nombres le decía nada.

—La política no es mi fuerte, Feeney.

—Un caballero de Virginia, extrema derecha, dinero antiguo. La nieta dio un giro brusco unos años atrás y se trasladó a Nueva York. Se convirtió en acompañante con licencia.

—Era una puta.

Dallas echó un vistazo al apartamento. Éste había sido decorado con un obsesivo gusto por lo moderno: cristal y cromados, hologramas en las paredes, el fondo del bar de un potente color rojo. La enorme pantalla de detrás del bar mostraba unas formas ondulantes que se mezclaban y se diluían en unos fríos colores de tono pastel.

Pulcra como una virgen, pensó Eve, y fría como una puta. Ninguna sorpresa, dada la elección inmobiliaria.

—La política hace de todo esto un tema un poco delicado. La víctima tenía veinticuatro años, una hembra caucásica. La palmó en la cama.

Eve se limitó a levantar una ceja.

—Suena poético, ya que la compraban en ella. ¿Cómo ha muerto?

—Éste es el siguiente tema. Quiero que lo veas tú misma.

Mientras atravesaban la habitación, cada uno cogió una delgada bolsa. Se roció con un espray el dorso y las palmas de las manos, así como los dedos, para aislarlos y no dejar ninguna marca. En la puerta, Eve también se roció con un espray la parte baja de las botas para no llevarse con ellas ninguna fibra, ningún cabello ni ningún resto de piel.

Eve estaba alerta. En circunstancias normales, habría habido dos investigadores más en la escena del crimen, con grabadoras tanto de sonido como de imagen. Los forenses habían estado esperando con su habitual impaciencia burlesca para barrer la escena.

El hecho de que solamente hubieran asignado a Feeney con ella significaba que estaban a punto de pisar terreno minado.

—Cámaras de seguridad en el vestíbulo, en el ascensor y en los pasillos —comentó Eve.

—Ya he etiquetado los discos. —Feeney abrió la puerta de la habitación y la dejó entrar a ella primero.

No era bonito. Para Eve, la muerte nunca era una experiencia ni pacífica ni religiosa. Era un final repugnante, indiferente a la santidad y al pecado. Pero ésta causaba conmoción, como un escenario deliberadamente montado para resultar ofensivo.

La cama era enorme, y tenía lo que parecían ser genuinas sábanas de satén del color de los melocotones maduros. Unos focos pequeños y suaves iluminaban el centro de la cama. Allí, una mujer desnuda se encontraba acogida por la suave hendidura de un colchón de agua.

El colchón efectuaba unos obscenos movimientos ondulatorios al ritmo de la música que fluía desde la cabecera de la cama.

Era una mujer bonita, con un rostro ovalado, una cascada de un encendido cabello rojo y unos ojos de color esmeralda que miraban, vidriosos, hacia el espejo del techo. Sus largas piernas, de un lechoso tono de piel blanco, evocaban imágenes de *El lago de los cisnes* con el suave movimiento que el colchón les infundía.

No las habían colocado con gusto, sino que las habían dejado muy abiertas para que el cuerpo de la mujer formara una equis en el centro de la cama.

Tenía un agujero en la frente, uno en el pecho y uno, que se abría de forma horrible, entre los muslos abiertos. La sangre había caído sobre las brillantes sábanas, se había encharcado en ellas, había goteado sobre ellas, las había manchado. Incluso había salpicado las paredes barnizadas con laca, como si fuera una macabra pintura realizada por un niño maligno.

Tal cantidad de sangre era un hecho poco habitual y ella ya había visto demasiada sangre la noche anterior como para enfrentarse a esa escena con la calma que le hubiera gustado.

Eve tuvo que obligarse a tragar la saliva y a apartar de su mente la imagen de la niña pequeña.

—¿Tienes la escena grabada?

—Sí.

—Entonces apaga esa cosa. —Eve exhaló un suspiro cuando Feeney hubo localizado los controles y hubo apagado la música. El colchón volvió lentamente a la quietud—. Las heridas —murmuró Eve mientras daba unos pasos hacia la cama para examinarlas—. Demasiado limpias para ser de cuchillo. Demasiado toscas para ser de láser.

La asaltaron recuerdos de películas vistas durante su formación, de viejos vídeos, antiguas perversiones.

—Dios, Feeney, parecen heridas de bala.

Feeney se llevó una mano al bolsillo y sacó una bolsa precintada.

—Sea quien sea quien lo ha hecho, ha dejado un recuerdo. —Le pasó la bolsa a Eve—. Una antigüedad como ésta tiene que estar entre los ocho mil y diez mil para un coleccionista legal, el doble de esto en el mercado negro.

Fascinada, Eve dio la vuelta al arma enfundada en la bolsa sobre su mano.

—Es pesada —dijo para sí misma— y voluminosa.

—Calibre del 38 —le dijo él—. La primera que he visto fuera de un museo. Ésta es una Smith & Wesson, modelo 10, acero azul. —La miró con cierto cariño—. Una pieza verdaderamente clásica, fue un elemento común de la policía hasta la última parte del siglo XX. Dejaron de hacerlas hacia el año 22, 23, cuando llegó la prohibición de armas.

—Eres un entendido en historia. —Lo cual explicaba por

qué se encontraba con ella—. Parece nueva. —La olió a través de la bolsa y percibió el olor de aceite y a quemado—. Alguien lo ha hecho con cuidado. Han disparado contra la carne —dijo para sí mientras le pasaba la bolsa a Feeney—. Una fea manera de morir, y la primera de este tipo que he visto en mis diez años en el departamento.

—La segunda para mí. Hace quince años, en el Lower East Side, una fiesta se les fue de las manos. Un tipo disparó a cinco personas con una 22 antes de que se diera cuenta de que no era un juguete. Un infierno.

—Diversión y juego —murmuró Eve—. Investigaremos a los coleccionistas, a ver a cuántos podemos localizar que posean una como ésta. Alguien tiene que haber comunicado un robo.

—Tendrían que haberlo hecho.

—Es más probable que provenga del mercado negro. —Eve volvió a echar un vistazo al cuerpo—. Si ella ha estado en el negocio durante unos cuantos años, tiene que tener discos, informes de sus clientes, libros. —Frunció el ceño—. Código cinco significa que tendré que hacer el trabajo de puerta a puerta yo misma. No es un simple crimen sexual —dijo con un suspiro—. Quien lo haya hecho, lo ha preparado. El arma antigua, las mismas heridas, casi medidas con regla sobre el cuerpo, las luces, la postura. ¿Quién dio el aviso, Feeney?

—El asesino. —Esperó hasta que ella volvió a mirarle—. Desde aquí mismo. Llamó a la central. Fíjate en la cámara de al lado de la cama. ¿Ves que está enfocada a su cara? Esto es lo que apuntó. Vídeo, no audio.

—Le gusta la teatralidad. —Eve respiró hondo—. Un bastardo arrogante, un arrogante y un engreído. Tuvo sexo con ella, primero. Me juego el sueldo. Luego se levantó y lo hizo. —Levantó un brazo e imitó el gesto mientras contaba—: Uno, dos, tres.

—Eso es muy frío —murmuró Feeney.

—Él es frío. Luego arregla las sábanas. ¿Ves lo bien puestas que están? La coloca en posición, le abre las piernas y los brazos para que nadie dude de cómo se ganaba la vida. Lo hace con cuidado, casi tomando medidas, para que quede perfectamente colocada. En el centro de la cama, las piernas y los brazos igualmente abiertos. No detiene el movimiento de la cama porque forma parte del espectáculo. Deja el arma porque quiere que sepamos enseguida que no es un hombre común. Tiene ego. No quiere malgastar el tiempo y dejar que el cuerpo se descubra más tarde. Quiere que se encuentre ahora. Una gratificación inmediata.

—Tenía licencia para hombres y para mujeres —señaló Feeney, pero Eve negó con la cabeza.

—No ha sido una mujer. Una mujer la hubiera dejado de tal forma que resultara hermoso y obsceno al mismo tiempo. No, no creo que sea una mujer. Vamos a ver qué podemos encontrar. ¿Has entrado en su ordenador ya?

—No. Es tu caso, Dallas. Sólo estoy autorizado a ayudarte.

—Mira a ver si puedes acceder a su lista de clientes.

Eve se dirigió al vestidor y empezó a buscar en los cajones con cuidado. Un gusto caro, pensó. Había varios artículos de seda auténtica, el tipo de artículos que no pueden ser imitados. La botella de perfume del vestidor también era exclusiva y olía, de entrada, como el sexo caro.

El contenido de los cajones se encontraba pulcramente ordenado, la ropa interior estaba cuidadosamente doblada, los jerséis estaban ordenados según el color y el tejido. El armario era igual.

Era obvio que la víctima tenía una historia de amor con la ropa, un gusto exquisito por los mejores artículos y un cuidado escrupuloso con sus posesiones.

Y había muerto desnuda.

—Tiene registros completos —dijo Feeney en voz alta—. Todo está aquí. Su lista de clientes, sus citas, incluso su revisión médica mensual y su visita semanal al salón de belleza. Iba a la clínica Trident para lo primero y al Paradise para lo segundo.

—Ambos de primera categoría. Tengo una amiga que ahorró durante un año para poder permitirse un día en el Paradise. Hacen de todo.

—La hermana de mi mujer fue allí para su vigésimo quinto cumpleaños. Cuesta casi lo mismo que lo que costó la boda de mi hijo. Mira, tenemos su libreta de direcciones personales.

—Bien. Cópialo todo, ¿de acuerdo, Feeney? —Él silbó con suavidad y ella miró por encima del hombro. Le vio con una pequeña palm ribeteada en oro en la mano—. ¿Qué?

—Tenemos unos cuantos nombres importantes, aquí. Políticos, gente del espectáculo, dinero, dinero, dinero. Interesante, nuestra chica tenía el número privado de Roarke.

—¿Qué Roarke?

—Sólo Roarke, de momento. Mucho dinero, aquí. El clásico tipo que toca la mierda y la convierte en lingotes de oro. Tienes que empezar a leer algo más que la página de deportes, Dallas.

—Eh, leo los titulares. ¿Te has enterado de la retirada de los cokers spaniel?

—Roarke siempre es noticia —dijo, con paciencia, Feeney—. Tiene una de las mejores colecciones de arte de todo el mundo. Arte y antigüedades —continuó, observándola mientras ella se giraba hacia él—. Es un coleccionista de armas con licencia. Se dice que sabe cómo manejarlas.

—Le haré una visita.

—Tendrás suerte si puedes acercarte a él a un kilómetro y medio.

—Creo que tendré suerte.

Eve atravesó la habitación hasta la cama e introdujo las manos debajo de las sábanas.

—Ese hombre tiene amigos poderosos, Dallas. No puedes permitirte ni un rumor acerca de su relación con esto hasta que no tengas nada sólido.

—Feeney, sabes que es un error que me digas esto.

Justo cuando empezaba a esbozar una sonrisa, sus dedos tropezaron con algo que se encontraba entre la carne fría y las sábanas ensangrentadas.

—Aquí debajo hay algo.

Con cuidado, Eve le levantó el hombro y sacó la mano.

—Un papel —murmuró—. Está sellado.

Pasó el dedo por encima del plástico para limpiar la sangre hasta que pudo leer el papel:

UNA DE SEIS

—Parece escrito a mano —le dijo a Feeney mientras se lo mostraba—. Nuestro chico es más que listo, más que arrogante. Y no ha terminado.

Eve pasó el resto del día realizando aquello que, en condiciones normales, hubiera sigo encargado a cualquier gandul. Interrogó a los vecinos de la víctima personalmente, grabó afirmaciones, impresiones.

Consiguió un bocadillo del mismo Glida-Grill que había estado a punto de aplastar con el coche antes, mientras conducía por la ciudad. Después de la noche y de la mañana que había tenido, no podía culpar a la recepcionista del Paradise por mirarla como si acabara de llegar arrastrándose por la acera.

El sonido de unas cascadas se elevaba musicalmente entre la flora del área de recepción del salón más exclusivo de toda la ciudad. Allí se servían unas pequeñas tazas de café de verdad y unos delgados vasos de agua con gas o champán a quienes descansaban en los mullidos sillones o en los sofás. Los auriculares y los discos de revista de moda eran detalles complementarios.

La recepcionista estaba dotada con un magnífico pecho, una muestra de las técnicas escultóricas de la figura del salón. Llevaba un vestido ceñido y corto de color rojo, el color corporativo del salón, y un increíble peinado en el cual los mechones de cabello del color del ébano se enroscaban enrollados como serpientes.

Eve no podía sentirse más complacida.

—Disculpe —le dijo la mujer en un tono de voz tan modulado y vacío de expresividad como el de un ordenador—. Solamente atendemos con cita previa.

—Está bien. —Eve sonrió y casi se arrepintió de no mostrar su desdén. Casi—. Pues tendría que facilitarme una. —Mostró la placa—. ¿Quien se ocupa de Sharon DeBlass?

Los horrorizados ojos de la recepcionista se clavaron en la zona de espera.

—Las necesidades de nuestros clientes son estrictamente confidenciales.

—Seguro. —Disfrutando, Eve se apoyó con gesto simpático sobre el mostrador en forma de U—. Puedo hablar con amabilidad y discreción, como ahora, para que podamos entendernos mutuamente... ¿Denise? —Bajó la vista hasta la pequeña placa enganchada en el pecho de la mujer—. O puedo hablar en voz más alta para que todo el mundo me oiga. Si prefieres la primera opción, puedes acompañarme a una habitación tranquila y agradable donde no molestaremos a ninguno de vuestros clientes y allí puedes mandarme al operador de Sharon DeBlass, o como le llaméis.

—Consejero —respondió Denise con voz débil—. Si es tan amable de venir conmigo.

—Con mucho gusto.

Y lo fue.

Ni en las películas ni en los vídeos, Eve nunca había visto un lugar tan lujoso. La alfombra era un cojín rojo encima del cual los pies se hundían deliciosamente. Unas gotas de cristal colgaban del techo y proyectaban luz. El ambiente olía a flores y a cuerpos mimados.

Quizá no hubiera sido capaz de imaginarse a sí misma allí, pasando el tiempo mientras le untaban con cremas o con aceites, le masajeaban o le esculpían, pero si algún día tenía que gastar tantas horas a causa de su vanidad, seguro que resultaría interesante hacerlo en condiciones tan civilizadas.

La recepcionista la condujo hasta una pequeña habitación. En ella, un holograma de un prado soleado dominaba una de las paredes. El tranquilizante sonido del canto de los pájaros y del murmullo de la brisa endulzaba el ambiente.

—Si es tan amable de esperar.

—Ningún problema.

Eve esperó a que la puerta se cerrara y entonces, con un suspiro de indolencia, se dejó caer sobre un sillón extremadamente mullido. En cuanto se hubo sentado, un monitor que se encontraba a su lado se encendió y en su pantalla apareció un rostro amistoso e indulgente que sólo podía ser el de un robot, todo sonrisas.

—Buenas tardes. Bienvenida al Paradise. Su belleza y su comodidad son nuestras únicas prioridades. ¿Le gustaría tomar algún refresco mientras espera a su consejero personal?

—Seguro. Café, solo, café.

—Por supuesto. ¿De qué clase lo desea? Presione la «C» en el ordenador para leer la carta.

Eve reprimió una carcajada y siguió las instrucciones. Pasó los minutos siguientes decidiendo entre las distintas opciones que, al final, redujo a «Riviera francesa» y «Crema del Caribe».

La puerta se abrió otra vez antes de que pudiera terminar de decidirse. Resignada, se levantó y se enfrentó a un espantapájaros vestido con esmero.

Encima de la camisa fucsia y de los sueltos pantalones color ciruela, llevaba una bata desabrochada del color rojo del Paradise. El pelo, que flotaba hacia atrás desde un rostro dolorosamente delgado, hacía juego con el tono de los pantalones. Le ofreció la mano a Eve, se la apretó con amabilidad cuando ella se la hubo ofrecido, y la contempló con unos ojos suaves, grandes, amables y oscuros, como de gamo.

—Lo siento muchísimo, agente. Estoy confundido.

—Quiero información acerca de Sharon DeBlass. —De nuevo, Eve sacó la placa y se la acercó para que la observara.

—Sí, ah, teniente Dallas. Eso tenía entendido. Ya debe saber, por supuesto, que la información sobre nuestros clientes es estrictamente confidencial. El Paradise es conocido por su discreción, además de por su excelencia.

—Y usted debe saber, por supuesto, que puedo conseguir una orden judicial, señor ¿…?

—Oh, Sebastian. Solamente Sebastian. —Hizo un gesto con una mano brillante llena de anillos—. No cuestiono su autoridad, teniente. Pero si pudiera ayudarme a conocer los motivos de su investigación…

—Estoy investigando los motivos del asesinato de DeBlass. —Esperó a que la sorpresa hiciera su aparición y valoró la conmoción que se reflejó en los ojos y empalideció su rostro—. A parte de esto, mi información es estrictamente confidencial.

—Asesinato. Dios mío, ¿nuestra adorable Sharon está muerta? Debe de tratarse de un error. —No pudo hacer otra cosa que deslizarse hasta una silla y apoyar la cabeza en el respaldo, con los ojos cerrados. El monitor del ordenador también le ofreció un refresco y él hizo un gesto con la mano otra vez. Rayos brillantes desde sus dedos enjoyados—. Dios, sí, necesito un coñac, cariño. Una copa de Trevalli.

Eve se sentó a su lado y sacó la grabadora.

—Hábleme de Sharon.

—Un ser maravilloso. Físicamente, impresionante, por supuesto, pero iba más allá. —Su coñac apareció en la habitación encima de un silencioso carrito automático. Sebastian cogió la copa y tomó un largo trago—. Tenía un gusto impecable, un corazón generoso y una inteligencia penetrante.

Dirigió los ojos de gamo hacia Eve de nuevo.

—Hace sólo dos días que la vi.

—¿Motivos profesionales?

—Ella tenía una cita a la semana con carácter permanente, de medio día. Para cualquier otra ocasión dedicaba un día entero. —Sacó un pañuelo de un amarillo mantecoso y se secó los ojos con él—. Sharon se cuidaba, creía firmemente en la importancia de la propia imagen.

—Eso debía de ser un activo en su línea de negocio.

—Naturalmente. Ella sólo trabajaba para divertirse. El dinero no era una necesidad especial, dada la procedencia familiar. Disfrutaba del sexo.

—¿Con usted?

Ese artístico rostro adoptó una expresión ceñuda, los rosados labios dibujaron un gesto protuberante que podía ser tanto un puchero como una mueca de dolor.

—Yo era su confidente, su consejero y su amigo. —Sebastian se incorporó, rígido, en la silla y se colocó el pañuelo sobre el hombro con un gesto descuidado—. Hubiera resultado poco discreto y poco profesional para ambos convertirnos en compañeros sexuales.

—¿Así que usted no se sentía sexualmente atraído hacia ella?

—Resultaba imposible para cualquiera no sentirse atraído sexualmente hacia ella. Ella… —hizo un gesto grandilocuente— emanaba sexo como otros emanan el aroma de un perfume caro. Dios mío. —Tomó otro tembloroso sorbo de coñac—. Todo esto pertenece al pasado. No puedo creerlo. Muerta. Asesinada. —Volvió a dirigir la mirada a Eve—. Dijo asesinada.

—Eso es.

—Ese barrio en que vivía… —dijo, triste—. No permitía que nadie le hablara sobre la posibilidad de trasladarse a un lugar más aceptable. Le gustaba vivir al límite y hacer ostentación de ello ante su aristocrática familia.

—¿Ella y su familia no se llevaban bien?

—Oh, no, en absoluto. A ella le encantaba escandalizarles. Era un espíritu tan libre, y ellos tan… vulgares. —Lo dijo en un tono que indicaba que ser vulgar era un pecado más mortal que el asesinato—. Su abuelo continúa presentando proyectos de ley para ilegalizar la prostitución. Como si el siglo pasado no hubiera sido una prueba suficiente de que este tipo de asuntos tienen que ser regulados por cuestiones de salud y de criminalidad. Además, está en contra del control de natalidad, del cambio de sexo, de los equilibrantes químicos y de la prohibición de armas.

Eve aguzó el oído.

—¿El senador se opone a la prohibición de armas?

—Es una de sus rabietas. Sharon me contó que posee una buena cantidad de horrorosas antiguallas y que acostumbra a manifestarse a favor de ese viejo asunto del derecho de llevar armas. Si se saliera con la suya, volveríamos al siglo XX, nos asesinaríamos los unos a los otros por todas partes.

—El asesinato todavía existe —murmuró Eve—. ¿Mencionó alguna vez a algún amigo o a algún cliente que se hubiera mostrado poco satisfecho o abiertamente agresivo?

—Sharon tenía docenas de amigos. Ella atraía a la gente como… —buscó una metáfora apropiada y, haciendo uso de un extremo del pañuelo, continuó—, como una flor exótica y fragante. Y sus clientes, por lo que sé, estaban todos encantados con ella. Sharon les sometía a un detenido estudio previo. Todos sus compañeros sexuales debían cumplir unos requisitos determinados. Aspecto, intelecto, procedencia social y habilidad. Tal como he dicho, disfrutaba del sexo, en todas sus múltiples formas. Ella era… atrevida.

Eso coincidía con los juguetes que Eve había descubierto en el apartamento. Las esposas de terciopelo, los látigos, los aceites olorosos y los alucinógenos. Lo que oyó en los auriculares de sonido virtual le había provocado una conmoción a pesar de su agotado sistema.

—¿Se relacionaba con alguien a nivel personal?

—De vez en cuando había algunos hombres, pero ella perdía el interés rápidamente. Hace poco que habló de Roarke. Le había conocido durante una fiesta y se sintió atraída. De hecho, iba a verle para cenar la misma noche del día en que vino a la consulta. Quería algo exótico porque iba a cenar a México.

—A México. Eso debió de haber sido la noche antes de la última.

—Sí. No dejaba de hablar de él. Le dimos un toque gitano al pelo, y un toque más dorado a la piel: un trabajo de cuerpo completo. Un rojo atrevido para las uñas y un encantador tatuaje temporal en la nalga izquierda de una mariposa de alas rojas. Cosméticos de veinticuatro horas, para que no se le corrieran. Estaba espectacular —dijo, y arrancando unas lágrimas, continuó—: Y me besó y me dijo que esa vez quizá estaba enamorada. «Deséame suerte, Sebastian», dijo, y se marchó. Fue la última cosa que me dijo.

Capítulo dos

*N*o había esperma. Eve maldijo ante el informe de la autopsia. Si ella había tenido sexo con el asesino, la única explicación era que la víctima había optado por el control de natalidad y esto habría eliminado a los pequeños soldados en contacto y habría acabado con cualquier rastro de ellos al cabo de treinta minutos de la eyaculación.

La importancia de las heridas hizo que las pruebas de actividad sexual fueran inconclusas. Él la había abierto en canal en parte por una cuestión simbólica y en parte para protegerse a sí mismo.

No había esperma, no había sangre excepto la de la víctima. No había ADN.

El examen forense del lugar del crimen no descubrió ninguna huella dactilar. Ninguna. Ni de la víctima, ni del especialista en limpieza que acudía semanalmente ni, por supuesto, tampoco del asesino.

Todas las superficies habían sido limpiadas meticulosamente, incluso el arma del crimen.

Lo más significativo de todo, según el parecer de Eve, eran los ópticos de seguridad.

Introdujo otra vez el del monitor de vigilancia del ascensor en su monitor.

Los ópticos estaban titulados.

«Centro Gorham. Ascensor A. 12/2/2058. 06:00h.»

Eve pasó adelante deprisa. Observó cómo las horas pasaban volando. Las puertas del ascensor se abrieron por primera vez a mediodía. Eve disminuyó la velocidad. La imagen falló y Eve dio un rápido golpe sobre el monitor con la palma de la mano. Estudió a un hombrecillo nervioso que entró y marcó el quinto piso.

Un cliente asustadizo, pensó divertida al ver que el hombre se tiraba del cuello de la camisa y se llevaba una pastilla de menta a los labios. Probablemente tenía una esposa y dos hijos y un trabajo de oficina seguro que le permitía escaparse una hora cada semana para un polvo.

Salió del ascensor a las 17:00h.

La actividad no fue importante durante unas cuantas horas. Unas prostitutas que ocasionalmente cruzaban el vestíbulo, algunas que volvían con bolsas de la compra y expresión aburrida. Unos cuantos clientes entraron y salieron. La acción aumentó sobre las 20:00h. Algunos residentes salieron, emperifollados para la cena, y otros llegaron puntuales a sus citas.

A las 22:00h, una pareja de aspecto elegante entró al mismo tiempo. La mujer permitió que el hombre le abriera el abrigo de pieles, bajo el cual no llevaba nada a parte de unos talones de aguja y un tatuaje de un capullo de rosa cuyo tallo empezaba en la entrepierna y cuya flor le acariciaba artísticamente el pezón izquierdo. Él la acariciaba, un acto técnicamente ilegal en un área de seguridad. Cuando el ascensor se detuvo en la planta dieciocho, la mujer se cerró el abrigo y salieron, charlando acerca de una obra de teatro que acababan de ver.

Eve tomó nota para entrevistar a ese hombre al día siguiente. Él era el vecino de la víctima y el socio.

El fallo se produjo exactamente a las 00:05. La imagen cambió casi imperceptiblemente, con un ligerísimo corte, y pasó a la vigilancia de las 02:46.

Dos horas y cuarenta y un minutos perdidos.

En el óptico del pasillo de la planta dieciocho ocurría lo mismo. Casi tres horas habían sido borradas. El hombre entendía de seguridad, pensó Eve, estaba lo suficientemente familiarizado con el edificio y sabía cómo manipular las cámaras. Y además se había tomado el tiempo necesario, pensó. La autopsia señalaba que la hora de la muerte de la víctima era las dos de la madrugada.

Él había pasado casi dos horas con ella antes de matarla, y casi una hora más cuando ya estaba muerta. A pesar de eso, no había dejado ni rastro.

Un chico listo.

Si Sharon DeBlass había grabado un óptico, personal o profesional, para la medianoche, eso también había sido borrado.

Así que él la conocía y tenía la intimidad suficiente como para tener conocimiento de dónde guardaba sus archivos y de cómo acceder a ellos.

Eve tuvo una corazonada y se acercó a la pantalla otra vez.

Centro Gorham, Broadway, Nueva York. Propietario.

Entrecerró los ojos al ver la información que aparecía en la pantalla.

Centro Gorham, propiedad de Industrias Roarke, central en el número 500 de la Quinta Avenida. Roarke, presidente y director ejecutivo. Residencia en Nueva York, número 222, Central Park Oeste.

—Roarke —murmuró Eve—. Así que continúas apareciendo, ¿no, Roarke? —repitió—. Toda la información, visualizar e imprimir.

No hizo caso de la llamada del TeleLink, a su lado. Sorbió el café y leyó:

Roarke, nombre de pila desconocido, nacido el 06/10/2023 en Dublín, Irlanda. Número de ID 33492-ABR-50. Padres desconocidos. Estado civil, soltero. Presidente y director ejecutivo de Industrias Roarke, fundadas en el 2042. Delegaciones principales en Nueva York, Chicago, Nueva Los Ángeles, Dublín, Londres, Bonn, París, Frankfurt, Tokio, Milán, Sidney. Delegaciones extra planetarias, Estación 45, Colonia Bridgestone, Vegas II, Estrella de la Libertad I. Intereses en el sector inmobiliario, importación-exportación, transporte marítimo, ocio, producción, sector farmacéutico, transportes. Riqueza bruta estimada: 3.800 millones.

Un chico ocupado, pensó Eve, con una ceja levantada mientras la lista de sus empresas aparecía en la pantalla.

—Educación —solicitó.

Desconocido.

—¿Antecedentes criminales?

Sin datos.

—Acceso a Roarke, Dublín.

No hay información adicional.

—Bueno, mierda, señor misterioso. Descripción y visual.

Roarke. Pelo negro, ojos azules, un metro ochenta y ocho, setenta y ocho kilos.

Eve emitió un gruñido al ver la descripción del ordenador. Tenía que admitir que, en el caso de Roarke, una imagen valía más que mil palabras.

La imagen de él le devolvía la mirada desde la pantalla.

Era guapo de una forma casi ridícula: un rostro alargado y armónico; la caída en picado desde los pómulos; la boca, esculpida. Sí, tenía el pelo negro, pero lo que el ordenador no decía era que éste era recio y abundante y que caía hacia atrás desde una frente poderosa para llegar a unos centímetros por debajo de los anchos hombros. Los ojos eran azules, pero esa palabra resultaba pobre para describir la intensidad del color y el poder que tenían.

Sólo a partir de esa imagen, Eve se dio cuenta de que se trataba de un hombre que perseguía a lo que o a quien quería, lo tomaba, lo utilizaba y no se preocupaba de frivolidades, como premios y demás.

Y sí, pensó, ése era un hombre capaz de matar si y cuando le resultara conveniente. Lo haría de forma fría y metódica, y sin perder ni una gota de sudor.

Eve reunió la información y decidió que debía tener una charla con Roarke. Muy pronto.

En el momento en que Eve abandonó la comisaría para dirigirse hacia su casa, el cielo aparecía triste y escupía nieve. Buscó en los bolsillos sin mucha esperanza y se dio cuenta de que, por supuesto, se había dejado los guantes en su apartamento. Sin sombrero, sin guantes y solamente con una chaqueta de piel como única protección contra el cortante viento, atravesó la ciudad en el coche.

Había querido llevar el vehículo al taller. Simplemente, no había habido tiempo. Pero ahora, luchando contra el tráfico y temblando a causa del estropeado sistema de calefacción, tenía tiempo de sobras para lamentarlo.

Se juró a sí misma que si conseguía llegar a casa sin haberse convertido en un bloque de hielo, concertaría una cita con el mecánico.

Pero cuando llegó a casa, su primer pensamiento fue la

comida. Mientras abría la puerta soñaba con un bol de sopa caliente, quizá un plato de patatas, si es que quedaba alguna, y en un café cuyo sabor no hiciera sospechar que alguien había echado aguas residuales en la canalización del agua.

Vio el paquete de inmediato, un paquete delgado y cuadrado justo al otro lado de la puerta. Tuvo el arma desenfundada y en la mano antes, incluso, de volver a respirar. Con mirada alerta y el arma a punto, cerró la puerta detrás de ella. Dejó el paquete sin tocar donde se encontraba y fue de habitación en habitación hasta que hubo comprobado que se encontraba sola.

Enfundó el arma, se sacó la chaqueta y la tiró a un lado. Se agachó y recogió el disco óptico enfundado. No había ninguna etiqueta ni ningún mensaje.

Eve lo llevó a la cocina, lo sacó con cuidado de la funda y lo introdujo en el ordenador.

Y se olvidó por completo de la comida.

La imagen era de la máxima calidad, al igual que el sonido. Se sentó despacio mientras contemplaba la escena que apareció en el monitor.

Desnuda, Sharon DeBlass se encontraba tumbada en la cama, grande como un lago y de susurrantes sábanas de satén. Levantó una mano y se la pasó por esa maravillosa mata de pelo rojizo mientras se dejaba mecer en el colchón de agua.

—¿Quieres que haga algo especial, cariño? —Se rio. Se incorporó, se puso de rodillas y se acarició ambos pechos con las manos—. ¿Por qué no vienes aquí…? —Se humedeció los labios con la lengua—. Parece que estás más que a punto. —Volvió a reírse y agitó la melena para apartársela de la cara—. Ah, así que queremos jugar un poco. —Sin dejar de sonreír, Sharon levantó las manos—. No me hagas daño —gimió temblorosa, aunque la excitación le brillaba en los ojos—. Haré todo lo que quieras. Todo. Ven aquí y viólame. Quiero que lo hagas. —Bajó las manos y empezó a acariciarse—. Sujeta esa enorme arma grande y terrible encima de mí mientras me violas. Quiero que lo hagas. Quiero que…

La detonación hizo temblar a Eve. El estómago se le hizo un nudo cuando vio que la mujer salía disparada hacia atrás como una muñeca rota y que la sangre le manaba con fuerza de la frente. El segundo disparo no fue tanta sorpresa, pero Eve tuvo que obligarse a mantener los ojos en la pantalla. Después del último disparo se hizo el silencio excepto por la música suave y una respiración entrecortada. La respiración del asesino.

La cámara se acercó y ofreció una panorámica del cuerpo con todos los espeluznantes detalles. Entonces, gracias a la magia del vídeo, DeBlass apareció igual que Eve la había visto al principio, con los miembros extendidos en forma de equis encima de las sábanas ensangrentadas. La imagen dio paso a una cortinilla gráfica:

UNA DE SEIS

Era más fácil verlo la segunda vez. O eso se dijo Eve a sí misma. Esta vez percibió el ligero temblor de la cámara después del primer disparo y oyó una rápida y casi inaudible exclamación. Pasó hacia atrás y volvió a escuchar cada palabra, a estudiar cada uno de los movimientos, con la esperanza de encontrar alguna pista. Pero él era demasiado listo. Y ambos lo sabían.

Él quería que ella supiera lo bueno que era. Lo frío que era.

Y quería que supiera que sabía dónde encontrarla. En cualquier momento que quisiera.

Eve se levantó, furiosa por el temblor de las manos. En lugar del café que había decidido tomar, sacó una botella de vino de la pequeña despensa fría y se sirvió medio vaso.

Se lo bebió deprisa y se prometió el otro medio pronto. Entonces marcó el código del comandante.

Fue la esposa del comandante quien respondió y, por las brillantes perlas en las orejas y el perfecto peinado, Eve dedujo que acababa de interrumpir una de las famosas cenas de sociedad de la dama.

—Teniente Dallas, señora Whitney. Siento interrumpirle la noche, pero necesito hablar con el comandante.

—Estamos atendiendo a unos invitados, teniente.

—Sí, señora. Mis disculpas. —Mierda de política, pensó Eve mientras se esforzaba por sonreír—. Es urgente.

—¿No lo es siempre?

La máquina emitió el zumbido de espera, por suerte sin ninguna horrorosa música de fondo ni con el informe de las últimas noticias, que duró tres minutos enteros antes de que el comandante se pusiera al aparato.

—Dallas.

—Comandante, necesito enviarle algo por la línea codificada.

—Es mejor que se trate de algo urgente, Dallas. Mi esposa va a hacerme pagar esto.

—Sí, señor. —Los policías, pensó ella mientras preparaba el envío a su monitor, deberían quedarse solteros.

Esperó con las manos inquietas unidas sobre la mesa. Mientras volvían a pasar las imágenes, ella volvió a mirarlas sin hacer caso al nudo que tenía en el estómago. Cuando el vídeo hubo finalizado, Whitney volvió a aparecer en la pantalla. Tenía la mirada seria.

—¿Dónde ha conseguido esto?

—Él me lo ha enviado. Encontré un disco aquí, en mi apartamento, al volver de comisaría. —Habló con un tono inexpresivo y cauteloso—. Sabe quién soy, dónde estoy y qué estoy haciendo.

Whitney se quedó callado un momento.

—Mi oficina, 07:00 h. Traiga el disco, teniente.

—Sí, señor.

Cuando la comunicación finalizó, Eve hizo las dos cosas que su instinto le dictaba. Realizó una copia del disco y se sirvió otro vaso de vino.

Se despertó a las tres, temblando y empapada, luchando para encontrar la fuerza necesaria para gritar. Sólo le salía un gemido de la garganta, pero consiguió ordenar que se encendieran las luces. Las pesadillas siempre daban más miedo en la oscuridad.

Todavía temblando, se tumbó de espaldas. Ésta había sido peor, mucho peor de las que había tenido hasta el momento.

Había matado a un hombre. ¿Qué otra opción había tenido? Estaba demasiado subida de pastillas como para haberse quedado pasmada. Dios, lo había intentado, pero él continuaba acercándose, y acercándose, y acercándose, con esa mirada salvaje y con el cuchillo ensangrentado en la mano.

La niña pequeña ya se encontraba muerta. No había nada que Eve hubiera podido hacer para evitarlo. «Por favor, Señor, no dejes que hubiera algo que yo hubiera podido hacer.»

El pequeño cuerpo estaba hecho pedazos, y ese hombre enloquecido tenía el cuchillo goteante en la mano. Ella le miró a los ojos al mismo tiempo que le disparaba a discreción y vio que la vida huía de ellos.

Pero eso no había sido todo. No esta vez. Esta vez él continuaba acercándose. Y ella estaba desnuda, arrodillada encima de un charco de satén. El cuchillo se había convertido en una pistola y ésta se encontraba en la mano del hombre cuyo rostro había observado unas horas antes. El tal Roarke.

Él le sonreía, y ella le deseaba. Su cuerpo tembló de terror y de ansia sexual incluso mientras él le disparaba. A la cabeza, al corazón y a la entrepierna. Y en algún lugar, en medio de todo eso, la niña pequeña, esa pobre niña pequeña, había estado chillando pidiendo ayuda.

Eve, demasiado agotada para luchar contra eso, se dio media vuelta, apretó el rostro contra la almohada y lloró.

—Teniente.

Justo a las 07:00 h, el comandante Whitney indicó a Eve con un gesto que se sentara en una silla, en su oficina. A pesar del hecho, o quizá a causa del hecho de que había estado dirigiendo un despacho durante doce años, tenía una mirada aguda. Se daba cuenta de que ella había dormido mal y de que se había esforzado por disimular las marcas en el rostro de una mala noche. En silencio, alargó una mano.

Eve había introducido el disco y la funda en una de las bolsas para las pruebas. Whitney echó un vistazo al paquete y luego lo dejó en el centro del escritorio.

—Según el protocolo, tengo la obligación de preguntarle si quiere ser relevada de este caso. —Esperó un momento—. Fingiremos que lo he hecho.

—Sí, señor.

—¿Es segura su casa, Dallas?

—Eso creía. —Sacó unos papeles de su maletín—. Repasé los discos de seguridad después de comunicarme con usted. En ellos hay un lapso de diez minutos. Tal y como verá en mi informe, él es capaz de manipular los equipos de seguridad, conoce el vídeo, sabe editar y, por supuesto, entiende de armas antiguas.

Whitney tomó su informe y lo dejó a un lado.

—Eso no reduce las opciones demasiado.

—No, señor. Hay unas cuantas personas más a quienes necesito interrogar. Con un sujeto así, la investigación electrónica no es capital, aunque la ayuda del capitán Feeney no tiene precio. Ese tipo borra sus huellas. No tenemos ninguna prueba física a parte de la pistola que él quiso dejar en la escena del crimen. Feeney no ha conseguido rastrearla por los canales acostumbrados. Tenemos que suponer que se trata del mercado negro. He empezado a consultar los libros de la mujer y la relación de sus citas personales, pero no era precisamente una persona a punto de retirarse. Eso va a tomarme algún tiempo.

—El tiempo es parte de su problema. Una de seis, teniente. ¿Qué le sugiere eso?

—Qué tiene a cinco más en mente, y quiere que lo sepamos. Disfruta de su trabajo y quiere ser el foco de nuestra atención. —Respiró hondo mientras pensaba con detenimiento—. No tenemos suficientes datos para elaborar un perfil psiquiátrico. No sabemos por cuánto tiempo se sentirá satisfecho por la emoción de ese asesinato, cuándo necesitará el siguiente chute. Podría ser hoy mismo. Podría ser dentro de un año. No podemos contar con que actúe con descuido.

Whitney se limitó a asentir con la cabeza.

—¿Tiene alguna dificultad por haber ejercido fuerza máxima?

El cuchillo goteante de sangre. El pequeño cuerpo destrozado a sus pies.

—Ninguna que no pueda manejar.

—Asegúrese de eso, Dallas. No necesito que un agente, en un caso delicado como éste, esté preocupado por si hubiera debido o no hubiera debido utilizar su arma.

—Estoy convencida de eso.

Ella era lo mejor que él tenía, así que no podía permitirse dudar de ella.

—¿Está a punto de jugar a la política? —Sus labios dibujaron una fina sonrisa—. El senador DeBlass está de camino hacia aquí. Llegó en avión a Nueva York ayer por la noche.

—La diplomacia no es mi mejor traje.

—Estoy al corriente de ello. Pero tendrá que aplicarse. Quiere hablar con el agente que lleva la investigación y ha pasado por encima de mí para conseguirlo. Las órdenes vienen de arriba. Debe ofrecerle al senador plena cooperación.

—Esta investigación tiene código cinco —dijo Eve tensa—. No me importa que las órdenes vengan del mismo Dios. No voy a dar ninguna información confidencial a ningún civil.

La sonrisa de Whitney se hizo más amplia. Tenía un rostro vulgar y agradable, posiblemente era el mismo con el que había nacido. Pero cuando sonreía y lo hacía de verdad, el contraste entre sus dientes blancos y su piel color chocolate convertían sus facciones anodinas en algo especial.

—No he oído nada parecido. Y usted no me ha oído decirle que le ofrezca ninguna otra cosa a parte de los hechos obvios. Lo que sí oirá de mí, teniente Dallas, es que ese caballero de Virginia es un pomposo y arrogante capullo. Por desgracia, el capullo tiene poder. Así que vigile dónde pisa.

—Sí, señor.

Echó un vistazo al reloj y guardó el disco y el informe en el cajón de seguridad.

—Tiene tiempo de tomarse una taza de café… y, teniente —añadió mientras se levantaba—, si tiene problemas para conciliar el sueño, tómese su sedante autorizado. Quiero que mis agentes estén finos.

—Estoy suficientemente fina.

El senador Gerald DeBlass resultaba, sin duda, pomposo. Era incuestionablemente arrogante. Después de pasar un minuto en su compañía, Eve estuvo de acuerdo en que era innegablemente un capullo. Era un hombre recio como un toro. Quizá de un metro ochenta, cien kilos. El pelo, blanco y extremadamente corto, le daba a la cabeza un aspecto compacto y alisado como una bala. Los ojos eran casi negros, al igual que las pobladas cejas encima de ellos. Eran grandes, al igual que la nariz y que la boca. Tenía unas manos enormes y, cuando estrechó la de Eve para saludarla, ella reparó en que eran suaves y blandas como las de un bebé.

Trajo a su ayudante con él. Derrick Rockman era un hombre que parecía un palo y que se encontraba en los cuarenta. Aunque debía de medir casi un metro noventa y ocho, Eve pensó que DeBlass le ganaba en veinte kilos. Pulcro, elegante, ni su traje de rayas ni la corbata de un azul pizarra mostraban una sola arruga. Tenía un rostro solemne, de facciones regulares y atractivas. Sus movimientos fueron controlados y contenidos mientras ayudaba al más petulante senador a quitarse el abrigo de cachemir.

—¿Qué demonios han hecho para encontrar al monstruo que ha asesinado a mi nieta? —preguntó DeBlass.

—Todo lo posible, senador.

El comandante Whitney permaneció de pie. Aunque había ofrecido asiento a DeBlass, el hombre merodeaba por la habitación al igual que acostumbraba a merodear por el Nuevo Senado de Washington.

—Han tenido veinticuatro horas y más —repuso DeBlass en un tono de voz profundo e imperioso—. Tengo entendido que ha destinado usted solamente dos agentes a este caso.

—Sí, por una cuestión de seguridad. Dos de mis mejores agentes —añadió el comandante—. La teniente Dallas dirige la investigación y me informa únicamente a mí.

DeBlass dirigió los ojos duros y negros hacia Eve.

—¿Qué progresos ha realizado?

—Hemos identificado el arma, hemos concretado la hora de la muerte. Estamos reuniendo pruebas e interrogando a los residentes del edificio de la señorita DeBlass, así como investigando los nombres de sus archivos personales y profesionales. Estoy trabajando en la reconstrucción de sus últimas veinticuatro horas de vida.

—Debería resultar evidente, incluso para el cerebro más torpe, que fue asesinada por uno de sus clientes. —Emitió la última palabra en un siseo.

—No hay registrada ninguna cita durante varias horas

antes de su muerte. Su último cliente tiene un testigo para la hora crítica.

—Acabe con él —exigió DeBlass—. Un hombre que paga por obtener favores sexuales no tiene ningún escrúpulo en asesinar.

Aunque Eve no conseguía encontrar la relación, recordó cuál era su trabajo y asintió con un gesto de cabeza.

—Estoy trabajando en ello, señor.

—Quiero copias de sus libros de citas.

—Eso no es posible, senador —dijo Whitney en tono comedido—. Las pruebas de un asesinato son confidenciales.

DeBlass se limitó a dedicarle una expresión de burla antes de dirigir un gesto a Rockman.

—Comandante. —Rockman se llevó una mano al bolsillo izquierdo a la altura del pecho y sacó una hoja de papel cerrada con un sello holográfico—. Este documento de parte de su jefe de policía autoriza al senador a tener acceso a cualquier y a todas las pruebas y los datos relacionados con la investigación del asesinato de la señorita DeBlass.

Whitney no prestó prácticamente ninguna atención al documento antes de dejarlo a un lado. Siempre había pensado que la política era un juego para cobardes y odiaba tener que estar obligado a jugarlo.

—Hablaré con el jefe en persona. Si la autorización se mantiene, les mandaré copias esta tarde.

Ignoró a Rockman y volvió a mirar a DeBlass.

—La confidencialidad de las pruebas es una herramienta principal del proceso de investigación. Si insiste en esto, se arriesga a boicotear el caso.

—El caso, tal como usted lo llama, comandante, era mi sangre y mi carne.

—Y como tal, espero que su prioridad principal sea ayudarnos a llevar al asesino ante la justicia.

—He servido a la justicia durante más de cincuenta años.

Quiero esa información a mediodía. —Recogió el abrigo y se lo echó encima de uno de sus fornidos brazos—. Si no veo que están haciendo todo lo que esté en sus manos para encontrar a ese maníaco, me ocuparé de que le echen de este despacho. —Se giró hacia Eve—. Y de que el próximo caso que usted investigue, teniente, sea el de unos adolescentes con dedos pegajosos en un centro comercial.

Cuando hubo salido de la oficina, Rockman ejercitó la tranquilidad y solemnidad de su mirada para pedir disculpas.

—Deben perdonar al senador. Se encuentra desbordado. Por muchas tensiones que hubiera entre él y su nieta, ella era su familia. No hay nada más importante para el senador que su familia. Su muerte, esta clase de muerte violenta y sin sentido, resulta devastador para él.

—Correcto —dijo Eve—. Se le veía tartamudear.

Rockman sonrió. Consiguió mostrarse divertido y apenado al mismo tiempo.

—Los hombres orgullosos, a menudo, esconden el dolor debajo de la agresión. Tenemos toda nuestra confianza en su habilidad y en su tenacidad, teniente. Comandante. —Saludó con un gesto de cabeza—. Esperamos esos informes esta tarde. Gracias por dedicarnos su tiempo.

—Es del tipo suave —comentó Eve cuando Rockman hubo cerrado con suavidad la puerta detrás de él—. Espero que no vaya usted a ceder, comandante.

—Les daré lo que deba darles. —Su tono fue afilado y mostró una nota de furia reprimida—. Ahora, vaya a conseguirme más datos.

El trabajo policial a menudo resultaba monótono. Al cabo de cinco horas de contemplar el monitor y leer los nombres de las conquistas de DeBlass en sus libros, Eve se encontraba más agotada que si hubiera corrido una maratón.

A pesar de que Feeney se encargaba de una parte de los nombres para repasarlos con su habilidad y mejores equipos, había demasiados para que una unidad de investigación tan pequeña los manejara con cierta rapidez.

Sharon había sido una chica muy popular.

Eve tenía la sensación de que la amabilidad le resultaría más eficaz que la agresividad. Así que contactó con los clientes a través del TeleLink y se explicó. Aquellos que se negaron a someterse a una entrevista fueron alegremente invitados a presentarse a la central acusados de obstaculizar a la justicia. A media tarde, Eve había hablado personalmente con los primeros doce clientes de la lista y dio un paseo de vuelta a Gorham.

El vecino de DeBlass, el elegante hombre del ascensor, era Charles Monroe. Eve le encontró en su apartamento, atendiendo a una clienta. Era atractivo de forma expresa. Iba vestido con una bata de seda negra y olía seductoramente a sexo. Charles sonrió con afecto. ·

—Lo siento muchísimo, teniente. A mi cita de las tres todavía le quedan quince minutos.

—Esperaré. —Sin ser invitada, Eve entró. A diferencia del apartamento de DeBlass, éste estaba decorado con sillones mullidos y gruesas alfombras.

—Eh… —Abiertamente divertido, Charles echó un vistazo a sus espaldas, hacia una puerta que, al final de un corto pasillo, se encontraba discretamente cerrada—. La privacidad y la confidencialidad son, como podéis comprender, vitales en mi profesión. Mi clienta se va a sentir desconcertada si descubre a la policía al pie de mi puerta.

—No hay problema. ¿Tiene una cocina?

Él exhaló un pesado suspiro.

—Claro. Justo detrás de esa puerta. Póngase cómoda. No tardaré mucho.

—Tómese el tiempo que necesite.

Eve se dirigió a la cocina. A diferencia de la zona de la sala, esta habitación era espartana. Parecía que Charles no tenía por costumbre comer en su apartamento. Pero tenía una nevera grande, en lugar de una despensa fría, y encontró el tesoro de una Pepsi helada. Satisfecha por el momento, se sentó para disfrutarla mientras Charles terminaba con su cita de las tres.

Muy pronto oyó el murmullo de voces, de un hombre, de una mujer, y una risa ligera. Al cabo de unos momentos, él entró, con la misma sonrisa fácil en el rostro.

—Siento haberla hecho esperar.

—No pasa nada. ¿Espera a alguien más?

—No hasta última hora de la tarde. —Sacó una Pepsi para él, abrió el tapón del envase y vertió el líquido en un vaso largo. Hizo una bola con el envase y lo tiró al reciclador—. Cena, ópera y un encuentro romántico.

—¿Le gusta eso? ¿La ópera? —le preguntó al verle sonreír.

—La odio. ¿Puede imaginarse algo más aburrido que una mujer de enorme pecho chillando en alemán durante horas?

Eve se lo pensó.

—No.

—Pues ahí lo tiene. Los gustos son variados. —La sonrisa se disipó mientras se reunía con ella en el rincón debajo de la ventana de la cocina—. He sabido lo de Sharon por las noticias de esta mañana. Esperaba que alguien se dejara caer por aquí. Es horrible. No puedo creer que esté muerta.

—¿La conocía bien?

—Hemos sido vecinos durante más de tres años… y de vez en cuando trabajábamos juntos. De vez en cuando, uno de nuestros clientes pedía un trío y compartíamos el negocio.

—¿Y cuando no se trataba de negocios, compartían algo?

—Era una mujer hermosa, y me encontraba atractivo. —Movió los hombros enfundados en seda y deslizó los ojos hasta el cristal entintado de la ventana justo en el momento en que un tranvía lleno de turistas pasaba de largo—. Si alguno de los dos tenía ganas de un poco de diversión, el otro normalmente le complacía. —Sonrió de nuevo—. Pero eso no era frecuente. Al igual que cuando se trabaja en una pastelería, al final uno pierde el placer por el chocolate. Ella era una amiga, teniente. Y yo la apreciaba mucho.

—¿Puede usted decirme dónde se encontraba la noche de su muerte entre la medianoche y las tres de la madrugada?

Él arqueó las cejas. Si no se le había ocurrido que podía ser considerado sospechoso, era un actor excelente. Pero, pensó Eve, la gente que trabaja en este tipo de negocio debe serlo.

—Estaba aquí con una clienta. Se quedó a pasar la noche.

—¿Eso es habitual?

—Esta clienta prefiere este tipo de arreglo, teniente. Le daré su nombre, si eso es absolutamente necesario, pero preferiría no hacerlo. Por lo menos, hasta que le haya explicado la situación a ella.

—Es un asesinato, señor Monroe, así que es necesario. ¿A qué hora trajo a su clienta aquí?

—Sobre las diez. Cenamos en el Miranda, el café con vistas arriba de la Sexta.

—Las diez. —Eve asintió con la cabeza al recordar.

—La cámara de seguridad del ascensor. —Su sonrisa volvía a ser encantadora—. Es una ley anticuada. Supongo que podría arrestarme, pero no creo que valga la pena que pierda el tiempo en eso.

—Cualquier acto sexual en un área de seguridad es una falta, señor Monroe.

—Charles, por favor.

—Es poca cosa, Charles, pero podrían retirarle temporalmente el permiso por seis meses. Deme su nombre y lo resolveré con la mayor discreción posible.

—Va a hacer que pierda a una de mis mejores clientas —dijo él—. Darleen Howe. Le daré la dirección.

Se levantó y se dirigió a su agenda electrónica. Leyó la información en voz alta.

—Gracias. ¿Hablaba Sharon con usted sobre sus clientes?

—Éramos amigos —dijo él en tono cansado—. Sí, hablábamos de vez en cuando, aunque eso no es estrictamente ético. Contaba algunas historias divertidas. Yo tengo un estilo más convencional. Sharon estaba... abierta a lo inusual. A veces nos encontrábamos para tomar una copa y hablaba. Sin nombres. Tenía sus propios apodos para ellos. El emperador, la comadreja, la lechera, ese tipo de cosa.

—¿Mencionó en alguna ocasión a alguien que le preocupara, que la pusiera incómoda? ¿Alguien que hubiera podido mostrarse violento?

—No le importaba la violencia y no, no estaba preocupada por nadie. Algo propio de Sharon es que ella siempre sentía que tenía el control. Así era como lo quería porque decía que durante la mayor parte de su vida había estado bajo el control de otro. Sentía mucha amargura por su familia. Una vez me dijo que nunca había pensado en hacer carrera en el sexo profesional. Sólo se había introducido en él para volver loca a su familia. Pero luego, cuando se hubo encontrado ahí, decidió que le gustaba.

Hizo otro gesto con los hombros y tomó un sorbo del vaso.

—Así que permaneció en la vida, y mató a dos pájaros de una follada. Su frase.

Levantó la mirada.

—Parece que una de las folladas la ha matado.

—Sí. —Eve se levantó y guardó la grabadora—. No salga de la ciudad, Charles. Estaremos en contacto.

—¿Eso es todo?

—De momento.

Él también se levantó y volvió a sonreír.

—Resulta fácil hablar con usted, para ser policía... Eve. —Probó a deslizar un dedo a lo largo del brazo de ella. Eve arqueó las cejas en expresión de sorpresa y él llevó el dedo hasta la línea de la mandíbula—. ¿Tiene prisa?

—¿Por qué?

—Tengo un par de horas libres y es usted muy atractiva. Unos grandes ojos dorados —murmuró—. Ese pequeño hoyuelo en la barbilla. ¿Por qué no dejamos el reloj un rato?

Ella esperó un momento y él bajó la cabeza, acercando los labios a los de ella.

—¿Es esto un soborno, Charles? Porque si lo es, y si es usted la mitad de bueno de lo que supongo que es…

—Soy mejor. —Le mordisqueó el labio inferior y deslizó la mano hacia abajo para jugar con uno de sus pechos—. Soy mucho mejor.

—En ese caso… Tendría que acusarle por un delito grave. —Sonrió y se apartó—. Y eso nos entristecería mucho a ambos. —Divertida, le dio una palmadita en la mejilla—. Pero gracias por pensarlo.

La siguió hasta la puerta mientras se rascaba la mandíbula.

—¿Eve?

Ella se detuvo, con la mano en el tirador, y le miró.

—¿Sí?

—Sobornos a parte, si cambia de opinión, a mí me interesaría verla un poco mejor.

—Se lo haré saber.

Cerró la puerta y se dirigió al ascensor.

Pensó que a Charles Monroe no le hubiera resultado difícil salir de su apartamento mientras su clienta dormía y colarse en el de Sharon. Un poco de sexo, un pequeño asesinato…

Pensativa, entró en el ascensor.

Manipular los discos. Como residente del edificio, le hubiera resultado sencillo tener acceso a la seguridad del mismo. Luego hubiera podido volver a la cama con su clienta.

Era una pena que ese escenario fuera plausible, pensó Eve mientras se dirigía al vestíbulo. Le gustaba. Pero hasta que hubiera comprobado a su testigo, Charles Monroe se encontraba en el primer puesto de su corta lista.

Capítulo tres

*E*ve odiaba los funerales. Detestaba el ritual que los seres humanos insistían en ofrecerle a la muerte. Las flores, la música, las interminables palabras y los llantos.

Debía de haber un Dios. No había despejado por completo ese tema. Pero si lo había, pensó, seguro que se habría reído bastante de los rituales que los seres de su creación llevaban a cabo.

A pesar de eso, viajó a Virginia para asistir al funeral de Sharon DeBlass. Quería ver a la familia de la muerta y a sus amigos allí reunidos con intención de observarles, analizarles y juzgarles.

El senador se encontraba allí de pie, con el rostro severo y los ojos secos, seguido por Rockman, su sombra, a un paso de distancia. Detrás de DeBlass se encontraban su hijo y su nuera.

Los padres de Sharon eran unos abogados jóvenes, atractivos y exitosos que dirigían su propio gabinete.

Richard DeBlass tenía la cabeza gacha y los ojos cubiertos. Era una versión menos dinámica y más elegante de su padre. Eve se preguntó si era una coincidencia que se encontrara de pie separado por la misma distancia de su padre que de su esposa.

Elizabeth Barrister llevaba un vestido negro. Era una mujer esbelta y elegante, de un brillante pelo caoba, aunque mostraba una postura rígida. Eve percibió que tenía los ojos enrojecidos y llenos de lágrimas.

Eve se preguntó, y era una pregunta que se había hecho toda la vida, qué era lo que sentía una madre al perder a un hijo.

El senador DeBlass también tenía una hija, y ésta se encontraba de pie a su derecha. Catherine DeBlass, congresista, había seguido la carrera política como su padre. De una delgadez dolorosa, mostraba una actitud de una rigidez militar. Sus brazos parecían unas quebradizas ramitas enfundadas en las mangas del vestido negro. A su lado, su marido, Justin Summit, tenía la vista fija en el brillante ataúd envuelto en rosas que se encontraba en el extremo frontal de la iglesia. A su lado, su hijo, Franklin, todavía estaba atrapado en el desgarbado estado propio de la adolescencia y no dejaba de removerse, inquieto.

En el extremo del banco, un poco separada del resto de la familia, se encontraba la esposa de DeBlass, Anna.

Ella tampoco se movía ni lloraba. Eve no la vio ni una vez dirigir la mirada hacia la caja cubierta de flores que contenía los restos de su única nieta.

Por supuesto, había más gente. Los padres de Elizabeth se encontraban juntos, tenían las manos unidas y lloraban abiertamente. Primos, conocidos y amigos se secaban los ojos o miraban a su alrededor con asombro o con horror. El presidente había mandado una representación y la iglesia se encontraba llena de más políticos que el comedor del Senado.

Aunque allí había más de cien rostros, Eve no tuvo ninguna dificultad en distinguir el de Roarke en medio de la multitud. Estaba solo. Había más gente a su lado, en el banco, pero Eve reconoció el aire de soledad que le rodeaba. Aunque hubiera habido mil personas en el edificio, él se habría mantenido alejado de todos ellos.

Su rostro, impresionante, no dejaba traslucir nada: ni culpa, ni pena, ni ningún interés. Por su rostro, también hubiera podido estar presenciando una obra de teatro mediocre. Y Eve no podía pensar en una descripción mejor para un funeral.

De vez en cuando, más de una persona se giraba en su dirección para observarle y, en el caso de la atractiva morena, para flirtear de una manera nada sutil. Roarke respondía de la misma forma en ambos casos: les ignoraba.

A primera vista, Eve le hubiera tachado de frío. Un hombre que, como una helada fortaleza, se protegía a sí mismo de todo y de todos. Pero tenía que tener pasión. Se necesitaba más que disciplina e inteligencia para llegar a la cúspide tan joven. Hacía falta ambición y, según entendía Eve, la ambición era un combustible altamente inflamable.

Él mantenía la vista hacia delante mientras los cantos fúnebres crecían, pero, de repente, se volvió y dirigió la mirada cinco bancos hacia atrás, hacia el otro lado del pasillo central y clavó los ojos en los de Eve.

Fue la sorpresa lo que la obligó a pelearse consigo misma para no dar un brinco ante ese repentino e inesperado gesto de poder. Fue la voluntad lo que le permitió no parpadear ni desviar la mirada. Durante un tenso minuto se miraron el uno al otro. Luego, hubo movimiento y los presentes pasaron entre los dos en dirección al exterior de la iglesia.

Cuando Eve salió al pasillo e intentó localizarle de nuevo, él había desaparecido.

Se unió a la larga fila de coches y limusinas que se dirigían al cementerio. Delante, el coche fúnebre y los vehículos de la familia se desplazaban con solemnidad. Sólo la gente muy rica se podía permitir internar los cuerpos. Y únicamente los obsesivamente tradicionales enterraban a sus muertos en tierra.

Con el ceño fruncido y repiqueteando los dedos sobre el volante, Eve confió sus impresiones a la grabadora. Cuando llegó al tema de Roarke, dudó y el ceño fruncido se hizo más profundo.

—¿Por que se habría tomado la molestia de asistir al funeral de una conocida tan casual? —murmuró, dirigiéndose a la grabadora que llevaba en el bolsillo—. Según los datos, ambos se habían conocido recientemente y se habían encontrado solamente una vez. Su comportamiento parece inconsistente y cuestionable.

Se estremeció y se alegró de encontrarse sola mientras atravesaba las puertas del cementerio con el coche. Por lo que se refería a Eve, debería existir una ley que prohibiera meter a la gente en un agujero.

Más palabras de consolación y más lágrimas, más flores. El sol brillaba como el filo de una espada, pero el aire tenía una cualidad mordiente como la de un niño engreído. Eve llegó al lado de la tumba y se introdujo las manos en los bolsillos. Se había olvidado los guantes otra vez. El largo y oscuro abrigo que llevaba era prestado. Debajo de él, llevaba el único traje chaqueta que tenía, uno gris, con uno de los botones delanteros suelto que parecía obligarla a tirar de él todo el rato. Sentía los dedos de los pies, enfundados en sus botas de piel fina, como pequeños bloques de hielo.

Esa incomodidad la ayudaba a no prestar atención a la tristeza que emanaba de las lápidas mortuorias y del olor fresco de la tierra removida. Sufrió el paso del tiempo con paciencia y esperó a que se disolviera el eco de las últimas palabras dedicadas a la vida eterna. Entonces se acercó al senador.

—Mis condolencias, senador DeBlass, a usted y a su familia.

La mirada del senador era dura, afilada y oscura, como el canto tallado de una piedra.

—Guárdese sus condolencias, teniente. Quiero justicia.

—Yo también. Señora DeBlass. —Eve ofreció la mano a

la esposa del senador y se encontró estrechando un manojo de dedos como ramitas quebradizas.

—Gracias por venir.

Eve asintió con la cabeza. Al observarla de cerca, se dio cuenta de que Anna DeBlass se encontraba al límite de su emoción, solamente contenida por unas dosis de fármacos. Su mirada se apartó del rostro de Eve y se fijó más allá de él al tiempo que la mano se retiraba.

—Gracias por venir —dijo, exactamente en el mismo tono de voz vacío ante la siguiente expresión de condolencia.

Antes de que Eve pudiera decir nada más, sintió que alguien le sujetaba el brazo con fuerza. Rockman le dirigió una sonrisa solemne.

—Teniente Dallas, el senador y su familia aprecian la compasión y el interés que ha mostrado usted asistiendo al funeral. —La apartó con sus modales discretos—. Estoy seguro de que comprenderá que, en estas circunstancias, al lado de su tumba, resultaría muy difícil para los padres de Sharon conocer al agente encargado de la investigación del asesinato de su hija.

Eve permitió que la condujera unos ciento cincuenta metros más allá antes de obligarle a que le soltara el brazo.

—Rockman, realiza usted el trabajo adecuado. Ésta ha sido una forma muy delicada y diplomática de decirme que me largue de aquí.

—En absoluto. —Él continuaba sonriente, con una suave y educada actitud—. Es solamente que hay un momento y un lugar para cada cosa. Puede usted contar con nuestra absoluta colaboración, teniente. Si desea realizar algunas preguntas a la familia del senador, estaré más que complacido en organizarlo.

—Yo organizaré mis propias entrevistas, en el momento y en el lugar que me parezca apropiado. —Esa sonrisa la irritaba, así que intentó ver si era capaz de borrársela del rostro—. ¿Y qué hay de usted, Rockman? ¿Tiene usted un testigo para la noche en cuestión?

La sonrisa flaqueó: eso resultó un tanto satisfactorio. De todas formas, él se recuperó con rapidez.

—No me gusta la palabra «testigo».

—A mí tampoco. —Volvió a la carga con una sonrisa—: Es por eso por lo que no tengo nada mejor que hacer que anularlos. No ha contestado a mi pregunta, Rockman.

—Me encontraba en Washington Este la noche en que Sharon fue asesinada. El senador y yo estuvimos trabajando hasta bastante tarde redefiniendo un proyecto de ley que desea presentar el mes próximo.

—Es un viaje rápido desde Washingon Este hasta Nueva York —comentó Eve.

—Lo es. De todas formas, no lo realicé esa noche. Trabajamos hasta casi la medianoche. Entonces me retiré a la habitación de invitados del senador. Tomamos el desayuno juntos a las siete de la mañana siguiente. Si Sharon, tal como aparece en sus propios informes, fue asesinada a las dos, eso me da un breve lapso de tiempo.

—Un breve lapso de tiempo continúa siendo una oportunidad. —Pero lo dijo solamente para irritarle.

Le dio la espalda y se alejó. Había ocultado la información de los discos de seguridad manipulados en el informe que había enviado a DeBlass. El asesinato se había cometido en el Gorham hacia medianoche. Rockman difícilmente utilizaría al abuelo de la víctima como testigo a no ser que fuera algo sólido. Si Rockman había estado trabajando en Washington Este hasta la medianoche, eso cerraba cualquier posibilidad.

Vio a Roarke otra vez y observó con interés que Elizabeth Barrister colgaba de su brazo y él inclinaba la cabeza hacia ella mientras le decía algo. No era la forma habitual en que dos desconocidos se ofrecen y aceptan condolencias, pensó Eve.

Levantó una ceja al ver que Roarke llevaba la mano hasta la mejilla de Elizabeth mientras la besaba en la otra. Entonces se apartó un poco y dirigió unas discretas palabras a Richard De-Blass.

Se había acercado al senador, pero no había habido contacto entre ellos y la conversación había sido breve. Luego, solo, tal y como Eve había sospechado, Roarke empezó a caminar por el césped, entre los fríos monumentos que los vivos levantaban para los muertos.

—Roarke.

Él se detuvo y, al igual que había hecho durante el servicio religioso, se volvió y la miró a los ojos. A Eve le pareció discernir algo en ellos: rabia, tristeza, impaciencia. Pero, rápidamente, eso desapareció y volvieron a aparecer simplemente fríos, azules e impenetrables.

Eve no se apresuró mientras se dirigía hacia él. Algo le decía que era un hombre demasiado acostumbrado a que la gente, y por supuesto una mujer, corriera hacia él. Así que se tomó el tiempo necesario. Los faldones del abrigo prestado ondularon a cada paso de sus largas y frías piernas.

—Me gustaría hablar con usted —le dijo cuando hubo llegado hasta él. Sacó la placa, le observó mientras él echaba un vistazo antes de volver a dirigir sus ojos a los de ella—. Estoy investigando el asesinato de Sharon DeBlass.

—¿Tiene usted la costumbre de asistir a los funerales de las víctimas asesinadas, teniente Dallas?

Su voz era suave y tenía un toque del encanto irlandés, como el de una densa cucharada de nata sobre el whisky caliente.

—¿Tiene usted la costumbre de asistir a los funerales de las mujeres a quienes prácticamente no conoce, Roarke?

—Soy un amigo de la familia —respondió él, simplemente—. Está helada, teniente.

Ella introdujo los dedos fríos en los bolsillos del abrigo.

—¿Qué grado de relación tiene con la familia de la víctima?

—El suficiente. —Ladeó un poco la cabeza. Roarke pensó que a Eve iban a castañetearle los dientes al cabo de un minuto. El desagradable viento arremolinaba ese corto cabello alrededor de un rostro que le pareció muy interesante. Inteligente, tenaz, sexy. Ésas eran tres buenas razones para echar un segundo vistazo a una mujer—. No sería más adecuado que habláramos en algún lugar más atemperado?

—No he podido contactar con usted —empezó ella.

—He estado de viaje. Ahora me ha encontrado. Supongo que vuelve a Nueva York. ¿Hoy?

—Sí. Me quedan unos minutos antes de ir a buscar el puente aéreo. Así que…

—Así que regresaremos juntos. Eso le dará el tiempo suficiente para taladrarme con sus preguntas.

—Hacerle unas preguntas —repuso ella con los dientes apretados, enojada al ver que él acababa de dar media vuelta y se alejaba. Alargó el paso para alcanzarle—. Unas sencillas preguntas ahora, Roarke, y podemos dejar una entrevista más formal para después de nuestro regreso a Nueva York.

—Detesto perder el tiempo —dijo él, con ligereza—. Me parece que a usted le sucede lo mismo. ¿Ha alquilado un coche?

—Sí.

—Haré que lo devuelvan. —Alargó la mano y esperó a que ella le diera la llave.

—No es necesario.

—Es más sencillo. Me doy cuenta de sus dificultades, teniente, y aprecio la simplicidad. Usted y yo nos dirigimos al mismo punto de destino a la misma hora aproximadamente. Usted quiere hablar conmigo y yo deseo responder a su voluntad. —Se detuvo al lado de una limusina negra en la cual un conductor con uniforme aguardaba con la puerta abierta—.

Mi transporte privado se dirige a Nueva York. Por supuesto, usted puede seguirme hasta el aeropuerto y allí tomar el transporte público para llamar más tarde a mi oficina para concertar una cita. O puede venir conmigo en el coche, disfrutar de la privacidad de mi jet y recibir toda mi atención durante el viaje.

Ella dudó solamente unos instantes. Luego sacó del bolsillo la llave del coche de alquiler y la dejó caer sobre la palma de la mano de él. Sonriendo, él le indicó con un gesto que entrara en la limusina. Ella se instaló en ella mientras él le daba las instrucciones al conductor para que arreglara lo del coche alquilado.

—Bueno, ya está. —Roarke se deslizó hasta el asiento, a su lado, y alargó la mano hasta una jarra—. ¿Le gustaría tomar un coñac para quitarse el frío?

—No.

Eve sentía que el calor del coche le subía desde los pies y tenía miedo de empezar a temblar a causa del súbito calor.

—Ah. Horas de trabajo. Quizá un café.

—Fantástico.

Un destello dorado brilló desde la muñeca de Roarke cuando éste programó dos cafés en el AutoChef instalado en uno de los paneles laterales.

—¿Leche?

—Solo.

—Una mujer como las que a mí me gustan. —Al cabo de un momento, abrió un pequeño armario y le ofreció una taza de porcelana con un delicado plato—. Tenemos una selección más amplia en el avión —le dijo, mientras se arrellanaba en el asiento con el café en la mano.

—Estoy segura.

El vapor que se elevaba desde la taza tenía un aroma celestial. Eve tomó un sorbo y estuvo a punto de gemir de placer.

Era de verdad. No era un sucedáneo hecho a partir de concentrado vegetal, algo tan habitual dado que los bosques pluviosos se encontraban en retroceso desde finales del siglo xx. Éste era un café de verdad, verdaderos granos de Colombia molidos, repleto de cafeína.

Eve dio otro sorbo y hubiera podido llorar.

—¿Algún problema?

Él disfrutó inmensamente de su reacción, del parpadeo de las pestañas, del ligero rubor, del oscurecimiento de los ojos. Una reacción similar, pensó, a la que tiene una mujer que ronronea por las caricias de un hombre.

—¿Sabe cuánto tiempo hace que no tomo un café de verdad?

Él sonrió.

—No.

—Yo tampoco. —Sin avergonzarse, Eve cerró los ojos y levantó la taza de nuevo—. Debe usted disculparme, éste es un momento íntimo. Ya hablaremos en el avión.

—Como quiera.

Él se permitió el placer de observarla mientras el coche realizaba el trayecto suavemente por la carretera.

Curioso, pensó, que no le hubiera parecido una policía. Habitualmente él tenía un buen instinto para esos asuntos. Durante el funeral, lo único en que había pensado era en la terrible pérdida que suponía que alguien tan joven, alocado y lleno de vida como Sharon estuviera muerta.

Entonces, le había parecido sentir algo, algo que le había hecho tensar los músculos y sentir el vientre. Había notado la mirada de ella con una intensidad tan física como si le hubieran dado un puñetazo. Al volverse y al verla, había recibido otro puñetazo. Dos puñetazos a cámara lenta que había sido incapaz de esquivar.

Fascinante.

Pero la lucecita de alarma no se había apagado. No era la lucecita de alarma que se encendía ante un policía. Había visto a una alta y esbelta morena de pelo corto y revuelto, ojos del color de la miel y unos labios hechos para el sexo.

Si ella no le hubiera encontrado, él la hubiera intentado encontrar.

Era demasiado triste que fuera policía.

Ella no volvió a decir nada hasta que llegaron al aeropuerto y entraron en la cabina del JetStar 6000.

Eve volvió a sentirse impresionada, y eso era algo que odiaba. El café era una cosa, y una pequeña debilidad podía ser permitida, pero a pesar de todo no le importó que su rostro comunicara la sorpresa al ver una cabina tan lujosamente acomodada. Mullidos sillones, sofás, una alfombra antigua, jarrones de cristal llenos de flores.

En la cabina había una pantalla en un hueco de la pared del fondo y una azafata de vuelo en uniforme que no mostró ninguna sorpresa ante el hecho de que Roarke embarcara con una mujer desconocida.

—¿Coñac, señor?

—Mi acompañante prefiere café, Diana, solo. —Levantó una ceja hasta que Eve hubo asentido—. Yo tomaré un coñac.

—He oído hablar del JetStar. —Eve se sacó el abrigo y éste fue retirado junto con el de Roarke por la azafata—. Es un buen medio de transporte.

—Gracias. Dedicamos dos años a diseñarlo.

—¿Industrias Roarke? —preguntó ella mientras se sentaba.

—Exacto. Prefiero usar el mío siempre que es posible. Deberá usted atarse el cinturón para el despegue —le advirtió antes de encender el interfono—. Listos.

—Nos han dado permiso —le respondieron—. Treinta segundos.

Con la rapidez de un parpadeo, ya estaban en el aire. La transición había sido tan suave que casi no se habían notado los motores. Eve pensó que no tenía nada que ver con esos aviones comerciales en los que uno se queda pegado al respaldo del asiento durante los primeros cinco minutos de vuelo.

Les sirvieron bebidas y un pequeño plato con fruta y queso que hizo que Eve empezara a salivar. Pensó que había llegado el momento de ponerse a trabajar.

—¿Cuánto hace que conocía a Sharon DeBlass?

—La conocí hace poco, en casa de un conocido mutuo.

—Dijo usted que es un amigo de la familia.

—De sus padres —repuso Roarke—. Hace varios años que conozco a Beth y a Richard. Primero teníamos una relación de negocios y luego tuvimos una relación más personal. Sharon estaba en el colegio, luego estuvo en Europa, y no nos encontramos nunca. Tuve una cita con ella por primera vez hace unos cuantos días. La llevé a cenar. Luego murió.

Sacó una cajita plana de oro de un bolsillo interior. Eve entrecerró los ojos en desaprobación al ver que encendía un cigarrillo.

—El tabaco es ilegal, Roarke.

—No en el espacio aéreo libre, en aguas internacionales ni en los límites de la propiedad privada. —Él le sonrió desde el otro lado de la nube de humo—. ¿No cree, teniente, que la policía ya tiene suficiente trabajo sin tener que legislar nuestro código moral ni nuestro estilo de vida personal?

Eve odiaba reconocer, aunque fuera sólo íntimamente, que el tabaco tenía un aroma tentador.

—¿Es por eso que colecciona usted armas? ¿Forma parte de su personal estilo de vida?

—Las encuentro fascinantes. Su abuelo y el mío opinaban que ser propietario de un arma era un derecho constitucional. Hemos jugado bastante con los derechos constitucionales a medida que nos hemos civilizado.

—Y un asesinato o una herida infligida por ese tipo específico de arma es ahora una aberración más que una norma.

—¿Le gustan las normas, teniente?

La pregunta no era nada especial, al igual que no lo era el insulto que ésta escondía. Eve se tensó.

—Si no hay normas, hay caos.

—Si hay caos, hay vida.

Filosofía barata, pensó Eve, molesta.

—¿Posee usted una Smith & Wesson del calibre 38, modelo 10, de aproximadamente 1990?

Él tomó otro trago, despacio, mientras lo pensaba. El tabaco, caro, se consumía entre sus largos y elegantes dedos.

—Creo que tengo una de ese modelo. ¿Es ése el que la mató?

—¿Le importaría enseñármela?

—En absoluto, en cuanto lo desee.

Demasiado fácil, pensó Eve. Todo lo que era demasiado fácil le resultaba sospechoso.

—Usted cenó con la fallecida la noche antes de su muerte. En México.

—Exacto. —Roarke apagó el cigarrillo y se recostó con su coñac en la mano—. Tengo una pequeña casa de campo en la costa Oeste. Me pareció que le gustaría. Y le gustó.

—¿Tuvo usted una relación física con Sharon DeBlass?

Los ojos de Roarke brillaron un instante, pero si fue a causa de la diversión o del enfado, Eve no estaba segura.

—Entiendo que con eso quiere decir si tuve relaciones sexuales con ella. No, teniente, aunque eso no parece muy relevante. Cenamos.

—Usted llevó a una hermosa mujer, a una acompañante profesional, hasta su casa de campo en México y lo único que compartió con ella fue la cena.

Él dejó pasar unos momentos mientras escogía una uva verde y brillante.

—Aprecio a una mujer hermosa por muchos motivos y me gusta pasar mi tiempo en su compañía. No me relaciono con profesionales por dos motivos. En primer lugar, no me parece necesario pagar para tener sexo. —Dio un sorbo de coñac mientras la observaba—. Y, además, no me gusta compartir. —Hizo una breve pausa—: ¿Y a usted?

Eve sintió cosquillas en el estómago, pero las ignoró.

—No estamos hablando de mí.

—Yo sí lo estaba haciendo. Es usted una mujer hermosa, y estamos bastante solos, por lo menos lo estaremos durante los próximos quince minutos. Y lo único que hemos compartido ha sido el café y el coñac. —Sonrió al notar el enfado en los ojos de ella—. ¿No es heroico el autocontrol que tengo?

—Yo diría que su relación con Sharon DeBlass tenía un cariz un tanto distinto.

—Oh, estoy absolutamente de acuerdo. —Escogió otra uva y se la ofreció.

La comida era una debilidad, se dijo Eve a sí misma a pesar de que aceptó la uva y mordió su piel tensa y fina.

—¿La vio después de la cena en México?

—No. La dejé sobre las tres de la mañana y me fui a casa. Solo.

—¿Puede explicarme dónde estuvo durante las cuarenta y ocho horas siguientes de haberse ido a casa… solo?

—Estuve en la cama durante las primeras cinco. Recibí una conferencia durante el desayuno. Sobre las ocho y cuarto. Puede usted comprobar los registros.

—Lo haré.

Esta vez él sonrió con una nota seductora que aumentó la velocidad del pulso de Eve.

—No tengo ninguna duda. Me resulta usted fascinante, teniente Dallas.

—¿Y después de la conferencia?

—Terminó sobre las nueve. Trabajé hasta las diez, después pasé unas cuantas horas en mi oficina del centro de la ciudad con varias citas. —Sacó una tarjeta pequeña y delgada. Eve se dio cuenta de que era una agenda—. ¿Desea que se las detalle?

—Preferiría que hiciera que me mandaran una copia impresa a mi oficina.

—Me encargaré de ello. Estuve de vuelta en casa a las siete. Tuve una cena de negocios con varios miembros de mi fábrica japonesa, en casa. Cenamos a las ocho. ¿Desea que le mande el menú?

—No sea sarcástico, Roarke.

—Simplemente, directo, teniente. La noche terminó pronto. Hacia las once ya me encontraba solo, con un libro y un coñac, y estuve solo hasta las siete de la mañana, momento en que me tomé la primera taza de café. ¿Le gustaría tomar otra?

Eve hubiera sido capaz de matar por otra taza de café, pero negó con la cabeza.

—Solo durante ocho horas, Roarke. ¿Habló usted con alguien, vio a alguien durante ese tiempo?

—No, a nadie. Tenía que estar en París al día siguiente y deseaba tener una noche tranquila. El peor momento para hacer eso, parece. Pero, por otro lado, si tenía que matar a alguien no hubiera sido muy inteligente no protegerme con un testigo.

—O muy arrogante no preocuparse de eso —respondió ella—. ¿Se dedica simplemente a coleccionar armas antiguas, Roarke, o también las utiliza?

—Soy un excelente tirador. —Dejó la copa vacía a un lado—. Me encantará demostrárselo cuando venga usted a ver mi colección. ¿Le iría bien mañana?

—Muy bien.

—¿A las siete en punto? Doy por entendido que tiene usted la dirección. —Él se inclinó hacia delante y ella se tensó al notar que le rozaba el brazo con la mano. Estuvo a punto de silbar como una serpiente. Él se limitó a sonreír, con el rostro cerca del de ella y los ojos al mismo nivel—. Tiene que volver a abrocharse el cinturón —le dijo en voz baja—. Vamos a aterrizar en un momento.

Él también se abrochó el cinturón y se preguntó si la estaba poniendo nerviosa por ser un hombre, por ser un sospechoso de asesinato o por ser ambas cosas a la vez. Entonces se dio cuenta de que cada una de esas posibilidades ofrecía un interés específico, y unas oportunidades también específicas.

—Eve —murmuró—, un nombre tan sencillo y femenino. Me pregunto si es adecuado para usted.

Ella no dijo nada mientras la azafata entraba para retirar los platos.

—¿Ha estado alguna vez en el apartamento de Sharon DeBlass?

Encerrada en una dura concha, pensó él, pero estaba seguro que dentro había algo suave y blando. Se preguntó si —no, cuándo— tendría la oportunidad de descubrirlo.

—No mientras ella era una inquilina —le respondió Roarke, reclinándose de nuevo—. Y, que yo recuerde, en ninguna otra ocasión, aunque es posible que haya estado. —Volvió a sonreír—. Soy el propietario del Centro Gorham, estoy seguro de que está usted al corriente.

Con gesto despreocupado, dirigió la vista más allá de la ventana mientras la tierra pasaba volando por debajo de ellos.

—¿Tiene algún vehículo en el aeropuerto, teniente, o la dejo en algún sitio?

Capítulo cuatro

*E*ve se encontraba más que cansada después de haber terminado el informe para Whitney y de haber llegado a casa. Se sentía fastidiada. Había deseado enormemente haber impresionado a Roarke con el hecho de que ella sabía que él era el propietario del Gorham. Que él lo dijera antes, y con el mismo tono educado y despreocupado con que le había ofrecido café, había hecho que la entrevista terminara con un punto a favor de él.

A Eve no le gustaba ese marcador.

Había llegado el momento de equilibrar la situación. Sola, en la sala de estar, y técnicamente fuera de horas de trabajo, se sentó delante del ordenador.

—Comunicando, Dallas, acceso código cinco. Identificación 53478Q. Abrir archivo DeBlass.

Voz e identificación reconocidos, Dallas. Adelante.

—Abrir subcarpeta Roarke. Sospechoso Roarke: conocido por la víctima. Según la fuente C, Sebastian, la víctima deseaba al sospechoso. El sospechoso cumplía sus expectativas como compañero sexual. Alta posibilidad de un vínculo emocional.

»Oportunidad de cometer el crimen. El sospechoso es propietario del edificio de apartamentos de la víctima, y tiene la misma facilidad de acceso como de conocimiento de los sistemas de seguridad de la escena del crimen. El sospechoso no tiene ningún testigo para el período de cuarenta y ocho horas durante la noche del crimen, lo cual incluye el intervalo de tiempo que se encuentra borrado en los discos de seguridad. El sospechoso es poseedor de una gran colección de armas antiguas, incluido el modelo que se utilizó con la víctima. El sospechoso admite que es un experto tirador.

»Factor de personalidad del sospechoso. Distante, seguro de sí mismo, autoindulgente, muy inteligente. Interesante equilibrio entre agresividad y seducción.

»Motivo.

En ese punto, empezó a tener dudas. Pensativa, se levantó y paseó por la habitación mientras el ordenador esperaba más datos. ¿Por qué mataría un hombre como Roarke? ¿Por beneficios, por pasión? No lo creía. La riqueza y la posición eran cosas que él podía conseguir por otros medios. A las mujeres —para el sexo y demás— seguro que podía ganárselas sin siquiera una gota de sudor. Eve sospechaba que era capaz de ejercer violencia, y que lo haría de forma fría.

El asesinato de Sharon DeBlass estaba teñido de sexo. Había una capa de crudeza a su alrededor. Eve no podía reconciliar eso con el hombre elegante con quien había compartido un café.

Quizá ahí estaba la clave.

—El sospechoso considera que el código moral es algo de ámbito personal más que de ámbito legislativo —continuó, caminando con lentitud—. El sexo, la restricción de armas, la restricción de drogas, de tabaco y de alcohol, así como el asesinato, están relacionados con una moralidad que ha sido legislada en exceso. El asesinato de una acompañante con licencia, la única hija de unos amigos, la única nieta de uno de los legisladores más directos y conservadores del país, por un arma prohibida. ¿Es ésta una muestra de los fallos que el sospechoso opina son propios del sistema legal?

»Motivo —concluyó, sentándose de nuevo—. Autoindulgencia.

Exhaló un largo suspiro de satisfacción.

—Calcular posibilidades.

El sistema chirrió, lo cual le recordó que era otra de las piezas que necesitaban un cambio, y luego se estabilizó en un extraño zumbido.

Probabilidad de Roarke como ejecutor del crimen dados los datos actuales y las suposiciones, 82,6 por ciento.

Oh, era posible, pensó Eve, recostándose en el respaldo de la silla. Hubo un tiempo, no tan distante en el pasado, en que un niño podía recibir un disparo de otro niño a causa de los zapatos que calzaba.

¿Qué era eso si no autoindulgencia?

Él había tenido la oportunidad. Había tenido los medios. Y si se contemplaba su arrogancia, tenía el motivo.

Mientras observaba sus propias palabras parpadeantes en la pantalla y estudiaba el impersonal análisis del ordenador, Eve se preguntó por qué le resultaba tan difícil creerlo.

Tenía que admitir que no lo veía. No podía visualizar a Roarke de pie detrás de la cámara, apuntando con el arma a la víctima desnuda, indefensa y sonriente, no podía imaginarle descargando el plomo en su cuerpo sólo momentos después de haber depositado sus semillas en él.

A pesar de eso, había ciertos hechos que no podían ser pasados por alto. Si pudiera relacionar unos cuantos de ellos, podría pedir una orden de análisis psiquiátrico. ¿No resultaría eso interesante?, pensó, con media sonrisa. Viajar al interior de la mente de Roarke debía de ser algo fascinante. Daría el siguiente paso al día siguiente a las siete de la tarde.

El timbre de la puerta le hizo fruncir el ceño.

—Guardar como texto, Dallas. Código cinco. Corto comunicación.

El monitor se apagó con un parpadeo y Eve se levantó para ver quién la estaba interrumpiendo. Una mirada a la pantalla de seguridad le borró el ceño de la frente.

—Eh, Mavis.

—¿Te has olvidado, no es así?

Mavis Freestone entró, un tintineo de cascabeles, un vaho de perfume. Esa noche su pelo era de un plateado brillante, un tono que cambiaría tan pronto como cambiara de humor. Se lo echó hacia atrás y la mata de pelo brilló como lleno de estrellas hasta su cintura, increíblemente estrecha.

—No, no lo he olvidado. —Eve cerró la puerta y volvió a pasar los cerrojos—. ¿Olvidar qué?

—La cena, el baile, la farra. —Con un pesado suspiro, Mavis dejó caer sus sinuosos cuarenta y cuatro kilos sobre el sofá, desde donde echó un vistazo desdeñoso al simple traje chaqueta gris de Eve—. No puedes salir con eso

Eve se sintió gris, tal como le ocurría siempre que se encontraba a menos de cien metros de ella, y se miró el traje chaqueta.

—No, supongo que no.

—Así que —Mavis hizo un gesto con un dedo de brillo esmeralda— te habías olvidado.

Se había olvidado, pero ahora empezaba a recordarlo. Habían planeado ir a ver qué tal estaba un club nuevo que Mavis había descubierto en los muelles espaciales de Jersey. Según Mavis, los deportistas del espacio estaban calientes de forma perenne. Algo que ver con una ingravidez prorrogada.

—Lo siento. Estás estupenda.

Inevitablemente, era verdad. Ocho años antes, cuando Eve detuvo a Mavis por un pequeño robo, ya estaba estupenda. Una ladronzuela callejera ágil como la seda, de dedos rápidos y sonrisa brillante.

Durante los años transcurridos desde entonces, de alguna forma se habían hecho amigas. A Eve, que podía contar con los dedos de una mano a los amigos que no eran policías, esa relación le era preciosa.

—Pareces cansada —observó Mavis en un tono que era más acusatorio que compasivo—. Y te falta un botón.

Los dedos de Eve volaron automáticamente hasta la chaqueta y palparon los hilos sueltos.

—Mierda. Lo sabía. —Disgustada, se quitó la chaqueta y la tiró a un lado—. Mira, lo siento. Me olvidé. He tenido muchas cosas en la cabeza hoy.

—¿Incluido el motivo por el que necesitabas mi abrigo negro?

—Sí, gracias. Me ha venido bien.

Mavis se quedó sentada un minuto, repiqueteando las uñas color esmeralda en el brazo del sofá.

—Asuntos de policía. Y yo que deseaba que hubieras tenido una cita. De verdad, Dallas, necesitas empezar a conocer a hombres que no sean criminales, pronto.

—Conocí a ese asesor de imagen con quien me arreglaste la cita. No era un criminal. Solamente era un idiota.

—Eres demasiado exigente. Y de eso hace seis meses.

Ese tipo había intentado metérsela en el saco ofreciéndole un tatuaje gratis en los labios, así que Eve pensó que seis meses no era tiempo suficiente. Pero se guardó la opinión para sí misma.

—Voy a cambiarme.

—No te apetece salir a ver los culos de los chicos del espacio. —Mavis se levantó otra vez. Los pendientes, largos hasta los hombros, brillaron—. Pero ve a cambiarte esa horrorosa falda. Voy a encargar comida china.

Eve sintió que los hombros se le relajaban de puro alivio. Por Mavis, habría estado dispuesta a soportar una noche en cualquier club estridente, repugnante y aglomerado de gente, sacándose de encima a pilotos cachondos y técnicos de estación espacial hambrientos de sexo. Pero la idea de comer un plato chino con los pies sobre la mesa le parecía celestial.

—¿No te importa?

Mavis negó con un gesto de mano mientras buscaba el restaurante en el ordenador.

—Me paso todas las noches en un club.

—Eso es trabajo —gritó Eve mientras entraba en su habitación.

—Y que lo digas. —Eve, mordisqueándose la lengua, repasó el menú que aparecía en la pantalla—. Hace unos años hubiera dicho que cantar para ganarme la cena era el timo más grande del mundo, el mejor regalo con el que podría tropezar. Resulta que estoy trabajando más duro de lo que nunca lo hice cuando estafaba a los turistas. ¿Quieres rollitos de huevo?

—Claro. No estarás pensando en dejarlo, ¿no?

Mavis permaneció unos momentos en silencio mientras hacía la selección.

—No. Estoy enganchada a los aplausos. —Se sintió generosa y cargó el gasto a su tarjeta—. Y desde que negociamos mi contrato y me llevo el diez por ciento de la entrada, me he convertido en una mujer de negocios normal.

—Tú no tienes nada de normal —la contradijo Eve. Volvió con unos cómodos tejanos y una camiseta con las iniciales del departamento de policía de Nueva York.

—Es verdad. ¿Te queda un poco de ese vino que traje la última vez?

—La segunda botella casi entera. —A Eve le pareció que ésa era la mejor idea que había tenido en todo el día, así que se dirigió a la cocina para servirlo—. Bueno, ¿todavía estás con ese dentista?

—No. —Mavis, con gesto despreocupado, se acercó a la unidad de recreo y programó música—. La cosa se estaba poniendo demasiado intensa. No me importaba que se enamorara de mis dientes, pero decidió ir a por todo el paquete. Quería casarse.

—El bastardo.

—No te puedes fiar de nadie —asintió Mavis—. ¿Cómo va el negocio de la ley y el orden?

—Un tanto intenso ahora mismo. —Sonó el timbre de la puerta y Eve levantó la vista de las copas—. Eso no puede ser la cena, todavía. —Mientras lo decía, oyó el repiquetear alegre de los altos tacones de aguja de Mavis en dirección a la puerta—. Comprueba antes la pantalla de seguridad —le advirtió rápidamente y ya se encontraba a medio camino de la puerta cuando oyó que Mavis la abría.

Dispuso de un momento para maldecirla, de otro para llevar la mano hasta el arma que no llevaba encima. Justo entonces, la risa seductora y fácil de Mavis volvió a equilibrarle la adrenalina.

Eve reconoció el uniforme de la compañía de mensajería y no vio otra cosa más que cierto placer avergonzado en el joven y lozano rostro del chico que ofrecía un paquete a Mavis.

—Me encantan los regalos —dijo Mavis con un pestañeo de plateadas pestañas. El chico dio un paso hacia atrás, ruborizado—. ¿Tú no estás incluido en él?

—Deja al chico en paz. —Meneando la cabeza, Eve tomó el paquete de las manos de Mavis y cerró la puerta.

—Son tan listos a esa edad. —Mavis lanzó un beso a la pantalla de seguridad y luego miró a Eve—. ¿Por qué estás tan nerviosa, Dallas?

—Supongo que el caso en el que estoy trabajando me tiene un tanto intranquila. —Echó un vistazo al papel dorado y al elaborado lazo del paquete, con un gesto que era más de desconfianza que de placer—. No sé quién puede mandarme esto.

—Hay una tarjeta —señaló Mavis, seca—. En todo caso podrías leerla. Posiblemente, ahí encuentres una pista.

—Mira quién está siendo lista ahora.

Eve sacó la tarjeta del sobre dorado.

Roarke

Mavis, desde encima del hombro de Eve, soltó un silbido de admiración.

—¡No será el Roarke! ¿El increíblemente rico, impresionantemente atractivo, sexy y misterioso Roarke, propietario aproximadamente del veintiocho por ciento del mundo y de sus satélites?

Lo único que Eve sintió fue irritación.

—Es el único al que conozco.

—Le conoces. —Mavis levantó los sombreados ojos hacia el cielo—. Dallas, te he subestimado de una forma imperdonable. Cuéntamelo todo. Cómo, cuándo, por qué. ¿Te acostaste con él? Dime que te acostaste con él y dame hasta el último detalle.

—Hemos mantenido una aventura secreta y apasionada durante los últimos tres años, y durante ese tiempo le he dado un hijo que está siendo criado por unos monjes budistas en el extremo más lejano de la Luna. —Con el ceño fruncido, Eve meneó la caja—. Cálmate, Mavis. Tiene que ver con el caso, y —añadió, antes de que Mavis volviera a abrir la boca— es confidencial.

Mavis volvió a levantar los ojos al cielo. Cuando Eve pronunciaba la palabra «confidencial», no había halago, queja o lamento que la moviera ni un centímetro.

—De acuerdo, pero lo que sí puedes decirme es si tiene tan buen aspecto en persona como en las fotos.

—Mejor —dijo Eve.

—Dios, ¿de verdad? —Mavis soltó un gemido y cayó sobre el sofá—. Creo que acabo de tener un orgasmo.

—Pues tú deberías saberlo. —Eve dejó el paquete y lo

miró con preocupación—. ¿Y cómo ha sabido dónde vivo? Uno no puede encontrar la dirección de un policía en una guía. ¿Cómo lo ha sabido? —repitió en voz baja—. ¿Y qué se propone?

—Por Dios, Dallas, ábrelo. Probablemente le caes simpática. Algunos hombres encuentran que una actitud fría, desinteresada y comedida es interesante. Eso les hace creer que una es profunda. Apuesto a que son diamantes —dijo Mavis, abalanzándose sobre la caja—. Un collar de diamantes. Quizá de rubíes. Estarás impresionante con rubíes.

Arrancó con fiereza el caro papel, quitó la tapa de la caja e introdujo la mano en el fino papel con ribete de oro.

—¿Qué demonios es esto?

Pero Eve ya lo había olido y casi, y a pesar de sí misma, empezó a sonreír.

—Es café —murmuró, sin darse cuenta del tono suave que adquiría su voz mientras le quitaba el sencillo paquete marrón a Mavis de las manos.

—Café. —Con las ilusiones rotas, Mavis la miró—. ¿Ese hombre tiene más dinero que Dios y te manda un paquete de café?

—Café de verdad.

—Ah, entonces, vale. —Mavis hizo un gesto de disgusto con la mano—. No me importa lo que esta cosa pueda valer, Dallas. Una mujer quiere algo brillante.

Eve se acercó el paquete a la cara y lo olió a pleno pulmón.

—No esta mujer. El hijo de puta sabe exactamente cómo ganarme. —Suspiró—. En más de un sentido.

A la mañana siguiente, Eve se regaló una preciosa taza de café. Ni siquiera su temperamental AutoChef había sido capaz de arruinar el oscuro y profundo sabor. Condujo hasta la comisaría, con la calefacción todavía estropeada, bajo un cielo de aguanieve y con un frío salvaje de cinco grados bajo cero, pero con una sonrisa en el rostro.

La sonrisa todavía se encontraba en el mismo sitio cuando entró en su oficina y encontró que Feeney la estaba esperando.

—Bueno, bueno. —La observó—. ¿Qué es lo que has desayunado, fenómeno?

—Solamente café. Solo café. ¿Has conseguido algo para mí?

—He realizado un examen completo de Richard DeBlass, Elizabeth Barrister y del resto del clan. —Le ofreció un disco marcado en código cinco con un fuerte color rojo—. Ninguna sorpresa. Tampoco nada fuera de lo normal sobre Rockman. A sus veinte años perteneció a un grupo paramilitar conocido como SafeNet.

—SafeNet —repitió Eve con el ceño fruncido.

—Tú tenías ocho años cuando fue desmantelado, niña —le dijo Feeney con una sonrisa de satisfacción—. Quizá has oído hablar de él en tus clases de historia.

—Me suena un poco. ¿No es uno de los grupos que fue formado cuando tuvimos esa rencilla con China?

—Lo fue, y si hubieran conseguido salirse con la suya, hubiera sido algo más que una rencilla. Un desacuerdo acerca del espacio internacional hubiera podido convertirse en un asunto feo. Pero los diplomáticos consiguieron librar esa guerra antes que ellos. Al cabo de pocos años, el grupo fue desarticulado, aunque de vez en cuando corren rumores de que todavía hay una facción clandestina de SafeNet.

—Los he oído. Todavía los oigo a veces. ¿Crees que Rockman tiene relación con una facción tan fanática?

Feeney lo pensó un minuto y negó con la cabeza.

—Creo que vigila dónde pone los pies. El poder trae poder y DeBlass tiene mucho. Si alguna vez consigue entrar en la Casa Blanca, Rockman irá con él.

—Por favor. —Eve se llevó una mano al estómago—. Vas a conseguir que tenga pesadillas.

—Es un objetivo ambicioso, pero tiene cierto respaldo para las próximas elecciones. —Feeney se encogió de hombros.

—De todas formas, Rockman tiene un testigo. DeBlass. Se encontraban en Washington Este. —Se sentó—. ¿Algo más?

—Charles Monroe. Ha tenido una vida interesante, no aparece nada oculto. Estoy trabajando en las anotaciones de la víctima. Ya sabes, a veces si no tienes cuidado en modificar los archivos, dejas alguna sombra por ahí. Me parece que alguien que mata a una mujer no podía tener menos cuidado.

—Si encuentras alguna sombra, Feeney, despéjala y te compraré una caja de ese podrido whisky que te gusta.

—Trato hecho. Todavía estoy trabajando con Roarke —añadió—. Ése es un tipo que no es descuidado. Cada vez que creo que he traspasado un muro de seguridad, me encuentro con otro. Sea cual sea la información que exista sobre él, se encuentra bien protegida.

—Continúa escalando esos muros. Yo intentaré cavar por debajo de ellos.

Cuando Feeney se fue, Eve encendió su terminal. No había querido hacer la comprobación delante de Mavis y prefería, en este caso, utilizar la unidad de su oficina. La pregunta era simple.

Eve introdujo el nombre y la dirección del edificio de su apartamento. Preguntó: «propietario».

Y también la respuesta fue simple: «Roarke».

La licencia sexual de Lola Starr tenía solamente tres meses de antigüedad. La había pedido en su decimoctavo cumpleaños, en cuanto era permitido. Le gustaba decir a sus amigos que, hasta ese momento, había sido una aficionada.

Había sido el mismo día en que abandonó su casa de Toledo, el mismo día en que abandonó su nombre real, Alice Williams. Tanto su casa como su nombre le resultaban demasiado aburridos para Lola.

Tenía un rostro bonito, de duendecillo. Había insistido y rogado y llorado hasta que sus padres le regalaron una barbilla más puntiaguda y una nariz respingona para su decimosexto aniversario.

Lola quería tener el aspecto de un elfo sexy y creía que lo había conseguido. Tenía el pelo negro como el carbón y lo llevaba corto, en puntas despeinadas. Tenía la piel firme y blanca como la leche. Estaba ahorrando el dinero suficiente para cambiar el color de sus ojos, de marrones a un verde esmeralda. Le parecía que eso iba más acorde con su imagen. Pero había tenido la suerte de nacer con un cuerpo pequeño y exuberante que sólo necesitaba un mantenimiento básico.

Toda su vida había deseado ser una acompañante con licencia. Otras chicas soñaban con hacer carrera en el mundo del derecho o de los negocios, estudiaban para abrirse camino en la medicina o en la industria. Pero Lola siempre había sabido que había nacido para el sexo.

¿Y por qué no ganarse la vida con lo que uno hace mejor?

Quería ser rica y deseada y mimada. La parte que tenía que ver con el deseo le parecía fácil. Los hombres, especialmente los hombres mayores, estaban deseando pagar bien para estar con alguien que tuviera los atributos de Lola. Pero los gastos de su profesión resultaron más severos de lo que había previsto cuando soñaba en abandonar su bonita habitación de Toledo.

Las tasas de la licencia, los análisis médicos obligatorios, el alquiler, los impuestos sobre pecado, todo eso se comía sus beneficios. Una vez hubo acabado de pagar su formación, sólo le quedaba el dinero suficiente para un pequeño apartamento de una sola habitación en los abandonados límites del «paseo de las prostitutas».

A pesar de todo, eso era mejor que trabajar en la calle, como hacían muchas. Y Lola tenía planes para hacer cosas más importantes y mejores.

Un día viviría en un ático y aceptaría solamente a los clientes más selectos. Tomaría vino y cenaría en los mejores restaurantes, volaría en jet a los lugares más exóticos para complacer a la realeza y a los millonarios.

Era suficientemente buena, y no tenía intención de permanecer en los primeros peldaños de la escalera demasiado tiempo.

Las propinas ayudaban. Se suponía que una profesional no aceptaba dinero metálico ni bonificaciones. No, técnicamente. Pero todo el mundo lo hacía. Ella era todavía lo suficientemente niña para preferir los pequeños regalos que algunos clientes le ofrecían. Pero guardaba el dinero religiosamente y soñaba con su ático.

Esa noche iba a recibir a un cliente nuevo, uno que le había pedido que le llamara papi. Ella consintió y esperó a que todo quedara arreglado antes de permitirse una sonrisa de satisfacción. Probablemente, el tipo creía que era el primero en querer que se convirtiera en su niña pequeña. La verdad era que, después de tan pocos meses en el oficio, la pedofilia se estaba convirtiendo rápidamente en su especialidad.

Así que ella se sentaría sobre su regazo y permitiría que la azotara mientras él le decía en tono solemne que necesitaba ser castigada. Realmente era como participar en un juego, y la mayoría de hombres eran bastante dulces.

Con esa idea en la cabeza, escogió un vestido de falda corta y con un cuello festoneado. Debajo no llevaba nada más que unos calcetines blancos. Se había depilado el vello púbico, así que estaba tan desnuda y suave como una niña de diez años.

Después de estudiarse en el espejo, se añadió un poco más de color en las mejillas y un poco de brillo sobre los gruesos labios.

Sonrió al oír la llamada en la puerta. Su joven y todavía cándido rostro le sonrió desde el espejo.

Todavía no podía permitirse un sistema de seguridad de vídeo, así que utilizó la mirilla para ver quién era.

Era atractivo, y eso la complació. Y le pareció que lo suficientemente mayor para ser su padre, lo cual le complacería a él.

Abrió la puerta y le dirigió una sonrisa tímida y evasiva.

—Hola, papi.

Él no quería perder el tiempo. Era la única cosa de la que andaba escaso en ese momento. Le dirigió una sonrisa. Para ser una puta, era bastante bonita. Cuando la puerta se hubo cerrado a sus espaldas, llevó la mano bajo la falda y le gustó comprobar que no llevaba nada. El asunto se aceleraría bastante si conseguía una erección rápida.

—¡Papi! —Lola, cumpliendo con su papel, soltó una risa aguda—. Eso es malo.

—Me han dicho que tú has sido mala.

Se quitó la chaqueta y la dejó pulcramente a un lado mientras ella le dedicaba unos pucheros. A pesar de que había tomado la precaución de sellarse las manos, no quería tocar nada de la habitación excepto a ella.

—He sido buena, papi. Muy buena.

—Has sido una niña pequeña muy mala.

Sacó una cámara de vídeo pequeña de un bolsillo y la colocó enfocada hacia la estrecha cama que se encontraba repleta de almohadas y peluches.

—¿Vas a hacer fotos?

—Exactamente.

Ella tendría que decirle que eso tenía un precio extra, pero decidió esperar a que el asunto hubiera terminado. A los clientes no les gustaba que la realidad rompiera sus fantasías. Había aprendido eso durante su formación.

—Ve a tumbarte sobre la cama.

—Sí, papi.

—No está bien decirle mentiras a tu papi. Tengo que castigarte, pero luego te lo besaré y te lo curaré. —Ella sonrió y él caminó hasta la cama—. Levántate la falda, niña, y muéstrame cómo te tocas.

A Lola no le importaba eso. Le gustaba que la tocaran, pero sentir sus propias manos no la excitaba mucho. A pesar de eso, se levantó la falda y se acarició con gestos tímidos y dubitativos, tal y como creía que él deseaba.

Eso le excitó, el movimiento de esos pequeños dedos. Después de todo, para eso era para lo que la mujer estaba hecha. Para utilizarse a sí misma, para utilizar a los hombres que la deseaban.

—¿Cómo es?

—Suave —murmuró ella—. Tócalo, papi, mira qué suave es.

Él puso la mano encima de la de ella y notó que se endurecía de forma satisfactoria al mismo tiempo que introducía un dedo dentro de ella. Sería rápido, para ambos.

—Desabróchate el vestido —le ordenó. Continuó acariciándola mientras ella se desabrochaba el vestido desde el cursi cuello—. Date la vuelta.

Ella lo hizo y él dejó caer la mano encima del coqueto trasero. Le dio unos ágiles azotes y la piel color crema enrojeció. Ella se quejó, una adecuada respuesta.

No le importaba si le hacía daño o no. Ella se había vendido.

—Eso es ser una niña buena.

Él tenía una erección completa ya, y empezaba a sentir que su miembro palpitaba. A pesar de ello, se desvistió con movimientos cuidadosos y precisos. Desnudo, la montó y pasó las manos por debajo de ella para apretarle los pechos. Tan joven, pensó, y le permitía estremecerse con el placer de una carne que ya necesitaba purificarse.

—Papi va a enseñarte cómo se premia a las niñas buenas.

Quería que lo tomara con la boca, pero no podía arriesgarse. El método anticonceptivo que, según su informe, ella utilizaba eliminaría su esperma en la vagina, pero no en la boca.

En lugar de eso, le levantó las caderas y se tomó su tiempo para pasar las manos sobre esa carne firme y joven mientras se introducía en ella.

Fue más rudo de lo que ni él ni ella esperaban. Después de un primer empuje violento, se apartó. No tenía intención de hacerle daño hasta el punto de hacerla gritar. Aunque en un lugar como ése no creía que nadie se diera cuenta ni le importara.

Ella era agradablemente poco hábil e infantil. Adoptó un ritmo más lento y suave que, descubrió, le aportó placer.

Ella se movía bien, yendo a su encuentro, a su ritmo. A no ser que estuviera muy equivocado, no todos sus gemidos y gritos fueron fingidos. La notó tensarse, estremecerse, y sonrió, complacido por haber sido capaz de llevar a una puta hasta un clímax verdadero.

Cerró los ojos y se permitió eyacular.

Ella suspiró y se arrebujó contra una de las almohadas. Había sido mucho, mucho mejor de lo que había esperado. Y deseaba haber encontrado otro cliente habitual.

—¿He sido una niña buena, papi?

—Una niña muy, muy buena. Pero no hemos terminado. Date la vuelta.

Mientras lo hacía, él se levantó y salió del foco de la cámara.

—¿Vamos a ver un vídeo, papi?

Él se limitó a negar con la cabeza.

Recordando su papel, ella continuó:

—Me gustan los vídeos. Podemos mirarlo y luego puedes enseñarme otra vez cómo debe ser una niña buena.

Ella le sonrió, esperando una bonificación.

—Esta vez quisiera tocarte yo a ti. Me gustaría tocarte.

Él sonrió y sacó la SIG 210 con silenciador del bolsillo de su chaqueta. Observó que ella parpadeaba con curiosidad mientras él la apuntaba.

—¿Qué es eso? ¿Es un juguete para que yo juegue con él?

Primero le disparó en la cabeza. El arma no hizo prácticamente ningún ruido. Ella empezó a caer hacia atrás. Con frialdad, volvió a disparar de nuevo entre esos jóvenes y firmes pechos y, al final, cuando el silencio emergía, en el suave y desnudo pubis.

Apagó la cámara y la colocó cuidadosamente entre las sábanas empapadas de sangre y los manchados peluches, sonriente. La mirada de ella mantenía una expresión de sorpresa, con los ojos muy abiertos.

—Ésa no era vida para una chica joven —le dijo con amabilidad. Luego se dirigió hacia la cámara para filmar la última escena.

Capítulo cinco

Lo único que Eve quería era una barrita dulce. Había pasado la mayor parte del día testificando en el juzgado, y su pausa para comer había sido engullida por una llamada de un soplón, que le había costado cincuenta dólares y le había permitido una ligera ventaja en un caso de contrabando, que acabó con dos homicidios y contra el cual se había estado rompiendo la cabeza durante dos meses.

Lo único que quería era un rápido chute de sucedáneo de azúcar antes de dirigirse a casa y prepararse para la cita de las siete con Roarke.

Hubiera podido llamar a cualquier número de las InstaStores a domicilio, pero prefirió el pequeño restaurante de la esquina de la Setenta y ocho Oeste, a pesar, o quizá a causa, del hecho de que el propietario era François, un refugiado rudo de ojos de serpiente que había volado a América después de que el Ejército de Reforma Social hubiera derrocado al gobierno francés hacía unos cuarenta años. Odiaba América y a los americanos, y el Ejército de Reforma Social había sido desmantelado al cabo de seis meses del golpe, pero François se quedó, maldiciendo y quejándose detrás del mostrador de su restaurante de la Setenta y ocho, desde donde disfrutaba profiriendo insultos y absurdidades políticas.

Eve le llamaba Frank para molestarle y se dejaba caer por allí, por lo menos, una vez a la semana para ver qué plan había elaborado para recortarle el crédito.

Con la barrita dulce como única idea en la cabeza, atravesó la puerta automática. Ésta todavía no había empezado a cerrarse detrás de ella cuando su instinto la avisó.

El hombre que se encontraba de pie ante el mostrador estaba de espaldas a ella. La pesada chaqueta lo ocultaba todo excepto su volumen, y éste era impresionante.

Uno noventa, calculó, y fácilmente unos ciento diez. No necesitaba ver el fino y aterrorizado rostro de François para saber que había un problema. Lo olía, tan maduro y agrio como el puré vegetal del menú del día.

Durante los segundos que la puerta tardó en cerrarse, valoró y rechazó la idea de sacar el arma.

—Por aquí, zorra. Ahora.

El hombre se volvió. Eve vio que tenía el tono dorado de piel de una herencia multirracial y los ojos de un hombre desesperado. Mientras archivaba mentalmente esa descripción, observó el pequeño objeto redondo que tenía en la mano.

El explosivo casero era un problema suficiente. El hecho de que temblara igual que temblaba la mano que lo sujetaba resultaba muchísimo peor.

Los detonadores caseros eran enormemente inestables. Ese idiota iba a matarles a todos por sudar demasiado.

Dirigió a François una rápida mirada de advertencia. Si la llamaba teniente, acabarían como carne picada muy pronto. Mantuvo las manos a la vista y se acercó al mostrador.

—No quiero ser ningún problema —dijo ella, permitiendo que la voz le temblara al igual que la mano del ladrón—. Por favor, tengo a los niños en casa.

—Cállate. Sólo cállate. Al suelo. Al puto suelo.

Eve se arrodilló y deslizó una mano debajo de la chaqueta, donde tenía el arma.

—Todo —ordenó el hombre mientras hacía un gesto con la mortífera bola en la mano—. Lo quiero todo. Metálico, tarjetas de crédito. Rápido.

—Ha sido un día tranquilo —se quejó François—. Tienes que comprender que el negocio no es lo que era. Vosotros, los americanos...

—¿Quieres comerte esto? —le ofreció el hombre, acercando el explosivo a la cara de François.

—No, no.

Con pánico, François marcó el código de seguridad con dedos temblorosos. Mientras la caja registradora se abría, Eve observó que el ladrón miraba el dinero que había dentro y luego a la cámara que estaba grabando la transacción completa.

Lo vio en su cara. Sabía que su imagen estaba ahí encerrada, y que ni todo el dinero de Nueva York la borraría. El explosivo sí lo haría, si lo lanzaba por encima del hombro mientras corría hacia fuera y se dejaba engullir por el tráfico de la calle.

Inspiró y aguantó la respiración, como un submarinista haría antes de bajar. Se levantó con fuerza, precipitándose debajo del brazo de él. La solidez del golpe hizo que el artefacto volara por los aires. Gritos, maldiciones, oraciones. Ella lo atrapó con los dedos, un salto alto. Justo cuando cerraba la mano alrededor de él, el ladrón soltó su golpe.

Fue con el dorso de la mano, y no con el puño, y Eve se consideró afortunada. Vio las estrellas al dar contra un mostrador de patatas de soja, pero mantuvo sujeto el detonador casero.

«La mano equivocada, mierda, la mano equivocada.» Tuvo tiempo de pensarlo mientras el mostrador se derrumbaba debajo de ella. Intentó utilizar la mano izquierda para llegar al arma, pero los ciento diez kilos de furia y desesperación le cayeron encima.

—Da la alarma, tú, gilipollas —gritó a François, que se había quedado de pie como una estatua, cerrando y abriendo la boca—. Da la puta alarma.

Justo entonces, un golpe contra las costillas le arrancó un

gemido y le cortó el aliento. Esta vez él había usado el puño.

El ladrón lloriqueaba, ahora, mientras le arañaba el brazo y se agarraba a ella en un intento de arrancarle el explosivo.

—Necesito el dinero. Tengo que tenerlo. Te voy a matar. Os voy a matar a todos.

Ella consiguió levantar la rodilla. Ese antiguo truco de defensa personal le dio unos cuantos segundos, pero no tuvo la fuerza de debilitarle.

Volvió a ver las estrellas al golpearse la cabeza contra el canto del mostrador. Docenas de esas barritas dulces con las que había soñado le llovieron encima.

—Tú, hijo de puta. Tú, hijo de puta —se oyó decir a sí misma una y otra vez mientras le daba tres fuertes golpes con el brazo en la cara. Él, con la nariz sangrante, la agarró por el brazo.

Y Eve supo que se lo iba a romper. Supo que sentiría ese agudo y dulce dolor, que oiría el fino crujido del hueso fracturado.

Pero justo cuando inhalaba para gritar y su visión empezaba a nublarse por la agonía, sintió que el peso de él estaba fuera de ella.

Con la bola todavía en la mano, se dio la vuelta y se puso sobre las piernas, luchando por respirar y contra la necesidad de vomitar. Desde esa postura vio los brillantes zapatos negros que siempre delataban a un policía.

—Fichadle. —Eve tosió una vez y sintió dolor al hacerlo—. Intento de robo, armado, llevaba un explosivo, asalto. —Le hubiera gustado añadir que había asaltado a un agente y se había resistido a ser arrestado, pero como no se había identificado eso hubiera sido pasarse de la línea.

—¿Está bien, señora? ¿Quiere que llamemos a un técnico médico?

Eve no quería a ningún técnico médico. Quería una jodida barrita dulce.

—Teniente —le corrigió, mientras se levantaba y buscaba su identificación. Se dio cuenta de que el tipo había sido reducido y que uno de los dos policías había sido lo suficientemente listo de utilizar su aturdidor para quitarle las ganas de pelear.

—Necesitamos una caja de seguridad, rápido.

Se dio cuenta de que los dos policías empalidecían al ver lo que tenía en la mano.

—Este pequeño detonador ha tenido un buen meneo. Vamos a desactivarlo.

—Señor. —El primer policía salió afuera con la máxima celeridad. Durante los noventa segundos que tardó en volver con la caja negra que utilizaban para transportar y desactivar explosivos, nadie habló.

Casi tampoco respiraron.

—Fichadle —repitió Eve. En cuanto el explosivo fue introducido en la caja, sintió que los músculos del estómago empezaban a temblarle—. Voy a comunicar mi informe. ¿Vosotros estáis en la Ciento veintitrés?

—Justo, teniente.

—Buen trabajo. —Se agachó para no forzar el brazo dolorido y escogió una barrita Galaxy que no había sido chafada durante la lucha—. Me voy a casa.

—No has pagado eso —gritó François a sus espaldas.

—Que te jodan, Frank —le gritó ella por toda respuesta, sin detenerse.

Ese incidente la había hecho retrasarse. Cuando llegó a la mansión de Roarke eran las siete y diez. Había echado mano de la medicación para amortiguar el dolor del brazo y el hombro. Si en un par de días no había mejorado, sabía que debería ir a que se lo examinaran. Odiaba a los médicos.

Aparcó el coche y dedicó unos momentos a estudiar la

casa de Roarke. Más bien, una fortaleza, pensó. Era un edificio de cuatro pisos que se levantaba por encima de los árboles helados de Central Park. Se trataba de uno de esos viejos edificios de casi doscientos años de antigüedad, construidos con piedra auténtica si los ojos no la engañaban.

Se veía mucho cristal y luces doradas detrás de las ventanas. También había una puerta de seguridad, detrás de la cual unos arbustos perennes y unos elegantes árboles habían sido distribuidos con gusto.

Incluso más impresionante que la magnífica arquitectura y el diseño del jardín resultaba la tranquilidad. No se oían los ruidos de la ciudad aquí. No se oían las bocinas del tráfico, ni el caos de los transeúntes. Incluso el cielo aparecía sutilmente distinto al que ella estaba acostumbrada en el centro de la ciudad. Aquí se veían las estrellas en lugar de los brillos y destellos de los transportes.

Una buena vida si uno podía conseguirla, pensó, mientras encendía el coche otra vez. Se acercó a la puerta y se dispuso a identificarse. Percibió que la pequeña luz roja del escáner parpadeaba y se quedaba quieta. Las puertas se abrieron sin hacer ningún ruido.

Así que él lo había programado para que la reconociera, pensó, sin saber si eso le resultaba divertido o incómodo. Atravesó las puertas y subió por el corto camino. Dejó el coche frente a las escaleras de granito.

Un mayordomo le abrió la puerta. Ella nunca había visto a un mayordomo de verdad, sólo en las películas de los vídeos, pero éste en concreto no tenía nada que envidiar a los de ficción. Tenía el pelo plateado e iba impecablemente vestido con un traje negro y una corbata pasada de moda.

—Teniente Dallas.

Tenía cierto acento que sonaba británico y eslavo a la vez.

—Tengo una cita con Roarke.

—Él la está esperando. —La condujo por un alto y amplio pasillo que parecía más la entrada de un museo que de una casa.

Había un candelabro de cristales con forma de estrellas que proyectaba la luz sobre el brillante suelo de madera, adornado con una gruesa alfombra de grandes diseños rojos y verdes. Una escalera se levantaba dibujando una curva a la izquierda. El pilar central de la misma estaba tallado con un glifo.

Había pinturas en las paredes, el tipo de pinturas que ella había visto una vez durante un viaje escolar al Metropolitan. Impresionismo francés, aunque no recordaba de qué siglo. El período de revisión que había aparecido a principios del siglo XXI los complementaba con sus escenas pastorales y los gloriosos colores apagados.

Ningún holograma ni ninguna estatua viviente. Sólo pintura y tela.

—¿Puedo llevarme su abrigo?

Se retiró un poco y le pareció que percibía un destello de suficiencia y condescendencia en esos ojos inescrutables. Eve se sacó la chaqueta y observó que el mayordomo, con la manicura recién hecha, la tomaba como si fuera un trapo sucio.

Mierda, había limpiado casi toda la sangre.

—Por aquí, teniente Dallas. Si no le importa esperar en el salón, Roarke se encuentra atendiendo una llamada transpacífica.

—No hay problema.

El aire de museo continuaba en el salón. La chimenea estaba encendida, reconfortante. El fuego crepitaba sobre troncos de verdad en un nicho de lapislázuli y malaquita. Dos lámparas brillaban como gemas de colores. Había dos sofás gemelos de respaldo curvado y tapicería lujosa del color del zafiro, a conjunto con los tonos de la habitación. Los muebles eran de madera, pulida y brillante de forma casi dolorosa. Por todas partes había objetos de arte como decoración. Esculturas, cuencos, jarrones tallados.

Los tacones de sus botas resonaron sobre la madera y enmudecieron sobre la alfombra.

—¿Le gustaría tomar un refresco, teniente?

Ella se giró y se dio cuenta, divertida, de que él continuaba aguantando su chaqueta entre los dedos como si fuera un trapo sucio.

—Claro. ¿Qué tiene, señor...?

—Summerset, teniente. Simplemente Summerset. Estoy seguro de que podemos servirle cualquier cosa que sea de su gusto.

—Es una amante del café —dijo Roarke desde la puerta—, pero creo que le gustará probar el Montcart del 49.

Los ojos de Summerset brillaron otra vez, y a Eve le parecía que ahora con una expresión de horror.

—¿Del 49, señor?

—Exacto. Gracias, Summerset.

—Sí, señor. —Salió, con la espalda tiesa y la chaqueta colgando de los dedos.

—Siento haberla hecho esperar —empezó Roarke. Inmediatamente, los ojos se le estrecharon y se le oscurecieron.

—Ningún problema —respondió Eve mientras él cruzaba la habitación hacia ella—. Estaba sólo... ¡Eh!

Eve apartó la barbilla cuando sintió que él la sujetaba con la mano, pero Roarke mantuvo los dedos firmes y le hizo girar el rostro hacia la luz.

—Tiene el rostro amoratado.

Hizo esa observación en tono frío, casi helado. Sus ojos, que observaron las heridas, no delataron nada.

Pero tenía los dedos cálidos, tensos, y Eve notó que ese contacto le repercutía en el vientre.

—Una riña por una barrita dulce —le dijo, encogiéndose de hombros.

Los ojos de Roarke encontraron los suyos y se quedaron clavados en ellos un instante más de lo que hubiera resultado cómodo.

—¿Quién ganó?

—Yo gané. Es un error interponerse entre la comida y yo.

—Tomo nota. —Le soltó la barbilla y se llevó la mano a un bolsillo. Porque quería tocarla otra vez. Le preocupaba darse cuenta de que deseaba, y mucho, acariciarle el hematoma que tenía en el rostro—. Creo que le gustará el menú de esta noche

—¿Menú? No he venido aquí a comer, Roarke. He venido aquí para ver su colección.

—Hará ambas cosas.

Se dio la vuelta. Summerset acababa de entrar con una bandeja que contenía una botella de vino descorchada del color del trigo maduro y dos copas de cristal.

—El 49, señor.

—Gracias. Yo lo escanciaré. —Mientras lo hacía, continuó hablándole a Eve—: Creo que este *vintage* será de su agrado. Lo que le falta en sutileza… —se volvió y le ofreció una copa—, lo gana en sensualidad. —Chocó su copa con la de ella para que el cristal sonara y la observó cómo tomaba un sorbo.

«Dios, qué rostro», pensó. Esos rasgos angulosos y expresivos, toda esa emoción y ese control. Justo en ese momento estaba luchando por no mostrar ni sorpresa ni placer ante el sabor del vino sobre su lengua. Deseaba que llegara el momento en que el sabor de ella se depositara sobre la suya.

—¿Le gusta? —le preguntó.

—Es bueno. —Era como tomar un sorbo de oro puro.

—Me alegro. El Montcart fue mi primer negocio en el mundo de los vinos. ¿Nos sentamos y disfrutamos del fuego?

Resultaba tentador. Eve ya se veía a sí misma allí, sentada, con las piernas frente al fragrante calor, tomando el vino ante las llamas danzantes.

—Esto no es un encuentro social, Roarke. Es una investigación por asesinato.

—Entonces puede usted investigarme durante la cena. —La tomó del brazo y levantó una ceja al notar que ella se ponía tensa—. Hubiera dicho que una mujer que es capaz de pelearse por una barrita dulce sería capaz de apreciar un filete de tres centímetros, al punto.

—¿Filete? —Luchó por no babear—. ¿Filete de verdad, de una vaca?

Los labios de él dibujaron una sonrisa.

—Acaba de llegar en avión desde Montana. El filete, no la vaca. —Ella continuaba dudando y él ladeó la cabeza—: Vamos, teniente, dudo que un pequeño trozo de carne roja pueda perjudicar sus destacadas habilidades investigadoras.

—Alguien intentó sobornarme el otro día —dijo ella, recordando a Charles Monroe con su bata de seda negra.

—¿Con…?

—Nada tan interesante como un filete. —Se atrevió a dirigirle una larga y directa mirada—. Si las pruebas apuntan en su dirección, Roarke, le perseguiré.

—No espero menos de usted. Vamos a comer.

La condujo hasta el comedor. Más cristal, más madera brillante, otro rutilante fuego, esta vez encima de un mármol veteado de rosa. Una mujer con un traje negro les sirvió unos entrantes de camarones con crema. Trajeron el vino y les llenaron las copas.

Eve, quien raramente prestaba atención a su aspecto, deseó haberse puesto algo más adecuado para esa situación que los tejanos y el jersey.

—Bueno, ¿cómo se hizo usted rico? —le preguntó.

—De varias maneras. —Se dio cuenta de que le gustaba mirarla comer. Lo hacía de una forma concentrada.

—Dígame una.

—Deseo —respondió, y dejó que la palabra resonara entre los dos.

—No es suficiente. —Cogió la copa de vino de nuevo y le miró a los ojos—. La mayoría de la gente quiere ser rica.

—No lo desean lo suficiente. Para pelear. Para asumir riesgos.

—Pero usted lo hizo.

—Lo hice. Ser pobre es… incómodo. —Le ofreció un rollo de un cuenco de plata mientras les servían las ensaladas: crujientes verduras frescas sazonadas con delicadas hierbas—. No somos tan distintos, Eve.

—Sí, claro.

—Usted deseaba lo suficiente ser policía y luchó para conseguirlo. Asumió riesgos por ello. Le parece que infringir las normas es intolerable. Yo hago dinero, usted defiende la justicia. Ninguna de las dos cosas es un asunto simple. —Esperó un momento—. ¿Sabe usted qué era lo que Sharon De-Blass deseaba?

»Poder. El sexo es, a menudo, una forma de obtenerlo. Tenía suficiente dinero para estar cómoda, pero quería más. Porque el dinero también es poder. Quería tener poder sobre sus clientes, sobre sí misma y, por encima de todo, quería tener poder sobre su propia familia.

Eve dejó el tenedor encima de la mesa. A la luz del fuego, bajo los danzantes destellos de las velas y el cristal, parecía peligroso. No porque una mujer pudiera temerle, pensó, sino porque podría desearle. Las sombras bailaban sobre sus ojos y los hacían impenetrables.

—Ése es un buen análisis de una mujer a la que asegura casi no conocer.

—No se tarda mucho en formarse una opinión, especialmente si la persona es transparente. Ella no tenía su profundidad, Eve, su control, o su capacidad de concentración.

—No estamos hablando de mí. —No, no quería que él

hablara de ella, ni que la mirara de esa forma—. Su opinión es que ella estaba hambrienta de poder. ¿Lo suficientemente hambrienta como para que la mataran antes de que pudiera tomar un bocado demasiado grande?

—Una teoría interesante. La pregunta sería: ¿un bocado demasiado grande de qué? ¿O de quién?

El mismo discreto sirviente retiró las ensaladas y trajo unos platos grandes de porcelana llenos de carne asada con unas finas lonchas doradas de patatas asadas.

Eve esperó a que estuvieran solos otra vez. Entonces cortó un trozo de su filete.

—Cuando un hombre acumula una gran cantidad de dinero, posesiones y consigue un alto estatus, entonces es cuando tiene mucho que perder.

—Ahora estamos hablando de mí. Otra teoría a tener en cuenta. —Su mirada parecía mostrar interés, aunque un tanto divertida—. Ella me amenazó con algún tipo de chantaje y, en lugar de pagarle o de no hacerle caso, la maté. ¿Me acosté con ella primero?

—Dígamelo usted —repuso Eve, directa.

—Eso sería adecuado dada la escena y teniendo en cuenta la profesión que ella había escogido. Quizá haya una omisión en prensa acerca de este caso en particular, pero no requiere grandes dotes deductivas llegar a la conclusión de que el sexo jugó su papel. La poseí y luego le disparé… para seguir la lógica de la teoría. —Se llevó un trozo de filete a la boca, lo mascó y se lo tragó—. De todas formas, hay un problema.

—¿Cuál es?

—Yo tengo lo que usted calificaría como una manía pasada de moda. Me desagrada abusar de una mujer, de cualquier forma.

—Resulta pasada de moda en el sentido de que sería más adecuado decir que le desagrada abusar de la gente de cualquier forma.

Él realizó un gesto despreocupado con sus elegantes hombros.

—Tal como digo, es una manía. Encuentro de mal gusto mirarla y ver a la luz de las velas el moratón que tiene en la cara.

Él la sorprendió al acercarle la mano y pasarle un dedo por la marca, con mucha delicadeza.

—Creo que me hubiera resultado incluso de peor gusto matar a Sharon DeBlass. —Apartó la mano y volvió a su comida—. Aunque soy conocido por haber hecho, de vez en cuando, cosas que me resultan de mal gusto. Cuando es necesario. ¿Qué tal está su cena?

—Está bien. —La habitación, la iluminación, la comida, todo estaba más que bien. Era como encontrarse en otro mundo, en otro tiempo—. ¿Quién diablos es usted, Roarke?

Él sonrió y llenó las copas.

—Usted es policía. Dedúzcalo.

Lo haría, se prometió a sí misma. Por Dios que lo haría.

—¿Qué otras teorías tiene usted sobre Sharon DeBlass?

—Ninguna interesante. Le gustaba la emoción y el riesgo y no le importaba incomodar a aquellos que la amaban. A pesar de todo, ella…

Intrigada, Eve se inclinó hacia delante.

—¿Qué? Siga, termine.

—… despertaba compasión —dijo, en un tono que a Eve le pareció que no quería decir ni más ni menos que exactamente eso—. Se percibía algo triste en ella debajo de todo ese deslumbrante brillo. Su cuerpo era lo único de sí misma que ella respetaba. Así que lo utilizaba para ofrecer placer y para provocar dolor.

—¿Y se lo ofreció a usted?

—Por supuesto, y daba por supuesto que yo aceptaría la invitación.

—¿Por qué no lo hizo?

—Ya le he explicado eso. Puedo matizarlo más y añadir que prefiero otro tipo de compañía sexual y que prefiero realizar yo mismo las propuestas.

Había más que eso, pero decidió quedárselo para sí.

—¿Le apetece más filete, teniente?

Ella miró el plato y vio que casi se había comido hasta el diseño del plato.

—No, gracias.

—¿Postre?

Odiaba tener que rechazarlo, pero ya se había permitido demasiado.

—No. Quiero ver su colección.

—Entonces, dejaremos el café y los postres para más tarde. Se levantó y le ofreció la mano.

Eve se limitó a fruncir el ceño y a levantarse de la mesa. Divertido, Roarke la invitó con un gesto a dirigirse hacia la puerta y la condujo de vuelta al vestíbulo y hacia las escaleras.

—Es mucha casa para un único hombre.

—¿Eso cree? Yo soy más de la opinión de que su apartamento es pequeño para una mujer. —Al ver que Eve se detenía bruscamente, sonrió—: Eve, usted sabe que soy el propietario del edificio. Seguro que lo comprobó después de que le enviara mi obsequio.

—Debería usted enviar a alguien para que revisara las tuberías —le dijo—. Es imposible que el agua de la ducha permanezca caliente más de diez minutos.

—Tomaré nota. Vamos al siguiente piso.

—Me sorprende que no tenga ascensores —comentó ella mientras continuaban subiendo.

—Los tengo. El hecho de que yo prefiera las escaleras no significa que el servicio no deba poder elegir.

—Y servicio —continuó ella—. No he visto a ningún robot doméstico en ningún lugar.

—Tengo unos cuantos. Pero prefiero a la gente que a las máquinas, la mayor parte del tiempo. Por aquí.

Utilizó un escáner de mano, marcó un código y abrió la doble puerta tallada. El sensor encendió las luces cuando cruzaron la entrada. Fuera lo que fuese lo que Eve esperaba encontrar, no era eso.

Si el resto de la casa ya parecía otro mundo, quizá uno más civilizado que el que ella conocía, esta zona apuntaba drásticamente en otra dirección. Era una celebración de la violencia.

—¿Por qué? —Fue lo único que pudo decir.

—Me interesan las cosas que los seres humanos han utilizado para hacerse daño los unos a los otros durante la historia. —Cruzó la habitación y puso la mano encima de una siniestra bola llena de pinchos que colgaba de una cadena—. Caballeros mucho más antiguos que los de la época de Arturo llevaban esto en las justas y las batallas. Unos mil años… —Marcó una serie de botones en una vitrina y sacó una pulida arma del tamaño de la palma de la mano. Era el arma preferida de las bandas callejeras del siglo xxi durante la Revolución Urbana—. Tenemos también algo menos engorroso pero igualmente mortífero. Avance sin progreso.

Volvió a dejar el arma en su sitio y cerró la vitrina.

—Pero a usted le interesa una cosa que es más nueva que la primera y más vieja que la segunda. Dijo que era una 38, Smith & Wesson, modelo 10.

Eve pensó que era una habitación horrible. Terrible y fascinante. Le miró desde el otro extremo de la habitación y se dio cuenta de que esa elegante violencia le sentaba perfectamente.

—Debe de haber tardado años en coleccionar todo esto.

—Quince —respondió, mientras caminaba por una parte no alfombrada de la habitación para ir a otra sección—. Casi dieciséis ahora. Adquirí mi primer revólver cuando tenía diecinueve años: lo obtuve del hombre que lo estaba apuntando a mi cabeza.

Frunció el ceño. No había tenido intención de contarle eso.

—Supongo que falló el tiro —comentó Eve mientras se acercaba a él.

—Afortunadamente, le distrajo mi pie contra su entrepierna. Era una Baretta de nueve milímetros semiautomática que había pasado de contrabando desde Alemania. Tenía intención de utilizarla para librarme del cargamento que iba a entregarle y para ahorrarse la tasa de transporte. Al final, me quedé con la tasa, el cargamento y la Baretta. Y así fue como nació Industrias Roarke, gracias a su mal juicio. La que a usted le interesa —añadió mientras se abría la puerta de la vitrina—. Imagino que querrá llevársela para comprobar si ha sido disparada recientemente, para buscar huellas digitales y demás.

Ella asintió lentamente mientras su cerebro trabajaba. Sólo cuatro personas sabían que el arma del crimen había sido dejada en la escena del crimen. Ella, Feeney, el comandante y el asesino. Roarke, o era inocente o muy, muy listo.

Se preguntó si podía ser ambas cosas.

—Le agradezco su colaboración. —Sacó una bolsa de la mochila y cogió el arma, que era exactamente igual que la que se encontraba en posesión de la policía. Tardó solamente un segundo en darse cuenta de que no era la que Roarke había señalado.

Su mirada se dirigió a la de él y se mantuvo ahí. Sí, él la miraba con expresión cautelosa. Aunque ella dudó acerca de cuál elegir, le pareció que se entendían mutuamente.

—¿Cuál?

—Ésta. —Él tocó la que se mostraba justo debajo de la 38. Cuando ella la hubo introducido en la bolsa de pruebas y la hubo cerrado, él cerró la vitrina.

—No está cargada, por supuesto, pero sí tengo munición, si es que quiere llevarse una muestra.

—Gracias. Su colaboración quedará registrada en el informe.

—¿Sí? —Sonrió, sacó una caja de uno de los cajones y se la ofreció—. ¿Qué más quedará registrado, teniente?

—Todo aquello que sea procedente. —Ella guardó la caja de munición en la mochila, sacó un bloc de notas, marcó su número de identificación, la fecha y una descripción de todo lo que se llevaba—. Su recibo. —Le ofreció el trocito de papel cuando el bloc lo hubo impreso. —Todo le será devuelto tan pronto como sea posible a no ser que le llamen para testificar. Recibirá una notificación en uno u otro sentido.

Él introdujo el papel en su bolsillo, y comprobó con los dedos todo lo que llevaba en él.

—La habitación de música se encuentra en el ala de al lado. Podemos tomar el café y el coñac allí.

—Dudo que compartamos el mismo gusto por la música, Roarke.

—Le sorprendería —murmuró él— saber todo lo que compartimos. —Volvió a acariciarle la mejilla. Ésta vez dejó que su mano se deslizara hasta su nuca—. Y saber lo que compartiremos.

Ella se puso tensa y levantó una mano para apartarle el brazo. Él se limitó a cerrar la mano alrededor de su muñeca. Ella le hubiera podido tumbar de espaldas al suelo en un segundo, o eso se dijo a sí misma. A pesar de todo, se quedó allí, con los pulmones llenos de aire y el pulso palpitándole con fuerza.

Él ahora no sonreía.

—No es usted una cobarde, Eve —le dijo en voz baja, sus labios a un centímetro de los de ella.

El beso se quedó allí, a la distancia de un suspiro hasta que ella le soltó el brazo y se acercó a él.

No se lo pensó. Si lo hubiera hecho aunque fuera por un instante, se habría dado cuenta de que estaba infringiendo todas las normas. Pero quería ver, quería saber. Quería sentir.

Sus labios eran suaves, más persuasivos que posesivos. Él le acarició los labios con los suyos hasta que ella los entreabrió y permitió que su lengua pasara por encima de ellos, entre ellos, y colmara sus sentidos de sabor.

Un intenso calor se concentró en sus pulmones antes incluso de que él la tocara. Cuando lo hizo, sus manos recorrieron sus formas con agilidad por encima de la cómoda ropa interior, bajaron hasta sus caderas y se introdujeron seductoramente por debajo del algodón para acariciar la piel.

Eve, con un placer punzante, sintió que se humedecía.

Eran los labios, solamente esos labios generosos y tentadores, lo que él creyó que deseaba. Pero cuando los hubo probado, la quiso por completo.

Eve sintió que la apretaba contra él, contra ese duro y anguloso cuerpo que empezaba a vibrar. El peso de su pecho pequeño y firme le resultó delicioso cuando lo sintió en la palma de la mano. Él notó que un gemido de placer se escapaba de la garganta de ella. Lo recibió en los labios cuando ella, ansiosa, le acercó los suyos.

Él deseó olvidar la paciencia y el control con el que se había acostumbrado a vivir. Deseó devorarla.

Aquí. La violencia del deseo entró en erupción en su interior. Aquí y ahora.

La hubiera arrastrado hasta el suelo si ella no se hubiera apartado de él, pálida, jadeante.

—Esto no va a suceder.

—Claro que va a suceder —repuso él.

Ella le sintió peligroso. Lo sintió con tanta claridad como con la que veía las armas mortíferas que les rodeaban.

Había hombres que negociaban para obtener lo que querían. Había hombres que, simplemente, lo tomaban.

—Algunos no podemos ser tan indulgentes con nosotros mismos.

—A la mierda las normas, Eve.

Él dio un paso hacia ella. Si ella hubiera dado un paso hacia atrás, él la hubiera perseguido, como un depredador persigue a su pieza. Pero ella se encaró con él directamente y negó con la cabeza.

—No puedo poner en peligro la investigación de un asesinato sólo porque me siento físicamente atraída por un sospechoso.

—Joder, yo no la maté.

Para ella fue una conmoción ver que él perdía el control. Oír la rabia y la frustración en su voz, presenciar que le cambiaban las facciones del rostro. Y resultaba terrorífico darse cuenta de que le creía y de que no estaba segura, no tenía la absoluta certeza de si le creía porque necesitaba hacerlo.

—No es algo tan simple como creer en su palabra. Tengo un trabajo que hacer, una responsabilidad hacia la víctima, hacia el sistema. Debo permanecer imparcial, y yo...

No podía. Se dio cuenta de que no podía.

Se miraron el uno al otro. Entonces, el comunicador de Eve empezó a sonar desde su mochila.

Ella se dio la vuelta y, con manos poco firmes, sacó la unidad. Reconoció el código de la comisaría en la pantalla e introdujo su número de identificación. Después de un profundo suspiro, respondió al requerimiento de confirmación de voz.

—Dallas, teniente Eve. Sin audio, por favor. Sólo pantalla.

Roarke pudo ver su perfil mientras ella leía la transmisión. Era suficiente para valorar el cambio de expresión en sus ojos, su oscurecimiento, su inexpresividad y frialdad.

Ella dejó de nuevo el comunicador y, cuando se volvió hacia él, la mujer que le miraba se parecía muy poco a la que había temblado en sus brazos.

—Tengo que irme. Estaremos en contacto.

—Lo hace usted muy bien —murmuró Roarke—. El meterse directamente en la piel de la mujer policía. Y le sienta a la perfección.

—Es mejor. No se preocupe por acompañarme a la puerta. Ya encontraré el camino.

—Eve.

Ella se detuvo en la puerta y miró hacia atrás. Ahí estaba él, una silueta oscura rodeada por la historia de la violencia. Bajo la piel de la policía, el corazón de la mujer palpitaba.

—Nos volveremos a ver.

Ella asintió con la cabeza.

—Puede estar seguro.

Él la dejó marchar, sabiendo que Summerset aparecería desde cualquier rincón, le daría su chaqueta de piel y le desearía buenas noches.

Solo de nuevo, Roarke se sacó el botón gris del bolsillo, el que había encontrado en el suelo de su limusina. El que había caído de la chaqueta de ese aburrido traje gris que ella llevaba la primera vez que la vio.

Lo observó y supo que no tenía ninguna intención de devolvérselo. Y se sintió como un tonto.

Capítulo seis

Un novato vigilaba la puerta del apartamento de Lola Starr. Eve lo calificó de novato inmediatamente porque no parecía tener edad todavía para pedir una cerveza. Parecía que el uniforme que llevaba acabara de salir del armario de material de reserva. Además, tenía un tono de piel un tanto verdoso.

Al cabo de unos cuantos meses de trabajo en ese barrio, un policía dejaba de necesitar vomitar después de ver un cadáver. A los capos de los fármacos, los acompañantes con licencia y los malos tipos les gustaba sacudirse los unos a los otros entre esos horribles edificios, tanto por diversión como por negocios. Por el olor que la recibió al llegar, supo que alguien había muerto allí recientemente. O eso, o los camiones de reciclaje no habían pasado por allí durante la última semana.

—Agente.

Eve se detuvo y le mostró la placa. Él se había puesto en alerta desde el momento en que ella había salido de ese triste remedo de ascensor. A Eve, la intuición le había dicho, con razón, que si no se identificaba con rapidez el arma que ese chico tembloroso tenía en la mano la dejaría sin sentido.

—Señor. —Sus ojos tenían una expresión espectral y era incapaz de reposar la mirada en un punto.

—Descríbame la situación.

—Señor —repitió de nuevo. Suspiró, tembloroso—. El propietario detuvo a mi unidad y dijo que había una mujer muerta en el apartamento.

—¿Está ahí…? —Bajó la vista hasta el nombre que llevaba sobre el bolsillo del pecho—. ¿Agente Prosky?

—Sí, señor, está… —Tragó saliva con dificultad y Eve percibió que una expresión de terror le mudaba el rostro.

—¿Y cómo ha comprobado que el sujeto ha fallecido, Prosky? ¿Le tomó el pulso?

Él se sonrojó, pero el tono de piel no parecía más saludable que el anterior tono verdoso que había mostrado.

—No, señor. Seguí el procedimiento, protegí la escena del crimen, notifiqué a la central. Certifiqué visualmente el fallecimiento, la escena del crimen está intacta.

—¿El propietario entró? —Eve hubiera podido averiguar todo eso más tarde, pero se daba cuenta de que él se tranquilizaba al sentirse obligado a repasar la situación.

—No, señor, dice que no. El propietario acudió al apartamento al recibir una queja de uno de los clientes que tenía una cita a las nueve de la noche. Abrió la puerta y la vio. Sólo tiene una habitación, teniente Dallas, y ella está… Está visible al abrir la puerta. Al realizar ese descubrimiento, el propietario, en estado de pánico, bajó a la calle y detuvo a mi unidad de patrulla. Inmediatamente le acompañé hasta la escena del crimen, confirmé visualmente la muerte y envié el informe.

—¿Ha abandonado su puesto, agente? ¿Aunque sea por un momento?

Por fin pudo reposar la mirada en los ojos de ella.

—No, señor… teniente. En un momento, creía que tendría que hacerlo. Es mi primer… y me ha costado un poco mantener la vigilancia.

—Me parece que la ha mantenido usted muy bien, Prosky. —Eve sacó el espray de protección de la mochila y lo utilizó—. Realice las llamadas a los forenses y a los examinadores médicos. Hay que registrar la habitación y tendremos que envolver y etiquetar el cuerpo.

—Sí, señor. ¿Debo permanecer en mi puesto?

—Sólo hasta que llegue el primer equipo. Luego, puede usted enviar el informe. —Terminó de impermeabilizarse las botas y le miró—: ¿Está usted casado, Prosky? —le preguntó mientras se sujetaba la grabadora a la camisa.

—No, señor. Pero más o menos comprometido.

—Después de que envíe el informe, vaya a buscar a su chica. Los que salen en busca del alcohol no duran tanto como los que disponen de un agradable y cálido cuerpo en el que olvidarse de todo. ¿Dónde puedo encontrar al propietario? —le preguntó mientras abría la puerta.

—Está abajo, en el 1.º A.

—Dígale que esté disponible. Le haré unas preguntas cuando termine aquí.

Eve entró y cerró la puerta. Ya no era una novata, así que no sintió que el estómago se le revolvía a la vista del cadáver, de la carne abierta, ni de los peluches manchados de sangre.

Pero sintió una punzada de dolor en el corazón.

Luego emergió la rabia, como un agudo golpe de lanza, cuando vio la antigua arma entre los brazos de un osito de peluche.

«Era sólo una niña.»

Eran las siete de la mañana. Eve no había ido a casa. Había tenido sólo una hora de inconfortable e inquieto sueño a la mesa de su despacho, entre listas e informes. El caso Lola Starr no tenía código cinco, así que Eve tenía acceso a los bancos de datos del Centro Internacional de Recursos sobre Actividad Criminal. Hasta ese momento, el CIRAC no había encontrado nada.

Ahora, pálida a causa del cansancio, temblorosa a causa de la falsa energía que le proporcionaba la falsa cafeína, se encontró con Feeney.

—Era una profesional, Dallas.

—Esa maldita licencia tenía solamente tres meses. Todavía había muñecas en su cama. En la cocina tenía cereales.

No podía olvidarlo. Todos esos objetos tontos e infantiles entre los que tuvo que realizar el registro mientras el cuerpo de la víctima reposaba sobre cojines baratos y blandos. Con rabia, Eve depositó una de las fotos oficiales sobre la mesa, de un golpe.

—Tenía el aspecto de ser la capitana de un equipo de animadoras de instituto. En lugar de eso, manejaba clientes y coleccionaba fotos de apartamentos lujosos y más ropas lujosas. ¿Cree que ella sabía en qué se estaba metiendo?

—No creo que ella se imaginara que acabaría muerta —dijo Feeney, imparcial—. ¿Deseas que discutamos los códigos sexuales, Dallas?

—No. —Cansada, bajó la vista a los papeles—. No, pero me impresiona, Feeney. Una niña como ella.

—Eres más fuerte que eso, Dallas.

—Sí, soy más fuerte. —Se obligó a dejarlo a un lado—. La autopsia debería realizarse esta mañana, pero mi informe preliminar establece su muerte veinticuatro horas antes de que la encontraran. ¿Has identificado el arma?

—Una SIG 210. El auténtico Rolls-Royce de las pistolas, de 1980 aproximadamente, de importación Suiza. Silenciada. Esos antiguos silenciadores sólo servían para un par o tres de tiros. Supongo que él lo necesitó porque el apartamento de la víctima no estaba insonorizado, como el de De-Blass.

»Y él no ha llamado desde el apartamento, lo cual me hace pensar que no quería que la encontráramos tan rápido. Tenía que ir a algún otro sitio —dijo él.

Eve, pensativa, recogió un pequeño trozo de papel que se encontraba en una bolsa.

DOS DE SEIS

—En una semana —dijo Eve en voz baja—. Dios, Feeney, no nos está dando mucho tiempo.

—Estoy investigando sus registros, sus libros. Tenía un cliente nuevo citado para las ocho de la noche, la noche anterior a la última. Si su informe preliminar es correcto, él es nuestro hombre. —Feeney sonrió ligeramente—. John Smith.

—Eso es más viejo que el arma del crimen. —Eve se frotó el rostro con fuerza con ambas manos—. El CIRAC nos escupirá el nombre.

—Todavía están examinando datos —observó Feeney. Tenía un sentimiento protector, incluso afectuoso, hacia el CIRAC.

—No van a encontrarlo. Tenemos a un viajero en el tiempo, Feeney.

Él sonrió, burlón.

—Sí, un auténtico Julio Verne.

—Estamos ante un crimen del siglo XXI —le dijo, con las manos todavía sobre el rostro—. Las armas, el exceso de violencia, la nota manuscrita en la escena del crimen. Así que quizá nuestro asesino sea algún tipo de historiador, o de aficionado. Alguien que desearía que las cosas fueran como eran antes.

—Mucha gente cree que las cosas estarían mejor de alguna otra manera. Ésa es la razón de que existan los parques temáticos.

Pensativa, Eve bajó las manos del rostro.

—El CIRAC no nos ayudará a meternos en la cabeza de ese tipo. Todavía hace falta una mente humana para hacer eso. ¿Qué está haciendo ese tipo, Feeney? ¿Por qué lo está haciendo?

—Está matando a acompañantes con licencia.

—Las prostitutas siempre han sido un blanco fácil, desde

Jack el Destripador, ¿no? Es un trabajo que las ubica en una posición muy vulnerable, incluso ahora a pesar de todas las pantallas. Todavía existen clientes que van por ahí maltratando a acompañantes, matándolas.

—No sucede demasiado a menudo —repuso Feeney—. A veces, en los negocios de sexo y dinero uno se encuentra con alguien que muestra demasiado entusiasmo. La mayoría de acompañantes están más seguros que un maestro.

—A pesar de todo, todavía corren un riesgo. La profesión más vieja junto al crimen más viejo. Pero las cosas han cambiado. Algunas cosas. La gente ya no asesina con armas, generalmente. Demasiado caro. El sexo no resulta una motivación tan fuerte como era antes, demasiado barata, demasiado fácil de encontrar. Disponemos de distintos métodos de investigación, y un nuevo espectro de motivaciones. Cuando uno aparta todo eso, el único hecho que queda es que la gente todavía asesina a la gente. Continúa cavando, Feeney. Tengo que hablar con algunas personas.

—Lo que necesitas es un poco de descanso, niña.

—Deja que sea él quien duerma —repuso Eve—. Que duerma ese bastardo.

Eve se recompuso y cogió su TeleLink. Había llegado el momento de contactar con los padres de la víctima.

Cuando Eve entró en el suntuoso recibidor de la oficina que Roarke tenía en el centro de la ciudad, hacía más de treinta y dos horas que no dormía. Había pasado por la triste situación de tener que comunicar a dos conmocionados y llorosos padres que su única hija estaba muerta. Había estado con la vista clavada en el monitor hasta que los datos le bailaron ante los ojos.

La entrevista con el propietario del apartamento de Lola había sido toda una experiencia. Cuando el hombre se hubo recobrado, dedicó treinta minutos a quejarse de la desagradable publicidad y de la posibilidad de una desvalorización de los alquileres en su edificio.

Hasta ahí llegaba, pensó Eve, la empatía de los seres humanos.

Las Industrias Roarke, en Nueva York, eran bastante parecidas a lo que Eve esperaba. Un pulido y brillante edificio que se levantaba unos ciento cincuenta pisos hacia el cielo de Manhattan. Parecía un monolito de ébano, brillante como la piedra húmeda, recorrido por cabinas transportadoras y pasajes elevados y relucientes como diamantes.

No había ningún pringoso Glida-Grill en esa esquina. Ni ningún vendedor ambulante intentando saltarse la seguridad con sus ordenadores de bolsillo. La venta ambulante estaba prohibida en esa zona de la Quinta. La delimitación hacía que las cosas fueran más tranquilas, un poco menos azarosas.

Dentro, el vestíbulo principal ocupaba toda una manzana y albergaba tres restaurantes de moda, una carísima boutique y un puñado de tiendas especializadas. También un pequeño cine donde se proyectaban películas artísticas.

Las blancas baldosas del suelo tenían un metro de amplitud y brillaban como la Luna. Unos ascensores de cristal transparente zumbaban arriba y abajo sin cesar, los grupos de gente zigzagueaban a derecha e izquierda y unas voces impersonales dirigían la atención de los visitantes a los puntos de interés o, si se trataba de una cuestión de negocios, a la oficina adecuada.

Aquellos que deseaban moverse por su cuenta disponían de más de una docena de mapas interactivos.

Eve se dirigió hacia uno de los monitores y recibió una educada oferta de ayuda.

—Roarke —dijo, enojada al ver que su nombre no había sido anotado en el directorio general.

—Lo siento. —La voz del ordenador tenía ese tono de excesiva educación que intentaba resultar reconfortante pero que sólo conseguía irritar los ya alterados nervios de Eve—. No tengo permiso para acceder a esa información.

—Roarke —repitió Eve mientras mostraba la placa para que el ordenador la registrara. Esperó, impaciente, mientras el ordenador zumbaba, sin duda verificando su identidad y notificando a Roarke en persona.

—Diríjase al ala oeste, teniente Dallas. Allí la recibirán.

—De acuerdo.

Eve giró por un pasillo, pasó por delante de un largo macetero de mármol que contenía un bosque de impatiens blancas como la nieve.

—Teniente. —Una mujer ataviada con un atrevido vestido rojo y con un pelo tan blanco como las impatiens le sonreía con frialdad—. Venga conmigo, por favor.

La mujer introdujo una fina tarjeta de seguridad en una ranura y posó la mano sobre un trozo de cristal negro para que le tomaran las huellas. La pared se abrió y descubrió un ascensor privado.

Eve entró en el ascensor detrás de ella y no se sorprendió cuando la acompañante solicitaba el piso superior. Estaba segura de que Roarke no hubiera estado satisfecho con otra cosa que no fuera el piso superior.

Su acompañante se mantuvo en silencio durante la ascensión. Emanaba un discreto aroma que hacía juego con los delicados zapatos y el pulcro peinado. Eve admiraba secretamente a las mujeres que se componían a sí mismas desde los pies a la cabeza con tal aparente facilidad.

Ante esa discreta magnificencia, se agarró a la gastada chaqueta, demasiado consciente de sí misma, y se preguntó si no había llegado el momento de que gastara un poco de dinero en hacerse un corte de pelo en lugar de destrozárselo ella misma.

Antes de que pudiera llegar a una conclusión acerca de un tema tan básico, las puertas se abrieron con un zumbido ante un recibidor tranquilo y enmoquetado de blanco del tamaño de una casa pequeña. Había un vergel de plantas, plantas de verdad: ficus, palmeras, lo que parecían ser unos cornejos floreciendo fuera de temporada. De un banco de claveles que explotaban en sombras rosas y púrpuras llegaba un aroma fuerte y especiado.

Ese jardín rodeaba una cómoda área de espera amueblada con sofás malvas y brillantes mesas de madera, de lámparas que seguramente eran de cobre macizo y desprendían brillos de colores como joyas.

En el centro se encontraba un conjunto de trabajo circular, eficientemente equipado con monitores, teclados, y Tele-Links. Dos hombres y una mujer se encontraban muy ocupados y mostraban un despliegue de competente actividad.

Eve fue conducida por delante de ellos hasta un pasaje de cristal transparente. Miró hacia abajo y vio todo Manhattan. El hilo musical emitía algo de Mozart que ella no reconoció. Para Eve, la historia de la música empezaba un poco después de su décimo cumpleaños.

La mujer del impresionante vestido se detuvo de nuevo, le dirigió su fría y perfecta sonrisa y habló a un interfono oculto.

—La teniente Dallas, señor.

—Hágala pasar, Caro. Gracias.

Caro volvió a poner la palma de la mano encima de un liso vidrio oscuro.

—Entre, teniente —la invitó cuando el panel se abrió.

—Gracias.

Eve, curiosa, la observó mientras ella se alejaba y se preguntó cómo era posible que alguien caminara con tanta elegancia encima de unos tacones de siete centímetros. Entró en la oficina de Roarke.

Ésta era, tal y como Eve esperaba, tan impresionante como el resto de sus oficinas de Nueva York. A pesar de la espectacular vista a tres bandas de Nueva York, del techo repleto de brillantes luces, de los vibrantes tonos de topacio y esmeralda del mullido mobiliario, era el hombre que se encontraba detrás del enorme escritorio de caoba lo que dominaba esa habitación.

¿Qué era lo que tenía ese hombre?, pensó Eve otra vez mientras Roarke se levantaba y le dirigía una sonrisa.

—Teniente Dallas —le dijo, con esa ligera y fascinante entonación irlandesa—. Un placer, como siempre.

—Quizá no piense lo mismo cuando hayamos terminado. Él arqueó una ceja.

—¿Qué le parece si se acerca hasta aquí y empezamos? Luego ya veremos. ¿Café?

—No intente distraerme, Roarke.

Ella se aproximó un poco. Entonces, para satisfacer su curiosidad, dio un breve vistazo alrededor. Era tan grande como un helipuerto, y tenía todas las comodidades de un hotel de primera clase: servicio de bar automatizado, una silla de relajación, una pantalla enorme en la pared que en ese momento se encontraba apagada. A la izquierda había un baño completo que incluía una bañera de masajes y una cabina de secado. Todo el equipamiento habitual de una oficina, con la última tecnología, lo completaba.

Roarke la observó con una expresión de agrado. Admiraba cómo se movía, la forma que tenían esos fríos y rápidos ojos en observarlo todo.

—¿Quiere que se lo enseñe todo?

—No. ¿Cómo trabaja con todo esto...? —Hizo un amplio gesto con los brazos indicando las grandes ventanas—. ¿Abierto?

—No me gusta sentirme encerrado. ¿Va usted a sentarse o va a seguir paseando?

—Voy a quedarme de pie. Tengo que hacerle algunas preguntas, Roarke. Tiene usted derecho a tener un abogado presente.

—¿Estoy arrestado?

—No de momento.

—Entonces dejaré a los abogados hasta cuando lo esté. Pregunte.

Aunque Eve le miraba a los ojos, sabía en todo momento dónde tenía las manos. En ese momento en los bolsillos de los pantalones. Las manos revelan las emociones.

—La noche anterior a la última —le dijo—, entre las ocho y las diez de la noche. ¿Puede usted demostrar su paradero?

—Creo que estuve aquí hasta poco después de las ocho. —Con mano firme, tocó el sobre de su escritorio—. Apagué el monitor a las 20:17. Abandoné el edificio y conduje hasta casa.

—¿Condujo o fue conducido?

—Conduje. Siempre tengo un coche aquí. No me gusta tener a mis empleados pendientes de mis caprichos.

—Muy democrático por su parte. —Y, pensó, inconveniente. Deseaba que tuviera un testigo—. ¿Y luego?

—Me serví un coñac, me di una ducha y me cambié de ropa. Disfruté de una cena tardía con una amiga.

—Cómo de tarde y con quién.

—Creo que llegué sobre las diez. Me gusta ser puntual. En casa de Madeline Montmart.

Eve tuvo una rápida visión de una rubia de curvas sinuosas, labios protuberantes y ojos almendrados.

—¿Madeline Montmart, la actriz?

—Sí, creo que practicamos en el sofá, si es que eso resulta de ayuda.

Eve ignoró el sarcasmo.

—¿Nadie puede ratificar sus movimientos entre las 20:17 y las 22:00 de la noche?

—Algún empleado puede haberme visto, pero igualmente yo les pago bien y es probable que digan lo que yo les pida que digan —dijo—. ¿Ha habido otro asesinato?

—Lola Starr, acompañante con licencia. Algunos detalles serán comunicados por los medios dentro de una hora.

—Y algunos detalles no lo serán.

—¿Tiene usted un silenciador, Roarke?

Su expresión no se modificó.

—Varios. Parece usted agotada, Eve. ¿Ha estado de pie toda la noche?

—Va con el trabajo. ¿Posee usted una pistola suiza, SIG 210, de 1980?

—Adquirí una hace unas seis semanas. Siéntese.

—¿Conocía usted a Lola Starr? —Introdujo la mano en el maletín y sacó una foto que había encontrado en el apartamento de Lola. La bonita chica élfica brillaba con una risa descarada.

Roarke la miró cuando Eve la depositó en su mesa. Parpadeó. Esta vez, su voz adquirió un tono parecido a la compasión.

—No tiene la edad suficiente para tener licencia.

—Cumplió los dieciocho años hace unos meses. La solicitó el día de su cumpleaños.

—No tuvo tiempo de cambiar de opinión, ¿no? —Levantó la mirada hasta Eve. Y sí, era compasión—. No la conocía. No voy con prostitutas, ni con niñas. —Tomó la foto, dio un rodeo al escritorio y se la devolvió a Eve—. Siéntese.

—¿Alguna vez ha…?

—Mierda, siéntese. —En un súbito acceso de furia, agarró a Eve por los hombros y la obligó a sentarse en una silla. El maletín cayó al suelo y un montón de fotos de Lola que no tenían nada de divertidas se esparramaron por el suelo.

Eve hubiera podido atraparlas antes de que cayeran al suelo. Sus reflejos eran tan buenos como los de él. Quizá quería que él las viera. Quizá necesitaba que las viera.

Roarke se agachó y recogió una de las fotos de la escena del crimen. La observó.

—Dios mío —dijo en voz baja—. ¿Me cree capaz de esto?

—Lo que yo crea no es el tema. La investigación… —Se interrumpió en cuanto él le clavó la mirada.

—¿Me cree capaz de esto? —repitió en un tono cortante como el filo de un cuchillo.

—No, pero tengo que realizar mi trabajo.

—Su trabajo apesta.

Eve recogió las fotos y las guardó.

—A veces.

—¿Cómo puede usted dormir por las noches, después de haber visto algo así?

Eve vaciló. Aunque se recobró en un instante, él se percató. A pesar de lo intrigado que se sentía por las reacciones instintivas y emocionales, le supo mal haberle dicho eso.

—Diciéndome que capturaré al bastardo que lo hizo. Quítese de en medio.

Roarke se quedó donde estaba y le puso una mano sobre el tenso brazo.

—Un hombre de mi posición debe ser capaz de captar a la gente con rapidez y exactitud, Eve. La veo como alguien que se encuentra en el límite.

—Le he dicho que se quite de en medio.

Él se levantó, tiró del brazo de ella hasta que logró ponerse en pie. Él todavía continuaba bloqueándole el camino.

—Lo hará otra vez —dijo Roarke, con calma—. Y debería preguntarse cuándo, dónde y quién va a acabar con usted.

—No me analice. Tenemos un departamento entero de loqueros que cobran cada mes para responder a todo eso.

—¿Por qué no ha ido a ver a uno? Ha estado usted buscando pretextos para evitar un examen.

Ella entrecerró los ojos.

Él sonrió, pero sin ningún atisbo de diversión.

—Tengo contactos, teniente. Hace varios días que usted tenía que haber pasado un examen, es el procedimiento estándar del departamento después de que un agente utilice su arma y provoque una muerte. Y eso es algo que usted hizo la noche en que Sharon fue asesinada.

—No se meta en mis asuntos —replicó Eve, furiosa—. Y a la mierda sus contactos.

—¿De qué tiene miedo? ¿Tiene miedo de que encuentren algo si le echan un vistazo a su cabeza? ¿A su corazón?

—No tengo miedo de nada. —Eve se soltó el brazo con un gesto brusco, pero él le puso la mano en la mejilla. Fue un gesto tan inesperado, tan amable, que Eve sintió que el estómago se le encogía.

—Deje que la ayude.

—Yo… —Por un momento, estuvo a punto de dejar salir algo, igual que había dejado caer las fotos. Pero esta vez sus reflejos ganaron y se contuvo—. Puedo manejarlo. —Se dio la vuelta—. Puede usted recoger sus objetos en cualquier momento de mañana a partir de las nueve horas.

—Eve.

Ella mantuvo la vista en la puerta de salida y continuó caminando.

—¿Qué?

—Quiero verla esta noche.

—No.

Él estuvo tentado, muy tentado, de correr tras ella. En lugar de eso, permaneció donde estaba.

—Puedo ayudarla en este caso.

Eve se detuvo, pero con cautela. Si él no estuviera sintiendo un incómodo pinchazo de frustración sexual, quizá se hubiera reído de la mezcla de suspicacia y burla en sus ojos.

—¿Cómo?

—Conozco a gente que Sharon también conocía.

La expresión de burla se convirtió en interés. Pero la suspicacia no desapareció.

—No se requiere un gran esfuerzo mental para darse

cuenta de que está usted buscando una conexión entre Sharon y la chica de las fotos. Veré si puedo encontrar una.

—La información procedente de un sospechoso no resulta de peso en una investigación. Pero —añadió antes de que él pudiera decir nada— puede usted hacérmelo saber.

Él sonrió, después de todo.

—¿Hay alguna duda de que la deseo desnuda y en la cama? Se lo haré saber, teniente. —Regresó a su escritorio—. Mientras tanto, duerma un poco.

Cuando la puerta se cerró detrás de ella, la sonrisa desapareció. Se quedó en silencio un momento. Pulsó un botón dentro del bolsillo y se comunicó a través de su línea privada.

No quería que esta llamada quedara reflejada en los registros.

Capítulo siete

*E*ve subió hasta la pantalla del interfono de la puerta de Charles Monroe y se disponía a anunciarse cuando la puerta se abrió. Apareció con una capa de cachemira que flotaba negligentemente sobre sus hombros y que estaba rematada con una capucha de seda color crema. La sonrisa con que la recibió era tan breve como su atuendo.

—Teniente Dallas. Qué maravilla volver a verla. —Sus ojos, que expresaban halagos que Eve sabía que no merecía, se pasearon por todo su cuerpo—. Y qué mala suerte que me encuentre a punto de salir.

—No voy a entretenerle demasiado tiempo. —Eve dio un paso hacia delante—. Un par de preguntas, señor Monroe, aquí, informalmente, o formalmente en la comisaría con su abogado.

Las bien dibujadas cejas de él se elevaron.

—Ya veo. Creí que habíamos progresado hasta un poco más allá de ese punto. Muy bien, teniente, pregunte. —Volvió a cerrar la puerta—. Lo haremos informalmente.

—¿Cuál era su paradero la noche anterior a la última, entre las ocho y las once horas?

—¿La noche anterior a la última? —Sacó una agenda de su bolsillo y la consultó—. Ah, sí. Recogí a una clienta a las siete y media para ir a una función a las ocho en el Grand Theater. Están haciendo una representación de Ibsen. Una cosa deprimente. Nos sentamos en la tercera fila, en el centro. Terminó justo antes de las once y luego nos trajeron la cena. Aquí. Estuve con ella hasta las tres de la madrugada.

Le dirigió una sonrisa brillante mientras volvía a guardar la agenda.

—¿Me deja eso libre de toda sospecha?

—Si su cliente lo confirma.

La sonrisa se disolvió y dio paso a una expresión triste.

—Teniente, me está usted matando.

—Alguien está matando a gente que ejerce su misma profesión —le dijo—. Nombre y número, señor Monroe. —Ella esperó hasta que él le dio los datos, taciturno—. ¿Conoce usted a Lola Starr?

—Lola, Lola Starr... no me suena. —Volvió a sacar la agenda y consultó el directorio—. Parece que no. ¿Por qué?

—Ya lo oirá en las noticias de la mañana —fue lo único que Eve le dijo mientras abría la puerta—. Hasta el momento sólo han sido mujeres, señor Monroe, pero si yo fuera usted, tendría mucho cuidado en aceptar clientas nuevas.

Eve se dirigió hasta el ascensor. Sentía un dolor de cabeza que le presionaba las sienes. Incapaz de resistirse, miró hacia la puerta del apartamento de Sharon DeBlass, donde una luz de seguridad de la policía parpadeaba.

Necesitaba dormir, se dijo. Necesitaba ir a casa y vaciar la mente durante una hora. Pero lo que hizo fue marcar su número de identificación para abrir y entró en el apartamento de la mujer muerta.

Todo estaba en silencio. Y estaba vacío. No había esperado nada distinto. De alguna forma, había deseado que tuviera alguna intuición, pero lo único que sentía era el constante martilleo en las sienes. Sin hacer caso del dolor, entró en la habitación.

Las ventanas habían sido selladas también con espray para evitar que los medios o los morbosos curiosos se dejaran caer por ahí para echar un vistazo a la escena del crimen. Ordenó que se encendieran las luces y las sombras se apartaron para mostrar la cama.

Las sábanas habían sido retiradas y llevadas a los forenses. Los fluidos corporales, los restos de pelo y de piel ya habían sido analizados y registrados. Todavía había una mancha en el colchón de agua de la sangre que había traspasado las sábanas de satén. La cabecera acolchada de la cama también estaba salpicada. Se preguntó si a alguien le importaría lo suficiente como para limpiarla.

Echó un vistazo a la mesa. Feeney se había llevado el pequeño ordenador portátil para registrar el disco duro, además de los discos. Toda la habitación había sido registrada y barrida. No quedaba nada por hacer.

A pesar de eso, Eve se dirigió al vestidor y repasó metódicamente todos los cajones otra vez. ¿Quién reclamaría toda esa ropa?, se preguntó. Las sedas y los lazos, las prendas de cachemir y de satén de una mujer que amaba las texturas de la riqueza sobre su piel.

La madre, pensó. ¿Por qué no había enviado una petición para que le fueran devueltas las posesiones de su hija?

Era algo sobre lo que tenía que pensar.

Repasó el armario, de nuevo observó faldas, vestidos, pantalones, capas y caftanes, chaquetas y blusas, registró bolsillos. Repasó los zapatos, todos guardados pulcramente en cajas de plástico.

Esa mujer solamente tenía dos pies, pensó un tanto molesta. Nadie necesitaba sesenta pares de zapatos. Con un sentimiento un tanto burlón, Eve buscó en las puntas de los zapatos, en el interior de las botas, en las blandas suelas de plataformas hinchables.

Lola no tenía tantas cosas, pensó. Dos pares de tacones ridículamente altos, un par de chancletas infantiles y un sencillo par de zapatillas deportivas con suela de aire, todo eso apilado en su estrecho armario.

Pero Sharon había sido un alma tan organizada como frívola. Sus zapatos estaban cuidadosamente apilados en montones de...

Mal. Con la piel de gallina, Eve dio un paso atrás. Eso estaba mal. El vestidor era tan grande como una habitación y cada centímetro de ese espacio había sido utilizado sin contemplaciones. Ahora, en las estanterías había un espacio vacío de un metro. Porque los zapatos se encontraban apilados en montones de seis en una hilera de ocho.

No era así como Eve los había encontrado ni como los había dejado. Estaban organizados según el color y el estilo. En montones, se acordaba perfectamente, de cuatro, en hileras de doce. Un error tan pequeño, pensó sonriendo un poco. Pero un hombre que cometía uno, cometería otro.

—¿Podría repetir eso, teniente?

—Él reorganizó mal las cajas de zapatos, comandante.

Mientras conducía entre el tráfico, y temblando a pesar del aire tibio de la calefacción del coche contra sus pies, Eve había contactado con el comandante. Un globo repleto de turistas se acercaba a baja altitud, y la voz del guía daba consejos con voz estentórea acerca de las tiendas de los corredores aéreos mientras se dirigían hacia la Quinta. Un absurdo equipo de trabajo con una licencia diurna especial se encontraba perforando un túnel de acceso en la esquina de la Sexta con la Cuarenta y ocho. Eve elevó la voz por encima del estruendo.

—Puede usted volver a visionar los discos de la escena del crimen. Sé cómo estaba organizado el vestidor. Me impresionó que alguien pudiera tener tanta ropa y que la tuviera tan bien organizada. Él volvió.

—¿Volvió a la escena del crimen? —La voz de Whitney sonó seca como la tiza.

—Los tópicos siempre tienen una base, de hecho. —Con la esperanza de encontrar un relativo silencio, Eve bajó en dirección oeste hacia una travesía en la cual acabó refunfuñando detrás de un microbús. ¿Es que nadie se quedaba en casa en Nueva York?—. Si no, no serían tópicos —acabó. Conectó el piloto automático para poder calentarse las manos en los bolsillos—. Había otras cosas. Ella tenía sus joyas en un cajón compartimentado. Los anillos en una sección, los brazaletes en otra, y así. Algunas de las cadenas estaban enredadas cuando volví a mirar.

—Los forenses…

—Señor, volví a repasar todo el lugar después de los forenses. Sé que él ha estado ahí. —Eve se calló, frustrada, y se dijo a sí misma que Whitney era un hombre cauteloso. Los administradores tenían que serlo—. Atravesó los sistemas de seguridad y entró. Estaba buscando algo…, algo que había olvidado. Algo que ella tenía. Algo que se nos pasó por alto.

—Quiere que vuelvan a registrar el lugar.

—Sí. Y quiero que Feeney vuelva a repasar los archivos de Sharon. Ahí tiene que haber alguna cosa, en algún lugar. Y le preocupa lo suficiente como para volver a por ello.

—Firmaré la autorización. Al jefe no le va a gustar. —El comandante se quedó en silencio un momento. Entonces, como si acabara de recordar que estaban hablando por una línea totalmente segura, añadió en tono burlón—: Que le jodan, al jefe. Buen ojo, Dallas.

—Gracias… —Pero él cortó antes de que ella pudiera acabar de mostrarse agradecida.

«Dos de seis», pensó. Y en la intimidad del coche se estremeció, no solamente a causa del frío. Ahí fuera había cuatro personas más cuyas vidas se encontraban en sus manos.

Después de dejar el coche en el garaje, se juró a sí misma que llamaría al maldito mecánico al día siguiente. Si la historia era cierta, eso significaba que el mecánico lo tendría durante una semana, peleándose con algún absurdo chip del control de la calefacción. La idea de hacer todo el papeleo para tener acceso a un vehículo a través del departamento resultaba demasiado desalentadora para ser tenida en cuenta.

Además, estaba acostumbrada al coche que tenía, con todos sus pequeñas peculiaridades. Todo el mundo sabía que los de uniforme conseguían los mejores vehículos de tierra y aire. Los detectives tenían que conformarse con las sobras.

Tendría que depender del transporte público o, simplemente, pescar un coche del garaje de la policía y pagar el precio en burocracia más tarde.

Subió en el ascensor hasta su piso. Todavía estaba molesta de pensar en que tendría que acordarse de contactar con Feeney personalmente para que repasara de nuevo los discos de seguridad del Gorham de toda una semana. Acababa de abrir la puerta cuando su mano voló automáticamente hasta su arma y la desenfundó.

El silencio del apartamento era extraño. Supo al instante que no estaba sola. Se le puso la piel de gallina y avanzó apuntando a un lado y otro.

A la tenue luz de la habitación, todo era sombras y silencio. Entonces percibió un movimiento que le hizo tensar todos los músculos del cuerpo y llevar el dedo al gatillo.

—Excelentes reflejos, teniente. —Roarke se levantó de la silla desde donde la había estado observando—. Tan buenos —continuó con el mismo tono amable mientras encendía una lámpara— que tengo plena fe en que no utilizará su arma contra mí.

Eve hubiera podido hacerlo. Hubiera podido darle un buen susto, perfectamente. Eso le habría borrado esa sonrisa de autocomplacencia de la cara. Pero descargar el arma representaba manejar demasiado papeleo, y ella no estaba dispuesta a ello por una simple cuestión de venganza.

—¿Qué demonios está haciendo aquí?

—Esperándola. —Sus ojos permanecieron fijos en los de ella mientras levantaba las manos—. Estoy desarmado. Puede usted venir a comprobarlo en persona si no confía en mi palabra.

Muy despacio, y con cierta desconfianza, ella enfundó el arma.

—Imagino que debe usted de disponer de un ejército de carísimos e inteligentísimos abogados, Roarke, que le sacarían de aquí antes de que yo terminara de presentar cargos por allanamiento de morada. Pero ¿por qué no me da una razón para que yo no me tome la molestia de mandarle a una celda aunque sea por un par de horas?

Roarke se preguntó si no sería un tanto perverso el estar disfrutando, como él lo hacía, de los ataques de Eve.

—No resultaría productivo, Eve. Y está usted cansada. ¿Por qué no se sienta?

—No me molestaré en preguntarle cómo entró. —Eve sintió que temblaba a causa del enfado y se preguntó qué satisfacción obtendría si pusiera las esposas alrededor de esas elegantes muñecas—. Usted es el propietario del edificio, así que la pregunta tiene una respuesta.

—Una de las cosas que admiro en usted es que no pierde el tiempo en las cosas obvias.

—Mi pregunta es por qué.

—Después de que se fuera de mi oficina, me di cuenta de que estaba pensando en usted, en un plano tanto profesional como personal. —Le dirigió una rápida y encantadora sonrisa—. ¿Ha comido?

—¿Por qué? —repitió ella.

Él dio un paso hacia Eve y la luz de la lámpara le iluminó la espalda.

—Respecto a lo profesional, realicé un par de llamadas que pueden resultarle interesantes. En cuanto a lo personal…

—Llevó una mano hasta su rostro y le tomó la barbilla con los dedos. Le acarició el hoyuelo con el pulgar—. Me di cuenta de que estaba preocupado por la expresión de cansancio de sus ojos. Por alguna razón me siento impulsado a alimentarla.

Aunque sabía que eso era un gesto infantil, apartó la cara con un movimiento brusco.

—¿Qué llamadas?

Él se limitó a sonreír de nuevo y se acercó al TeleLink de Eve.

—¿Puedo? —le dijo mientras marcaba un número en él—. Aquí Roarke. Podéis subir la comida ahora. —Colgó y volvió a sonreír—. No tiene nada contra la pasta, ¿no?

—En principio, no. Pero sí tengo algo en contra de que me manejen.

—Ésa es otra de las cosas que me gustan de usted. —Como ella no iba a hacerlo, él se sentó y, sin hacer caso de su ceño fruncido, sacó su pitillera—. Pero me resulta más fácil relajarme ante un plato caliente. Usted no se relaja lo suficiente, Eve.

—Usted no me conoce tan bien como para juzgar qué hago y qué no hago. Y no le he dicho que pueda fumar aquí.

Él encendió el cigarrillo y la miró a través de la fragante y transparente nube de humo.

—Si no me ha arrestado por allanamiento de morada, no va hacerlo por fumar. He traído una botella de vino. La he dejado abierta en el mármol de la cocina para que respire. ¿Le apetece un poco?

—Lo que me apetecería… —De repente, tuvo un pensamiento que la encolerizó de tal manera que casi perdió la visión. De un salto, fue hasta su ordenador y solicitó el acceso.

Eso le molestó, lo suficiente como para que su voz sonara tensa:

—Si hubiera venido a fisgonear sus archivos, difícilmente habría esperado a que usted llegara.

—Esta clase de arrogancia es muy propia de usted.

Pero el sistema de seguridad estaba intacto. Eve no estaba segura de si se sentía aliviada o decepcionada. Entonces vio un pequeño paquete encima de su escritorio.

—¿Qué es esto?

—No tengo ni idea. —Exhaló otra nube de humo—. Estaba en el suelo, dentro, detrás de la puerta. Lo recogí.

Eve sabía lo que era, por el tamaño, la forma, el peso. Y sabía que cuando visionara el disco contemplaría el asesinato de Lola Starr.

El cambio de expresión en la mirada de Eve hizo que él se levantara y su tono de voz se suavizara.

—¿Qué es, Eve?

—Un asunto oficial. Discúlpeme.

Se dirigió directamente a su habitación y cerró la puerta con el pestillo.

Ahora le tocaba a Roarke fruncir el ceño. Fue a la cocina, encontró los vasos y sirvió el borgoña. Ella vivía con sencillez, pensó. Había poco desorden, y muy pocas cosas que dieran detalles acerca de su pasado o de su familia. Ningún recuerdo. Se había sentido tentado de fisgonear en su habitación mientras estaba solo en el apartamento y ver qué podía descubrir sobre ella, pero se resistió a hacerlo.

No era tanto un tema de respeto hacia su intimidad sino porque ella le resultaba un reto que le inducía a conocerla por sí misma más que por lo que la rodeaba.

A pesar de eso, pensó que la sencillez de los colores y la falta de desorden resultaban significativas. Ella no vivía allí, por lo que se veía; más bien residía allí. Pensó que, en realidad, ella vivía en su trabajo.

Dio un sorbo de vino y encontró que estaba en buenas condiciones. Apagó el cigarrillo y llevó los dos vasos a la sala de estar. Iba a resultar más que interesante resolver el enigma que Eve Dallas representaba.

Cuando Eve volvió, casi veinte minutos más tarde, un

camarero con uniforme blanco estaba terminando de disponer los platos en una pequeña mesa delante de la ventana. El aroma de la comida era exquisito, pero Eve no sintió que se le despertara el apetito. Volvía a dolerle la cabeza y se había olvidado de tomar la medicación.

Roarke despidió al camarero con un susurro. No pronunció palabra hasta que la puerta se cerró y estuvo a solas con Eve de nuevo.

—Lo siento.

—¿Qué siente?

—Lo que sea que la está preocupando.

Aparte de ese momento en que ella se había ruborizado a causa de la rabia, Eve había estado pálida desde que entró en el apartamento. Ahora tenía las mejillas blancas y los ojos se le habían oscurecido. Él dio unos pasos hacia ella, pero Eve negó con la cabeza en un gesto de enfado.

—Váyase, Roarke.

—Irse es fácil. Demasiado fácil. —De forma muy deliberada, le pasó los brazos alrededor y notó que se ponía tensa—. Dese un minuto. —Su tono era suave, persuasivo—. ¿Sería tan importante, de verdad le importaría a alguien a parte de a usted, si se tomara unos minutos para descansar?

Ella volvió a negar con la cabeza, pero esta vez su gesto delataba el cansancio. Roarke se dio cuenta de que se le escapaba un suspiro y, aprovechando el momento, se acercó a ella.

—¿No puede decírmelo?

—No.

Él asintió, pero sus ojos brillaban de impaciencia. Él sabía que no debería importarle. Ella no debería importarle. Pero le importaban demasiadas cosas de ella.

—Hay alguien más, entonces.

—No hay nadie más. —Acabó de decirlo y se dio cuenta de la interpretación que él podía dar a esas palabras—. No quise decir…

—Ya sé que no quiso decir eso. —Le sonrió, pero con expresión de cansancio y sin ninguna muestra de diversión—. Pero no va a haber nadie más para ninguno de los dos, por lo menos no en algún tiempo.

Ella dio un paso hacia atrás. No como un reproche, sino como un acto de distanciamiento.

—Da demasiadas cosas por sentadas, Roarke.

—En absoluto. No doy nada por sentado. Usted me hace trabajar, teniente. Me hace trabajar mucho. Se está enfriando su cena.

Ella estaba demasiado cansada para resistirse, demasiado agotada para discutir. Se sentó y tomó el tenedor.

—¿Ha estado usted en el apartamento de Sharon De-Blass durante la última semana?

—No, ¿qué motivos podría tener para ir?

Ella le observó con atención.

—¿Qué motivos podría tener cualquiera?

Él no respondió inmediatamente. Se dio cuenta de que esa pregunta no tenía carácter oficial.

—Para revivir el suceso. Para asegurarse de que no había quedado nada ahí dentro que pudiera incriminarle.

—Y, como propietario del edificio, usted hubiera podido entrar con la misma facilidad con la que ha entrado aquí.

Los labios de Roarke adquirieron una expresión tensa. Irritación, pensó Eve, la irritación de un hombre cansado de responder a las mismas preguntas.

Era un pequeño detalle, pero una buena señal de su inocencia.

—Sí, no creo que hubiera tenido ningún problema. Mi código maestro me hubiera permitido el acceso.

No, pensó Eve, su código maestro no habría atravesado el sistema de seguridad de la policía. Eso hubiera requerido un nivel superior, o a un experto en sistemas de seguridad.

—Supongo que cree que alguien ajeno a su departamento ha estado en el apartamento desde que se cometió el asesinato.

—Supone bien —asintió ella—. ¿Quién le lleva los sistemas de seguridad, Roarke?

—Lorimar se encarga de ello, tanto en mis empresas como en mis casas. —Levantó el vaso—. Es más sencillo así, ya que soy propietario de esa empresa.

—Por supuesto que lo es. Supongo que tiene usted un buen conocimiento de los sistemas de seguridad.

—Puede decirse que mi interés en los sistemas de seguridad viene de lejos. Ése fue el motivo de que comprara esa empresa. —Enrolló un poco de pasta con el tenedor y se lo acercó a los labios. Se alegró de que ella lo aceptara—. Eve, estoy tentado de confesarlo todo, sólo para hacer desaparecer esa expresión de infelicidad de su rostro y verla comer con el entusiasmo que demostró la última vez. Pero sean cuales sean mis crímenes, y sin duda son copiosos, entre ellos no se encuentra el asesinato.

Ella bajó la vista hasta el plato y empezó a comer. El hecho de que él se diera cuenta de que se sentía infeliz la sobrepasaba.

—¿Qué quiso decir cuando dijo que yo le hacía trabajar mucho?

—Usted reflexiona cuidadosamente las cosas, y sopesa los pros y los contras, las posibilidades. Usted no es una persona de impulsos, y aunque creo que puede usted ser seducida, al ritmo adecuado y con el tacto adecuado, no sería un suceso común.

Ella levantó la mirada otra vez.

—¿Es eso lo que quiere usted, Roarke? ¿Seducirme?

—La seduciré —respondió él—. Por desgracia, no será esta noche. A parte de esto, quiero descubrir qué es lo que la hace ser cómo es. Y quiero ayudarla a conseguir lo que necesita. Ahora mismo, lo que necesita es un asesino. Se está culpando a sí misma —añadió—. Y eso es una locura, y me disgusta.

—No me culpo a mí misma.

—Mírese al espejo —dijo Roarke en voz baja.

—Yo no hubiera podido hacer nada —explotó Eve—. No hubiera podido hacer nada para pararlo. Nada para impedir lo que ha pasado.

—¿Se supone que debe usted ser capaz de pararlo? ¿De impedir todo esto?

—Eso es exactamente lo que se supone que debo hacer.

Él ladeó la cabeza.

—¿Cómo?

Ella se apartó de la mesa.

—Utilizando la inteligencia. Llegando a tiempo. Haciendo mi trabajo.

Había algo más, pensó él. Algo más profundo. Roarke juntó las manos encima de la mesa.

—¿No es eso lo que está usted haciendo ahora?

Las imágenes se acumularon en su cabeza. Todas las muertes. Toda la sangre. Toda esa vida desperdiciada.

—Ahora están muertas. —Esas palabras tuvieron un sabor muy amargo—. Yo tendría que haber podido hacer algo para detener todo eso.

—Para detener un asesinato antes de que suceda tendría que estar usted en la mente del asesino —dijo él con calma—. ¿Quién podría vivir con eso?

—Yo puedo vivir con eso —replicó Eve. Era la pura verdad. Podía vivir con cualquier cosa excepto con el fracaso—. Servir y proteger. No son solamente palabras, es una promesa. Si no soy capaz de mantener mi palabra, no soy nada. Y no las protegí. A ninguna de ellas. Sólo puedo ponerme a su servicio cuando ya están muertas. Mierda, era casi una niña. Sólo una niña. Y él la cortó en pedazos. No llegué a tiempo. No llegué a tiempo y debería haberlo hecho.

Se le escapó un sollozo que la sorprendió a sí misma. Se llevó una mano a los labios y se sentó en el sofá.

—Dios. —Fue lo único que pudo decir—. Dios. Dios.

Él se acercó a ella. Por intuición, se limitó a sujetarla con fuerza por los brazos en lugar de abrazarla.

—Si no puede usted, o no quiere, hablar conmigo, tiene que hablar con alguien más. Y usted lo sabe.

—Puedo manejarlo. Yo… —Pero las palabras que iba a pronunciar se le ahogaron en la garganta.

—¿A qué precio? —le preguntó—. ¿Y qué le importaría a nadie si lo dejara usted? Déjelo solamente unos minutos.

—No lo sé. —Quizá era el miedo, pensó ella. No estaba segura de ser capaz de mantener en alto su placa, su arma, ni su vida si se permitía pensar demasiado o sentir demasiado—. La veo —dijo, y emitió un profundo suspiro—. La veo cada vez que cierro los ojos y dejo de concentrarme en lo que hay que hacer.

—Cuéntemelo.

Ella se levantó, tomó su vaso de vino y el de él y volvió al sofá. Dio un largo trago que le alivió la sequedad de garganta y le calmó los nervios. Era la fatiga, se dijo, lo que la debilitaba tanto que no podía contenerse.

—El aviso llegó cuando me encontraba a media manzana. Acababa de cerrar un caso, había terminado de introducir toda la información. El comunicado se dirigió a la unidad más cercana. Un caso de violencia doméstica. Siempre resulta complicado, y yo me encontraba prácticamente en la puerta. Así que lo acepté. Algunos de los vecinos se encontraban fuera del edificio. Todos hablaban a la vez.

La escena le volvía a la mente, completa, como un vídeo perfectamente montado.

—Había una mujer en camisón y estaba llorando. Tenía el rostro lleno de golpes y uno de los vecinos intentaba vendarle el brazo. Sangraba mucho, así que le dije que avisaran a un médico. Ella no dejaba de decir: «Se la ha llevado. Se ha llevado a mi niña».

Eve tomó otro sorbo de vino.

—Se agarró a mí, sangrando, manchándome, gritando y llorando y sin dejar de decirme que tenía que detenerle, que tenía que salvar a su niña. Podría haber pedido refuerzos, pero pensé que no podía esperar. Subí las escaleras y le oí antes de llegar al tercer piso, donde él se había encerrado. Estaba encolerizado. Creo que oí a la niña chillar, pero no estoy segura.

Entonces, Eve cerró los ojos y rezó por haberse equivocado. Quería creer que la niña ya estaba muerta, ya no sentía dolor. Haber estado tan cerca, tan sólo a unos pasos… No, no podía vivir con eso.

—Cuando llegué a la puerta, utilicé el procedimiento habitual. Me informé de su nombre por uno de los vecinos. Utilicé su nombre y el de la niña. Se supone que eso hace que la situación sea más personal, más real, al utilizar los nombres. Oía que estaba rompiendo objetos. Ahora no oía a la niña. Creo que lo supe. Antes de romper la puerta, lo sabía. Él había utilizado el cuchillo de cocina para descuartizarla.

Eve levantó el vaso de vino con mano temblorosa.

—Había tanta sangre. Ella era tan pequeña, y había tanta sangre. En el suelo, en la pared, en las ropas de él. La sangre todavía goteaba del cuchillo. La niña tenía la cabeza girada en mi dirección. Ese pequeño rostro, de grandes ojos azules, como los de una muñeca.

Se quedó callada un momento y dejó el vaso a un lado.

—Él estaba demasiado ciego de furia para calmarse. Se dirigía hacia mí. La sangre goteaba del cuchillo, le cubría las ropas, y él se dirigía hacia mí. Así que le miré a los ojos. Y le maté.

—Y al día siguiente —dijo Roarke, con tranquilidad— se sumergió usted en una investigación de asesinato.

—El examen se pospuso. Me someteré a él dentro de uno o dos días. —Se encogió de hombros—. Los loqueros creen que el tema es haber matado a alguien. Puedo hacerles creer eso, si tengo que hacerlo. Pero no es eso. Tuve que matarle. Y eso puedo aceptarlo. —Miró directamente a los ojos de Roarke y supo que podía contarle lo que no había sido capaz de contarle a nadie—. Quise matarle. Quizá incluso necesitaba hacerlo. Cuando le vi morir pensé que nunca podría volver a hacerle eso a ningún niño. Y me alegré de haber sido yo quien se lo hubiera impedido.

—Y cree que eso está mal.

—Sé que eso está mal. Sé que cuando un policía siente placer ante cualquier tipo de muerte, ha traspasado una frontera.

Roarke se inclinó hacia delante para que sus rostros estuvieran más cerca.

—¿Cómo se llamaba la niña?

—Mandy. —La voz le tembló un momento, pero volvió a tomar el control—. Tenía tres años.

—¿Se sentiría usted tan mal si le hubiera matado antes de que él le hubiera hecho eso a la niña?

Eve abrió la boca un momento, pero volvió a cerrarla.

—Supongo que nunca lo sabré, ¿no?

—Sí, lo sabrá. —Roarke puso una mano encima de la de ella. Ella frunció el ceño y bajó la vista hasta las manos de los dos—. ¿Sabe una cosa? Durante la mayor parte de mi vida he sentido un fuerte desagrado por la policía. Por una razón u otra. Me parece muy curioso haber conocido, en circunstancias tan inusuales, a un policía a quien puedo respetar y por quien puedo sentirme atraído al mismo tiempo.

Ella levantó la vista y, aunque todavía tenía el ceño fruncido, no apartó la mano de la de él.

—Ése es un cumplido muy extraño.

—Parece que tenemos una extraña relación. —Se levantó y la hizo levantar—. Ahora necesita usted dormir. —Dirigió la mirada a la mesa, que estaba casi intacta—. Puede calentar lo que ha quedado en cuanto recupere el apetito.

—Gracias. La próxima vez le agradecería que espere a que yo llegue antes de entrar en mi casa.

—Hemos progresado —murmuró él mientras se dirigía a la puerta—. Acaba de aceptar que habrá una próxima vez. —Con una ligera sonrisa, se llevó la mano de Eve a los labios. Depositó un suave beso en el dorso de su mano y percibió desconcierto, incomodidad y, le pareció, cierta timidez en los ojos—. Hasta la próxima vez —le dijo, y salió.

Con el ceño fruncido, Eve se limpió el dorso de la mano en los tejanos y se dirigió a su habitación. Se desnudó, dejando la ropa en el suelo. Se metió en la cama, cerró los ojos y se dispuso a dormir.

Estaba justo cayendo en el sueño cuando recordó que Roarke no le había dicho a quién había llamado ni qué había descubierto.

Capítulo ocho

*E*n la oficina y con la puerta cerrada, Eve volvió a visionar el disco óptico del asesinato de Lola Starr con Feeney. No se sobresaltó al oír el apagado sonido del arma con silenciador. Su organismo ya no se arredraba ante el insulto que las balas eran para la carne.

La imagen se mantuvo quieta en la última toma: «Dos de seis». Luego, se fundió a negro. Sin pronunciar palabra, Eve puso el primer asesinato y ambos observaron a Sharon De-Blass morir de nuevo.

—¿Qué puede decirme? —preguntó Eve cuando terminaron de verlo.

—Los discos se grabaron con una MicroCam Trident, el modelo 5000. Hace solamente seis meses que está en el mercado, muy cara. Un éxito de ventas durante las últimas navidades, a pesar de eso. Más de diez mil unidades se pusieron a la venta en Manhattan durante la época navideña, sin mencionar las que fueron al mercado gris. No ha sido una cantidad tan elevada como la de otros modelos menos caros, pero son demasiadas para realizar un seguimiento.

Miró a Eve con sus ojos de camello.

—¿Adivinas quién es el propietario de Trident?

—Industrias Roarke.

—Premio para la señorita. Yo diría que hay muchas posibilidades que el mismo jefe tenga una.

—Seguro que pude tener una. —Eve tomó nota de eso y

se resistió al recuerdo de sus labios rozando los nudillos de su mano—. El asesino utilizaría un producto bastante exclusivo de su propia fabricación. ¿Arrogancia o estupidez?

—La estupidez no hace juego con nuestro hombre.

—No. ¿El arma?

—Hay unas dos mil en colecciones privadas —empezó a decir Feeney mientras mordisqueaba un anacardo—. Tres en el distrito. Ésas son las que han sido registradas —añadió, con una leve sonrisa—. El silenciador no debe ser registrado, ya que no se considera tan mortífero por sí solo. No hay forma de hacer un seguimiento.

Feeney se apoyó en el respaldo y dio un golpecito en el monitor.

—En cuanto al primer óptico, lo he comprobado. Encontré un par de defectos. Tengo la certeza de que grabó algo más que el asesinato. Pero no he sido capaz de ver nada. Sea quien sea quien lo editó, o bien conocía todos los trucos o tenía acceso a un equipo que los conocía.

—¿Qué hay del registro?

—El comandante ha ordenado que se realizara esta mañana, bajo su petición. —Feeney echó un vistazo al reloj—. Debería estarse realizando ahora. Recogí los discos de seguridad de camino hacia aquí, y los puse. Hay un lapso de veinte minutos que empieza a las 03:10, la noche anterior a la última.

—El cabrón entró con facilidad —dijo Eve—. Es un barrio de mierda, Feeney, pero el edificio es de lujo. Nadie le vio en ningún momento, lo cual significa que es un hombre que pasa desapercibido.

—O que están acostumbrados a verle.

—Porque era uno de los clientes habituales de Sharon. Dígame por qué un hombre que es un cliente regular o un caro, sofisticado y experimentado prostituto escogería a una novata, y de clase baja, y... ¿cómo la definiría?... ingenua como Lola Starr como segundo objetivo.

Feeney apretó los labios, pensativo.

—¿Porque le gusta la variedad?

Eve negó con la cabeza.

—Quizá disfrutó tanto la primera vez que no tenía ganas de ponerse puntilloso. Faltan cuatro más, Feeney. Él mismo nos dijo desde el primer momento que estábamos ante un asesino en serie. Lo anunció, nos hizo saber que Sharon no era especialmente importante. Solamente una de seis.

Eve exhaló un suspiro, insatisfecha.

—¿Por qué volvió? —se preguntó a sí misma—. ¿Qué estaba buscando?

—Quizá los del registro nos lo puedan decir.

—Quizá. —Eve tomó un listado de encima de su escritorio—. Voy a repasar la lista de clientes de Sharon otra vez, luego haré lo mismo con la de Lola.

Feeney se aclaró la garganta y tomó otro anacardo de su bolsa.

—Siento ser yo quien te lo diga, Dallas. El senador ha pedido que lo pongamos al día.

—No tengo nada que decirle.

—Tendrás que decirle algo esta tarde. En Washington Este.

Eve se detuvo a un paso de la puerta.

—Mierda.

—El comandante me dio la noticia. Tenemos un puente aéreo a las dos. —Feeney pensó con resignación en cómo los vuelos afectaban su estómago—. Odio la política.

Eve todavía tenía las mandíbulas apretadas después de la reunión informativa con Whitney cuando llegó ante los sistemas de seguridad de las oficinas de DeBlass en el edificio de oficinas del Nuevo Senado, en Washington Este.

Además de ser identificados, tanto ella como Feeney fueron registrados y, de acuerdo con el Decreto Ley Federal Sobre Propiedad de 2002, se vieron obligados a desprenderse de sus armas.

—Como si fuéramos a acabar con el tipo mientras está sentado en su escritorio —dijo Feeney mientras les acompañaban por una alfombra roja, blanca y azul.

—No me importaría llevar a cabo un rápido interrogatorio con alguno de estos tipos. —Flanqueada por trajes y zapatos pulidos, Eve caminó con desgana hasta la brillante puerta de la oficina del senador y esperó a que la cámara de vigilancia les cediera el paso.

—Si me lo preguntara, le diría que Washington Este se ha vuelto paranoica después del golpe terrorista. —Feeney sonrió burlonamente ante la cámara—. Un par de docenas de legisladores recibieron una buena paliza y nunca lo olvidarán.

La puerta se abrió y Rockman, impecable con un traje de rayas finísimas, les saludó con un gesto de cabeza.

—Una buena memoria es una ventaja en política, capitán Feeney. Teniente Dallas —añadió, saludando otra vez—. Les agradecemos la puntualidad.

—No tenía ni idea de que el senador y mi jefe se parecieran tanto —dijo Eve mientras entraba—, ni de que ambos estarían tan ansiosos por desperdiciar el dinero de los contribuyentes.

—Quizá ambos consideran que la justicia no tiene precio. —Rockman indicó con un gesto el pulido escritorio de madera de cerezo, verdaderamente lujoso, detrás del cual DeBlass les esperaba.

Desde el punto de vista de Eve, DeBlass se había beneficiado del cambio de clima político del país —demasiado tibio, en su opinión— y de la revocación del Proyecto de Ley del Segundo Trimestre. Bajo la legislación actual, un político podía mantener su silla durante toda la vida. Lo único que tenía que hacer era confundir a sus electores para que le votaran.

Verdaderamente, DeBlass parecía encontrarse en casa. Su

oficina estaba tan en silencio como una catedral y el escritorio, como un altar, le daba un aire reverente. Las sillas de los visitantes aparecían tan serviles como los bancos de iglesia.

—Siéntense —ladró DeBlass mientras juntaba las manos encima del escritorio—. Según las últimas noticias, no están más cerca de encontrar al monstruo que mató a mi nieta de lo que lo estaban hace una semana. —Sus pobladas cejas le colgaban amenazadoramente sobre los ojos—. Me cuesta comprenderlo, teniendo en cuenta los recursos de que dispone el Departamento de Policía de Nueva York.

—Senador. —Eve tuvo en cuenta las instrucciones del comandante Whitney: tener tacto, respeto y no decirle nada que él ya no supiera—. Estamos utilizando esos recursos para investigar y reunir pruebas. Aunque el departamento no está todavía preparado para llevar a cabo una detención, se están haciendo todos los esfuerzos posibles para llevar al asesino de su nieta ante la justicia. Su caso es mi prioridad principal, y tiene usted mi palabra de que continuará siéndolo hasta que el caso pueda cerrarse satisfactoriamente.

El senador escuchó el pequeño discurso con aparente interés. Luego, se inclinó hacia delante.

—He estado en el negocio de manejar mierda más del doble de tiempo del que usted lleva de vida, teniente. Así que no me monte este número. No tiene usted nada.

A la mierda el tacto, decidió Eve al instante.

—Lo que sí tenemos, senador DeBlass, es una investigación complicada y delicada. Complicada dada la naturaleza del crimen; delicada dado el árbol genealógico de la víctima. Mi comandante es de la opinión de que yo soy la mejor opción para llevar a cabo la investigación. Usted tiene el derecho a no estar de acuerdo. Pero sacarme de mi trabajo para que venga aquí a justificar mi trabajo es una pérdida de tiempo. De mi tiempo. —Se levantó—. No tengo nada que decirle ahora.

Feeney, viendo que iban a recibir una patada en el culo,

también se levantó pero con grandes muestras de respeto.

—Estoy seguro de que usted puede comprender, senador, que la delicadeza que una investigación de este tipo requiere hace que, a veces, el progreso sea lento. Resulta difícil pedirle que sea usted objetivo, dado que estamos hablando de su nieta. Pero la teniente Dallas y yo no tenemos otra posibilidad que ser objetivos.

Con un gesto de impaciencia, DeBlass les indicó que se sentaran de nuevo.

—Es obvio que mis emociones están implicadas en esto. Sharon era una parte importante de mi vida. Fuera lo que fuese en lo que se convirtiera, y aunque yo estuviera decepcionado por su elección, ella era de mi sangre. —Respiró hondo y se relajó—. No puedo, y no quiero, que se me tranquilice con migajas de información.

—No hay nada más que pueda decirle —repitió Eve.

—Puede decirme algo acerca de la prostituta que fue asesinada hace dos noches. —Miró a Rockman.

—Lola Starr —le ayudó éste.

—Imagino que sus fuentes de información acerca de Lola Starr son tan completas como las nuestras. —Eve decidió dirigirse directamente a Rockman—. Sí, creemos que existe una conexión entre los dos asesinatos.

—Es posible que mi nieta siguiera un camino equivocado —la interrumpió DeBlass—, pero no se relacionaba con gente como Lola Starr.

Así que las prostitutas también tenían un sistema de clases, pensó Eve, cansada. ¿Qué más?

—No hemos podido confirmar que se conocieran. Pero no hay duda de que ambas conocían al mismo hombre. Y ese hombre las asesinó. Cada uno de los asesinatos se ha realizado con unas pautas determinadas. Utilizaremos esas pautas para encontrarle. Con la esperanza de hacerlo antes de que vuelva a matar.

—Creen que va a hacerlo —intervino Rockman.

—Estoy segura de que lo hará.

—El arma del crimen —preguntó DeBlass—. ¿Era del mismo tipo?

—Forma parte de esas pautas —contestó Eve. No iba a decirle nada más—. Existen unas similitudes básicas e innegables entre los dos homicidios. No hay duda de que el responsable es el mismo hombre.

Él la observó un momento y vio en ella más de lo que esperaba.

—Muy bien, teniente. Gracias por venir.

Eve y Feeney se dirigieron hasta la puerta. Eve, por el espejo, vio que DeBlass le hacía una seña a Rockman y que éste hacía un gesto de asentimiento con la cabeza. Esperó a estar fuera de la oficina para hablar.

—El hijo de puta va a seguirnos.

—¿Qué?

—El perro guardián de DeBlass. Va a seguirnos.

—¿Para qué coño va a hacerlo?

—Para ver qué hacemos y dónde vamos. ¿Para qué se sigue a alguien, si no? Vamos a despistarle en la estación central de transportes —le dijo—. Manténgase atento y fíjese en si le sigue hasta Nueva York.

—¿Si me sigue? ¿Adónde va usted?

—A seguir a mi olfato.

No era una maniobra difícil. El ala oeste de la terminal de embarque de los Transportes Nacionales siempre era un infierno. En la hora punta era todavía peor, cuando todos los pasajeros que se dirigían hacia el norte se encontraban agolpados ante las líneas de seguridad y eran conducidos como un rebaño de ovejas por las voces del sistema informático. Puentes aéreos y coches estaban atascados.

Eve se perdió entre la multitud, se sumó a la aglomeración de la terminal de transporte interno en dirección al ala sur y tomó un metro hacia Virginia.

Cuando se hubo instalado, y sin hacer caso de la gente que se dirigía hacia sus refugios de las cercanías, sacó su agenda de bolsillo. Solicitó a Elizabeth Barrister y pidió la dirección.

Hasta ese momento, su olfato había sido acertado. Se encontraba en la línea de metro correcta y sólo tendría que hacer un transbordo en Richmond. Si su suerte continuaba, terminaría la excursión y estaría en casa para la hora de la cena.

Con la barbilla apoyada sobre la mano, manejó los controles de la pequeña pantalla de vídeo. Habría obviado las noticias —algo que ya se había convertido en una costumbre— pero un rostro demasiado familiar apareció en pantalla y la hizo detenerse en seco.

Roarke, pensó, entrecerrando los ojos. Ese hombre no dejaba de aparecer por todas partes. Activó el audio y se colocó el auricular.

«... en este proyecto internacional y multimillonario, Industrias Roarke, Tokayamo y Europa, van a darse la mano —afirmó el presentador—. Han tardado tres años, pero parece que van a iniciar la construcción del tan debatido y esperado Centro Olimpo.»

«El Centro Olimpo», pensó Eve, mientras repasaba su archivo mental. Un paraíso vacacional para la clase alta, para la gente de mucho dinero, recordó. Un proyecto de construcción de una estación espacial dedicada al placer y al entretenimiento.

¿No era propio de él dedicar su tiempo y su dinero en ese tipo de bagatelas?, se preguntó con un sentimiento de ironía.

Si no perdía todo lo que tenía, seguro que amasaría otra fortuna con ese proyecto.

—Roarke, una pregunta señor.

Vio que Roarke se detenía a mitad de una larga escalera de mármol y levantaba una ceja, el mismo gesto que ella recordaba en él, ante la interrupción del periodista.

—¿Podría decirme por qué ha dedicado usted tanto tiempo y tantos esfuerzos, además de una considerable cantidad de capital, en este proyecto, un proyecto que, según sus detractores, nunca levantará el vuelo?

—Levantar el vuelo es exactamente lo que ese proyecto va a hacer —replicó Roarke—. Hablando figurativamente. En cuanto al porqué, el Centro Olimpo va a ser un paraíso dedicado al placer. No se me ocurre nada mejor donde destinar mi tiempo, mis esfuerzos y mi capital.

«Por supuesto que no», decidió Eve, y justo en ese momento se dio cuenta de que estaba a punto de pasarse de parada. Salió corriendo por la puerta, maldijo a la voz del ordenador que la regañaba por correr e hizo el transbordo en Fort Royal.

Cuando salió al aire libre de nuevo, estaba nevando. Unos copos blandos y lentos caían sobre su cabeza y sus hombros. El tránsito de los peatones apisonaba y amontonaba a ambos lados de la acera la capa de nieve. Cuando consiguió encontrar un taxi que la llevara a su destino, ese remolino blanco empezó a parecerle más pintoresco.

Todavía quedaba campo para quienes tenían el dinero o el prestigio necesario para permitírselo. Elizabeth Barrister y Richard DeBlass tenían ambas cosas. Su casa era un impresionante edificio de ladrillo rosado de dos pisos de altura y rodeado de árboles, ubicado en la ladera de una colina.

La nieve tenía una cualidad prístina en ese caro trozo de tierra. Las ramas de los árboles, que a Eve le parecieron cerezos, parecían envueltas en mantos de blanco armiño. La puerta de seguridad era una artística sinfonía de acero forjado. Por decorativo que resultara, Eve estaba segura de que era tan poco práctica como una bóveda.

Sacó la cabeza por la ventana del taxi y mostró la placa a la pantalla del escáner.

—Teniente Dallas, Departamento de Policía de Nueva York.

—Su nombre no se encuentra en el directorio de citas, teniente Dallas.

—Soy el agente encargado del caso DeBlass. Tengo que hacer unas cuantas preguntas a la señora Barrister o a Richard DeBlass.

Se hizo una pausa, durante la cual Eve empezó a temblar de frío.

—Por favor, salga del taxi, teniente Dallas, y acérquese a la pantalla para realizar una identificación más completa.

—Una prisión dura —comentó el taxista.

Eve se limitó a encogerse de hombros y obedeció.

—Identificación verificada. Despida a su vehículo, teniente Dallas. Vendrán a buscarla a la puerta.

—Oí que la hija fue asesinada en Nueva York —dijo el taxista mientras Eve le pagaba la carrera—. Supongo que no querrán correr ningún riesgo. ¿Desea que la espere un poco apartado de aquí?

—No, gracias. Pero pediré su número cuando esté a punto de irme.

El taxista le dirigió un medio saludo, hizo marcha atrás y se perdió en las curvas del camino. Eve empezaba a sentir la nariz entumecida cuando vio que un pequeño coche eléctrico aparecía en la puerta. El hierro forjado se abrió.

—Por favor, entre en el coche —la invitó la voz del ordenador—. Será conducida hasta la casa. La señora Barrister la recibirá.

—Fantástico.

Eve entró en el coche y se dejó llevar por el silencioso coche hasta las escaleras de la fachada frontal del edificio de ladrillo. Cuando Eve empezó a subir, la puerta se abrió.

O bien los sirvientes estaban obligados a llevar esos aburridos trajes negros o la casa se encontraba todavía de luto. Eve fue educadamente invitada a entrar en una habitación que se abría al lado del vestíbulo.

Si la casa de Roarke olía simplemente a dinero, ésta olía a dinero antiguo. Las alfombras eran gruesas y las paredes estaban forradas de seda. Unas amplias ventanas se abrían ante un impresionante paisaje de colinas cubiertas por la nieve. Y la soledad, pensó Eve. El arquitecto debió de comprender que la gente que vivía allí deseaba pensar que se encontraban solos.

—Teniente Dallas. —Elizabeth se levantó. Había cierto nerviosismo en sus mesurados movimientos y en su actitud rígida. Sus ojos maquillados no podían ocultar el pesar.

—Gracias por recibirme, señora Barrister.

—Mi esposo se encuentra en una reunión. Puedo interrumpirle si es necesario.

—No creo que lo sea.

—Ha venido usted a hablar de Sharon.

—Sí.

—Por favor, siéntese. —Elizabeth indicó con un gesto una silla tapizada en un tono marfil—. ¿Puedo ofrecerle algo?

—No, gracias. Intentaré no retenerla demasiado tiempo. No sé si ha visto usted mi informe.

—Lo he leído todo —la interrumpió Elizabeth—. Creo. Parece bastante completo. Como abogada, tengo la absoluta certeza de que, cuando haya usted encontrado a la persona que asesinó a mi hija, habrá usted elaborado un detallado caso.

—Ésa es la idea. —Al ver que Elizabeth no dejaba de abrir y cerrar los largos dedos de la mano en un puño, Eve pensó que se encontraba totalmente destrozada de los nervios—. Éstos son unos momentos difíciles para usted.

—Era mi única hija —respondió Elizabeth simplemente—. Mi esposo y yo éramos, somos, partidarios de la teoría de la limitación de población. Dos padres —dijo, con una ligera sonrisa—, un hijo. ¿Tiene usted noticias nuevas que ofrecerme?

—No, de momento. La profesión de su hija, señora Barrister. ¿Era motivo de fricciones en la familia?

Elizabeth, con uno de sus deliberados y lentos gestos, se alisó la falda del traje chaqueta.

—No era la profesión que yo había soñado para mi hija. Naturalmente, fue una elección suya.

—Su suegro debió de haberse opuesto a ella. Por lo menos, seguro que lo hizo desde un punto de vista político.

—Los puntos de vista del senador en materia de legislación sexual son bien conocidos. Como líder del partido conservador, por supuesto, está trabajando para cambiar muchas de las actuales leyes en relación a lo que popularmente se conoce como asunto de moralidad.

—¿Comparte usted sus puntos de vista?

—No, no los comparto, aunque no comprendo qué importancia tiene eso.

Eve ladeó la cabeza. Sí, había desavenencias en la familia, muy bien. Eve se preguntó si esa eficiente abogada estaría de acuerdo en algo con su suegro.

—Su hija fue asesinada, posiblemente por un cliente, posiblemente por un amigo personal. Si usted y su hija se encontraban en desacuerdo sobre su estilo de vida, no es muy probable que ella se confiara a usted acerca de sus conocidos profesionales o personales.

—Comprendo. —Elizabeth juntó las manos y se obligó a pensar como abogada—. Usted da por sentado que, al ser su madre, y al ser una mujer con quien pudiera compartir algunos puntos de vista, Sharon podría haberme hablado de algunos de los detalles más íntimos de su vida. —A pesar de sus esfuerzos, se le llenaron los ojos de lágrimas—. Lo siento, teniente, no es el caso. Sharon raramente compartía nada conmigo. Por supuesto, no acerca de su negocio. Ella se mostraba… distante, tanto con su padre como conmigo. En verdad, lo hacía con toda la familia.

—¿No sabe usted si tenía algún amante, alguien con quien mantuviera un vínculo más personal? ¿Alguien que hubiera podido sentir celos?

—No. Pero puedo decirle que no creo que lo tuviera. Sharon sentía… —Elizabeth respiró hondo, tomando confianza—, cierto desdén por los hombres. Sí, también sentía atracción por ellos, pero sentía desdén a un nivel más profundo. Sabía que podía atraerles. Lo supo desde una edad muy temprana. Y les tenía por tontos.

—Los acompañantes con licencia son exhaustivamente examinados. Un desagrado, o un sentimiento de desdén, tal como lo expresa usted, es un motivo habitual para denegar la licencia.

—También era muy lista. No había nada que quisiera y que no encontrara la forma de conseguir. Excepto la felicidad. No era una mujer feliz —continuó Elizabeth. Tragó saliva, como intentando eliminar el nudo que parecía tener en la garganta—. Yo la mimé, eso es verdad. No puedo culpar a nadie excepto a mí misma por ello. Yo quería tener más hijos. —Se llevó una mano a los labios temblorosos—. Ideológicamente, yo me oponía a tener más hijos y mi esposo se mostraba muy claro al respecto. Pero eso no impedía que yo sintiera el deseo de querer a más hijos a quienes amar. Yo amé a Sharon, demasiado. El senador le diría que la ahogaba con mi cariño, que la trataba como una niña, que era demasiado indulgente con ella. Y tendría razón.

—Yo diría que el hecho de ser madre era un privilegio exclusivamente suyo, no de él.

Eso despertó una sombra de sonrisa en los ojos de Elizabeth.

—Ésos fueron los errores, y yo los cometí. Richard también, aunque no la amaba menos que yo. Cuando Sharon se trasladó a Nueva York, me peleé con ella. Richard le suplicó. Yo la amenacé. Y la aparté de mí, teniente. Me dijo que no la comprendía, que nunca lo había hecho y que nunca lo haría, y que yo veía solamente lo que quería ver, excepto en los tribunales. Pero todo cuanto sucedía en mi casa era invisible para mí.

—¿Qué quería decir con eso?

—Supongo que yo era mejor abogada que madre. Cuando se marchó, yo estaba herida y enfadada. Me aparté, con la certeza de que ella volvería a mí. No lo hizo, por supuesto.

Dejó de hablar un momento, acumulando rencores.

—Richard fue a verla una o dos veces, pero no sirvió de nada. Sólo sirvió para que él se preocupara. Lo dejamos estar, la dejamos sola. Hasta hace poco, porque yo sentí que tenía que volver a intentarlo.

—¿Cuánto hace de eso?

—El año pasado —murmuró Elizabeth—. Tenía la esperanza de que ella se habría cansado de ese estilo de vida, de que quizá habría empezado a lamentar las diferencias con la familia. Fui a verla yo misma hace un año. Pero ella se enfadó, se puso a la defensiva y, cuando intenté persuadirla de que volviera a casa, se mostró insultante. Richard, aunque ya se había resignado, se ofreció a ir a hablar con ella. Pero ella se negó a verle. Incluso Catherine lo intentó —murmuró mientras se frotaba un punto doloroso entre los ojos—. Fue a ver a Sharon hace solamente unas semanas.

—¿La congresista DeBlass fue a Nueva York para ver a Sharon?

—No sólo por eso. Catherine estaba ahí reuniendo fondos y aprovechó para verla y hablar con ella. —Elizabeth apretó los labios—. Yo le pedí que lo hiciera. ¿Sabe? Cuando intenté restablecer la comunicación con Sharon, ella no mostró ningún interés. Yo la había perdido —dijo Elizabeth en voz baja—. Tardé demasiado en hacer algo para recuperarla. No sabía cómo recuperarla. Tenía la esperanza de que Catherine sería de alguna ayuda, al ser de la familia pero no ser su madre.

Volvió a mirar a Eve.

—Está usted pensando que debería haber ido yo misma. Que era asunto mío.

—Señora Barrister…

Pero Elizabeth negó con la cabeza.

—Tiene usted razón, por supuesto. Pero ella rehusaba confiar en mí. Creía que tenía que respetar su intimidad, como había hecho siempre. Nunca fui una de esas madres que fisgoneaban el diario de su hija.

—¿Diario? —Eve puso la antena—. ¿Ella tenía un diario?

—Ella siempre tenía un diario, ya desde niña. Le cambiaba la contraseña muy a menudo.

—¿De adulta también?

—Sí. De vez en cuando hacía referencia a él. Bromeaba sobre los secretos que guardaba en él acerca de la gente que conocía y sobre lo enfadados que se sentirían si supieran lo que había escrito de ellos.

En el inventario no figuraba ningún diario personal, recordó Eve. Una cosa como ésa podía ser tan pequeña como un dedo pulgar. Si no se había encontrado en el primer registro…

—¿Tiene usted alguno de ellos?

—No. —Súbitamente alerta, Elizabeth levantó la vista—. Los tenía en una caja de seguridad, creo. Los tenía todos ella.

—¿Tenía el banco aquí, en Virginia?

—No, que yo sepa. Lo comprobaré y veré qué puedo averiguar. Puedo mirar entre las cosas que dejó aquí.

—Se lo agradecería mucho. Si cree que hay algo, cualquier cosa, un nombre, un comentario, por insignificante que parezca, por favor, póngase en contacto conmigo.

—Lo haré. Ella nunca hablaba de sus amigos, teniente. A mí eso me preocupaba, aunque por otra parte, me parecía que quizá eso acabaría llevándola hasta mí de nuevo. Que la apartaría del tipo de vida que había elegido. Incluso utilicé a uno de mis amigos porque pensé que podría ser más convincente que yo.

—¿Quién era?

—Roarke. —Los ojos de Elizabeth volvieron a llenarse de lágrimas. Las contuvo—. Le llamé unos cuantos días antes de que fuera asesinada. Hace años que nos conocemos. Le pedí que consiguiera que Sharon fuera invitada a una fiesta a la que yo sabía que él iba a asistir. Le pedí que la conociera ahí. Él se mostró indeciso. Roarke no es el tipo de persona que se inmiscuye en asuntos de familia. Pero yo utilicé nuestra amistad. Le pedí que encontrara la forma de entablar amistad con ella, que le mostrara que una chica atractiva como ella no necesitaba utilizar su cuerpo para sentirse digna. Él lo hizo por mí y por mi marido.

—¿Le pidió usted que entablara una relación con ella? —preguntó Eve, despacio.

—Le pedí que fuera su amigo —la corrigió Elizabeth—. Que estuviera ahí. Se lo pedí a él porque no hay nadie en quien yo confíe más. Ella se había apartado de todos nosotros y yo necesitaba a alguien en quien poder confiar. Él nunca le haría daño, ¿sabe? Él nunca le haría daño a nadie a quien yo amara.

—¿Porque él la ama a usted?

—Porque se preocupa. —Richard DeBlass habló desde la puerta—. Roarke se preocupa mucho por Beth y por mí, y por unas cuantas y selectas personas más. Pero ¿amar? No estoy seguro de que él quiera arriesgarse a sentir una emoción tan poco estable.

—Richard. —Elizabeth se puso en pie, con un flaqueante equilibrio—. No te esperaba tan pronto.

—Hemos acabado temprano. —Se acercó a ella y le tomó ambas manos entre las suyas—. Tendrías que haberme avisado, Beth.

—No lo hice… —Ella se desmoronó; le miró con expresión desvalida—. Creí que podría manejarlo sola.

—No tienes por qué manejar nada sola. —Sin soltar las manos de su esposa, se dirigió a Eve—. Usted debe de ser la teniente Dallas.

—Sí, señor DeBlass. Tenía que hacerles unas cuantas preguntas y me pareció que era más fácil si se las hacía en persona.

—Mi esposa y yo estamos deseosos de cooperar en todo lo que podamos.

Permaneció de pie, en una actitud que a Eve le pareció o bien de poder o de distancia. Ese hombre no tenía nada parecido a los nervios ni a la fragilidad que mostraba su mujer. Él estaba al cargo, protegía a su esposa y a sus propias emociones con igual cuidado.

—Estaba usted inquiriendo acerca de Roarke —continuó él—. ¿Puedo preguntarle por qué?

—Le conté a la teniente que yo le pedí a Roarke que se encontrara con Sharon. Para que intentara…

—Oh, Beth. —Meneó la cabeza, un gesto que indicó tanto cansancio como resignación—. ¿Qué podía haber hecho él? ¿Por qué le metiste en esto?

Ella se apartó de él. La expresión de su rostro era tan desesperada que Eve sintió que se le partía el corazón.

—Sé que me dijiste que dejara el tema, que teníamos que dejarla ir. Pero tenía que intentarlo otra vez. Ella hubiera conectado con él, Richard. Él sabe cómo hacerlo. —Ahora hablaba muy deprisa, las palabras le salían a trompicones—. Él hubiera podido ayudarla si se lo hubiéramos pedido antes. Hay muy pocas cosas que él no consiga si tiene el tiempo suficiente. Pero no lo tuvo. Tampoco lo tuvo mi hija.

—Está bien —murmuró Richard, poniéndole la mano sobre el brazo—. Está bien.

Ella volvió a recuperar el control, se contuvo.

—¿Qué otra cosa puedo hacer teniente, excepto rezar para que se haga justicia?

—Yo haré que se haga justicia, señora Barrister.

Ella cerró los ojos, agarrándose a esas palabras.

—Creo que sí lo hará. No estaba segura de ello, a pesar de que Roarke me llamó para hablarme de usted.

—¿Él la llamó para hablar del caso?

—Llamó para saber cómo estábamos, y para decirme que creía que usted vendría pronto a verme. —Casi sonrió—. Pocas veces se equivoca. Me dijo que me parecería usted una persona competente, organizada y comprometida. Me lo parece. Me alegro de haber tenido la oportunidad de verlo por mí misma y de saber que está usted al frente de la investigación del asesinato de mi hija.

—Señora Barrister. —Eve dudó sólo un momento antes de decidir que asumía el riesgo—. ¿Y si le dijera que Roarke es sospechoso?

Elizabeth abrió los ojos con expresión de sorpresa un momento, pero rápidamente se tranquilizó.

—Le diría que está dando usted un gran paso en la dirección equivocada.

—¿Porque Roarke es incapaz de matar?

—No, no diría eso. —Era un alivio pensar en ello, aunque fuera sólo por un momento, de forma objetiva—. Incapaz de un acto irreflexivo, sí. Podría matar a sangre fría, pero nunca a alguien indefenso. Podría matar a alguien, no me sorprendería. Pero ¿sería capaz de hacerle a alguien lo que le hicieron a Sharon, antes, durante y después? No. No Roarke.

—No —la apoyó su esposo, mientras le buscaba la mano otra vez—. No Roarke.

Υ

No Roarke, pensó otra vez Eve mientras se dirigía en taxi hacia el metro. ¿Por qué demonios él no le había dicho que había conocido a Sharon DeBlass a petición de su madre? ¿Qué más no le había dicho?

Chantaje. Por alguna razón, no le podía ver como víctima de un chantaje. A él no le importaba lo que pudieran decir de él, ni en la intimidad ni en público. Pero la existencia del diario cambiaba las cosas y hacía del chantaje un nuevo e intrigante motivo.

¿Qué era lo que Sharon había escrito en él? ¿Acerca de quién? ¿Y dónde estaban los malditos diarios?

Capítulo nueve

—*N*ingún problema en cambiar la posición de la cola —dijo Feeney mientras engullía lo que pretendía ser un desayuno en el comedor de la central de policía—. Le vi como me seguía. No dejaba de mirar alrededor buscándote, pero había mucha gente. Así que me metí en el jodido avión.

Feeney regaba unos huevos irradiados con un sucedáneo de café, sin pestañear.

—Él también subió, pero se sentó en primera clase. Cuando salió, se quedó esperando y entonces fue cuando se dio cuenta de que tú no estabas ahí. —Señaló a Eve con el tenedor—. Estaba enojado. Realizó una llamada. Así que yo me pongo detrás. Le conduzco hasta el hotel Regent. No les gusta decirte nada en el Regent. Enseñas la placa y todo el mundo se ofende.

—Y les hablaste, diplomáticamente, acerca del deber civil.

—Exacto. —Feeney introdujo el plato vacío en la ranura de reciclaje y aplastó el vaso vacío con una mano, que siguió el mismo destino—. Hizo un par de llamadas: una a Washington Este y una a Virginia. Luego realizó una llamada local, al jefe.

—Mierda.

—Sí. El jefe Simpson está apretando botones para De-Blass, sin duda. Hace que uno se pregunte qué botones serán.

Antes de que Eve pudiera decir nada, su comunicador sonó. Lo sacó y contestó a la llamada del comandante.

—Dallas, a examen. Veinte minutos.

—Señor, tengo una cita con un soplón acerca del asunto Colby a las nueve en punto.

—Aplácelo. —Su voz era inexpresiva—. Veinte minutos.

Dallas volvió a dejar el comunicador en su sitio despacio.

—Creo que ya sabemos cuál es uno de esos botones.

—Parece que DeBlass se está tomando un interés personal en ti. —Feeney la observó. No había ni un policía en todo el cuerpo que no detestara los exámenes—. ¿Crees que vas a llevarlo bien?

—Sí, seguro. Esto va a retenerme casi todo el día, Feeney. Hazme un favor. Recórrete los bancos de Manhattan. Necesito saber si Sharon DeBlass tenía alguna caja de seguridad. Si no encuentras nada aquí, ábrete a los alrededores.

—Lo tendrás.

La sección de examen se encontraba atravesada por pasillos, algunos de ellos acristalados y otros pintados de un tono verde que, se suponía, resultaba tranquilizante. Los doctores y los técnicos vestían de blanco. El color de la inocencia y, por supuesto, del poder. Cuando entró por las primeras puertas de cristal reforzado, el ordenador le pidió educadamente que dejara su arma. Eve la sacó de la funda, la dejó en una bandeja y observó cómo era retirada.

Eso la hizo sentir desnuda antes de que la condujeran a la habitación de examen 1-C y le pidieran que se desnudara.

Dejó la ropa encima de un banco e intentó no pensar en los técnicos que la observaban en los monitores ni en esas máquinas que planeaban encima de ella en silencio con sus impersonales luces parpadeantes.

El examen físico fue fácil. Lo único que tenía que hacer era quedarse en el centro de esa habitación en forma de tubo y observar el parpadeo de las luces mientras sus órganos internos y sus huesos eran observados en busca de algún fallo.

Luego se le permitió vestir un mono azul y permanecer sentada mientras la máquina se acercaba a su rostro para examinarle los ojos y los oídos. Otra máquina emergió de una ranura de una de las paredes y realizó un test estándar de reflejos. El toque personal estuvo a cargo de un técnico que entró para tomarle una muestra de sangre.

«Por favor, salga por la puerta de examen 2-C. Fase uno completada, Dallas, teniente Eve.»

En la habitación siguiente, le indicaron que se tumbara en una camilla para realizarle un escáner de cabeza. No querían que ahí fuera hubiera ningún policía con un tumor en la cabeza que le impulsara a disparar a civiles, pensó Eve, hastiada.

Observó a los técnicos a través de la pared de cristal mientras el casco descendía hasta su cabeza.

Entonces empezó el juego.

La camilla cambió de posición y se encontró sentada en ella. Entró en realidad virtual. Se encontraba en un vehículo que realizaba una persecución a toda velocidad. Los sonidos explotaban en sus oídos: el sonido de las sirenas, los gritos de las difíciles órdenes emitidas a través del comunicador del panel central. Se dio cuenta de que se trataba de una unidad estándar de la policía, totalmente equipada. El control del vehículo estaba en sus manos y tenía que maniobrar a toda velocidad para evitar atropellar a un buen número de peatones que la realidad virtual ponía en su camino.

Se daba cuenta de que sus constantes vitales estaban siendo controladas: presión arterial, pulso, incluso la cantidad de sudor en la piel y la saliva de la boca. Hacía calor, un calor casi insoportable. Estuvo a punto de no poder esquivar a un transporte de alimentos que se cruzó en su camino.

Reconoció la localización. Los viejos muelles del lado este. Lo olía: el agua, el pescado podrido, el sudor rancio. Los transeúntes llevaban los monos azules de uniforme y buscaban dónde echar una mano o dónde poder realizar una jornada de trabajo. Pasó de largo a un grupo que se peleaban por mantener su sitio ante un centro de colocación laboral.

«Sujeto armado. Rifle con linterna, explosivo manual. Buscado por robo con homicidio.»

Era fantástico, pensó Eve mientras conducía a toda velocidad detrás de él. Jodidamente fantástico. Apretó el acelerador, se sujetó al volante y chocó contra el guardabarros del vehículo levantando una nube de chispas. El tipo le disparó y un chorro en llamas le pasó zumbando al lado del oído. El propietario de un puesto de comida ambulante se agachó, al igual que hicieron sus clientes. Los rollitos de arroz volaron por los aires junto a las maldiciones.

Ordenó una maniobra de ubicación tangente y se precipitó contra el objetivo de nuevo. Esta vez el coche perseguido traqueteó y, mientras el conductor luchaba por mantener el control, ella utilizó su habilidad para obligarle a detenerse. Le gritó la identificación y la advertencia estándar mientras salía precipitadamente del coche. Él también salió y le disparó. Ella le abatió.

El impacto del arma le afectó el sistema nervioso. Eve le vio temblar, orinarse encima y caer al suelo.

No había tenido tiempo de darse un respiro cuando los bastardos de los técnicos la metieron en una nueva escena. Los gritos, los gritos de la niña pequeña. Los gritos encolerizados del hombre, su padre.

Habían reconstruido la escena casi a la perfección a partir de su propio informe, de los registros visuales del lugar y de la memoria espejo que habían obtenido con el escáner.

Eve no perdió el tiempo en maldecirles. Se tragó la rabia, el dolor, y se lanzó escaleras arriba hacia el centro de la pesadilla.

Ya no se oían los gritos de la niña. Eve aporreó la puerta y anunció su nombre y su rango. Advirtió al hombre que se encontraba al otro lado de la puerta, intentó tranquilizarle.

—Putas. Sois todas unas putas. Vamos, entra, zorra. Voy a matarte.

La puerta se dobló como el cartón bajo el golpe de hombro de Eve. Entró con el arma preparada.

—Era igual que su madre. Igual que su jodida madre. Creían que podían librarse de mí. Creían que podían. Las he controlado. También voy a controlarte a ti, puta.

La niña la miraba con sus grandes ojos muertos. Unos ojos de muñeca. Su pequeño y desvalido cuerpo estaba mutilado y la sangre se extendía en un charco. Y goteaba del cuchillo.

Ella le ordenó que se quedara quieto.

—Tú, hijo de puta, deja caer el arma. ¡Deja caer el puto cuchillo! —Pero él continuaba acercándose. Le lanzó un disparo inmovilizador. Pero él continuaba acercándose.

La habitación olía a sangre, a orina, a comida quemada. Las luces eran demasiado brillantes, cegadoras y borraban todas las sombras. Los objetos se mostraban en un enervante relieve. Una muñeca a la que le faltaba un brazo encima de un sofá rasgado, una ventana rota que dejaba pasar una penetrante luz roja desde un neón del otro lado de la calle, una mesa de plástico barato tumbada en el suelo, la pantalla rota de un TeleLink.

La niña con los ojos muertos. El charco de sangre. Y el afilado y pegajoso filo del cuchillo.

—Voy a clavarte esto en el coño. Igual que le he hecho a ella.

Volvió a lanzarle un disparo inmovilizador. Él tenía una expresión salvaje en los ojos, inyectados en sangre por el Zeus casero, ese maravilloso fármaco que convertía a los hombres en dioses y les otorgaba todo el poder y la locura propios de la fantasía de inmortalidad.

El cuchillo, con su filo manchado en escarlata, silbó en el aire cuando él lo levantó.

Y ella le abatió.

El impacto le afectó el sistema nervioso. El cerebro mu-

rió primero y el cuerpo entró en convulsiones y estremeci-
mientos mientras los ojos se tornaban vidriosos. Eve reprimió la necesidad de gritar, dio una patada al cuchillo que todavía estaba sujeto en la mano y miró a la niña.

Los grandes ojos de muñeca la miraban y le decían, otra
vez, que había llegado demasiado tarde.

Obligando a su cuerpo a que se relajara, Eve no permitió
que en su mente hubiera otra cosa que lo que había escrito
en el informe.

La sesión de realidad virtual había finalizado. Volvieron
a comprobarle sus constantes vitales antes de conducirla a la
última fase del examen. El encuentro cara a cara con el psiquiatra.

Eve no tenía nada contra la doctora Mira. La mujer estaba entregada a su vocación. Si se hubiera dedicado a la
práctica privada, hubiera ganado el triple de lo que ganaba en
la policía y en el departamento de seguridad.

La mujer tenía un tono de voz tranquilo con el suave
acento de la clase alta de Nueva Inglaterra. Sus ojos, de un
azul pálido, eran amables y penetrantes. A los sesenta años
tenía un aspecto confortable aunque estaba lejos de parecer
una matrona. Llevaba el pelo, de un cálido tono de miel, re-
cogido hacia atrás en un pulcro y elaborado moño. Vestía un
traje chaqueta de tono rosado que mostraba un círculo dorado en las solapas.

No, Eve no tenía nada personal contra ella. Solamente
que odiaba a los loqueros.

—Teniente Dallas. —Mira se levantó de una cómoda silla azul cuando Eve entró.

No había ninguna mesa ni ningún ordenador a la vista.
Era uno de los trucos para que los sujetos se relajaran y se
olvidaran de que se encontraban bajo un minucioso examen.

—Doctora. —Eve se sentó en la silla que Mira le indicaba.

—Estaba a punto de tomar un té. ¿Le apetece acompañarme?

—Claro.

Mira se dirigió al servidor con movimientos elegantes, ordenó dos tazas de té y las llevó hasta las sillas.

—Es una pena que su examen se pospusiera, teniente. —Se sentó mientras sonreía. Tomó un sorbo de té—. El proceso es más certero y por supuesto más beneficioso cuando se lleva a cabo durante las veinticuatro horas posteriores al incidente.

—No hubo forma de evitarlo.

—Eso me han dicho. Sus resultados preliminares resultaron satisfactorios.

—Estupendo.

—¿Continúa rechazando la autohipnosis?

—Es optativo —respondió Eve, enfadada por el tono defensivo con el que lo dijo.

—Sí, lo es. —Mira cruzó las piernas—. Ha pasado usted por una experiencia difícil, teniente. Hay signos de fatiga física y emocional.

—Estoy al cargo de otro caso, uno que me exige mucho. Me está tomando mucho tiempo.

—Sí, tengo esa información. ¿Está usted tomando los somníferos estándar?

Eve tomó un sorbo de té. Tal como había sospechado, tenía un sabor floral.

—No, ya he pasado por algo así antes. Las píldoras somníferas son opcionales y prefiero no tomarlas.

—Porque limitan el control.

Eve la miró a los ojos.

—Es verdad. No me gusta que me hagan dormir y no me gusta estar aquí. No me gusta que me jodan el coco.

—¿Considera usted que el examen es una especie de violación?

No había ni un policía con cerebro que no lo considera-
ra así.

—No es precisamente una elección, ¿no es cierto?

Mira reprimió un suspiro.

—La muerte de un sujeto, no importa las circunstancias
en que se dé, es una experiencia traumática para un agente
de policía. Si el trauma afecta a las emociones, las reacciones,
las actitudes, la actuación del agente se verá afectada por ello.
Si el ejercicio de fuerza máxima fue causado por un defecto
físico, ese defecto debe ser localizado y reparado.

—Conozco la filosofía de la empresa, doctora. Y estoy
cooperando plenamente. Pero no tiene por qué gustarme.

—No, no tiene por qué. —Mira balanceó la taza de té,
pensativa—. Teniente, ésta ha sido su segunda muerte. Aunque no es un número inusual para un agente con su largo
tiempo en el cuerpo, hay muchos que nunca tuvieron que
tomar esta decisión. Me gustaría saber cómo se siente acerca
de la elección que realizó, y los resultados que ha tenido.

«Me gustaría haber sido más rápida —pensó Eve—. Me
gustaría que esa niña estuviera jugando con sus juguetes
ahora mismo en lugar de ser incinerada.»

—Dado que mi única elección consistía en dejar que me
hiciera pedazos o en detenerle, me siento perfectamente bien
con mi elección. Mi advertencia se realizó y fue ignorada.
Los disparos inmovilizadores no surtieron efecto. La eviden-
cia de que él iba a matar se encontraba allí mismo en el suelo, entre ambos, en un charco de sangre. Por todo eso, no tengo ningún problema con el resultado.

—¿Se sintió impresionada por la muerte de la niña?

—Creo que cualquiera se hubiera sentido impresionado
por la muerte de la niña. Ciertamente, lo hubiera estado ante
esa clase de perverso asesinato de un ser indefenso.

—¿Encuentra usted algún paralelismo entre esa niña y
usted misma? —preguntó Mira, despacio. Eve se retrajo, re-

servada—. Teniente, ambas sabemos que estoy al tanto de su pasado. Usted fue víctima de abusos físicos, sexuales y emocionales. Fue usted abandonada a los ocho años.

—Eso no tiene nada que ver con...

—Creo que puede tener mucho que ver con su estado mental y emocional —la interrumpió Mira—. Durante los dos años que transcurrieron entre los ocho y los diez años, usted vivió en una casa de acogida mientras sus padres estaban siendo buscados. Usted no tiene ningún recuerdo de sus primeros ocho años de vida, de su nombre, de sus circunstancias, de su lugar de nacimiento.

Por amables que fueran, los ojos de Mira tenían una agudeza indagadora.

—Se le dio el nombre de Eve Dallas y fue usted ofrecida en acogimiento. No tuvo usted ningún control sobre eso. Era usted una niña maltratada, que dependía del sistema, y ese sistema le ha fallado en diversos aspectos.

Eve tuvo que reunir toda su voluntad para mantener la mirada y el tono elevados.

—Como parte integrante del sistema, yo también he fallado en proteger a esa niña. ¿Quiere usted saber cómo me siento al respecto, doctora Mira?

Miserable. Enferma. Culpable.

—Siento que hice todo lo que pude. Pasé su examen de realidad virtual y volví a hacerlo. Porque no había forma de cambiarlo. Si hubiera podido salvar a la niña, la hubiera salvado. Si hubiera podido arrestar al sujeto, lo habría hecho.

—Pero esas cosas no estaban bajo su control.

Jodida zorra, pensó Eve.

—Sí estaba en mi control matarle. Después de intentar todas las opciones estándar, ejecuté mi capacidad de control. Ya ha visto usted el informe. Fue una muerte limpia y justificada.

Mira no dijo nada en ese momento. Sabía que nunca había sido capaz de ir más allá de arañar los muros defensivos de Eve.

—Muy bien, teniente. Tiene usted permiso para volver a su deber sin restricción. —Mira le ofreció la mano antes de que Eve pudiera levantarse—. Entre nosotras.

—¿Qué sucede?

Mira se limitó a sonreír.

—Es verdad que, a menudo, la mente se protege a sí misma. La suya rechaza reconocer los primeros ocho años de su vida. Pero esos años forman parte de usted. Puedo hacerlos volver cuando se sienta usted preparada para ello. Y, Eve —añadió, en ese tono suave—, puedo ayudarla a manejarlos.

—He hecho de mí misma lo que soy, y puedo vivir con ello. Quizá no quiera arriesgarme a vivir con el resto.

Se levantó y caminó hasta la puerta. Cuando se dio la vuelta, vio que Mira estaba sentada exactamente igual a como estaba cuando entró, con las piernas cruzadas y sujetando la taza con una mano. El aroma de la infusión floral flotaba en el aire.

—Un caso hipotético —empezó Eve, y esperó a ver un gesto de asentimiento en Mira—. Una mujer, con considerables ventajas a nivel social y financiero, elige convertirse en prostituta. —Al ver que Mira levantaba una ceja, Eve maldijo mentalmente—. No tenemos por qué cuidar el vocabulario aquí, doctora. Ella escogió vivir del sexo. Hacía ostentación de eso ante su familia, de buena posición, incluido su ultraconservador abuelo. ¿Por qué?

—Es difícil encontrar un motivo específico a partir de un esbozo de información tan general. Lo más obvio sería que el sujeto solamente podía encontrar su propia valía en sus habilidades sexuales. O bien disfrutaba del acto o lo detestaba.

Intrigada, Eve se alejó de la puerta.

—Si lo detestaba, ¿por qué se convertiría en una profesional?

—Como castigo.

—¿A sí misma?

—Por supuesto, y hacia aquellos que la rodeaban.

Como castigo, pensó Eve. El diario. El chantaje.

—Un hombre asesina —continuó—. De forma perversa, brutal. El asesinato está relacionado con el sexo y ha sido ejecutado de una forma peculiar y distintiva. Él lo graba. Ha traspasado un complejo sistema de seguridad. Una grabación del asesinato es mandada a la oficina de investigación. Deja un mensaje en la escena del crimen, un mensaje jactancioso. ¿Qué se puede decir de él?

—No me ofrece usted demasiados datos —se quejó Mira, pero Eve se dio cuenta de que había captado su atención—. Ingenioso —empezó Mira—. Un planificador, un mirón. Confiado en sí mismo, quizá pagado de sí. Dijo usted de forma distintiva, así que él desea dejar su firma y desea mostrar su habilidad, su cerebro. Según su capacidad de observación y su talento deductivo, teniente, ¿diría usted que él disfruta del acto del asesinato?

—Sí. Creo que disfruta de él.

Mira asintió.

—Entonces va a disfrutar de él otra vez.

—Ya lo ha hecho. Dos asesinatos, casi sin dejar una semana entre ambos. No va a esperar mucho a realizar el siguiente, ¿no es verdad?

—Es dudoso. —Mira sorbió el té como si estuvieran hablando de las últimas tendencias de la primavera—. ¿Están los dos asesinatos conectados de alguna forma, aparte del perpetrador y del método?

—Sexo —fue la breve respuesta de Eve.

—Ah. —Mira ladeó la cabeza—. Con toda esa tecnología, con los increíbles avances que se han hecho en genética, todavía no somos capaces de controlar las virtudes y los fallos humanos. Quizá somos demasiado humanos para permitir ese tipo de intervencionismo. Las pasiones son necesarias para el espíritu humano. Aprendimos esto a principios de este siglo, cuando la ingeniería genética estuvo a punto de escapar de control. Es una desgracia que algunas de las pasiones se perviertan. El sexo y la violencia. Para algunos, existe un matrimonio natural entre ambos.

Entonces se levantó para llevar las tazas a su sitio.

—Me interesaría conocer más acerca de ese hombre, teniente. Si decide usted que quiere obtener un perfil, espero que venga a verme.

—Es un código cinco.

Mira la miró.

—Comprendo.

—Si no solucionamos esto antes de que vuelva a dar un golpe, quizá tenga que cambiar de estrategia.

—Estaré a mano.

—Gracias.

—Eve, incluso las mujeres fuertes que se han hecho a sí mismas tienen puntos débiles. No tenga usted miedo de ellos.

Eve mantuvo la mirada de Mira unos instantes.

—Tengo trabajo que hacer.

El examen la había dejado inquieta. Lo compensó mostrándose malhumorada y tosca con el soplón, lo cual casi le hizo perder una pista en un caso relacionado con contrabando de medicamentos. Su ánimo estaba lejos de ser alegre cuando llegó a la central de policía. No había ningún mensaje de Feeney.

En el departamento, algunos sabían dónde había pasado el día e hicieron todo lo posible por apartarse de su camino. Como resultado, Eve trabajó en soledad y sumida en el mal humor durante una hora.

Su último esfuerzo consistió en llamar a Roarke. No le sorprendió, ni se sintió especialmente decepcionada, por el hecho de que él no respondiera a la llamada. Le envió un correo electrónico pidiéndole una cita y luego finalizó la sesión del día.

Intentó ahogar el mal humor con el licor barato y la música mediocre del bar de Mavis, el Blue Squirrel, donde ella estaba actuando.

Era un garito, lo cual lo situaba sólo un poco por encima de un antro. La luz era escasa, la clientela, irritable y el servicio, penoso. Era exactamente lo que Eve estaba buscando.

Al entrar, la música la golpeó como una ola estruendosa. Mavis intentaba elevar unos chirriantes agudos por encima de la música de su grupo, el cual se limitaba a un chico lleno de tatuajes frente a una caja de melodías.

Eve rechazó con un gruñido el ofrecimiento de un tipo con una chaqueta con capucha que se ofreció a invitarla a una copa en una de las cabinas privadas. Se abrió paso hasta la mesa, marcó su pedido en el teclado de la mesa, un destornillador, y se instaló cómodamente para contemplar la actuación de Mavis.

No era del todo mala, decidió Eve. Tampoco era del todo buena. Pero los clientes no eran exigentes. Esta noche Mavis iba cubierta de pintura. Su pequeño cuerpo de busto generoso era un lienzo de manchas y salpicones en tonos naranjas y violetas, con algunos toques estratégicos de esmeralda. Los brazaletes y las cadenas tintineaban mientras se contoneaba sobre el pequeño y elevado escenario. Debajo de éste, una masa de gente se movía a su ritmo.

Eve se fijó en que, al lado de la pista, una bolsa cerrada pasaba de mano en mano. Droga, por supuesto. Se había llevado a cabo una guerra contra la droga, legalizándola, ignorándola y regulándola. Nada parecía ser efectivo.

Pero no consiguió interesarse lo suficiente para efectuar un registro, así que decidió levantar la mano y saludar a Mavis.

Cuando la parte vocal de la canción terminó, Mavis bajó del escenario, se dirigió hacia ella esquivando a la gente y depositó una nalga pintada encima del canto de la mesa de Eve.

—Eh, turista.

—Tienes buen aspecto, Mavis. ¿Quién es el artista?

—Ah, un chico que conozco. —Se volvió un poco y depositó una larga uña contra la nalga izquierda—. Carusso. Mira, ha firmado. Me hizo el trabajo gratis a cambio de pasear su nombre por ahí. —La camarera depositó un vaso largo lleno de un líquido espumoso y azul. Mavis abrió los ojos, sorprendida—. ¿Un destornillador? ¿No prefieres que busque un martillo y te deje inconsciente de un golpe en la cabeza?

—Ha sido un día de mierda —dijo Eve antes de tomar el primer trago—. Dios. Esto nunca estuvo tan bueno.

Preocupada, Mavis se inclinó hacia ella:

—Puedo tomarme un descanso durante un rato, si quieres.

—No, estoy bien. —Eve arriesgó la vida y tomó otro trago—. Tenía ganas solamente de ver tu actuación y de relajarme un poco. Mavis, no estarás tomando, ¿no?

—Venga, vamos. —Más preocupada que ofendida, Mavis la cogió del hombro y la sacudió un poco—. Estoy limpia. Ya lo sabes. Aquí se pasa algo de mierda, algunos tranquilizantes, algunos parches alegres. —Se incorporó—. Si tienes intención de hacer un registro, por lo menos podrías hacerlo en mi noche libre.

—Perdona. —Molesta consigo misma, Eve se frotó el rostro con ambas manos—. No estoy para el trato humano ahora mismo. Vuelve al escenario y canta. Me gusta escucharte.

—De acuerdo. Pero si quieres compañía cuando pienses largarte, hazme una señal. Puedo arreglarlo.

—Gracias. —Eve se apoyó en el respaldo y cerró los ojos. Fue una sorpresa que la música se volviera más lenta, incluso más dulce. Si uno no miraba alrededor, el lugar no estaba tan mal.

Por unos veinte créditos hubiera podido colocarse unas gafas euforizantes y regalarse con unas cuantas luces y formas al ritmo de la música. Pero de momento, prefería la oscuridad de los ojos cerrados.

—Éste no parecería un antro de perdición adecuado para usted, teniente.

Eve abrió los ojos y miró a Roarke.

—A cada paso que doy.

Él se sentó al otro lado de la mesa, frente a ella. La mesa era tan pequeña que sus rodillas chocaron, así que él abrió las piernas y le abrazó los muslos con los suyos.

—Me llamó usted, ¿recuerda? Y dejó esta dirección cuando se fue.

—Buscaba una cita, no un compañero de copas.

Él echo un vistazo al vaso que estaba sobre la mesa y se inclinó para oler el contenido.

—No va usted a conseguir uno con este veneno.

—Este garito no va de buen vino ni de whisky escocés.

Roarke depositó una mano encima de la de ella con el único motivo de hacerle fruncir el ceño y apartar la mano.

—¿Por qué no vamos a algún lugar que vaya de eso?

—Estoy de un humor jodido, Roarke. Deme una cita, para cuando le vaya bien, y lárguese.

—¿Una cita para qué? —La cantante le llamó la atención. Levantó una ceja y la observó gesticular—. Si no le está dando un ataque, me parece que la vocalista le está haciendo gestos.

Resignada, Eve miró hacia el escenario y meneó la cabeza.

—Es una amiga mía. —Mavis sonrió y levantó los pulgares de las dos manos, ante lo cual Eve meneó la cabeza más enfáticamente—. Cree que estoy de suerte.

—Lo está. —Roarke levantó el vaso de la mesa y lo dejó en la mesa de al lado, donde unas manos ansiosas se pelearon por tomarlo—. Acabo de salvarle la vida.

—Maldita…

—Si quiere usted emborracharse, Eve, hágalo por lo menos con algo que le deje una parte del estómago intacta. —Estudió la carta de bebidas y frunció el ceño—. Eso significa no tomar nada de lo que hay aquí. —Se levantó y le tomó una mano—. Vamos.

—Estoy bien aquí.

Paciente, Roarke se inclinó hasta que su rostro quedó muy cerca del de ella.

—Lo que está usted haciendo es emborracharse lo suficiente para pegarse con alguien sin preocuparse de las consecuencias. Conmigo no tendrá que emborracharse, así que no tendrá que preocuparse. Podrá recibir todos los golpes que quiera.

—¿Por qué?

—Porque hay tristeza en sus ojos. Y eso me llega.

Eve todavía estaba sorprendida por esa afirmación cuando él la hizo ponerse en pie y la condujo hasta la puerta.

—Me voy a casa —decidió ella.

—No, no se va a casa.

—Mire…

Eso fue todo lo que pudo decir antes de que él la empujara contra la pared y apretara sus labios contra los de ella. Eve no se resistió. Se había quedado sin respiración a causa de la repentina sorpresa de la corriente de deseo que la atravesó.

Duró sólo unos segundos y sus labios volvieron a estar libres.

—Deténgase —le pidió ella, y automáticamente detestó el tembloroso susurro con que se lo dijo.

—Diga usted lo que diga —empezó a decir él, mientras intentaba recuperar también la compostura— hay momentos en que se necesita a alguien. Bueno, ahora mismo, me necesita a mí. —Impaciente, la hizo salir al exterior—. ¿Dónde tiene el coche?

Ella indicó con un gesto el final de la manzana y le dejó que la empujara calle abajo.

—No sé cuál es su problema.

—Parece que mi problema es usted. ¿Tiene idea del aspecto que tiene? —le preguntó mientras abría la puerta del coche—. Sentada en ese lugar con los ojos cerrados y esas ojeras oscuras. —Se enojaba sólo al recordarlo—. La hizo sentar en el asiento del acompañante y dio la vuelta al coche para sentarse ante el volante—. ¿Cuál es su código?

Eve, fascinada con esa muestra de carácter, marcó el código ella misma. Una vez desbloqueado, él encendió el motor y arrancó.

—Estaba intentando relajarme —dijo Eve.

—No sabe cómo hacerlo —respondió él—. Ha conseguido usted apartar el tema, pero no se ha librado de él. Está usted caminando sobre una cuerda, Eve, tendida sobre el vacío.

—Para eso es para lo que estoy entrenada.

—Esta vez no sabe con qué se enfrenta.

Eve apretó los puños a ambos lados de sus muslos.

—Y usted sí lo sabe.

Él se quedó en silencio unos momentos, con las emociones retenidas.

—Ya hablaremos de esto más tarde.

—Prefiero hacerlo ahora. Ayer fui a ver a Elizabeth Barrister.

—Lo sé. —Más tranquilo, Roarke se adaptó al traqueteante ritmo del coche—. Tiene usted frío. Encienda la calefacción.

—Está estropeada. ¿Por qué no me dijo usted que ella le había pedido que viera a Sharon, que hablara con ella?

—Porque Beth me lo pidió de forma reservada.

—¿Qué relación tiene usted con Elizabeth Barrister?

—Somos amigos. —Roarke le clavó los ojos—. Tengo pocos. Ella y Richard se encuentran entre ellos.

—¿Y el senador?

—Odio a ese jodido, pomposo e hipócrita tipo —dijo Roarke en tono tranquilo—. Si consigue la nominación de sus partidarios para ser presidente, pondré todo lo que tengo a disposición de la campaña de su contrincante. Aunque éste sea el mismo diablo.

—Debería usted aprender a decir lo que piensa, Roarke —comentó ella con una leve sonrisa—. ¿Sabía que Sharon tenía un diario?

—Es una deducción natural. Era una mujer de negocios.

—No hablo de un archivo, ni de registros profesionales. Hablo de un diario, de un diario personal. Secretos, Roarke. Chantaje.

Él se calló mientras le daba vueltas a la idea.

—Bueno, bueno. Ha encontrado usted su motivo.

—Eso está por ver. Tiene usted muchos secretos, Roarke.

Él soltó una carcajada y se detuvo ante las puertas de su propiedad.

—¿De verdad cree que yo puedo ser objeto de chantaje, Eve? ¿Que una mujer perdida y digna de compasión como Sharon podría descubrir alguna información que es usted incapaz de descubrir y que podría utilizarla contra mí?

—No. —Eso era sencillo. Eve le puso una mano encima del brazo—. No voy a entrar con usted. —Eso no fue sencillo.

—Si la hubiera traído hasta aquí por sexo, tendríamos sexo. Ambos lo sabemos. Usted quería verme. Desea usted disparar con el mismo tipo de arma con que se disparó contra Sharon, ¿no es así?

Ella emitió un corto suspiro.

—Sí.

—Ahora tiene la oportunidad.

Las puertas se abrieron y las cruzaron.

Capítulo diez

*E*l mismo mayordomo de cara de palo montaba guardia ante la puerta. Tomó el abrigo de Eve con el mismo gesto de desaprobación.

—Tráiganos café a la sala de tiro, por favor —le ordenó Roarke mientras conducía a Eve escaleras arriba.

La llevaba de la mano, pero Eve pensó que no era tanto un gesto sentimental como una forma de asegurarse de que no saldría corriendo. Eve hubiera podido decirle que estaba demasiado intrigada como para irse, pero se dio cuenta de que le gustaba verle con esa expresión de preocupación a pesar de la suavidad de sus modales.

Cuando llegaron al tercer piso, Roarke repasó rápidamente su colección y escogió unas cuantas armas sin la menor vacilación. Manejaba esas antigüedades con la competencia y la habilidad de un entendido, de alguien habituado a su uso.

No era un hombre que simplemente se dedicaba a comprar. Era un hombre que hacía uso de sus posesiones. Eve se preguntó si él sabría que eso sería tenido en cuenta contra él. O si le importaba en absoluto.

Cuando las armas elegidas estuvieron guardadas en una maleta de piel, Roarke se dirigió hasta la pared de la habitación. Tanto el panel de seguridad como la puerta estaban tan bien escondidos que Eve no lo hubiera encontrado nunca. El *trompe l'oeil* se abrió y descubrió un ascensor.

—Este ascensor sólo va hasta un selecto número de habitaciones —le explicó mientras Eve entraba con él—. Muy pocas veces llevo a los invitados a la sala de tiro.

—¿Por qué?

—Mi colección, y el uso de ella, está reservada a aquellos que son capaces de apreciarla.

—¿Cuántas compra en el mercado negro?

—Siempre sale la policía, ¿eh? —Le dirigió una sonrisa de suficiencia y a Eve le pareció que tenía la lengua apoyada contra la pared interna de la mejilla—. Naturalmente, sólo compro a proveedores legales. —Y, bajando la mirada a la bolsa que Eve llevaba colgada del hombro, añadió—: Mientras tenga usted la grabadora encendida.

Ella no pudo evitar devolverle la sonrisa. Por supuesto que tenía la grabadora encendida. Y por supuesto, él lo sabía. Fue por su propio interés que Eve abrió la bolsa, sacó la grabadora y la apagó manualmente.

—¿Y su sistema de comunicación?

—Es usted más listo de lo que le conviene. —Eve introdujo la mano en el bolsillo. Quería aprovechar esa oportunidad. La unidad de comunicación era tan delgada como un papel. La desactivó con el pulgar—. ¿Qué hay de la suya? —Eve observó el interior del ascensor mientras las puertas se abrían—. Debe de tener sistema de seguridad de audio y de vídeo por todas partes.

—Por supuesto. —La tomó de la mano otra vez y la condujo fuera del ascensor.

Se encontró en una habitación de techos altos y de un aspecto sorprendentemente austero, teniendo en cuenta el gusto de Roarke por la comodidad. En cuanto entraron en ella, las luces se encendieron e iluminaron unas lisas paredes de un color arenoso, un par de sillas de respaldo alto y unas mesas. Encima de una de ellas había una bandeja con una cafetera de plata y unas tazas de porcelana.

Sin hacer caso del café, Eve se dirigió hasta un brillante y largo panel de mandos.

—¿Para qué sirve?

—Para unas cuantas cosas. —Roarke dejó la maleta que llevaba y depositó la mano sobre una pantalla de identificación que, automáticamente, emitió un pálido destello verde antes de que las luces y los temporizadores se encendieran.

—Aquí guardo el suministro de munición. —Apretó unos botones y un armario que había debajo del panel se abrió—. Necesitará ponerse esto. —Sacó unos auriculares y unas gafas de protección de otro armario.

—Esto es, qué, ¿cómo una afición? —le preguntó Eve mientras se colocaba las gafas. Las pequeñas y limpias gafas le protegían completamente los ojos; los auriculares se adaptaban a sus oídos a la perfección.

—Sí, como una afición.

La voz de él le llegó como un leve eco a través de los protectores auditivos. Éstos les mantenían en comunicación a ambos y dejaban el resto de sonidos fuera. Roarke escogió la 38 y la cargó.

—Ésta era un arma estándar de la policía a mediados del siglo xx. Hacia el segundo milenio empezaron a preferirse las de 9 milímetros.

—Las RS-50 eran el arma oficial durante la Revolución Urbana y lo fueron hasta la tercera década del siglo xxi.

Él arqueó una ceja, complacido.

—Ha hecho usted los deberes.

—Por supuesto. —Miró el arma que él tenía en la mano—. Me he metido en el coco de un asesino.

—Entonces sabrá que el láser de mano que lleva usted en el costado no obtuvo la aceptación popular hasta hace unos veinticinco años.

Eve, con el ceño fruncido, le observó cerrar de un golpe el cilindro.

—El láser NS, con algunas modificaciones, ha sido el arma estándar de la policía desde el 2023. No veo ninguna de láser en su colección.

Él la miró a los ojos con expresión risueña.

—Sólo hay juguetes de policías. Son ilegales, teniente, incluso para los coleccionistas. —Apretó un botón. En la pared más alejada de ellos apareció un holograma de apariencia tan realista que Eve tuvo que parpadear y retomar la compostura.

—Una imagen excelente —murmuró, mientras observaba a un tipo grande como un toro que tenía un arma en la mano que Eve no pudo identificar.

—Este hombre es una réplica de un gánster típico del siglo xx. Lo que tiene en la mano es una AK 47.

—Claro. —Ella entrecerró los ojos y la observó. Era más impresionante que en las fotos y los vídeos que había visto—. Fue muy popular entre las bandas urbanas y entre los traficantes de droga de la época.

—Un arma de asalto —murmuró Roarke—. Fabricada para matar. Cuando lo haya activado, si él da en el blanco, sentirá usted una sacudida. Un impacto eléctrico de bajo voltaje en lugar del mucho más agresivo impacto de una bala. ¿Quiere probarlo?

—Usted primero.

—De acuerdo.

Roarke lo activó. El holograma se precipitó hacia delante, con el arma preparada. Al instante se oyeron los efectos de sonido. La fuerza del sonido hizo que Eve diera un paso atrás. Unas cuantas obscenidades, unos cuantos sonidos callejeros y la aterrorizante explosión de un arma de fuego.

Con la boca abierta, Eve vio que el holograma parecía salpicarles de sangre. El ancho pecho pareció explotar al tiempo que el hombre caía hacia atrás. El arma salió volando de su mano. Entonces, ambos desaparecieron en el aire.

—Dios.

Roarke, un poco sorprendido de haber realizado esa demostración, como un niño, bajó el arma.

—Si la imagen no es realista, no se puede apreciar lo que un arma como ésta puede hacerle a un cuerpo de carne y hueso.

—Supongo que no. —Eve tragó saliva—. ¿Le ha herido?

—Esta vez no. Por supuesto, uno a uno, y si es posible adivinar los movimientos del contrincante, no resulta muy difícil ganar el asalto.

Roarke apretó otra vez unos botones y el hombre muerto volvió, entero y a punto de volver a morir. Roarke tomó posición con la facilidad y el automatismo de un policía veterano, pensó Eve. O, para utilizar sus propias palabras, de un gánster.

De repente, la imagen se precipitó hacia delante y, tan pronto como Roarke disparó, aparecieron otros hologramas en una rápida sucesión. Un hombre con un arma de aspecto temible, una mujer con un arma muy larga que a Eve le pareció una Magnum 44, y un niño pequeño con una pelota.

Las imágenes aparecieron, dispararon, maldijeron, gritaron y sangraron. Cuando todo hubo terminado, el niño estaba sentado en el suelo llorando, solo.

—Una opción aleatoria como ésta es más difícil —le dijo Roarke—. Me han dado en el hombro.

—¿Qué? —Eve parpadeó y forzó la vista para verle bien—. ¿En el hombro?

Él sonrió.

—No se preocupe, querida. Sólo es una herida en la carne.

Eve sentía los latidos del corazón en las sienes, por ridícula que fuera esa reacción.

—Un juguete diabólico, Roarke. Tiempos de diversiones y juegos, ¿eh? ¿Juega a menudo?

—De vez en cuando. ¿Lista para intentarlo?

Eve decidió que si había sido capaz de manejarse en una sesión de realidad virtual también sería capaz de enfrentarse a eso.

—Sí. Escoja otra opción aleatoria.

—Eso es lo que admiro en usted, teniente. —Roarke escogió la munición y cargó el arma de nuevo—. Se tira usted a la piscina. Vamos a intentar un tiro al blanco, primero.

Seleccionó un blanco sencillo de círculos concéntricos. Se puso detrás de ella y le colocó la 38 entre las manos, las suyas rodeando las de ella. Apoyó la mejilla en la de Eve.

—Tiene que apuntar, ya que no detecta ni el movimiento ni el calor, como su arma. —Le colocó los brazos en posición correcta—. Cuando esté preparada para disparar, apriete el gatillo, no lo golpee. Va a sentir una sacudida. No es tan suave ni tan silencioso como su láser.

—Me he dado cuenta —dijo ella. Era absurdo ponerse susceptible ante el contacto de sus manos sobre las suyas, la presión de su cuerpo contra el suyo, su olor—. Aprieta demasiado.

Él giró la cabeza lo justo para rozarle el lóbulo de la oreja con los labios. El lóbulo no estaba perforado y era muy suave, como el de una niña.

—Lo sé. Tendrá que mantenerse más firme que de costumbre. La reacción natural será retroceder. No lo haga.

—Yo no retrocedo. —Para demostrarlo, apretó el gatillo. Sintió una sacudida en los brazos que le molestó. Volvió a disparar una segunda y una tercera vez y falló la diana por menos de un centímetro—. Dios, lo nota, ¿no? —Eve encogió los hombros, encantada por el movimiento que el arma había provocado en ambos.

—Lo hace más personal. Tiene usted buen ojo. —Estaba impresionado, pero el tono de su voz fue tranquilo—. Por supuesto, una cosa es disparar a una diana y otra disparar a un cuerpo. Aunque éste sea una reproducción.

¿Se trataba de un desafío? De acuerdo, estaba preparada.

—¿Cuántos disparos quedan?

—Tenemos que volver a cargarla. —Programó una sesión. La curiosidad y, tenía que admitirlo, también el orgullo le hicieron escoger una difícil—. ¿Preparada?

Ella le dirigió una rápida mirada y afirmó los pies en el suelo.

—Sí.

La primera imagen mostró a una mujer que sujetaba una cesta de la compra con ambas manos. Eve estuvo a punto de volarle la cabeza, pero consiguió detener el dedo sobre el gatillo. Vio que algo se movía a la izquierda y disparó contra un asaltante antes de que éste pudiera descargar el tubo de hierro que llevaba en la mano sobre la mujer. Sintió un ligero aguijonazo en la cadera izquierda, se dio la vuelta y eliminó a un hombre calvo que llevaba un arma similar a la suya.

Después de eso, los demás aparecieron en rápida sucesión.

Roarke la observó, hipnotizado. No, ella no se acobardaba, pensó. Su mirada se mantenía fría y estable. Eran los ojos de un policía. Sabía que tenía la adrenalina subida y el pulso acelerado. Sus movimientos eran rápidos y tan suaves y estudiados como una coreografía. Tenía la mandíbula apretada, las manos, firmes.

Y la deseaba. Se dio cuenta de eso al sentir una corriente en la pelvis. La deseaba desesperadamente.

—Me han dado dos veces —dijo ella casi para sí misma. Ella misma abrió la recámara y volvió a cargar el arma tal y como había visto hacer a Roarke—. Una vez en la cadera y otra en el abdomen. Esto significa que estoy muerta, o en las últimas. Seleccione otra sesión.

Él la complació. Introdujo las manos en los bolsillos y la observó trabajar.

Cuando hubo terminado, le pidió probar el modelo suizo. Se dio cuenta de que prefería la ligereza y la calidad de respuesta de este último. Era mucho mejor que un revólver, pensó. Más rápido, más sensible, mayor fuerza de impacto y se cargaba en pocos segundos.

Ninguna de esas armas le resultaba tan cómoda entre las manos como su propio láser. A pesar de eso, eran de una eficiencia primitiva y horrible. El daño que provocaban, el desgarro en la carne y la cantidad de sangre, convertía la muerte en un asunto muy tosco.

—¿Alguna herida? —preguntó Roarke.

Aunque las imágenes habían desaparecido, ella tenía la vista clavada en la pared y todavía las veía en la mente.

—No, no tengo nada. Lo que pueden hacer esas armas a un cuerpo. —Lo dijo en tono suave mientras dejaba el arma—. Haberlas utilizado, tener que utilizarlas día tras día y saber que podían ser utilizadas en contra de uno. ¿Quién era capaz de enfrentarse a eso sin volverse loco? —se preguntó.

—Usted podría. —Roarke se quitó las protecciones de ojos y de oídos—. La conciencia y la dedicación al deber no deben ser iguales a cualquier tipo de debilidad. Usted pasó un examen. Le costó, pero lo pasó.

Ella dejó sus protecciones al lado de las de él.

—¿Cómo lo sabe?

—¿Cómo sé que ha pasado el examen hoy? Tengo contactos. ¿Cómo sé que le ha costado? —Le tomó la barbilla con la mano—. Lo veo —le dijo con tono cálido—. Su corazón se pelea con su mente. Me parece que no se da cuenta de que eso es lo que hace que sea tan buena en su trabajo. O que me resulte tan fascinante.

—No intento resultarle fascinante. Intento encontrar al hombre que utilizó estas armas que acabo de disparar; no por una cuestión de autodefensa, sino por una cuestión de placer. —Le miró directamente a los ojos—. No fue usted.

—No, no fui yo.

—Pero usted sabe algo.

Antes de responder, Roarke le acarició el hoyuelo de la barbilla con el pulgar.

—No estoy del todo seguro de saber algo.

Se dirigió a la mesa y sirvió un poco de café.

—Armas del siglo xx, crímenes del siglo xx y motivos del siglo xx. —Le dirigió una mirada—. Ésa sería mi apuesta.

—Es una deducción bastante simple.

—Pero, dígame, teniente, es usted capaz de jugar a las deducciones acerca del pasado, o está usted demasiado vinculada al presente.

Ella se había hecho esa misma pregunta. Estaba aprendiendo.

—Soy flexible.

—No, pero es usted lista. Sea quien fuera que matara a Sharon, tenía conocimiento e incluso afecto, quizá una obsesión, por el pasado. —Arqueó una ceja con expresión de burla—. Yo también tengo cierto conocimiento de algunos aspectos del pasado e, indudablemente, un afecto por ello. ¿Obsesión? —Se encogió de hombros—. Tendrá usted que juzgarlo por sí misma.

—Estoy trabajando en ello.

—Estoy seguro de que lo está haciendo. Vamos a aplicar las reglas deductivas del pasado, sin ordenadores, sin análisis técnicos. Estudiemos primero a la víctima. Usted cree que Sharon era una chantajista. Y eso tiene sentido. Era una mujer enojada, una mujer provocativa que necesitaba poder. Y que deseaba ser amada.

—¿Ha llegado usted a esta conclusión después de haberla visto dos veces?

—Sí, después de eso. —Le ofreció una taza de café—. Y después de hablar con gente que la conocía. Amigos y socios la encontraban una mujer impresionante, enérgica y, a pesar de eso, una mujer que tenía sus secretos. Una mujer que despreciaba a su familia y que, a pesar de eso, pensaba en ella a menudo. Una mujer que deseaba vivir pero que habitualmente se mostraba taciturna. Me imagino que ambos hemos dado los mismos pasos.

Eve se irritó ante ese comentario.

—No estoy al corriente de que esté usted dando los mismos pasos que yo, Roarke. Se trata de una investigación policial.

—Beth y Richard son mis amigos. Yo me tomo en serio a mis amistades. Están de luto, Eve. Y no me gusta pensar que Beth se está culpando a sí misma.

Eve recordó los ojos tristes y apesadumbrados de la mujer. Suspiró.

— De acuerdo. Puedo entender eso. ¿Con quién ha hablado?

—Con amigos, tal como le he dicho. Con conocidos, socios. —Roarke dejó el café a un lado mientras Eve paseaba y sorbía el café de su taza—. ¿No resulta extraño la variedad de opiniones y de percepciones que uno encuentra en la gente acerca de una misma mujer? Si le pregunta a uno, te dirá que Sharon era una mujer leal y generosa. Si le pregunta a otro, afirmará que era una mujer rencorosa y calculadora. Otro opinará que era una adicta a las fiestas y que nunca obtenía suficientes emociones. Y otro, que era una mujer que amaba pasar las noches en tranquilidad en su casa. Jugaba muchos papeles, nuestra Sharon.

—Era una mujer que mostraba distintos rostros a distinta gente. Es un fenómeno bastante común.

—¿Cuál fue el rostro que la mató? —Roarke sacó un cigarrillo y lo encendió—. Chantaje. —Pensativo, exhaló una nube de humo—. Debió de haber sido buena en eso. Le gustaba indagar a las personas y era capaz de mostrar un gran encanto mientras lo hacía.

—Y lo mostró con usted.

—Pródigamente. —Sonrió otra vez—. Yo no estaba preparado a intercambiar información por sexo. Incluso aunque no hubiera sido la hija de una amiga y una profesional, no me hubiera atraído desde ese punto de vista. Prefiero un tipo distinto de mujer. —Miró a Eve, pensativo—. O eso creí. Todavía no me explico porque una mujer tan intensa, instintiva y difícil me atrae de forma tan inesperada.

Ella se sirvió más café y le miró.

—Eso no es un halago.

—No tenía intención de que lo fuera. Aunque a pesar de su mal peluquero y su nulo interés en la coquetería habitual, ofrece usted una imagen bastante agradable.

—No tengo ningún peluquero ni tiempo para la coquetería. —Ni siquiera, decidió, tiempo para hablar de ello—. Por continuar con la deducción. Si Sharon DeBlass fue asesinada por una de sus víctimas de chantaje, qué relación tiene eso con Lola Starr.

—Ése es el problema, ¿no es cierto? —Roarke inhaló el humo del cigarrillo, pensativo—. No parece que tengan nada en común aparte de la profesión. No es probable que se conocieran ni que tuvieran los mismos gustos acerca de la clientela. Y a pesar de ello, hay uno que las conocía a ambas.

—Uno que las eligió a ambas.

Roarke arqueó una ceja y asintió con la cabeza.

—Lo ha dicho usted mejor.

—¿Qué quiso decir cuando afirmó que yo no sé dónde me estoy metiendo?

Él dudó un momento, pero disimuló con tanta habilidad que Eve apenas lo percibió.

—No estoy seguro de si comprende usted hasta qué punto DeBlass tiene poder y de cómo puede utilizarlo. El escándalo relacionado con su nieta puede afectarle. Quiere llegar a la presidencia y desea dictar la vía moral del país y de más allá de sus fronteras.

—¿Me está usted diciendo que es capaz de utilizar la muerte de Sharon en un sentido político? ¿Cómo?

Roarke apagó el cigarrillo.

—Puede ofrecer una imagen de su nieta como una víctima de la sociedad, puede hacer aparecer el sexo remunerado como un arma mortal. ¿Cómo es posible que un mundo que permite la prostitución legalizada, el completo control de la natalidad, el cambio de sexo y demás no sea capaz de afrontar las consecuencias?

Eve se daba cuenta de cómo se podía enfocar el tema, pero negó con la cabeza.

—DeBlass también quiere derogar la prohibición de armas. Ella recibió el disparo de un arma que con la ley actual no está permitida.

—Lo cual hace que este tema sea más insidioso. ¿Hubiera sido capaz ella de defenderse si hubiera podido disponer de un arma? —Eve empezó a protestar pero él meneó la cabeza—. No importa demasiado la respuesta. Solamente importa la pregunta. ¿Hemos olvidado quiénes fueron los fundadores y los principios de su proyecto para nuestro país? El derecho a tener armas. Una mujer es asesinada en su propia casa, en su propia cama, víctima de la libertad sexual e indefensa. Más, mucho más que decadencia moral.

Roarke se dirigió al panel de mandos y lo apagó.

—Ah, sí, dirá usted que el asesinato con arma era más la norma que la excepción en los tiempos en que cualquiera que tuviera el dinero necesario podía comprar una. Pero él descartará ese argumento. El partido conservador está ganando terreno y él es la punta de lanza.

Roarke dejó que Eve asimilara todo eso mientras servía un poco más de café.

—¿Se le ha ocurrido pensar que quizá él no desee que atrapen al asesino?

Eve levantó la mirada, sorprendida.

—¿Por qué no tendría que quererlo? Más allá de lo personal, ¿no le daría eso más argumentos? Aquí está la escoria inmoral y rastrera que ha asesinado a mi pobre y descarriada nieta…

—Es un riesgo, ¿no es así? Quizá el asesino sea un destacado pilar de nuestra comunidad que está igual de descarriado. Pero, por supuesto, es necesario un cabeza de turco.

Roarke calló unos momentos y la observó.

—¿Quién cree usted que se aseguró de que pasara usted el examen en plena investigación de este caso? ¿Quién está observando cada paso que usted da, quién está supervisando cada estadio de su investigación? ¿Quién está investigando su pasado, tanto de su vida personal como profesional?

Eve, impresionada, dejó la taza de café.

—Tengo la sospecha de que DeBlass presionó para que me hicieran el examen. No confía en mí. O quizá todavía no ha decidido si soy lo suficientemente competente para llevar la investigación. Además, hizo que Feeney y yo fuéramos seguidos desde Washington Este. —Exhaló un profundo suspiro.— ¿Cómo sabe que me está investigando? ¿Quizá porque lo está haciendo usted?

Roarke no se preocupó al ver la expresión enfadada y acusadora que apareció en sus ojos. Prefería eso a una expresión de preocupación.

—No, porque yo le estoy observando a él mientras él la observa a usted. Decidí que sería más satisfactorio conocerla a usted a partir de su persona, con el tiempo, en lugar de hacerlo a partir de la lectura de unos informes.

Roarke se acercó a ella y le pasó los dedos por el pelo mal cortado.

—Respeto la intimidad de las personas que me importan. Y usted me importa, Eve. No sé exactamente por qué, pero usted despierta algo en mí.

Ella empezó a apartarse, pero él continuó acariciándole el pelo.

—Estoy cansado de que cada vez que tengo un momento con usted, usted interpone el asesinato entre ambos.

—Hay un asesinato entre ambos.

—No. En todo caso eso es lo que nos ha traído hasta aquí. ¿Es eso un problema? ¿No puede usted dejar de lado a la teniente Dallas el tiempo suficiente para sentir algo?

—Yo soy la teniente Dallas.

—Entonces, quiero a la teniente Dallas. —La impaciencia de su deseo le oscureció los ojos. Se sentía frustrado consigo mismo por sentirse tan atraído que se creía capaz de implorar—. La teniente Dallas no me tendría miedo, aunque quizá Eve si me lo tendría.

El café le había atacado los nervios. Eso era lo que la hacía sentirse tan excitada.

—No le tengo miedo, Roarke.

—¿No? —Se acercó a ella y le cogió las solapas de la camisa—. ¿Qué cree usted que puede suceder si da un paso más allá de la raya?

—Demasiadas cosas —murmuró ella—. Y ninguna. El sexo no está en mi lista de prioridades. Resulta una distracción.

El enfado dio paso a una carcajada.

—Por supuesto que lo es. Cuando se hace bien. ¿No cree que ha llegado el momento de que me permita que se lo demuestre?

Ella le sujetó los brazos, sin saber si lo hacía para atraerle o para alejarle.

—Es un error.

—Bueno, pues tendremos que tenerlo en cuenta —respondió antes de que sus labios atraparan los de ella.

Eve le atrajo hacia sí. Le rodeó con los brazos y le introdujo los dedos en el pelo. Sintió su cuerpo pegado al de él, vibrante, mientras él intensificaba el beso hasta que resultó casi brutal. Sus labios eran calientes, ávidos. La sorpresa que eso le causó la hizo vibrar desde el centro de su cuerpo.

Las manos de él, impacientes, ya le estaban sacando la camisa de los tejanos y buscaban su piel. Como respuesta, ella le sacó la de él, desesperada por llegar también a su piel.

Por un momento, Roarke tuvo una visión en la que la arrastraba hasta el suelo y la penetraba con fuerza hasta que ella empezaba a gritar y él se soltaba dentro de ella en un chorro como el de la sangre. Sería algo rápido y salvaje.

Pero se apartó, con la respiración agitada. Ella tenía el rostro ruborizado y los labios hinchados. Él le había roto la camisa a la altura del hombro.

La habitación respiraba violencia, se olía el humo de los disparos y las armas estaban a mano.

—Aquí no. —Medio la llevó, la arrastró hasta el ascensor. Las puertas del ascensor se abrieron y él le acabó de arrancar la manga del vestido. La empujó contra la pared del ascensor y las puertas se cerraron tras ellos. Intentó sacarle la funda del arma—. Quítate esa cosa. Quítatela.

Ella la desabrochó y la sujetó con una mano mientras con la otra le desabrochaba la camisa a él.

—¿Por qué llevas tanta ropa?

—La próxima vez no llevaré tanta. —Él le abrió la camisa. Debajo llevaba una camiseta delgada, casi transparente, que revelaba los pequeños y firmes pechos de pezones endurecidos. Él los tomó con la mano y miró a Eve a los ojos—. ¿Dónde te gusta que te toque?

—Lo estás haciendo muy bien. —Eve tuvo que sujetarse en la pared para no caer.

Cuando las puertas volvieron a abrirse, estaban fundidos el uno con el otro. Salieron todavía abrazados. Él no dejaba de mordisquearle y de lamerle el cuello. Eve dejó caer la funda y el bolso al suelo. Tuvo una rápida imagen de la habitación: amplias ventanas, espejos, colores mutantes. Se olía a flores y notó una mullida alfombra bajo los pies. Mientras se afanaba por quitarle los pantalones, vio la cama.

—Dios santo.

Era una superficie enorme en medio de una estructura de madera tallada. Se encontraba encima de una plataforma, debajo de una claraboya abovedada. Delante de la cama había una chimenea de una piedra de un verde claro donde un fragante fuego crepitaba.

—¿Duermes aquí?

—No tengo ninguna intención de dormir esta noche.

La empujó arriba de los dos escalones de la plataforma y la hizo tumbar en la cama.

—Tengo que entrar a las siete en punto.

—Cállate, teniente.

—De acuerdo.

Riendo, Eve se colocó encima de él y le tomó los labios con los suyos. Sentía una energía salvaje e insaciable. No podía moverse con la suficiente rapidez, sus manos no eran lo suficientemente rápidas para satisfacer su deseo.

Se quitó las botas y permitió que él le quitara los tejanos. Oyó que él gemía y eso despertó una corriente de placer en todo su cuerpo. Hacía mucho tiempo que no sentía la tensión y el calor de un cuerpo de hombre. Hacía mucho tiempo que no lo había deseado.

La necesidad de llegar al clímax resultaba impaciente y salvaje. En cuanto estuvieron desnudos, ella estuvo a punto de montarle y satisfacerse. Pero él la obligó a cambiar de posición y descartó sus protestas con un largo y fiero beso.

—¿Qué significa esa prisa? —murmuró, mientras deslizaba una mano hasta su pecho y la observaba mientras le torturaba un pezón—. Ni siquiera he tenido tiempo de mirarte.

—Te deseo.

—Lo sé. —Él se apartó un poco y pasó una mano desde su hombro hasta su cadera mientras la observaba. Sentía la sangre acumulada en la pelvis—. Esbelta, delgada… —Le acarició ligeramente el pecho—. Pequeños, muy delicados. ¿Quién lo hubiera dicho?

—Quiero sentirte dentro.

—Sólo quieres una faceta dentro —murmuró él.

—Mierda —empezó ella, pero gruñó de satisfacción al notar que él tomaba un pezón entre los labios.

Se retorció contra él, contra ella misma, mientras le sentía succionar, al principio con tanta suavidad que resultaba una tortura y, luego, con más fuerza, hasta que ella tuvo que reprimir un grito. No dejaba de acariciarla por todo el cuerpo, despertándole fuegos de deseo en todos los rincones de él.

Ella no estaba acostumbrada a eso. El sexo, cuando decidía tenerlo, era algo rápido, sencillo, que satisfacía una necesidad básica. Pero esto era tentar las emociones, era una guerra contra las sensaciones, era una lucha de los sentidos.

Eve se retorció para introducir la mano entre ambos, para llegar hasta allí donde le sentía tan duro y fuerte. Sintió pánico al darse cuenta de que él le inmovilizaba ambas manos por encima de la cabeza.

—No.

Él estuvo a punto de soltarla pero la miró a los ojos. Sí, pánico, miedo, pero también deseo.

—No siempre puedes tener el control, Eve.

Mientras le decía eso, deslizó una mano hasta su cadera. Ella tembló y la visión se le hizo borrosa. Él le acarició la parte trasera de la rodilla.

—No —volvió a decir, con la respiración entrecortada.

—¿No, qué? ¿Que no encuentre un punto débil, que no lo explote? —Se dedicó a acariciar esa piel sensible, llevó los dedos hasta el centro del deseo, los apartó luego. Ella jadeaba y se retorcía para alejarse de él.

—Muy tarde, parece —murmuró él—. ¿Quieres el acto pero no quieres la intimidad? —Le acarició la base del cuello con los labios, la siguió acariciando hacia abajo mientras ella temblaba como si corrientes eléctricas le atravesaran el cuerpo—. Para eso no hace falta un compañero. Y esta noche tienes uno. Voy a darte tanto placer como el que yo obtengo.

—No puedo. —Se debatió contra él, se retorció, pero cada uno de sus frenéticos movimientos sólo le proporcionaban otra devastadora sensación.

—Relájate. —Estaba loco por poseerla. Pero esa lucha contra él le resultaba desafiante y le enojaba.

—No puedo.

—Voy a hacer que te relajes y voy a mirarte mientras lo haces. —Deslizó su cuerpo hacia arriba, sintiendo cada uno de sus escalofríos, hasta que su rostro quedó delante del de ella. Depositó una mano firme entre sus muslos.

Ella exhaló con fuerza.

—Bastardo. No puedo.

—Mentirosa —le dijo, despacio, mientras deslizaba un dedo hacia abajo, hacia adentro. Un gruñido de placer se mezcló con el de él al notarla tensa, caliente, mojada. Él se concentró en el rostro de ella, en el cambio de expresión, de pánico a sorpresa, de sorpresa a desvalimiento.

Eve se sintió desfallecer, se sintió derrotada, pero la sensación era demasiado fuerte. Sintió que alguien gritaba y entonces sintió que su cuerpo explotaba de placer. Por un momento, la tensión fue insoportable. Luego, la ola de placer la atravesó, tan fuerte, tan caliente. Se sintió mareada, desorientada, y su cuerpo cayó desmayado.

Él enloqueció.

La levantó hasta que ella quedó de rodillas, su cabeza sobre el hombro de él.

—Otra vez —le pidió, mientras la agarraba por el pelo y la besaba de nuevo—. Otra vez, maldita sea.

—Sí. —La excitación volvía a despertar tan deprisa que sentía el deseo como si unos dientes la mordisquearan en todo el cuerpo. Sus manos, ahora libres, se precipitaban por el cuerpo de él y su cuerpo se contorsionaba para permitir que los labios de él llegaran a todos los rincones de su cuerpo.

El siguiente orgasmo le hizo clavar las uñas en la piel de Roarke. Con un gruñido, él la tumbó de espaldas, le sujetó las caderas y se introdujo dentro de ella. Ella le recibió, caliente, ávida.

Le clavó las uñas de nuevo, aceleró el movimiento de sus caderas para ir al encuentro de las de él. Cuando, derrotadas, sus manos se dejaron caer por la espalda de él, se vació dentro de ella.

Capítulo once

*E*ve no dijo nada en mucho rato. En verdad, no había nada que decir. Había dado un paso inadecuado con los ojos totalmente abiertos. Tendría que afrontar las consecuencias.

Ahora necesitaba reunir toda la dignidad de que fuera capaz y tenía que salir de allí.

—Tengo que marcharme. —Sin mirarle, se sentó y se preguntó cómo sería capaz de encontrar su ropa.

—No lo creo.

Roarke habló en tono perezoso, confiado. Resultaba enervante. Cuando ella empezó a apartarse de la cama, él la tomó de un brazo, le hizo perder el equilibrio y la tumbó de espaldas otra vez.

—Mira, la diversión es la diversión.

—Por supuesto que lo es. No sé si calificaría de diversión lo que acaba de suceder. Diría que ha sido demasiado intenso para ser diversión. No he terminado contigo, teniente. —Vio que ella entrecerraba los ojos, enojada, y sonrió—. Bien, eso es lo que quería.

La respiración se le cortó cuando el codo de ella se le clavó en el estómago. En un instante, ella había dado la vuelta a la situación. Ahora, el codo ejercía presión sobre la tráquea.

—Mira, tío, yo voy y vengo según me apetece, así que controla tu ego.

Él levantó ambas manos en un gesto de rendición. Ella apartó un poco el codo e, inmediatamente, se dio la vuelta y se alejó.

Eve era dura, fuerte y lista. Ésa era otra de las razones por las que, después de una dulce lucha, se enojara al encontrarse de nuevo debajo de él.

—El asalto a un agente te va a costar entre uno y cinco años, Roarke. En una celda, nada de arresto domiciliario.

—No llevas la placa encima. En verdad, no llevas nada encima. —Le dio un mordisco amistoso en la barbilla—. Asegúrate de que eso consta en tu informe.

—No quiero luchar contigo. —Su tono fue tranquilo, incluso razonable—. Es sólo que tengo que irme.

Él se colocó encima de ella, observó cómo ella abría mucho los ojos primero y los entrecerraba luego al sentir que él la penetraba.

—No, no cierres los ojos —susurró con voz ronca.

Así que Eve le miró, incapaz de resistirse a esa tortura de placer. Él mantuvo un ritmo lento ahora, la penetraba con unos movimientos largos y lentos que le despertaban todas las sensaciones.

La respiración de Eve se aceleró, se hizo más profunda. Lo único que veía era el rostro de él y lo único que notaba era su hermoso y ágil cuerpo penetrándola, esa inacabable fricción que la condujo hasta el orgasmo.

Sus dedos estaban entrelazados con los de ella y sus labios apretaban los de ella. Eve notó que el cuerpo de él se tensaba un instante antes de que enterrara el rostro en su pelo. Se quedaron quietos, los cuerpos enredados, tranquilos. Él giró la cabeza y le depositó un beso en la sien.

—Quédate —murmuró—. Por favor.

—Sí. —Ella cerró los ojos ahora—. De acuerdo, sí.

No durmieron. No era tanto el cansancio como la confusión lo que asaltó a Eve a primera hora de la mañana, cuando se metió en la ducha de Roarke.

No tenía por costumbre pasar la noche con un hombre. Siempre había procurado que el sexo fuera algo sencillo, directo y, sí, impersonal. Y ahora estaba allí, a la mañana siguiente, recibiendo el impacto caliente del chorro de agua de su ducha. Durante la noche había recibido el impacto de él. Él la había asaltado y había invadido partes de sí misma que ella creía impenetrables.

Intentaba lamentarlo. Le parecía importante darse cuenta, reconocer, su error para seguir adelante. Pero le resultaba difícil lamentar aquello que la había hecho sentir tan viva y que había mantenido las pesadillas a raya.

—La humedad te sienta bien, teniente.

Eve se dio la vuelta y vio a Roarke que entraba y se metía debajo del chorro de agua.

—Necesitaré que me prestes una camisa.

—Te buscaremos una. —Apretó un mando que se encontraba sobre los azulejos de la pared y puso la mano debajo de un grifo para tomar un líquido claro y cremoso.

—¿Qué haces?

—Te lavo la cabeza —murmuró mientras empezaba a enjabonarle con el champú el pelo empapado de agua—. Me gusta oler mi jabón en tu piel. —Sonrió—. Eres una mujer fascinante, Eve. Estamos los dos aquí, desnudos y mojados, medio muertos después de esta memorable noche, y todavía me miras con esa fría expresión de sospecha.

—Eres un personaje sospechoso, Roarke.

—Creo que eso es un cumplido. —Acercó su rostro al de ella y le mordió el labio. El vapor les rodeaba y el agua les empapaba—. Explícame qué quisiste decir la primera vez que te hice el amor cuando dijiste «No puedo».

Le hizo echar la cabeza hacia atrás y Eve cerró los ojos mientras el agua le enjuagaba el champú del pelo.

—No recuerdo todo lo que he dicho.

—Sí te acuerdas. —De otro grifo, Roarke tomó un poco

de jabón de un pálido color verde que olía a bosque. Sin dejar de mirarla, le enjabonó los hombros, la espalda y los pechos—. ¿No habías tenido nunca un orgasmo?

—Por supuesto que sí. —Sí, siempre los había comparado con el suave impacto al descorchar una botella. Nunca le habían parecido esa violenta explosión que acababa con toda una vida de contención—. Te halagas a ti mismo, Roarke.

—¿Sí?

¿No se daba cuenta ella de que esa mirada fría y ese muro de resistencias que se esforzaba en reconstruir significaban para él un desafío irresistible? Era obvio que no. Le acarició con suavidad los pezones cubiertos de jabón y sonrió al notar que ella contenía el aliento.

—Voy a dedicarme otro piropo ahora.

—No tengo tiempo ahora —respondió rápidamente ella, pero se encontró inmediatamente contra la pared de la ducha—. Ha sido un error desde el principio. Tengo que marcharme.

—No vamos a tardar mucho. —La levantó y la sujetó por las caderas. Una corriente de deseo le recorrió todo el cuerpo inmediatamente—. No ha sido un error, ni antes ni ahora. Y tengo que poseerte.

La respiración de Roarke se aceleró. Estaba sorprendido de cuánto la deseaba todavía, se sentía confundido al darse cuenta de lo ciega que ella estaba a su indefensión ante ese deseo de ella. Se sentía furioso por el hecho de que la simple presencia de ella despertara toda su debilidad.

—Quédate —le ordenó en un tono ronco de voz—. Maldita sea, quédate.

Ella se agarró a él. Roarke la empujó, la clavó contra la pared con una erección que la llenó de fuego. Sus gemidos hicieron eco en las paredes de la ducha. Deseaba odiarle por hacerle esto, por convertirla en una víctima de sus propias pasiones. Pero se agarró a él y se abandonó al vértigo de perder el control.

Él llegó al clímax violentamente. Dio un golpe contra la pared con la mano para mantener el equilibrio mientras ella dejaba deslizar los muslos hacia abajo. De repente, él se sintió enfadado de que ella tuviera el poder de convertirle en un animal en celo.

—Voy a buscarte una camisa —le dijo, rápidamente.

Salió de la ducha, tomó una toalla y la dejó sola en medio del vapor.

Cuando Eve estuvo vestida, y un tanto molesta al sentir el tacto de la seda contra la piel, se encontró una bandeja con café en la habitación.

El noticiero de la mañana se veía en la pantalla de la pared, en cuya esquina inferior se observaban unas cifras cambiantes. La bolsa. Un monitor que se levantaba sobre un cuadro de mandos mostraba la portada de un periódico. No era el *Times* ni ninguno de los periódicos neoyorquinos. Parecía un periódico japonés.

—¿Tienes tiempo de desayunar? —Roarke estaba sentado y tomaba café. No se sentía capaz de prestar atención a las noticias de la mañana. Le había gustado verla vestirse: el movimiento dubitativo de sus manos al colocarse la camisa, la agilidad de sus dedos al abrochar cada uno de los botones, el rápido gesto de la cadera cuando se colocó los tejanos.

—No, gracias. —Eve se sentía torpe. Él la había follado a muerte en la ducha y ahora, distante, se mostraba como un anfitrión bien educado. Se colocó la funda del arma y cruzó la habitación para tomar la taza de café que él le ofrecía.

—¿Sabes, teniente? Llevas tu arma igual que cualquier otra mujer lleva sus perlas.

—No es un complemento de vestuario.

—No me entiendes. Para algunas mujeres, las joyas son tan importantes como sus piernas. —Inclinó la cabeza y la observó—. La camisa es un poco grande, pero te queda muy bien.

Eve pensaba que cualquier pieza que costara lo que ella ganaba en una semana de trabajo no podía quedarle bien.

—Te la devolveré.

—Tengo unas cuantas más. —Se levantó y ella volvió a sentirse irritada cuando él le pasó un dedo por la línea de la mandíbula—. Estuve un poco brusco, antes. Lo siento.

Esa disculpa, tan tranquila e inesperada, la hizo sentir incómoda.

—Olvídalo. —Eve se apartó, vació la taza de un trago y la dejó en la mesa.

—No lo olvidaré. Ni tú tampoco. —Le tomó la mano y se la llevó a los labios. Nada podía gustarle más que esa expresión de recelo en sus ojos—. No te vas a olvidar de mí, Eve. Vas a pensar en mí, quizá no de forma afectuosa, pero vas a pensar en mí.

—Estoy en plena investigación de un asesinato. Tú formas parte de ella. Por supuesto que pensaré en ti.

—Querida —empezó él, y observó divertido que esa muestra de ternura provocó que ella frunciera el ceño—. Pensarás en lo que yo soy capaz de hacerte. Pero por desgracia, lo único que podré hacer durante los próximos días es imaginármelo.

Ella soltó la mano y, con un gesto que deseó que pareciera despreocupado, agarró su bolso.

—¿Te marchas?

—Los preliminares del centro exigen que les preste atención y que viaje a Estrella de la Libertad Uno para reunirme con el cuadro directivo. Voy a estar ocupado uno o dos días a unos cuantos cientos de miles de kilómetros.

Eve sintió algo que no quiso reconocer como decepción.

—Sí, me he enterado de que cerraste el negocio de ese magnífico paraíso para la gente rica y aburrida.

Él se limitó a sonreír.

—Cuando el centro esté construido, te llevaré. Seguro que cambiarás de opinión. Mientras tanto, debo pedirte confidencialidad. Estas reuniones son confidenciales. Todavía quedan un par de detalles por atar y no sería bueno que mis competidores supieran que vamos a hacerlo tan pronto. Sólo unas cuantas personas elegidas saben que no voy a estar en Nueva York los próximos días.

Eve jugueteaba con un mechón de pelo mientras le escuchaba.

—¿Por qué me lo has dicho?

—Parece que he decidido que eres una persona elegida. —Tan desconcertado por lo que acababa de decir como ella, Roarke la acompañó hasta la puerta—. Si necesitas contactar conmigo, díselo a Summerset. Él te comunicará conmigo.

—¿El mayordomo?

Roarke sonrió y ambos bajaron la escalera.

—Me ocuparé de que lo haga —fue lo único que respondió—. Seguramente estaré fuera unos cinco días, una semana como máximo. Quiero volver a verte. —Se detuvo y tomó su rostro entre las manos—. Necesito volver a verte.

Eve sintió que el corazón se le aceleraba, como si éste no tuviera ninguna relación con el resto de su cuerpo.

—Roarke, ¿qué está pasando?

—Teniente. —Él se acercó a ella y le rozó los labios con los suyos—. Todo parece indicar que tenemos un romance. —Se rio, la besó otra vez, ahora con fuerza, deprisa—. Creo que si te hubiera apuntado en la cabeza con una pistola no te habrías mostrado tan asustada. Bueno, vas a tener unos cuantos días para pensar en todo esto, ¿no?

Eve pensó que unos cuantos días no serían suficientes.

Ahí, al pie de la escalera, Summerset, tan inexpresivo y rígido como siempre, le ofrecía la chaqueta.

—Eve, ten cuidado. —Molesto consigo mismo, bajó las manos de su rostro—. Estaremos en contacto.

—Seguro. —Ella se apresuró y cuando miró hacia atrás, la puerta ya se había cerrado. Al abrir la puerta del coche vio un bloc de notas eléctrico encima de su asiento. Lo recogió y se colocó ante el volante. Mientras se dirigía a las puertas de la entrada, lo encendió. Oyó la voz de Roarke.

«No me gusta pensar que estás temblando si no es porque yo te lo provoco. Mantén el calor.»

Con el ceño fruncido, introdujo el bloc electrónico en el bolsillo y probó a encender la calefacción. La ola de calor le hizo soltar una exclamación de sorpresa.

Sonrió durante todo el camino hasta la central de policía.

Eve se encerró en su oficina. Tenía dos horas antes de que empezara su turno, y quería emplear cada uno de esos minutos en el caso de los homicidios DeBlass y Starr. Cuando llegara la hora del turno tendría que enfrentarse con una variedad de casos cada uno de los cuales se encontraba en un estadio distinto. Ahora tenía tiempo para ella.

Como hacía habitualmente, conectó con el CIRAC para que le transmitiera los últimos datos y ordenó una copia impresa para revisarla más tarde. Los datos eran deprimentemente escasos y no añadían nada importante.

Tenía que volver al juego deductivo, pensó. Tenía las fotos de ambas víctimas desplegadas encima de la mesa. Ahora conocía a esas mujeres íntimamente. Quizá ahora, después de la noche que acababa de pasar con Roarke, comprendía un poco lo que las había impulsado en su vida.

El sexo era un arma poderosa que podía usarse o con la que uno podía ser utilizado. Ambas mujeres habían deseado utilizarla, controlarla. Al final, las había matado.

La causa oficial de la muerte era una bala en la cabeza. Pero para Eve, el sexo había sido el gatillo del arma.

Pensativa, tomó la 38. Ahora su tacto le resultaba familiar. Sabía exactamente la sensación que producía al dispararla, conocía la sacudida que producía en el brazo. Conocía el sonido de ese mecanismo primitivo al disparar la bala.

Todavía con el arma en la mano, conectó el disco que había confiscado y observó el asesinato de Sharon DeBlass otra vez.

«¿Qué sentiste, bastardo? —se preguntó—. ¿Qué sentiste al apretar el gatillo y meter esa bola de plomo en su cuerpo, cuando la sangre salió a borbotones y la muerte apagó sus ojos?»

«¿Qué sentiste?»

Con los ojos entrecerrados, volvió a pasar la grabación. Ahora se sentía casi inmune ante esas imágenes horribles. Se dio cuenta de que la imagen temblaba ligeramente, como si el asesino hubiera movido la cámara.

«¿Te tembló el brazo? —se preguntó—. ¿Te impresionó ver cómo caía su cuerpo, hasta dónde llegaba la sangre?»

Era por eso por lo que se escuchaba una ligera respiración, una lenta exhalación antes de que la imagen cambiara.

¿Qué sintió?, volvió a preguntarse. ¿Asco, placer o, solamente, una fría satisfacción?

Se acercó al monitor. Ahora Sharon estaba perfectamente colocada en la cama, la escena parecía mostrarse de forma estudiada ante el objetivo de la cámara y, sí, pensó Eve, fríamente estudiada.

Entonces, ¿qué significaba ese temblor? ¿Y esa respiración?

Y la nota. Tomó el sobre cerrado y la volvió a leer. ¿Cómo sabía él que con seis se sentiría satisfecho? ¿Es que ya las había elegido? ¿Seleccionado?

Insatisfecha, reemplazó el disco y la 38. Mientras el disco de Starr se cargaba, tomó la segunda arma. Eve pasó otra vez por todo el proceso.

Esta vez no se notaba ningún temblor. Tampoco se oía ninguna respiración. Todo era preciso, suave, ejecutado a la perfección. «Esta vez sabías cuál sería la sensación, cómo sería la escena, cómo sería el olor de la sangre», pensó.

«Pero no la conocías. O ella no te conocía a ti. Eras solamente un John Smith en sus libros, un cliente nuevo.»

«¿Por qué la elegiste? ¿Cómo elegirás a la siguiente?»

Justo antes de las nueve Feeney llamó a la puerta, mientras ella estudiaba un mapa de Manhattan. Se colocó detrás de ella y se inclinó por encima de su hombro. Su aliento olía a caramelo de menta.

—¿Estás pensando en mudarte?

—Estoy estudiando geografía. Ampliar un cinco por ciento —ordenó al ordenador. La imagen se ajustó—. Primer asesinato, segundo asesinato —dijo, haciendo un gesto de cabeza indicando unas pequeñas marcas rojas en Broadway y en el West Village—. Mi casa. —Había una marca verde justo arriba de la Novena Avenida.

—¿Tu casa?

—Sabe dónde vivo. Ha estado dos veces allí. Éstos son los tres lugares donde sabemos que ha estado. Tenía la esperanza de ser capaz de definir un área concreta, pero no es posible. Y los sistemas de seguridad. —Se permitió un ligero suspiro mientras se apoyaba en el respaldo de la silla—. Tres sistemas distintos. El de Starr simplemente era inexistente. El portero eléctrico no funcionaba y, según los vecinos, no funcionó durante dos semanas. DeBlass tenía un sistema de seguridad de máximo nivel: código personal para entrar, lector de manos, sistemas de seguridad en todo el edificio tanto de audio como de vídeo. Tuvo que ser violado en el acto. El mío no es tan bueno. Yo soy capaz de atravesar el de la entrada, cualquiera con un mínimo conocimiento podría hacerlo, pero el cerrojo de la puerta tiene un sistema cinco mil de la policía. Hay que ser un verdadero profesional para abrirlo sin el código maestro.

Eve repiqueteó en la mesa con los dedos mientras observaba el plano.

—Es un experto en sistemas de seguridad, conoce sus armas, armas antiguas, Feeney. Conoce lo suficiente el procedimiento del departamento como para haber averiguado que estoy al frente de la investigación a las pocas horas del primer asesinato. No deja ninguna huella dactilar ni ningún resto de fluidos. Ni siquiera un pelo del pubis. ¿Qué te hace pensar todo esto?

Feeney inhaló profundamente y se meció sobre los pies.

—Un policía. Un militar. Quizá un paramilitar o un miembro de la seguridad del Gobierno. Puede ser un aficionado a los sistemas de seguridad. Hay muchos. Quizá un delincuente profesional, aunque es poco probable.

—¿Por qué es poco probable?

—Si el tipo se ganaba la vida gracias a sus delitos, ¿por qué cometer un asesinato? No ha sacado ningún beneficio de ninguno de los dos golpes.

—Bueno, se está tomando unas vacaciones —dijo Eve, pero no le parecía probable.

—Quizá sí. He repasado los agresores sexuales conocidos, los he contrastado con los datos del CIRAC. No sale nadie que cuadre con el modus operandi. ¿Has podido repasar este informe? —le preguntó mientras señalaba la transmisión del CIRAC.

—No. ¿Por qué?

—Lo he repasado esta mañana. Te sorprenderá ver que hubo unos cien asaltos a mano armada el año pasado, en todo el país. —Se encogió de hombros—. De contrabando, de fabricación casera, del mercado negro, de coleccionistas.

—Pero nadie coincide con nuestro perfil.

—No. —Feeney mascaba, pensativo—. Tampoco hay ningún pervertido, aunque se aprende mucho repasando los datos. Tengo un favorito. Un tipo de Detroit, disparó a cuatro antes de que le pillaran. Le gustaba encontrar algún corazón solitario e ir a su casa. Le suministraba tranquilizantes, la desnudaba y le cubría el cuerpo con una pintura fluorescente roja, de pies a cabeza.

—Extraño.

—Mortal. La piel respira, así que las asfixiaba. Y mientras fallecían por falta de oxígeno, jugaba con ellas. No las penetraba. Nada de esperma. Sólo les pasaba sus pequeñas manos por todo el cuerpo.

—Dios, esto es perverso.

—Sí, bueno. Se pone demasiado ansioso, demasiado impaciente con una de ellas. Empieza a tocarla antes de que la pintura se seque, así que parte de ella se corre y la chica empieza a moverse. Él entra en pánico y corre. Nuestra chica está desnuda y cubierta de pintura, temblorosa a causa de los tranquilizantes, pero corre hacia la calle y empieza a gritar. Aparece una unidad de policía, la ve enseguida porque su cuerpo brilla como un rayo láser y empiezan una búsqueda ordinaria. Nuestro tipo se encuentra a dos bloques de distancia. Así que le pillan...

—No me lo digas.

—Con las manos manchadas —dijo Feeney con una sonrisa—. Ésa es buena. Le pillan con las manos manchadas. —Al ver el gesto de exasperación de Dallas, Feeney piensa que los chicos del departamento apreciarían mejor esa historia.

—De cualquier forma, quizá estemos ante un pervertido. Repasaré los pervertidos y los profesionales. Quizá tengamos suerte. Me gusta más esta idea que la del policía.

—A mí también. —Ella se dio la vuelta para mirarle, los labios apretados—. Feeney, ¿tienes alguna pequeña colección? ¿Sabes algo sobre armas antiguas?

Él adelantó ambas manos, con las muñecas juntas.

—Lo confieso. Arréstame.

Ella estuvo a punto de sonreír.

—¿Conoces a algún otro policía que coleccione?

—Sí, a unos cuantos. Es una afición cara, así que los que

conozco coleccionan reproducciones. Hablando de caro —añadió, señalando la manga de la camisa de Eve—. Bonita camisa. ¿Te han subido el sueldo?

—Es prestada —respondió ella, sorprendida al notar que se ruborizaba—. Compruébalos por mí, Feeney. Sólo los que tengan antigüedades de verdad.

—Ah, Dallas. —Su sonrisa había desaparecido ante la idea de comprobar a su propia gente—. Odio esta mierda.

—Yo también. Pero compruébalos de todas formas. Sólo dentro de la ciudad, de momento.

—De acuerdo. —Emitió un suspiro y se preguntó si ella se daba cuenta de que su nombre estaba en esa lista—. Es una mierda empezar el día así. Pero tengo un regalo para ti. Había un bloc en mi mesa cuando entré. El jefe está de camino hacia la oficina del comandante. Quiere vernos a los dos.

—A tomar por el culo.

Feeney se limitó a consultar el reloj.

—Estaré allí en cinco minutos. Quizá te convenga ponerte un jersey o algo, para que Simpson no vea esa camisa y decida que te pagan demasiado bien.

—A tomar por el culo eso también.

El jefe Edward Simpson era un tipo imponente. De más de un metro ochenta, elegante, prefería los trajes oscuros y las corbatas coloridas. El ondulante pelo marrón mostraba unas mechas plateadas.

Era de conocimiento general en todo el departamento que ese distinguido brillo era producto de sus maquilladores personales. Tenía unos ojos de un color azul como el del acero —un color que, según las encuestas, inspiraban la confianza de los votantes— que raramente mostraban sentido del humor. Los labios, apretados en un gesto autoritario. Al mirarle, uno veía poder y autoridad.

Resultaba descorazonador saber cómo utilizaba ambas cualidades en la política.

Se encontraba sentado y tenía ambas manos, blancas y largas, adornadas con un trío de anillos, unidas. Habló con un tono de voz como el de un actor.

—Comandante, capitán, teniente. Estamos ante una situación delicada.

También tenía el tempo de un actor. Hizo una pausa y observó a cada uno de ellos con esos ojos azules y duros.

—Todos ustedes saben que a los medios les gusta el sensacionalismo —continuó—. Nuestra ciudad, durante los cinco años de mi jurisdicción, ha bajado el índice de criminalidad un cinco por ciento. Un uno por ciento anual. A pesar de ello, y con los acontecimientos recientes, no será este progreso lo que la prensa destaque. Ya existen titulares acerca de estos dos asesinatos. Historias que cuestionan la investigación y que exigen respuestas.

Whitney, que detestaba a Simpson profundamente, habló en tono neutro.

—A esas historias les faltan detalles, jefe. El código cinco del caso DeBlass imposibilita una cooperación con la prensa, ni ninguna información.

—Si no les informamos, permitimos que especulen —respondió con sequedad Simpson—. Voy a emitir un comunicado esta tarde. —Al ver que Whitney iba a protestar, levantó una mano—. Es necesario decir algo al público para que tengan la confianza de que el departamento tiene este asunto controlado. A pesar de que no sea ése el caso.

Sus ojos se posaron sobre Eve.

—Como agente principal, teniente, asistirá usted también a la rueda de prensa. Mi oficina le está preparando el comunicado que deberá usted pronunciar.

—Con todo el respeto, jefe Simpson, no puedo divulgar

públicamente ningún detalle del caso que sea susceptible de minar la investigación.

Simpson se quitó un hilo de la manga del traje.

—Teniente, tengo treinta años de experiencia. Creo que sé cómo llevar una rueda de prensa. En segundo lugar —continuó, ignorándola y dirigiéndose al comandante Whitney—, es imperativo que la relación que la prensa ha establecido entre DeBlass y Starr se descarte. El departamento no puede ser responsable de una situación que incomode personalmente al senador DeBlass, ni que dañe su posición, al relacionar gratuitamente ambos casos.

—El asesino se encargó de relacionarlos, no nosotros —dijo Eve con la mandíbula apretada.

Simpson la miró.

—Oficialmente, no existe ninguna relación. Cuando se le pregunte, niéguelo.

—Cuando se le pregunte —corrigió Eve—, mienta.

—Ahórrese su ética personal. Esto es la realidad. Un escándalo que empiece aquí y que llegue hasta Washington Este volverá a nosotros como un monzón. Sharon DeBlass hace una semana que ha muerto y usted todavía no tiene nada.

—Tenemos el arma —discutió ella—. Tenemos la posibilidad de que el motivo fuera el chantaje. Y una lista de sospechosos.

Él se levantó de la silla, el rostro rojo.

—Soy el jefe de este departamento, teniente, y el lío que ha armado usted me toca a mí deshacerlo. Ha llegado el momento de que deje de remover la porquería y cierre el caso.

—Señor —Feeney dio un paso hacia delante—. La teniente Dallas y yo…

—Pueden acabar ambos en Tráfico en un instante —terminó Simpson.

Con los puños apretados, Whitney se puso en pie.

—No amenace a mis agentes, Simpson. Juegue a su juego, sonría ante las cámaras y mueva el culo por Washington Este, pero no venga a mi terreno y amenace a mi gente. Están trabajando y lo continuarán haciendo. Si quiere cambiar eso, tendrá que pasar por encima de mí.

El rostro de Simpson mostró un tono rojizo más fuerte. Fascinada, Eve contempló el latido de una vena hinchada en su sien.

—Si su gente aprieta los botones equivocados en esto, me libraré de su culo. Tengo al senador DeBlass controlado de momento, pero no está contento de que su agente ande presionando a su nuera, invadiendo su privacidad y realizando preguntas incómodas e irrelevantes. El senador De-Blass y su familia son las víctimas, no los sospechosos, y deben ser tratados con respeto y dignidad durante esta investigación.

—Traté a Elizabeth Barrister y a Richard DeBlass con respeto y dignidad. —Deliberadamente, Eve disimuló el enfado—. La entrevista se llevó a cabo con su consentimiento y su plena cooperación. No tengo conocimiento de que debiera obtener permiso de usted ni del senado para proceder según mi criterio en este caso.

—No voy a permitir que la prensa difunda que desde este departamento incomoda a una familia que está de luto, ni de que la agente encargada del caso se resistiera a someterse a examen después de haber ejercido fuerza máxima.

—El examen de la teniente Dallas fue aplazado por orden mía —dijo Whitney, furioso—, y con su aprobación.

—Tengo pleno conocimiento de ello. —Simpson ladeó la cabeza—. Hablo de las especulaciones de la prensa. Todos nosotros seremos detalladamente observados hasta que ese hombre sea detenido. La reputación de la teniente Dallas, así como sus actuaciones, serán diseccionadas en público.

—Mi reputación lo soportará.

—¿Y sus acciones? —dijo Simpson con una ligera sonrisa—. ¿Cómo explicará usted el hecho de que esté poniendo en peligro el caso y su posición permitiéndose mantener una relación personal con un sospechoso? ¿Y cuál cree usted que va a ser mi posición oficial cuando se sepa que ha pasado usted la noche con ese sospechoso?

Eve mantuvo el control, la mirada inexpresiva y la voz templada.

—Estoy segura de que va a crucificarme para salvarse a sí mismo, jefe Simpson.

—Sin duda —asintió él—. Esté en el City Hall. A mediodía. Puntual.

Cuando la puerta se hubo cerrado tras él, el comandante Whitney se sentó.

—Hijo de puta sin huevos. —Su mirada, afilada como un cuchillo, penetró a Eve—. ¿Qué mierda está usted haciendo?

Eve aceptó, tuvo que hacerlo, que su intimidad ya no le pertenecía.

—He pasado la noche con Roarke. Ha sido una decisión personal, realizada en mi tiempo personal. Según mi opinión profesional, como investigadora principal, él ha sido eliminado como sospechoso. Lo cual no descarta el hecho de que mi comportamiento haya sido inconveniente.

—Inconveniente —explotó Whitney—. Diga más bien estúpido. Un intento de suicidio profesional. ¿Mierda, Dallas, no puede usted controlar sus hormonas? No esperaba esto de usted.

Ella tampoco lo esperaba de sí misma.

—Esto no afecta a la investigación, ni a mi capacidad para continuarla. Si piensa usted lo contrario, se equivoca. Si me retira del caso, tendré que ofrecerle mi placa.

Whitney la miró un momento y volvió a maldecir.

—Asegúrese de que Roarke queda eliminado de la lista, Dallas. Asegúrese por completo de que es eliminado, o bien detenido, durante las próximas treinta y seis horas. Y hágase una pregunta.

—Ya me la he hecho —le interrumpió ella, sintiendo alivio al notar que él no le había pedido la placa, todavía—. ¿Cómo ha sabido Simpson dónde he pasado la noche? Estoy siendo observada. La segunda pregunta es por qué. ¿Es por orden de Simpson, de DeBlass? ¿O es que alguien le ha pasado esta información a Simpson para dañar mi credibilidad y, por tanto, la investigación?

—Espero que usted lo averigüe. —Señaló la puerta con el dedo—. Vigile lo que dice durante la rueda de prensa, Dallas.

No habían dado ni tres pasos por el pasillo cuando Feeney estalló.

—¿En qué diablos estás pensando? Por Dios, Dallas.

—No lo he planeado yo, ¿vale? —Se dirigió al ascensor, con las manos en los bolsillos—. Déjame en paz.

—Él está en la lista. Es una de las últimas personas que sabemos que vio a Sharon DeBlass viva. Tiene más dinero que nadie y puede comprar cualquier cosa, incluso la inmunidad.

—No cuadra con el perfil. —Eve se precipitó dentro del ascensor y ordenó en tono enojado su piso—. Sé lo que me hago.

—No sabes nada. En todos los años que hace que te conozco, nunca te he visto acercarte a un tipo. Y ahora has caído en las manos de uno.

—Es sólo sexo. No todos tenemos una cómoda y agradable vida con una cómoda y agradable esposa. Quería que alguien me tocara y él quería hacerlo. No es asunto tuyo con quién paso la noche.

Él la agarró del brazo antes de que ella pudiera salir del ascensor.

—A la mierda. Me preocupo por ti.

Eve contuvo la rabia de sentirse cuestionada, de ser puesta

a prueba, de que sus momentos más íntimos le fueran arrebatados. Se dio la vuelta y bajó la voz para que nadie la oyera.

—¿Soy una buena policía, Feeney?

—Eres la mejor con la que he trabajado nunca. Es por eso que...

Ella levantó la mano.

—¿Qué es lo que hace que un policía sea bueno?

Él suspiró.

—Cerebro, estómago, paciencia, nervio, instinto.

—Mi cerebro, mi estómago y mi instinto me dicen que no es Roarke. Cada vez que intento señalarle, me encuentro con una pared. No ha sido él. Tengo la paciencia Feeney, y el nervio para mantenerme ahí hasta que sepamos quién ha sido.

Él le aguantó la mirada.

—¿Y si te equivocas esta vez, Dallas?

—Si me equivoco, no tendrán que pedirme la placa. —Tuvo que respirar hondo para tranquilizarse—. Feeney, si estoy equivocada acerca de esto, acerca de él, estoy acabada. Acabada del todo. Porque no seré una buena policía. No seré nada.

—Dios, Dallas, no...

Ella negó con la cabeza.

—Repasa la lista de policías por mí, ¿quieres? Tengo que hacer unas llamadas.

Capítulo doce

$\mathcal{A}$ Eve, las ruedas de prensa siempre le dejaban un mal sabor de boca. Se encontraba en la escalera del City Hall, en un escenario montado por Simpson, quien ahora mostraba una patriótica corbata y un pin dorado en la solapa: I LOVE NEW YORK. Su voz, en su habitual tono de Gran Hermano, se elevaba, bien modulada, mientras leía su declaración.

Una declaración, pensó Eve disgustada, que estaba repleta de mentiras, medias verdades y muchos autohalagos. Según decía, no se permitiría ningún descanso hasta que el asesino de la jovencísima Lola Starr fuera llevado ante la justicia.

Cuando se le preguntó si había alguna relación entre el homicidio de Starr y la misteriosa muerte de la nieta del senador DeBlass, lo negó absolutamente.

Ése no fue su primer error y no sería el último, pensó Eve sombríamente.

Todavía no había terminado de pronunciar todo su discurso cuando Nadine Furst, la principal figura del Canal 75, le acribilló a preguntas.

—Jefe Simpson, tengo datos que indican que el homicidio de Starr está relacionado con el caso DeBlass, y no solamente porque ambas mujeres compartían la misma profesión.

—Bueno, Nadine. —Simpson le dirigió una benevolente sonrisa—. Todos sabemos que a menudo circulan datos en la prensa que no son del todo exactos. Ése es el motivo por el cual creé el Centro de Verificación de Información durante el primer período como jefe de la policía. Si quiere usted exactitud en su información, sólo tiene que contrastarla con el CVI.

Eve consiguió reprimir una carcajada de burla, pero Nadine, una mujer de mirada aguda e ingenio rápido, no dio ninguna importancia a esas palabras.

—Según mis fuentes, la muerte de Sharon DeBlass no fue un accidente, tal y como afirma el CVI, sino un asesinato. Que tanto DeBlass como Starr fueron asesinadas siguiendo el mismo método y por el mismo hombre.

Esa afirmación provocó una corriente de murmuraciones entre los grupos de periodistas y una serie de preguntas que consiguió que Simpson empezara a sudar debajo de su camisa.

—El departamento defiende la tesis de que no existe ninguna relación entre esos dos infortunados incidentes —dijo Simpson elevando la voz, pero Eve se dio cuenta del brillo de pánico que había aparecido en sus ojos—. Y mi oficina defiende a sus investigadores.

Esa mirada intranquila se depositó sobre Eve. En ese momento, Eve supo qué significaba que la agarraran y la lanzaran a los lobos.

—La teniente Dallas, una veterana agente con más de diez años de experiencia en el cuerpo, se encuentra al frente de la investigación del homicidio de Starr. Ella responderá con gusto todas sus preguntas.

Atrapada, Eve dio un paso hacia delante mientras Simpson se inclinaba para recibir al oído las instrucciones de su consejero.

Llovieron las preguntas y Eve esperó hasta que dio con una que le pareció que podía manejar.

—¿Cómo fue asesinada Lola Starr?

—Debo proteger la credibilidad de la investigación, así que no tengo la libertad de divulgar el método. —Las protestas de los periodistas la asaltaron y Eve maldijo a Simpson—.

Sólo diré que Lola Starr, una acompañante con licencia de dieciocho años, fue asesinada con violencia y premeditación. Las evidencias apuntan que fue asesinada por un cliente.

Esto les calmó un momento. Algunos periodistas comprobaban la correcta comunicación con sus oficinas.

—¿Ha sido un crimen sexual? —gritó alguien.

Eve arqueó una ceja.

—Acabo de decir que la víctima era una prostituta y que fue asesinada por un cliente. Ponga las dos cosas juntas.

—¿Sharon DeBlass también fue asesinada por un cliente? —preguntó Nadine.

Eve se encontró con esos cautelosos ojos gatunos.

—El departamento no ha comunicado ningún informe oficial acerca de que Sharon DeBlass fuera asesinada.

—Según mi información, usted se encuentra al frente de ambos casos. ¿Me lo confirma usted?

Terreno pantanoso. Eve se introdujo en él.

—Sí, estoy al frente de la investigación de varios casos.

—¿Cuál es el motivo de que a una veterana con diez años de experiencia se le asigne una muerte accidental?

Eve sonrió.

—¿Desea que le explique qué es la burocracia?

Eso despertó algunas risas, pero no despistó a Nadine.

—¿Está todavía abierto el caso DeBlass?

Cualquiera que fuera la respuesta, sería como sacudir un avispero. Eve optó por decir la verdad.

—Sí. Y permanecerá abierto hasta que yo, como responsable de la investigación, esté satisfecha con las conclusiones. De cualquier manera —continuó, elevando la voz por encima de los gritos—, el caso Sharon DeBlass no va a recibir más atención que cualquiera de los otros casos. Incluido el de Lola Starr. Todas las investigaciones que se encuentran sobre mi mesa de despacho reciben un trato igual, sin tener en cuenta el contexto social o familiar. Lola Starr era una mujer joven procedente de una familia humilde. No tenía ninguna posición social, una familia influyente, ni ningún amigo importante. Ahora, cuando llevaba solamente unos cuantos meses en Nueva York, está muerta. Ha sido asesinada. Merece lo mejor que yo pueda ofrecer y eso es lo que voy a hacer.

Eve repasó con la mirada la multitud de periodistas y la concentró en Nadine.

—Usted desea obtener una historia, señorita Furst. Yo deseo capturar a un asesino. Me parece que mi deseo es más importante que el suyo, así que eso es todo lo que puedo decir.

Eve dio media vuelta y dirigió una mirada fulminante a Simpson. Luego se alejó. Mientras se dirigía hacia el coche, le oyó pelearse con más preguntas de los periodistas.

—Dallas. —Nadine, calzada con unos elegantes zapatos bajos que le permitían moverse con facilidad, la había seguido.

—Le dije que eso era todo. Hable con Simpson.

—Eh, si quisiera nadar en la mierda, siempre podría llamar al CVI. Ha hecho usted unas declaraciones bastante personales. No me han parecido que salieran de la pluma de los redactores de Simpson.

—Me gusta hablar por mí misma.

Eve llegó hasta su coche y empezaba a abrir la puerta cuando Nadine la tocó en el hombro.

—Le gusta ser directa. A mí también. Mire, Dallas, ambas seguimos métodos distintos, pero tenemos objetivos similares. —Satisfecha por haber captado la atención de Eve, sonrió. La curva de sus labios daba un aspecto limpio a su rostro de ojos rasgados—. No voy a sacar a relucir ahora el viejo derecho a la información.

—Sería malgastar su tiempo.

—Lo que voy a decir es que dos mujeres han muerto en una semana. Tanto mis datos como mi intuición me dicen que ambas fueron asesinadas. No creo que usted quiera confirmar eso.

—Cree bien.

—Lo que quiero es que hagamos un trato. Usted me dice que estoy en la pista adecuada y yo no divulgo ninguna información que pueda perjudicar su investigación. En el momento en que usted tenga algo sólido y esté lista para darlo a conocer, me llama. Me ofrece la exclusiva del arresto.

Casi divertida, Dallas se apoyó en el coche.

—¿Y qué va a ofrecerme usted por esto, Nadine? ¿Una sonrisa mientras me estrecha la mano?

—Por esto voy a ofrecerle todo lo que mi fuente me ha dado. Todo.

Ahora Eve estaba interesada.

—¿Incluso la identidad de esa fuente?

—No podría hacerlo aunque tuviera que hacerlo. El hecho es que no. Lo que tengo, Dallas, es un disco que me fue enviado a la oficina. En ese disco hay copias de los informes de la policía, incluidas las autopsias de ambas víctimas y un par de horribles vídeos de las mujeres muertas.

—A la mierda con eso. Si tuviera usted la mitad de lo que dice tener, lo hubiera publicado inmediatamente.

—Lo pensé —admitió Nadine—. Pero esto va más allá de la audiencia. Es muchísimo más importante. Dallas, quiero obtener una historia que me dé el Pulitzer, el Premio Internacional de Periodismo y unos cuantos premios menores más.

Su mirada había cambiado, se había oscurecido. Ya no sonreía.

—He visto lo que les hicieron a esas mujeres. He presionado a Simpson hoy, y la he presionado a usted. Me ha gustado cómo ha resistido usted la presión. O bien llega usted a un acuerdo conmigo o yo sigo por mi cuenta. Usted elige.

Eve esperó un momento. Una flota de taxis y un maxibus de motor eléctrico pasaron de largo.

—De acuerdo. —Antes de que los ojos de Furst pudieran

iluminarse en una expresión de triunfo, Eve continuó—:
Pero haga algo que me perjudique lo más mínimo y me ocuparé de acabar con usted.

—De acuerdo.

—Blue Esquirrel, en veinte minutos.

La clientela de la tarde del club estaba tan aburrida que
no podían hacer otra cosa aparte de sentarse encorvados ante sus bebidas.

Eve encontró una mesa libre en una esquina, pidió una
Pepsi Classic y pasta vegetariana. Nadine se sentó delante de
ella y escogió un plato de pollo con patatas fritas sin aceite.
Señal, pensó Eve, sombría de la enorme diferencia entre el
salario de un policía y el de un periodista.

—¿Qué es lo que tiene? —preguntó Eve.

—Una imagen vale más que cientos de miles de palabras. —Nadine sacó una palm del bolso, un bolso rojo de
piel. Eve lo miró con envidia. Sentía debilidad por la piel y
por los colores potentes. Y pocas veces se lo podía permitir.

Nadine introdujo el disco y le pasó el pequeño ordenador
a Eve. No tenía ningún sentido maldecir, pensó Eve mientras
observaba sus propios informes en la pantalla. Pensativa, observó como todos los datos calificados con código cinco pasaban uno delante del otro ante sus ojos: los informes médicos
oficiales, los descubrimientos forenses. Eve lo detuvo cuando
los vídeos iban a empezar. No tenía ningún sentido observar
esas muertes durante una comida.

—¿Es esto exacto? —le preguntó Nadine cuando Eve le
devolvió la palm.

—Es exacto.

—Entonces ese tipo es una especie de *freak* de las armas,
un experto en sistemas de seguridad y cliente de acompañantes.

—Las evidencias apuntan hacia ese perfil.

—¿Hasta dónde se ha acercado?

—Obviamente, no lo suficiente.

Nadine hizo una pausa mientras les servían los platos.

—Debe usted de estar bajo una fuerte presión política. Procedente de DeBlass.

—No juego a la política.

—Su jefe sí lo hace. —Nadine tomó un bocado de pollo. Eve sonrió al ver que Nadine fruncía el ceño—. Dios, es terrible. —Pensativa, escogió una patata—. No es ningún secreto que DeBlass es la cabeza del partido conservador para las elecciones de verano. Ni que el capullo de Simpson apuesta por ser gobernador. Visto el espectáculo de esta tarde, parece que esté tapando un escándalo.

—En este momento, oficialmente no existe relación entre esos casos. Pero lo dije de verdad lo de la igualdad, Nadine. No me importa quién sea el abuelo de Sharon DeBlass. Voy a encontrar al tipo que le hizo eso.

—Y cuando lo consiga, ¿ese tipo va a ser acusado de ambos asesinatos o solamente del de Starr?

—Eso es cosa del fiscal. Personalmente, me importa una mierda mientras yo consiga que le cuelguen.

—Ésa es la diferencia entre usted y yo, Dallas. —Nadine pinchó una patata frita y le dio un mordisco—. Yo lo quiero todo. Cuando usted le atrape y yo cuente la historia, el fiscal no tendrá elección. Las consecuencias de eso tendrán ocupado a DeBlass durante meses.

—¿Quién juega a la política, ahora?

Nadine se encogió de hombros.

—Eh, yo sólo contaré la historia. No me la inventaré. Y ésta lo tiene todo. Sexo, violencia, dinero. El hecho de tener un nombre como el de Roarke va a hacer subir la audiencia a la estratosfera.

Despacio, Eve engulló la pasta.

—No hay ninguna prueba que vincule a Roarke con los crímenes.

—Conocía a DeBlass: es un amigo de la familia. Dios, es el propietario del edificio donde asesinaron a Sharon. Tiene una de las mejores colecciones de armas de todo el mundo y dicen que es un tirador experto.

Eve tomó su vaso.

—Ninguna de las armas de esos crímenes apuntan hacia él. No tenía ninguna relación con Lola Starr.

—Quizá no. Pero aunque sea un personaje secundario, Roarke vende. Y no es un secreto de Estado que él y el senador se han enfrentado en el pasado. Ese tipo tiene las venas de hielo —añadió, despreocupada—. No creo que tuviera ningún problema en cometer dos asesinatos a sangre fría. Pero… —se calló un momento y dio un trago de su vaso—, también es un fanático de la intimidad. Resulta difícil imaginarle sacando a la luz esos asesinatos y enviando vídeos a los periodistas. Quien lo haya hecho desea la publicidad tanto como continuar cometiendo crímenes.

—Una teoría interesante. —Eve ya había tenido suficiente. Empezaba a sentir un dolor de cabeza detrás de los ojos y la pasta no le estaba sentando bien. Se levantó y se inclinó sobre la mesa para acercarse a Nadine—. Voy a contarle otra teoría, formulada por un policía. ¿Quiere saber quién es su fuente, Nadine?

A Nadine le brillaron los ojos.

—Por supuesto.

—Su fuente es el asesino. —Eve hizo una pausa y observó que el brillo desaparecía de los ojos de Nadine—. Amiga, si yo fuera usted, vigilaría dónde pone los pies.

Eve se alejó de la mesa y se dirigió hacia la parte trasera del escenario. Esperaba que Mavis se encontrara en el estrecho cubículo que hacía la función de vestuario. En esos momentos, necesitaba una amiga.

La encontró arropada bajo una sábana blanca y sonándose la nariz con un pañuelo de papel usado.

—He pillado una mierda de resfriado. —Mavis levantó los ojos hinchados y se sonó haciendo un ruido de trompeta—. Debí de estar loca para pasar doce horas sin llevar nada sobre el cuerpo excepto esa maldita pintura, en pleno febrero.

Cautelosa, Eve se mantuvo alejada.

—¿Estás tomando algo?

—Me lo estoy tomando todo. —Con un gesto indicó una mesa repleta de medicinas y maquillaje—. Es una jodida conspiración farmacéutica, Eve. Hemos conseguido acabar con toda plaga, enfermedad e infección conocida. Sí, de vez en cuando tropezamos con una nueva y así los investigadores tienen algo que hacer. Pero ninguno de esos médicos de ojos brillantes ni ninguno de los ordenadores médicos es capaz de averiguar cómo curar un jodido resfriado común. ¿Sabes por qué?

Eve no pudo evitar una sonrisa. Esperó, paciente, a que Mavis volviera a sonarse sonoramente la nariz.

—¿Por qué?

—Porque las empresas farmacéuticas necesitan vender medicamentos. ¿Sabes lo que cuesta un jodido espray nasal? Las inyecciones contra el cáncer son más baratas. Te lo juro.

—Puedes ir al médico y que te dé una receta para detener los síntomas.

—Ya lo he hecho. Esa mierda sólo sirve durante ocho horas y tengo una actuación esta noche. Tengo que esperar hasta las siete para tomarla.

—Tendrías que estar en casa, en la cama.

—Están desinfectando el edificio. Un tipo listo dijo que había visto una cucaracha. —Volvió a sonarse y dirigió una mirada de búho a Eve desde detrás de sus pestañas sin maquillaje—. ¿Qué haces aquí?

—He tenido un asunto. Mira, descansa un poco. Te veré más tarde.

—No, quédate. Me estoy aburriendo. —Alargó la mano hasta una botella que contenía un horrible líquido rosa y dio un trago—. Eh, bonita camisa. ¿Te han dado un extra o algo?

—O algo.

—Bueno, siéntate. Iba a llamarte, pero he estado demasiado ocupada destrozándome los pulmones. Era Roarke el que estaba en este estupendo establecimiento la otra noche, ¿no?

—Sí, era Roarke.

—Estuve a punto de desmayarme cuando le vi que se acercaba a tu mesa. ¿Cuál es la historia? ¿Le estás ayudando con algún tema de seguridad o algo?

—Me he acostado con él —dijo Eve. Mavis respondió con un irreprimible ataque de tos.

—Tú… Roarke. —Con ojos llorosos, buscó otro pañuelo—. Dios Santo, Eve, nunca te acuestas con nadie. ¿Y ahora me dices que te has acostado con Roarke?

—Eso no es precisamente exacto. No nos hemos acostado.

Mavis dejó escapar un gemido.

—No os habéis acostado. ¿Cuánto tiempo?

Eve se encogió de hombros.

—No lo sé. Pasé toda la noche. Ocho, nueve horas, supongo.

—Horas. —Mavis lo pronunció con atención—. Y sigues ahí.

—Más o menos.

—¿Es bueno? Una pregunta estúpida —dijo, rápidamente—. Si no lo fuera, no te hubieras quedado. Guau, Eve, ¿qué te dio? ¿A parte de su increíble y enérgica polla?

—No lo sé. Fue algo tonto. —Se pasó una mano por el pelo—. Nunca ha sido así hasta ahora. No creí que fuera capaz… que sería capaz. Simplemente, nunca había sido nada importante y, de repente… mierda.

—Cariño. —Mavis sacó una mano de debajo de la sábana y tomó los dedos tensos de Eve—. Toda tu vida has estado reprimiendo tus necesidades a causa de hechos de los que casi no te acuerdas. Alguien acaba de encontrar la forma de atravesar eso. Tendrías que estar contenta.

—Eso le coloca en el asiento del conductor, ¿no?

—Oh, eso es absurdo —la interrumpió Mavis antes de que Eve pudiera continuar—. El sexo no tiene por qué ser una píldora de poder. Y por supuesto no tiene que ser un castigo. Se supone que es agradable. Y, de vez en cuando, si hay suerte, se convierte en algo especial.

—Quizá sí. —Eve cerró los ojos—. Dios, Mavis, mi carrera está al límite.

—¿De qué estás hablando?

—Roarke está relacionado con un caso en el que estoy trabajando.

—Oh, mierda. —Tuvo que sonarse otra vez—. Supongo que no tienes que arrestarle, ¿no?

—No. —Y más convencida, continuó—: No. Pero si no ato todo esto deprisa, y le hago un bonito lazo, estoy fuera. Estoy acabada. Alguien me está utilizando, Mavis. —Sus ojos se oscurecieron—. Alguien está despejando el camino en una dirección determinada y está tirando piedras en otra. Y no sé por qué. Si no lo descubro pronto, va a costarme todo lo que tengo.

—Entonces vas a tener que descubrirlo, ¿no? —Mavis apretó con afecto la mano de Eve.

Iba a descubrirlo. Eve se lo prometió a sí misma. Eran más de las diez de la noche cuando entró en el vestíbulo de su edificio. Pero no quería pensarlo justo en ese momento y eso no era un crimen. Había tenido que tragarse una reprimenda del jefe por haberse desviado de la versión oficial durante la rueda de prensa.

El apoyo extraoficial del comandante no ayudó a aligerar la situación.

Cuando hubo entrado en el apartamento, comprobó el correo electrónico. Sabía que era tonto, pero tenía la esperanza de encontrar un mensaje de Roarke.

No había ninguno. Pero lo que encontró le puso los pelos de punta.

Era un mensaje con un vídeo y no tenía título. Había sido enviado desde un dominio público. La niña pequeña. El padre muerto. La sangre.

Eve reconoció la grabación oficial de su departamento, la que se había hecho para tener un registro del lugar del asesinato y para justificar la fuerza máxima.

También había un audio. Una grabación que reproducía exactamente su recuerdo de los gritos de la niña. Sus golpes en la puerta. La advertencia, y todo el horror que siguió a eso.

—Hijo de puta —murmuró—. No vas a poder conmigo con esto. No vas a utilizar a esa niña para vencerme.

Pero su mano temblaba al sacar el disco. Y dio un brinco al oír el timbre.

—¿Quién es?

—Hennessy, del apartamento 2D. —El rostro pálido y sincero de su vecino del piso inferior apareció en la pantalla—. Perdone, teniente Dallas. No sabía qué hacer. Tenemos un problema en el apartamento de los Finestein.

Eve suspiró y recordó a la anciana pareja. Unos tranquilos y amistosos adictos a la televisión.

—¿Qué sucede?

—El señor Finestein está muerto, teniente. Se desplomó en la cocina mientras su esposa estaba con unas amigas jugando al dominó chino. Pensé que quizá podría usted bajar un momento.

—Sí. —Suspiró otra vez—. Ahora voy. No toque nada, señor Hennessy, e intente mantener a la gente alejada.

Por una pura cuestión de hábito, mandó aviso de que se había producido una muerte y de que iba a presentarse en el lugar.

Encontró el apartamento tranquilo. La señora Finestein estaba sentada en el sofá de la sala y tenía sus dos pulcras y blancas manos juntas sobre su regazo. Su pelo también era blanco, como una cascada de nieve alrededor de un rostro que había envejecido a pesar de los tratamientos y las cremas anti-edad.

La mujer sonrió amablemente a Eve.

—Siento tanto tener que molestarla, querida.

—No se preocupe. ¿Se encuentra bien?

—Sí, estoy bien. —Sus dulces ojos azules permanecieron fijos en los de Eve—. Era nuestra partida semanal, de las chicas y yo. Cuando volví a casa, le encontré en la cocina. Había estado comiendo pastel de crema. A Joe le gustaban mucho los dulces.

Miró a Hennessy, que estaba de pie y se mostraba incómodo.

—No sabía qué hacer, así que llamé a la puerta del señor Hennessy.

—Está bien. Quédese un momento con ella, por favor —le dijo Eve al señor Hennessy.

El apartamento estaba distribuido como el suyo. Estaba muy limpio a pesar del montón de baratijas y de recuerdos.

Joe Finestein había perdido la vida, y hasta cierto punto la dignidad, ante el florero de centro de la mesa de la cocina. Tenía la cabeza medio dentro, medio fuera de una tarta de crema. Eve le tomó el pulso y no lo encontró. La piel se le había enfriado bastante. Supuso que la muerte se había producido a la una y cuarto, un par de horas de margen.

—Joseph Finestein —dijo, cumpliendo su deber—. Varón, de unos ciento quince años de edad. Ningún signo de entrada forzosa en el apartamento. No hay señales en el cuerpo.

Se inclinó hacia él y observó los ojos fijos y sorprendidos de Joe. Cuando terminó con las notas preliminares, volvió al salón para despedir a Hennessy y para hacerle unas preguntas a la viuda.

Ya era medianoche cuando pudo meterse en la cama. El agotamiento la tenía presa como un bebé ansioso. Sólo deseaba olvidarse de todo, y rezaba por poder hacerlo.

Fuera pesadillas, le ordenó a su subconsciente. Tómate la noche libre.

En cuanto cerró los ojos, el TeleLink de la mesilla de noche sonó.

—Al infierno, seas quien seas —se quejó, pero se envolvió los hombros con la sábana y respondió.

—Teniente —la imagen de Roarke le dirigió una sonrisa—, ¿te he despertado?

—Lo hubieras hecho dentro de cinco minutos. —Eve cambió de postura, inquieta, mientras una interferencia interespacial interrumpía el sonido—. Supongo que llegaste donde tenías que llegar sin problema.

—Sí. Sólo hubo un ligero retraso. Creí que te encontraría antes de que te acostaras.

—¿Por algún motivo en especial?

—Porque me gusta mirarte. —Su sonrisa se desvaneció mientras la observaba—. ¿Qué sucede, Eve?

«¿Por dónde quieres que empiece?», pensó, pero se encogió de hombros.

—Un día muy largo que ha terminado con uno de tus inquilinos dando su último suspiro durante el resopón. Cayó de cara sobre una tarta de crema.

—Supongo que hay formas peores de fallecer. —Giró el rostro y murmuró algo a alguien que se encontraba cerca. Eve vio que una mujer se movía a su lado con rapidez y desaparecía de la vista—. Acabo de despedir a mi ayudante —le explicó—. Quería estar solo para preguntarte si llevas algo puesto debajo de esa sábana.

Ella bajó la vista y arqueó una ceja.

—Me parece que no.

—Entonces, por qué no te la quitas de encima.

—No pienso satisfacer tus lascivas urgencias durante una comunicación interespacial, Roarke. Usa la imaginación.

—Lo hago. Estoy imaginando lo que voy a hacerte la próxima vez que te ponga las manos encima. Te aconsejo que descanses, teniente.

Eve quiso sonreír, pero no pudo.

—Roarke, vamos a tener que hablar cuando vuelvas.

—Eso también podemos hacerlo. La conversación contigo siempre me resulta estimulante, Eve. Duerme un poco.

—Sí, voy a hacerlo. Hasta pronto, Roarke.

—Piensa en mí, Eve.

Roarke cortó la comunicación y se quedó sentado, pensativo, con la vista fija en el monitor apagado. Había algo en sus ojos, pensó. Ya conocía su expresión y era capaz de ver la emoción que ocultaban.

Esa emoción era de preocupación.

Giró sobre la silla y contempló la vista de estrellas que poblaban el espacio. Ella estaba demasiado lejos para que él pudiera hacer nada excepto preocuparse.

Y preguntarse, otra vez, por qué le importaba tanto.

Capítulo trece

*E*ve estudió el informe de la investigación que Feeney había llevado a cabo en los bancos en busca de la caja de seguridad de Sharon DeBlass. Nada. Nada. Nada.

Nada en Nueva York, New Jersey, Connecticut. Nada en Washington Este ni en Virginia.

Seguro que tenía alguna en algún lugar, pensó Eve. Tenía diarios y los tenía en algún lugar donde podía acceder a ellos de forma segura y rápida.

Eve estaba convencida de que en esos diarios se encontraba el motivo del asesinato.

Pero no quería volver a encargarle a Feeney una investigación más extensa sobre eso, así que la empezó ella misma. Empezó en Pennsylvania y continuó hacia el oeste y el norte en dirección a la frontera con Canadá y Quebec. En poco menos del doble de tiempo que hubiera tardado Feeney, llegó al final sin ninguna conclusión.

A partir de ahí siguió hacia el sur, hasta Maryland y desde allí hasta Florida. La máquina empezó a vibrar ruidosamente mientras trabajaba. Eve le gruñó una advertencia y le dio un golpe seco en el teclado. Juró que se atrevería a meterse en el berenjenal de presentar un pedido de solicitud para una máquina nueva si ésta aguantaba otra investigación.

Más por una cuestión de testarudez que de esperanza, realizó una búsqueda en la zona de Midwest, en dirección a las Rockies.

«Eras lista, Sharon —pensó Eve mientras aparecían los resultados negativos—. Demasiado lista para tu propio bien. Seguro que no lo tenías fuera del país ni fuera del planeta. Tendrías que haber pasado por un registro en cada viaje. ¿Por qué tan lejos, a un lugar que hubiera requerido realizar un viaje y presentar documentación? Tú querrías disponer de un acceso inmediato.

»Si tu madre sabía que tenías diarios, es posible que otras personas también lo supieran. Te jactabas de ello porque te gustaba incomodar a la gente. Y sabías que estaban bien guardados.»

«Pero cerca, mierda —pensó Eve. Cerró los ojos y visualizó a esa mujer que ya empezaba a conocer tan bien—. Lo suficientemente cerca para sentir el poder que te daban, utilizarlos, jugar con la gente.»

«Pero no lo habrías hecho tan fácil como para que cualquiera pudiera localizarlos, tener acceso a ellos y malbaratar el juego. Utilizaste un apodo. Alquilaste una caja de seguridad con otro nombre, por si acaso. Y si fuiste tan inteligente para utilizar un apodo, escogiste uno básico, familiar. Uno que no hubiera requerido ninguna explicación.»

Era tan sencillo, pensó Eve mientras realizaba una búsqueda de Sharon Barrister. Tan simple que tanto a ella como a Feeney se les había pasado por alto.

Encontró el premio en el Brinkstone Internationl Bank and Finance, de Newmark, New Jersey.

Sharon Barrister no sólo tenía una caja de seguridad ahí, sino también tenía una cuenta de transacciones en bolsa por un valor de trescientos veintiséis mil dólares.

Sonriente, Eve se comunicó con su ayudante.

—Necesito una orden judicial —anunció.

Tres horas más tarde se encontraba en la oficina del comandante Whitney e intentaba no montar en cólera.

—Tiene otra en algún lugar —insistió Eve—. Y los diarios están ahí.

—Nadie va a conseguir que deje de buscar, ¿no es así, Dallas?

—Exactamente. Así es. —Daba vueltas por la habitación mientras hablaba. Sentía la adrenalina en todo el cuerpo y quería entrar en acción—. ¿Qué vamos a hacer con esto?

Hizo una señal hacia el informe que se encontraba encima del escritorio.

—Ahí está el disco que obtuve de la caja de seguridad y la impresión que hice. Está todo aquí, comandante. Una lista de chantajeados: nombres y cantidades Y el nombre de Simpson está ahí, en perfecto orden alfabético.

—Sé leer, Dallas. —Él refrenó la necesidad de pasarse la mano por la nuca, tensa—. El jefe no es la única persona que se llama Simpson en esta ciudad, y mucho menos en este país.

—Es él. —Eve estaba rabiosa y no sabía hacia dónde canalizar esa rabia—. Ambos lo sabemos. También hay unos cuantos nombres interesantes más. Un gobernador, un obispo católico, una respetada líder de la Organización Internacional de Mujeres, dos policías de rango alto, un ex vicepresidente...

—He visto los nombres —la interrumpió Whitney—. ¿Se da cuenta de en qué posición se encuentra, Dallas? ¿Y de las consecuencias? —Levantó una mano para hacerla callar—. Unas cuantas columnas con algunos nombres y cifras no significan nada. Si esta información sale de esta oficina, todo ha terminado. Usted está acabada, igual que esta investigación. ¿Es eso lo que quiere?

—No, señor.

—Encuentre los diarios, Dallas, y descubra la relación entre Sharon DeBlass y Lola Starr. A partir de ahí veremos por dónde continuar.

—Simpson no está limpio. —Se inclinó sobre el escritorio—. Conocía a Sharon DeBlass. Estaba siendo chantajeado. Y ahora está haciendo todo lo que puede para hacer fracasar la investigación.

—Entonces tendremos que evitarle, ¿no es así? —Whitney depositó el informe en su cajón de seguridad—. Nadie sabe lo que tenemos aquí, Dallas, Ni siquiera Feeney. ¿Está claro?

—Sí, señor. —Eve sabía que debía contentarse con eso, y se dirigió hacia la puerta—. Comandante, me gustaría señalar que hay un nombre ausente en esa lista. Roarke no está en ella.

Whitney la miró a los ojos. Asintió.

—Ya le he dicho, Dallas, que sé leer.

Cuando llegó a su oficina, una parpadeante lucecita la avisó de que tenía un mensaje. Comprobó el correo electrónico y encontró dos llamadas del forense. Impaciente, Eve dejó por un momento lo que tenía y devolvió la llamada.

—Hemos terminado con sus vecinos, Dallas. Tropezó usted con el blanco.

—Oh, mierda. —Eve se pasó las manos por el rostro—. Mándeme los resultados. Los recogeré aquí.

Hetta Finestein abrió la puerta y un olor a lavanda y a levadura de pan casero salió del apartamento.

—Teniente Dallas.

Le dedicó su tranquila sonrisa y dio un paso hacia atrás invitándola a entrar. Dentro, la pantalla emitía un programa de discusión en el cual la audiencia interesada podía presentarse holográficamente y participar en él. Parecían hablar de las ayudas del Estado a las madres profesionales. Justo en ese momento, la pantalla aparecía repleta de madres e hijos de distintos tamaños y opiniones.

—Qué amable de su parte haber venido. He tenido tantas visitas, hoy. Resulta un consuelo. ¿Le apetecen unas galletas?

—Claro —aceptó Eve, y se sintió como una mierda—. Gracias. —Se sentó en el sofá y observó el pequeño y aseado apartamento—. Usted y el señor Finestein tenían una panadería, ¿no es así?

—Oh, sí. —La voz de Hetta le llegó desde la cocina, igual que el sonido de sus ajetreados movimientos—. Hasta hace sólo unos cuantos años. Lo hicimos muy bien. A la gente le gusta la cocina de verdad, ¿sabe usted? Y si puedo decirlo, tengo buena mano con los pasteles y las pastas.

—Cocina usted mucho aquí, en casa.

Hetta entró en la sala con una bandeja de galletas doradas.

—Es uno de mis placeres. Hay demasiada gente que no conoce la alegría que dan unas galletas caseras. Muchos niños nunca han probado el azúcar de verdad. Es horrorosamente caro, por supuesto, pero vale la pena.

Eve eligió una galleta y tuvo que estar de acuerdo.

—Supongo que hizo usted el pastel que su marido estaba comiendo en el momento de su muerte.

—No encontrará nada preparado ni ningún sucedáneo en mi casa —dijo Hetta con orgullo—. Por supuesto, Joe lo engullía todo en cuanto yo lo sacaba del horno. No existe ningún AutoChef en el mercado tan de fiar como el instinto y creatividad de un buen cocinero.

—Hizo usted el pastel, señora Finestein.

La mujer parpadeó y bajó la mirada.

—Sí, yo lo hice.

—Señora Finestein, ¿sabe usted qué fue lo que mató a su marido?

—Sí, lo sé —sonrió levemente—. La glotonería. Le dije que no lo comiera. Se lo remarqué. Le dije que era para la señora Hennessy, la del otro lado del vestíbulo de entrada.

—La señora Hennessy. —Eso hizo avanzar rápidamente las deducciones de Eve—. Usted…

—Por supuesto, yo sabía que él se lo comería de todas formas. En ese sentido, era muy egoísta.

Eve se aclaró la garganta.

—¿Podríamos, eh…, apagar la pantalla?

—¿Qué? Oh, lo siento. —La aturdida anfitriona se llevó ambas manos a las mejillas—. Es de tan mala educación. Estoy tan acostumbrada a tenerla encendida todo el día que ni siquiera me doy cuenta. Eh… programa… no, apagar pantalla.

—Y el audio —dijo Eve, paciente.

—Por supuesto. —Meneó la cabeza con mirada abatida mientras el sonido continuaba—. Es que todavía no me he acostumbrado, desde que cambiamos el mando por el control de voz. Apagar sonido, por favor. Ya está. Mejor.

Esa mujer era capaz de preparar un pastel envenenado, pero no conseguía controlar su televisor, pensó Eve.

—Señora Finestein, no quiero que diga nada hasta que haya leído sus derechos. Hasta que esté segura de que los comprende. No tiene ninguna obligación de realizar una declaración —le dijo Eve mientras Hetta sonreía con amabilidad.

Hetta esperó hasta que Eve hubo terminado.

—No tenía ninguna esperanza de salir inmune de esto. No, en verdad.

—¿Salir inmune de qué, señora Finestein?

—De envenenar a Joe. Aunque… —Hizo un puchero con los labios, como una niña—. Mi nieto es abogado. Un chico muy listo. Creo que me dijo que si yo advertía a Joe, si le advertía explícitamente de que no probara ese pastel, sería más una cuestión de Joe que mía. En cualquier caso —dijo, y esperó con paciencia.

—Señora Finestein, ¿me está usted diciendo que puso cianuro sintético a su pastel de crema con la intención de matar a su marido?

—No, querida. Le estoy diciendo que le puse cianuro con una buena dosis extra de azúcar y que advertí a mi marido de que no lo tocara. «Joe —le dije—. No se te ocurra ni oler ese pastel de crema. Lo preparé especialmente, y no es para ti. ¿Me oyes, Joe?»

Hetta volvió a sonreír.

—Dijo que me oía perfectamente y, justo antes de que me fuera para encontrarme con mis amigas, se lo volví a decir, sólo para asegurarme. «Lo digo de verdad, Joe. Deja en paz ese pastel.» Sabía que se lo comería, a pesar de eso. Pero dependía de él, ¿no es así? Permítame que le hable de Joe —continuó en tono de conversación mientras tomaba la bandeja de galletas y animaba a Eve a que comiera otra. Al ver que Eve dudaba, se rio alegremente—. Oh, cariño, éstas están bien, se lo prometo. Le acabo de dar una docena a ese niño tan guapo de arriba.

Para demostrarlo, escogió una ella misma y la mordió.

—Bueno, ¿por dónde iba? Ah, sí, hablaba de Joe. Es mi segundo marido, ¿sabe? Hemos estado casados cincuenta años, cumplidos en abril. Era un buen compañero y un panadero bastante bueno. Algunos hombres nunca deberían retirarse. Durante los últimos años ha sido bastante difícil vivir con él. Siempre irritado y quejándose, siempre encontraba algo mal. Y nunca se ensuciaba los dedos de harina. Pero tampoco dejaba pasar una tarta de almendras intacta.

A Eve le pareció sensato esperar un momento antes de hablar.

—Señora Feinstein, ¿le envenenó porque comía demasiado?

Las sonrosadas mejillas de la señora Feinstein se elevaron con una sonrisa.

—Eso es lo que parece. Pero es más profundo. Es usted tan joven, querida, y no tiene usted familia, ¿verdad?

—No.

—La familia es una fuente de comodidad y también una fuente de irritación. Nadie de fuera es capaz de comprender qué sucede en la intimidad de un hogar. Joe no era un hombre fácil con quien vivir y, me temo, aunque me sabe mal hablar mal de los muertos, había desarrollado malos hábitos. Había descubierto que sentía mucho placer en molestarme, en boicotear mis pequeños placeres. ¿Por qué si no se comió el mes pasado la mitad del pastel Torre de Placer que yo había preparado con motivo del Concurso Internacional Betty Crocker? Entonces me dijo que estaba demasiado seco. —Su tono de voz era de enfado—. ¿Se lo puede usted imaginar?

—No —dijo Eve sin energía—. No puedo.

—Bueno, pues lo hizo solamente para hacerme enfurecer. Era su forma de demostrar poder, ¿sabe? Así que preparé ese pastel, le dije que no lo tocara y me fui a jugar al dominó chino con mis amigas. No me sorprendí en absoluto cuando volví y me di cuenta de que no me había hecho caso. Era un glotón, ya lo ve. —Hizo un gesto con la galleta todavía en la mano antes de llevársela a la boca—. Es uno de los siete pecados capitales, la gula. Parece apropiado que haya muerto por haber pecado. ¿Seguro que no quiere otra galleta?

Verdaderamente, el mundo estaba loco, decidió Eve, si las ancianas envenenaban los pasteles de crema. Y, pensó, con sus tranquilos y anticuados modales de abuela, seguramente la mujer acabaría siendo absuelta.

Y si la encerraban, seguro que trabajaría en las cocinas y cocinaría alegremente pasteles para las otras internas.

Eve completó el informe, tomó una cena rápida en la cafetería y volvió a trabajar en el caso.

Justo había acabado con la mitad de los bancos de Nueva York cuando le llegó una llamada.

—Sí, Dallas.

Por toda respuesta apareció una imagen en la pantalla. Una mujer muerta, colocada de forma demasiado familiar encima de unas sábanas empapadas de sangre.

TRES DE SEIS

Leyó el mensaje colocado encima del cuerpo y lanzó un gruñido al ordenador.

—Busca la dirección. Ahora mismo, maldita sea.

El ordenador obedeció y Eve mandó el aviso.

—Dallas, teniente Eve, identificación 5347BQ. Prioridad A. Todas las unidades disponibles hacia el 156 de la Ochenta y nueve Oeste, apartamento 2.119. Que nadie entre. Repito, que nadie entre. Detengan a toda persona que entre o salga del edificio. Que nadie entre en ese apartamento, ni de uniforme ni civil. Tiempo aproximado de llegada, diez minutos.

«Copia, Dallas, teniente Eve —el androide que hacía el turno habló con frialdad y sin prisa—. Unidades cinco cero y tres seis responden. Esperan su llegada. Prioridad A. Informe mandado.»

Agarró su bolso y su maletín de trabajo y salió.

Eve entró sola en el apartamento con el arma en la mano y preparada para disparar. El salón estaba aseado y tenía un aspecto casi casero, repleto de gruesas almohadas y de alfombras con flecos. Encima del sofá había un libro y se veía hundido, lo cual indicaba que alguien había pasado algún tiempo acurrucado allí, leyendo. Con el ceño fruncido, se dirigió a una puerta que había detrás de él.

La pequeña habitación estaba habilitada como oficina. Una estación de trabajo estaba completamente ordenada y mostraba algunos detalles personales: un cesto con flores de seda perfumadas, un cuenco lleno de caramelos y un tazón blanco y brillante con un corazón rojo pintado.

La estación de trabajo se encontraba de cara a la ventana, y ésta de cara a la pared vertical del edificio de enfrente. Pero nadie se había preocupado de poner unas cortinas. En una pared había un ordenado estante que contenía algunos libros más, una gran bandeja para discos, otra para los informes, unos cuantos lápices de grafito y unos cuadernos reciclados. En el medio se veía un bulto torcido de barro cocido que debía de haber sido un caballo y, seguro, estaba hecho por un niño.

Eve salió de la habitación y fue hasta la puerta de enfrente.

Sabía qué iba a encontrar. Su cuerpo no reaccionó. La sangre todavía estaba muy fresca. Con un ligero suspiro, enfundó el arma. Sabía que se encontraba sola con la muerta.

Tocó el cuerpo con las manos protegidas por el espray. No había tenido tiempo de enfriarse.

Estaba colocado de forma estudiada encima de la cama y el arma se encontraba situada entre las piernas abiertas.

A Eve le pareció que era una Ruger P-90, una brillante arma de combate que había sido popular como arma casera de defensa durante la Revolución Urbana. Ligera, compacta y totalmente automática.

Esta vez no había utilizado el silenciador. Pero Eve estaba casi completamente segura de que la habitación estaba insonorizada. Y de que el asesino lo sabía.

Eve se dirigió hacia el femenino vestuario circular y abrió un pequeño bolso de arpillera, de los que en esos momentos estaban de moda. Dentro de él encontró la licencia de acompañante de la mujer.

Una mujer guapa, pensó. Una sonrisa bonita, una mirada directa, una piel de un impresionante tono de café con leche.

—Georgie Castle —recitó Eve para el registro—. Hembra.

Edad, cincuenta y tres. Acompañante con licencia. La muerte se ha producido probablemente entre las siete y las siete cuarenta y cinco de la tarde. Causa de la muerte, heridas de bala. Confirmación pendiente del examen forense. Tres puntos visibles de violencia: frente, a mitad del pecho, genitales. Probablemente producidos por una antigua arma de combate que ha sido dejada en la escena del crimen. No hay signos de lucha, no hay indicios de entrada forzosa ni de robo.

Eve se sobresaltó y dio media vuelta inmediatamente al oír un ligero sonido a sus espaldas. Se agachó y escudriñó a su alrededor. Vio un gordo gato gris que se acababa de colar en la habitación.

—Dios, ¿de dónde sales? —Exhaló un profundo y largo suspiro de alivio y volvió a enfundar el arma—. Hay un gato —añadió para el registro.

Le pareció que el animal le hacía un guiño. Tenía un ojo dorado y uno verde. Eve se agachó y lo tomó entre los brazos. El ronroneo del animal pareció el sonido de un motor bien engrasado. Se acomodó al animal entre los brazos para dejarse una mano libre y, sacando el comunicador, llamó a un equipo de homicidios.

Al cabo de poco tiempo Eve se encontraba en la cocina y observaba cómo el gato olía con delicado desdén el cuenco de comida que había conseguido ponerle. De repente, oyó voces al otro lado de la puerta del apartamento.

Fue a ver qué sucedía y se encontró al agente de vigilancia que intentaba detener a una mujer frenética y decidida.

—¿Qué sucede, oficial?

—Teniente. —Con una expresión evidente de alivio, el agente se dirigió a su superior—. La civil quiere entrar. Estaba…

—Por supuesto que quiero entrar. —Su oscuro y rojizo

pelo, de un corte perfecto, se arremolinaba a cada esforzado movimiento por librarse del agente—. Ésta es la casa de mi madre. Quiero saber qué están ustedes haciendo aquí.

—¿Y su madre es? —la interrumpió Eve.

—La señora Castle. La señora Georgie Castle. ¿Ha forzado alguien la puerta? —La furia dio paso a la preocupación mientras intentaba pasar al lado de Eve—. ¿Está bien? ¿Mamá?

—Venga conmigo. —Eve la tomó del brazo con firmeza y la llevó dentro, a la cocina—. ¿Cómo se llama usted?

—Samantha Bennett.

El gato dejó el cuenco de comida y se dirigió hacia ella para frotarse contra las piernas de Samantha. Con un gesto que a Eve le pareció habitual y automático, Samantha se inclinó para rascar la cabeza del gato.

—¿Dónde está mi madre? —Ahora que la preocupación se convertía en miedo, la voz de Samantha sonaba insegura.

No había ningún otro aspecto del trabajo al que Eve tuviera tanto temor como ése. No había ningún aspecto del trabajo de un policía que le rasgara el corazón de forma tan cruel.

—Lo siento, señorita Bennett. Lo siento mucho. Su madre está muerta.

Samantha no dijo nada. Su mirada, del mismo cálido tono dorado que el de su madre, se nubló.

—Es un error —consiguió decir—. Tiene que ser un error. Nos vamos al cine. A la sesión de las nueve. Siempre vamos al cine los martes. —Miró a Eve con una expresión de desesperada esperanza en los ojos—. No puede estar muerta. No tiene ni cincuenta años y es una mujer saludable. Es fuerte.

—No es ningún error. Lo siento.

—¿Ha habido un accidente? —Ahora tenía los ojos inundados de lágrimas—. ¿Ha tenido un accidente?

—No ha sido un accidente. —Sólo había una forma de hacerlo—. Su madre ha sido asesinada.

—No, eso es imposible. —Las lágrimas continuaban fluyendo de sus ojos. Pero habló a pesar de ello, mientras negaba con la cabeza—. Todo el mundo la quería. Todo el mundo. Nadie le hubiera hecho daño. Quiero verla. Quiero verla ahora.

—No puedo permitírselo.

—Es mi madre. —Las lágrimas le cayeron sobre el regazo, pero elevó la voz—. Tengo derecho a verla. Quiero ver a mi madre.

Eve puso las manos en los hombros de Samantha y la obligó a volver a sentarse en la silla de la cual se había levantado.

—No va usted a verla. Eso no la ayudaría a ella. Tampoco la ayudaría a usted. Lo que va usted a hacer es contestar a mis preguntas, lo cual va a ayudarme a mí a encontrar al que le ha hecho eso a su madre. ¿Ahora, quiere que haga algo por usted? ¿Quiere que llame a alguien?

—No. No. —Samantha rebuscó en su bolso hasta que encontró un pañuelo—. Mi marido, mis hijos. Tengo que decírselo. Mi padre. ¿Cómo se lo voy a decir.

—¿Dónde está su padre, Samantha?

—Vive… vive en Westchester. Se divorciaron hace dos años. Él se quedó con la casa porque ella quiso mudarse a la ciudad. Quería escribir libros. Quería ser escritora.

Eve tomó la jarra de agua filtrada, llenó un vaso y se lo dio a Samantha.

—¿Sabía usted cómo se ganaba la vida su madre?

—Sí. —Samantha apretó los labios y apretó el empapado pañuelo entre los dedos—. Nadie pudo convencerla de que lo dejara. Siempre se reía y decía que había llegado el momento de que hiciera algo escandaloso y que eso era una estupenda investigación para sus libros. Mi madre —Samantha se interrumpió para beber— se casó muy joven. Hace unos años dijo que necesitaba continuar hacia delante, ver qué podía encontrar. No pudimos convencerla en ningún sentido. Nadie podía convencerla nunca de nada.

Empezó a llorar otra vez. Se tapó la cara con las manos y lloró en silencio. Eve tomó el vaso de agua todavía casi lleno y esperó. Dejó que la primera oleada de dolor pasara.

—¿Fue un divorcio difícil? ¿Estaba enfadado su padre?

—Desconcertado. Confundido. Triste. Quería que volviera y siempre decía que era solamente una de sus fases. Él… —La pregunta implícita en esa pregunta la golpeó con fuerza. Bajó las manos—. Él nunca le haría daño. Nunca, nunca, nunca. Él la amaba. Todo el mundo la amaba. Uno no podía evitarlo.

—De acuerdo. —Eve ya se encargaría de eso más tarde—. ¿Mantenían usted y su madre una relación estrecha?

—Sí, muy estrecha.

—¿Le hablaba alguna vez de sus clientes?

—A veces. Eso me incomodaba, pero ella había encontrado una forma de hacerlo que resultaba descaradamente divertida. Ella era capaz de hacer esas cosas. Se refería a su trabajo como «sexo de abuelita» y uno tenía que reírse.

—¿Le habló alguna vez de alguien que la hiciera sentir incómoda?

—No. Ella manejaba bien a la gente. Formaba parte de su encanto. Iba a continuar haciendo eso sólo hasta que publicara su primer libro.

—¿Mencionó alguna vez los nombres de Sharon De-Blass o de Lola Starr?

—No. —Samantha empezó a apartarse el cabello de la cara y se detuvo repentinamente—. Starr, Lola Starr. Lo escuché, en las noticias. Oí lo que dijeron de ella. Fue asesinada. Oh, Dios. Oh, Dios. —Bajó la cabeza y el pelo volvió a cubrirle el rostro.

—Voy a hacer que un agente la lleve a casa, Samantha.

—No puedo marcharme. No puedo dejarla.

—Sí, puede. Yo voy a cuidar de ella. —Eve tomó las manos de Samantha—. Le prometo que yo cuidaré de ella. Venga conmigo ahora. —Con amabilidad, ayudó a Samantha a ponerse en pie. Le pasó un brazo alrededor de la cintura y la condujo hasta la puerta. Quería que ella estuviera fuera de allí antes de que el equipo hubiera terminado con la habitación—. ¿Está su esposo en casa?

—Sí. Está en casa con los niños. Tenemos dos hijos. Uno de dos años y otro de seis meses. Tony está en casa con ellos.

—Bien. ¿Cuál es su dirección?

La conmoción iba pasando. Eve deseó que la insensibilidad a la que la mujer parecía ir sucumbiendo la ayudase finalmente. Samantha indicó una dirección de los barrios altos en Westchester.

—Oficial Banks.

—Sí, teniente.

—Lleve a la señora Bennett a casa. Llamaré a otro oficial para que vigile la puerta. Quédese con la familia mientras le necesite.

—Sí, señor. —Con gesto compasivo, Banks condujo a Samantha hacia los ascensores—. Por aquí, señora Bennett, murmuró.

Samantha se apoyó en Banks.

—¿Cuidará usted de ella?

Eve miró a Samantha a los ojos.

—Se lo prometo.

Una hora más tarde, Eve entró en la comisaría con un gato bajo el brazo.

—Eh, teniente, ha atrapado a un gato ladrón.

El sargento que se encontraba tras la mesa se rio de su propio chiste.

—Es usted una fuente de humor, Riley. ¿Está ahí todavía el comandante?

—La está esperando. Tiene usted que ir a verle inmediatamente. —Se adelantó para acariciar al ronroneante gato—. ¿Se ha tropezado con otro homicidio?

—Sí.

Oyó el sonido de un beso tirado al aire y, al mirar a su alrededor, vio a un detenido que llevaba un mono de tejido elástico.

—Ésa es una encantadora invitación —murmuró ella.

Él se abrió la bragueta y le enseñó su masculinidad. Eve arqueó una ceja.

—Oh, mira gatito. Un pequeño, pequeño pajarito. —Sonrió y se inclinó un poco hacia delante—. Más vale que lo cuides, imbécil, o quizá mi gatito lo confunda con un minúsculo ratoncito y te lo muerda.

Eve se sintió mejor al comprobar que había acabado con su orgullo y alegría mientras se cerraba la bragueta. El buen humor le duró casi hasta que llegó al ascensor y ordenó ir al piso del comandante Whitney.

Éste se encontraba esperándola, con Feeney y con el informe que ella le había mandado directamente desde la escena del crimen. Cumpliendo con la monotonía del trabajo policial, volvió a repetirlo todo de viva voz.

—Así que éste es el gato —dijo Feeney.

—No tuve estómago para dejárselo a la hija en el estado en que se encontraba en ese momento. —Eve se encogió de hombros—. Y tampoco podía dejarle allí. —Alargó la mano que le quedaba libre hasta el bolso—. Los discos. Está todo etiquetado. He buscado en sus citas. La última del día fue a las seis y treinta. John Smith. El arma. —Depositó la bolsa que contenía el arma encima del escritorio del comandante Whitney—. Parece una Ruger P 90.

Feeney echó un vistazo y asintió con la cabeza.

—Estás aprendiendo, niña.

—He estado empollando.

—A primera hora del 21, probablemente a las ocho o a

las nueve —empezó Feeney mientras observaba el arma que tenía entre las manos—. En excelente estado. El número de serie está intacto. No será difícil rastrearla —añadió—, aunque él es demasiado listo para utilizar un arma registrada.

—Rastréela —ordenó Whitney, e hizo un gesto hacia la unidad auxiliar al otro lado de la habitación—. He colocado vigilancia en su edificio, Dallas. Si intenta llevarle otro disco, le descubrirán.

—Si se mantiene fiel al procedimiento, lo hará dentro de veinticuatro horas. De momento ha mantenido esa forma de actuación, aunque cada una de las víctimas es de una tipología distinta: DeBlass es el atractivo, la sofisticación; Starr es la frescura y la juventud; ésta es la comodidad, la madurez.

—Todavía estamos interrogando a los vecinos, y voy a hablar otra vez con la familia, a indagar en el divorcio. Me parece que aceptó a este tipo en un impulso momentáneo. Tenía una cita con su hija cada martes. Me gustaría que Feeney mirara en su TeleLink si hay alguna llamada directa a su hija. No vamos a poder esconder todo esto a los medios, comandante. Y esta vez, va a ser duro.

—Ya he empezado a trabajar en mantener el control de los medios.

—Es posible que sea más difícil de lo que nos pensamos. —Feeney levantó la vista del terminal. Miró a Eve y ésta sintió que se le helaba la sangre.

—El arma del asesinato está registrada. Se compró en una subasta no presencial en Sotheby, el otoño pasado. Roarke.

Eve no dijo nada durante un instante. No se preocupó de hacerlo.

—Esto rompe el esquema —consiguió decir—. Y es tonto. Roarke no es un hombre tonto.

—Teniente…

—Es un plan, comandante. Un plan obvio. En una subasta no presencial. Cualquier aficionado de segunda clase podría participar con la identificación de alguien. ¿Cómo se pagó? —preguntó a Feeney.

—Tengo que ver los registros de Sotheby mañana, cuando abran.

—Apuesto a que fue en metálico, una transferencia electrónica. La casa consigue su dinero, ¿por qué debería cuestionarlo? —Su voz sonaba tranquila, pero tenía la cabeza acelerada—. Y la entrega. Apuesto a que se realizó en una estación electrónica de recogida. No hace falta una identificación en una estación electrónica de recogida, sólo hay que marcar el código de entrega.

—Dallas —dijo Whitney con tono de paciencia—. Tráigale para interrogarle.

—No puedo.

Él la miró directamente a los ojos, con frialdad.

—Es una orden directa. Si tiene usted algún problema privado, aplácelo hasta su tiempo privado.

—No puedo traerle —repitió ella—. Se encuentra en la estación espacial Estrella de la Libertad. A buena distancia de la escena del crimen.

—Si dijo que estaría en la Estrella de la Libertad…

—No lo hizo —interrumpió ella—. Y ahí es donde el asesino se ha equivocado. El viaje de Roarke es confidencial, sólo hay unas pocas personas que lo saben. Para la mayoría de gente, él se encuentra aquí en Nueva York.

El comandante Whitney ladeó la cabeza.

—Entonces será mejor que comprobemos su localización. Ahora.

Eve sintió un retortijón en el estómago al conectar el TeleLink. Al cabo de unos segundos, escuchó la remilgada voz de Summerset.

— Summerset, aquí el teniente Dallas. Tengo que comunicarme con Roarke.

—Roarke se encuentra reunido, teniente. No puede ser interrumpido.

—Maldita sea, él le dijo que me comunicara con él cuando se lo pidiera. Es un tema policial. Deme su número de acceso o voy a ir hasta allí y le daré una patada en el culo por obstruir la acción de la justicia.

Summerset adoptó una expresión pensativa.

—No estoy autorizado a dar esos datos. Pero voy a comunicarla con él. Por favor, espere un momento.

Eve sintió que las palmas de la mano empezaban a sudarle mientras la pantalla se ponía de color azul. Se preguntó de quién era la idea de poner esa música dulzona. Ciertamente, no de Roarke. Él tenía demasiada clase.

Oh, Dios, ¿qué iba a hacer ella si él no estaba donde dijo que estaría?

El azul de la pantalla se replegó en un círculo diminuto que, al volver a abrirse, mostró el rostro de Roarke. Se le veía una expresión impaciente en la mirada, aunque su rostro mostraba media sonrisa.

—Teniente, me ha pillado en un mal momento. ¿Puedo llamarla más tarde?

—No. —Eve vio por el rabillo del ojo que Feeney estaba intentando localizar la localización de la transmisión—. Necesito verificar su localización.

—¿Mi localización? —Frunció el ceño. Eve intentó mantener la expresión del rostro tan suave e impenetrable como pudo, pero él debió de ver algo en ella—. ¿Qué sucede, Eve? ¿Qué ha pasado?

—Su localización, Eve. Por favor, verifique.

Él se quedó en silencio, observándola. Eve oyó que alguien hablaba con él. Él hizo un gesto para despedirlo.

—Me encuentro en medio de una reunión en la sala presidencial de la estación Estrella de la Libertad, que se encuentra en el cuadrante seis, Alpha. Panorámica —ordenó, y el TeleLink intergaláctico realizó una panorámica de la habitación. Había una docena de hombres y mujeres sentados alrededor de una mesa grande y circular.

Una larga pared circular se abría en una amplia ventana ante las estrellas y, al fondo, el perfecto globo azul verdoso de la tierra.

—Localización de la transmisión confirmada —dijo Feeney en voz baja—. Está donde afirma estar.

—Roarke, por favor, póngase en modo privado.

Sin cambiar de expresión, él se llevó el auricular al oído.

—¿Sí, teniente?

—Un arma que se encuentra registrada con su nombre ha sido hallada en la escena de un crimen. Debo pedirle que venga para ser interrogado tan pronto como pueda. Puede usted traer a su abogado. Le aconsejo que venga con su abogado —añadió, con la esperanza de que él comprendiera el énfasis que ponía en ello—. Si no viene durante las próximas cuarenta y ocho horas, la guardia de la estación le escoltará hasta la Tierra. ¿Comprende usted sus obligaciones y derechos en este tema?

—Por supuesto. Voy a prepararlo todo. Adiós, teniente.

La pantalla se fundió en un color negro.

Capítulo catorce

A la mañana siguiente, Eve, más impresionada de lo que quería admitir, entró en la oficina de la doctora Mira. Ante la invitación de la doctora, tomó asiento y juntó las manos para disimular el temblor en ellas.

—¿Ha tenido tiempo de realizar el perfil?

—Lo pidió usted urgente. —Por supuesto, Mira había estado despierta casi toda la noche, leyendo informes y poniendo en práctica su entrenamiento y su capacidad de diagnosis psíquica para construir un perfil—. Me gustaría tener más tiempo para trabajar en esto, pero puedo ofrecerle una aproximación general.

—De acuerdo. —Eve se inclinó hacia delante—. ¿Cómo es él?

—Él es casi completamente correcto. Los crímenes de esta clase no acostumbran a ser cometidos por personas del mismo sexo. Es un hombre, con una inteligencia superior a la media, con tendencias sociopáticas y de *voyeur*. Es atrevido, pero no arriesgado, aunque es probable que se crea serlo.

Mira cruzó las piernas y las manos con un elegante gesto característico.

—Sus crímenes están bien planificados. El hecho de si tiene o no relación sexual con sus víctimas es meramente secundario. Su placer y satisfacción proviene de la selección, la preparación y la ejecución.

—¿Por qué prostitutas?

—Control. El sexo es control. La muerte es control. Y él necesita controlar a la gente, las situaciones. El primer asesinato fue, probablemente, un impulso.

—¿Por qué?

—Porque la violencia del acto le pilló desprevenido, su propia capacidad de soportar la violencia. Tuvo un reflejo, un extraño movimiento, una agitación en la respiración, cierto temblor. Se recuperó de ello, se protegió sistemáticamente. No quiere que le atrapen, pero quiere, necesita, que le admiren, que le teman. Por eso las grabaciones.

—Utiliza armas de coleccionista —continuó con el mismo tono de voz moderado— porque representan un símbolo de dinero. De nuevo, el tema del poder y del control. Las deja en la escena para que se vea que él es un hombre único. Aprecia la violencia de las pistolas y el aspecto impersonal de ellas. Matar desde una distancia cómoda, la frialdad de ese acto. Ha tomado una decisión acerca del número de asesinatos para demostrar que es un hombre organizado y preciso. Es ambicioso.

—¿Es posible que tenga el nombre de las seis personas pensados desde el principio? ¿Seis objetivos concretos?

—La única relación verificada entre las tres víctimas es su profesión —empezó Mira, y se dio cuenta de que Eve había llegado a la misma conclusión aunque quería confirmarla—. Lo que él decidió es la profesión. Yo soy de la opinión de que las mujeres son accidentales. Es probable que él tenga una posición de alto nivel, ciertamente una de responsabilidad. Si tiene una compañera, ésta seguro que es servil. Tiene una pobre opinión de las mujeres. Las rebaja y las humilla después de muertas para demostrar su desagrado y su superioridad. No siente que eso sea un crimen, sino una demostración de poder personal, un signo de afirmación personal.

—La prostitución, masculina o femenina, para algunas mentalidades es una profesión baja. Las mujeres no son sus iguales; una prostituta se encuentra por debajo, incluso aunque las utilice para su propio placer. Él disfruta con su trabajo, teniente. Disfruta mucho.

—¿Se trata de un trabajo o de una misión?

—No tiene una misión. Sólo ambición. No es una cuestión de religión, tampoco una afirmación moral ni una postura social.

—No, es una afirmación personal, una afirmación de control.

—Estoy de acuerdo —dijo Mira, complacida con la rapidez de la mente de Eve—. Para él es interesante, es una nueva y fascinante afición que acaba de descubrir. Es un hombre peligroso, teniente, no sólo porque no tiene ningún tipo de conciencia, sino porque es bueno en lo que hace. Y se alimenta de su éxito.

—Se detendrá a la sexta —murmuró Eve—. Con este método. Pero encontrará otra manera de matar. Tiene demasiado orgullo para no cumplir su palabra, pero le está gustando demasiado esta afición para abandonar.

Mira ladeó la cabeza.

—Teniente, parece que haya leído usted mi informe. Creo que ha empezado usted a comprenderle bastante bien.

Eve asintió con la cabeza.

—Sí, pieza por pieza. —Había una pregunta que tenía que hacer, una que se había hecho durante toda esa larga noche de insomnio—. ¿Es posible que, para protegerse a sí mismo, haya pagado a alguien para matar a sus víctimas mientras él busca la compañía de alguien que pueda servirle de testigo?

—No. —La mirada de Mira mostró compasión al notar la expresión de alivio de Eve—. En mi opinión, él necesita estar ahí. Verlo, grabarlo y, sobretodo, experimentarlo. No encuentra satisfacción si lo delega. Tampoco cree que usted sea más lista que él. Le gusta verla sudar, teniente. Es un observador de la gente y creo que se ha centrado en usted desde el momento en que supo que estaba al frente de la investigación. La está estudiando y sabe que a usted no le da igual. Para él, ésa es una debilidad que puede explotar, y lo hace mostrándole los asesinatos, no en su puesto de trabajo, sino en su domicilio.

—Él mandó el último disco. Estaba en el correo de la mañana, y había sido enviado desde el centro de la ciudad una hora después del asesinato. Tenemos vigilado mi edificio. Supongo que él debió de habérselo imaginado y encontró una forma de esquivar la vigilancia.

—Es un provocador nato. —Mira le dio un disco a Eve y una copia del perfil preliminar—. Es un hombre inteligente y maduro. Lo suficientemente maduro para refrenar sus impulsos, un hombre de recursos y de imaginación. Raramente muestra sus emociones. Tiene inteligencia y, como dijo usted, vanidad.

—Le agradezco que haya hecho usted esto con tanta rapidez.

—Eve —dijo Mira antes de que Eve se levantara—. Quiero añadir algo. El arma que fue dejada en el último asesinato. El hombre que ha cometido esos crímenes no cometería un error tan tonto como para dejar un arma que pudiera ser rastreada. El diagnóstico ha rechazado esa posibilidad en un 93,4 por ciento.

—Pero estaba allí —dijo Eve—. Yo misma la puse en la bolsa.

—Estoy segura de que él quería que usted lo hiciera. Es probable que se haya divertido implicando a alguien más para empantanar las cosas, para minar el proceso de investigación. Y es posible que haya escogido a esa persona en particular para preocuparla a usted, para distraerla, incluso para herirla. He incluido esto en el informe. Personalmente, quiero decirle que me preocupa el interés que demuestra en usted.

—Ya me ocuparé de que él sienta una mayor preocupación por mi interés en él. Gracias, doctora.

Eve fue directamente a la oficina de Whitney para entregar el perfil psiquiátrico. Si había habido suerte, Feeney habría verificado sus sospechas acerca de la compra y la entrega del arma del crimen.

Y si ella estaba en lo cierto, y tenía que creer que lo estaba, eso y el informe de Mira descartarían a Roarke.

Por la forma en que Roarke la había mirado, por la forma en que su mirada la había penetrado, Eve sabía que sus deberes profesionales habían destruido cualquier lazo personal que hubieran podido crear.

Todavía estuvo más segura de eso al llegar a la oficina y encontrar a Roarke en ella.

Debió de haber utilizado un transporte privado, pensó Eve. No habría sido posible que llegara tan pronto a través de los canales normales. Él se limitó a inclinar la cabeza y no dijo nada. Ella atravesó la habitación para darle al comandante Whitney el disco y el informe

—El perfil de la doctora Mira.

—Gracias, teniente. —Miró a Roarke a los ojos—. La teniente Dallas le conducirá a la sala de entrevistas. Le agradecemos mucho su cooperación.

Él tampoco dijo nada. Simplemente se levantó y esperó a que Eve se dirigiera a la puerta.

—Tiene usted derecho a tener a su abogado aquí —empezó ella mientras llamaba al ascensor.

—Lo sé. ¿Se me acusa de algún crimen, teniente?

—No. —Maldiciéndole mentalmente, Eve entró en el ascensor y ordenó ir al área B—. Es sólo un procedimiento estándar. —Él continuó en silencio. Eve deseaba gritar—. Mierda. No tengo elección en esto.

—¿No la tiene usted? —murmuró él mientras salía del ascensor, delante de ella, después de que se abrieran las puertas.

—Es mi trabajo.

Las puertas de las sala de entrevistas se abrieron y se cerraron detrás de ellos. Cualquier ladronzuelo sabía que allí todas las paredes tenían cámaras de vigilancia escondidas. Eve se sentó ante una pequeña mesa y esperó a que él se sentara delante de ella.

—Todo esto está siendo grabado. ¿Comprende usted?

—Sí.

—Teniente Dallas. Número de identificación 5347BQ. Entrevistadora. Sujeto: Roarke. Día y hora inicial. El sujeto ha rechazado la presencia de un abogado. ¿Es eso correcto?

—Sí, el sujeto ha rechazado la presencia de un abogado.

—¿Conoce usted a la acompañante con licencia Georgie Castle?

—No.

—¿Ha estado usted en el 156 de la calle Ochenta y nueve Oeste?

—No, creo que no.

—¿Posee usted una Ruger P 90, un arma automática de combate de alrededor del 2005?

—Es probable que tenga un arma de ese tipo y período. Tendría que comprobarlo para estar seguro. Pero, para ayudar a la argumentación, diré que sí.

—¿Cuándo compró usted el arma mencionada?

—También tendría que comprobarlo. —En ningún momento parpadeó. Tampoco apartó los ojos de los de ella—. Tengo una colección grande, y no recuerdo los detalles de ella de memoria ni tampoco los llevo en mi agenda de bolsillo.

—¿Compró usted el arma mencionada en Sotheby?

—Es posible. A menudo obtengo las adquisiciones para mi colección en las subastas.

—¿Subastas no presenciales?

—De vez en cuando.

Eve sintió un nudo en el estómago.

—¿Obtuvo usted el arma mencionada en una subasta no presencial en Sotheby el 2 de octubre del año pasado?

—Roarke sacó su agenda del bolsillo y buscó la fecha.

—No, no tengo una entrada de eso. Parece que me encontraba en Tokio en esa fecha, en varias reuniones. Puede usted verificarlo con facilidad.

Maldita sea, maldita sea. Sabes que eso no es una respuesta.

—A menudo se utiliza a representantes en las subastas.

—Es verdad. —La miró con frialdad y guardó la agenda de nuevo—. Si pregunta en Sotheby, le dirán que yo no utilizo representantes. Cuando decido adquirir algo es porque lo he visto. Con mis propios ojos. Me gusta juzgar por mí mismo. Si decido, y cuando decido, presentar una oferta, es algo que hago personalmente. En una subasta no presencial, lo haría a través de TeleLink.

—¿No es también tradicional utilizar un método de oferta electrónico o un representante autorizado para llegar a cierto nivel?

—No me interesan demasiado las tradiciones. El hecho es que podría cambiar de opinión acerca de si quiero algo. Por cualquier motivo podría dejar de resultarme atractivo.

Eve comprendió el significado que se ocultaba tras esa afirmación e intentó aceptar que él había acabado con ella.

—El arma mencionada, registrada a su nombre y comprada en una subasta no presencial en Sotheby en octubre del año pasado, ha sido utilizada para asesinar a Georgie Castle a las 19:30, aproximadamente, de ayer por la tarde.

—Usted y yo sabemos que yo no estaba en Nueva York a las 19:30 de ayer por la tarde. —Le observó el rostro—. Rastreó la transmisión, ¿no es así?

Ella no contestó. No pudo.

—Su arma fue encontrada en la escena del crimen.

—¿Ha sido decidido que es mía?

—¿Quién tiene acceso a su colección?

—Yo. Solamente yo.

—¿Sus empleados?

—No. Si lo recuerda usted, teniente, mis vitrinas están cerradas. Sólo yo tengo el código.

—Los códigos pueden romperse.

—Improbable, pero posible —asintió él—. De todas formas, a no ser que se utilice la huella de mi mano para entrar, cualquier vitrina que sea abierta con el método que sea dispara una alarma.

Mierda, dame una vía. ¿No se daba cuenta de que le estaba rogando, de que estaba intentando salvarle?

—Las alarmas pueden ser desactivadas.

—Cierto. Pero si se abre cualquiera de las vitrinas sin mi autorización, todas las entradas a la sala se cierran automáticamente. No hay forma de salir, e inmediatamente los vigilantes reciben un aviso. Le puedo asegurar, teniente, que está a prueba de todo. Soy partidario de proteger lo que es mío.

Eve levantó la vista en el momento en que Feeney entró. Éste hizo un gesto con la cabeza y ella se levantó.

—Discúlpeme.

Cuando la puerta se hubo cerrado detrás de ellos, Feeney introdujo las manos en los bolsillos.

—Tú lo dijiste, Dallas. Oferta electrónica, pago en efectivo, recogida en una estación electrónica. El directivo encontrado en Sotheby afirma que éste es un procedimiento no habitual en Roarke. Él siempre se presenta en persona o en comunicación directa por TeleLink. Nunca lo ha hecho de esta forma en los quince años que lleva trabajando con ellos.

Eve se permitió un suspiro de alivio.

—Esto coincide con las declaraciones de Roarke. ¿Qué más?

—He realizado una comprobación en los registros. La Ruger sólo aparece en los libros a nombre de Roarke desde hace una semana. No hay forma de que podamos atribuírsela a él. El comandante dice que le soltemos.

Eve no podía permitirse sentirse aliviada. Todavía no. Así que se limitó a asentir con la cabeza.

—Gracias, Feeney.

Volvió a la sala.

—Puede usted marcharse.

Él se puso en pie y ella dio un paso hacia atrás para abrir la puerta.

—¿Y ya está?

—No tenemos motivos, en este momento, para retenerle ni molestarle más.

—¿Molestarme? —Caminó hasta ella y la puerta se cerró detrás de él—. ¿Así es como lo califican? ¿Una molestia?

Eve se dijo que él tenía derecho a estar enfadado, a sentir esa amargura. Ella tenía la obligación de hacer su trabajo.

—Tres mujeres han muerto. Todas las posibilidades deben ser investigadas.

—¿Y yo soy una de tus posibilidades? —Él llevó una mano hasta la solapa de su camisa y ese súbito movimiento la sobresaltó—. ¿Es eso lo que hay entre nosotros?

—Soy policía. No puedo permitirme pasar nada por alto, dar nada por entendido.

—Confiar —la interrumpió él—. En nada. En nadie. Si los indicios se hubieran decantado en otro sentido, ¿me habrías encerrado? ¿Me hubieras metido en prisión, Eve?

—Apártate. —Feeney llegó desde el otro extremo del pasillo, los ojos encendidos—. Apártate de una vez.

—Déjanos solos, Feeney.

—Una mierda, os voy a dejar solos. —Sin hacer caso a Eve, se precipitó contra Roarke—. No hagas eso, pez gordo. Ella ha luchado por ti. Y tal como están las cosas, eso ha estado a punto de costarle el trabajo. Simpson ha estado a punto de ponerla en la pira de los sacrificios sólo porque se ha acostado contigo.

—Cállate, Feeney.

—Joder, Dallas.

—He dicho que te calles. —Tranquila ahora, distante, Eve miró a Roarke—. El departamento agradece tu cooperación —le dijo a Roarke y, apartando su mano de la camisa, se dio la vuelta y se alejó.

—¿Qué diablos quisiste decir con eso? —preguntó Roarke.

Feeney se limitó a sonreír burlonamente.

—Tengo cosas mejores que hacer que perder el tiempo contigo.

Roarke le empujó contra la pared.

—Vas a tener que arrestarme por asalto a un oficial en unos segundos, Feeney. Dime qué quisiste decir cuando mencionaste a Simpson.

—¿Quieres saberlo, pez gordo? —Feeney echó un vistazo a su alrededor, buscando un lugar que ofreciera cierta intimidad. Hizo un gesto de cabeza indicando una puerta—. Ven a mi oficina y te lo contaré.

Eve tenía el gato para que le hiciera compañía. En esos momentos ya empezaba a lamentar el hecho de que tenía que devolver a ese inútil y gordo gato a la familia de Georgie. Ya debería haberlo hecho, pero encontraba consuelo incluso en esa bola de pelo que tenía por toda compañía.

Sonó el timbre y no pudo evitar sentirse irritada. No tenía ganas de ninguna compañía humana. Especialmente al ver en la pantalla que se trataba de Roarke.

Se sentía lo suficientemente nerviosa para comportarse como una cobarde. Sin contestar, se dirigió hasta el sofá y se enroscó en él con el gato. Si hubiera tenido una sábana a mano, se hubiera tapado la cabeza con ella.

De repente, oyó el ruido del cerrojo de su puerta y se puso en pie inmediatamente.

—Tú, hijo de puta —dijo al ver que Roarke entraba en el apartamento—. Te has pasado de la raya.

Él se limitó a guardarse el código maestro en el bolsillo.

—¿Por qué no me lo dijiste?

—No quiero verte. —Eve se enfureció al notar que el tono de su voz había sido más de desesperación que de enfado—. Date por aludido.

—No me gusta que me utilicen para hacerte daño.

—Lo haces bastante bien tú solo.

—¿Esperas que no reaccione si me acusas de asesinato? ¿Si me crees capaz de ello?

—Nunca lo creí. —Lo dijo en tono apasionado—. Nunca lo creí —repitió—. Pero dejé mis sentimientos personales a un lado y realicé mi trabajo. Ahora, vete.

Eve se dirigió a la puerta. Él la agarró y ella reaccionó rápidamente y con violencia. Él ni siquiera intentó protegerse del golpe. Con tranquilidad, se limpió la sangre del labio con el dorso de la mano. Ella, rígida, respiraba con agitación.

—Sigue —la invitó él—. Suelta otro golpe. No tienes por qué preocuparte. Yo no golpeo a las mujeres, ni las asesino.

—Déjame en paz. —Eve dio media vuelta y se apoyó en el respaldo del sofá, desde donde el gato la miró con frialdad. Las emociones la inundaron y amenazaban con hacerle explotar el pecho—. No vas a conseguir que me sienta culpable por hacer lo que era mi obligación.

—Me has partido por la mitad, Eve. —Le molestó tener que admitirlo. Aceptar que ella podía hacerle daño con tanta facilidad—. ¿No podías haberme dicho que confiabas en mí?

—No. —Ella cerró los ojos con fuerza—. Dios, ¿no te das cuenta de que hubiera sido peor si lo hubiera hecho? Si Whitney no hubiera creído en mi capacidad de ser objetiva, si Simpson tenía la más ligera sospecha de que yo te dedicaba el más mínimo trato de preferencia, habría sido peor. No hubiera podido obtener el perfil psiquiátrico con tanta rapidez. No hubiera podido darle a Feeney prioridad para comprobar la procedencia del arma y eliminar la probable causa.

—No pensé en eso —dijo él, despacio—. No lo pensé.

Roarke depositó una mano sobre el hombro de Eve pero ella se libró de su contacto. Le miró con los ojos encendidos.

—Mierda, te dije que trajeras a un abogado. Te lo dije. Si Feeney no hubiera dado en el lugar acertado, te hubieran detenido. Estás libre sólo porque él lo consiguió, y porque el perfil no coincidía contigo.

Él volvió a tocarla y ella le apartó la mano otra vez.

—Parece que no necesitaba a un abogado. Lo único que necesitaba era a ti.

—No importa. —Eve se esforzó por mantener el control—. Ya está hecho. El hecho de que tengas testigos indiscutibles y de que el arma haya formado parte de un plan evidente aparta las sospechas de ti. —Eve se sintió enferma, insoportablemente cansada—. Quizá no te deje totalmente limpio de sospecha, pero el perfil de la doctora Mira es tan valioso como el oro. Nadie rechaza sus diagnósticos. Ella te ha eliminado y eso significa mucho para el departamento y para el fiscal.

—No estaba preocupado por el departamento ni por el fiscal.

—Deberías haberlo estado.

—Parece que tú te has preocupado lo suficiente por mí. Lo siento mucho.

—Olvídalo.

—Desde que te conozco, te he visto demasiadas veces con ojeras. —Le acarició una mejilla—. No me gusta ser el responsable de las que veo ahora.

—Yo soy responsable de mí misma.

—¿Y yo no he tenido nada que ver al poner en peligro tu trabajo?

Maldito Feeney, pensó ella.

—Yo tomo mis propias decisiones. Y asumo las consecuencias.

No esta vez, pensó él. Y no sola.

—La noche posterior a la que pasamos juntos, tú estabas preocupada, pero lo negaste. Feeney me ha contado exactamente por qué estabas preocupada esa noche. Tu enfadado amigo quería vengarse de mí por haberte herido. Y lo hizo.

—Feeney no tenía ningún derecho…

—Quizá no. No hubiera tenido que hacerlo si tú hubieras confiado en mí. —Roarke la sujetó por ambos brazos para impedir que se alejara—. No te alejes —le dijo en voz baja—. Eres muy buena en alejar a la gente, Eve. Pero no va a funcionar conmigo.

—¿Qué esperabas? ¿Que acudiera llorando a ti? «Roarke, me sedujiste y ahora tengo problemas. Socorro.» A la mierda con eso. No me sedujiste. Me acosté contigo porque quise. Lo quise tanto que no me preocupé de si estaba bien. He sido castigada por ello, y lo estoy manejando. No necesito ninguna ayuda.

—Desde luego, no la quieres.

—No la necesito. —No pensaba humillarse a sí misma intentando soltarse de él. Se quedó quieta—. El comandante está contento de que no estés involucrado en los asesinatos. Estás limpio, y si el departamento no considera que he cometido un error de juicio también lo estoy yo. Si me hubiera equivocado contigo, hubiera sido distinto.

—Si te hubieras equivocado conmigo, eso te hubiera costado la placa.

—Sí, hubiera perdido la placa. Lo habría perdido todo. Y lo hubiera merecido. Pero eso no ha sucedido, así que ya está. Vete.

—¿De verdad crees que me voy a ir?

El tono de voz amable y suave con que lo dijo la venció.

—No puedo permitírmelo, Roarke. No puedo permitirme enredarme contigo.

Él dio un paso hacia delante y apoyó ambas manos sobre el sofá, aprisionándola contra él.

—Yo tampoco puedo permitírmelo. Pero parece que no me importa.

—Mira…

—Siento haberte hecho daño —murmuró él—. Siento mucho no haber confiado en ti y haberte acusado de no confiar en mí.

—No esperé que pensaras de otra forma. Ni que actuaras de ninguna otra manera.

Eso le dolió más que el golpe que le había dado antes en la cara.

—No, siento mucho eso también. Te has arriesgado mucho por mí. ¿Por qué?

No había una respuesta sencilla.

—Creía en ti.

Él le dio un beso en la frente.

—Gracias.

Ella dejó escapar un suspiro tembloroso al sentir sus labios en la mejilla.

—Voy a quedarme contigo esta noche.

Luego, en la sien.

—Voy a hacer que duermas.

—¿El sexo como sedante?

Él frunció el ceño, pero le rozó los labios con los suyos.

—Si tú quieres.

La levantó del suelo. Eve se sintió nerviosa.

—Vamos a ver si encontramos la dosis adecuada.

Más tarde, las luces todavía tenues, él la observó. Ella dormía con una expresión de agotamiento en el rostro. Roarke pasó una mano por su espalda: la piel suave, los huesos finos, los músculos esbeltos. Ella no se movió.

Probó a enroscar los dedos en su pelo. Denso como la piel de visón, tenía reflejos como de coñac añejo y oro envejecido. Lo llevaba mal cortado. Eso le hizo sonreír. Le pasó un dedo por encima de los labios. Llenos, firmes, fieramente sensibles.

Aunque se sentía muy sorprendido de haberla llevado a extremos desconocidos para ella, todavía se sentía más impresionado por el hecho de que eso también le había sucedido a él. Inesperadamente.

¿Hasta dónde llegarían?, se preguntó.

Sabía que el hecho de pensar que ella le creía culpable le había destrozado. El sentimiento de traición y de decepción había sido insoportable y era algo que no había sentido en demasiados años.

Ella le había colocado en posición de vulnerabilidad, una posición de la que él había escapado siempre. Ella podía herirle. Podían herirse el uno al otro. Eso era algo que tendría que pensar con detenimiento.

Pero en esos momentos, la principal pregunta era quién quería hacerles daño a ambos. Y por qué.

Todavía le daba vueltas a esa idea cuando, con los dedos de la mano entrelazados con los de ella, cayó dormido.

Capítulo quince

Cuando se despertó, él no estaba. Era mejor así. Las mañanas del día siguiente siempre tenían un aire de intimidad que la ponía nerviosa. Eve sentía que tenía una relación más estrecha con él de lo que nunca la había tenido con nadie. El clic que se había dado entre ellos tenía el potencial de resonar durante el resto de su vida, y ella lo sabía.

Se dio una ducha rápida y se envolvió en el albornoz. Luego, se dirigió a la cocina. Allí encontró a Roarke, vestido con unos pantalones y una camisa desabrochada, leyendo el periódico de la mañana en el monitor.

Eve se dio cuenta, con un sentimiento de desmayo y de cierta contrariedad, que se le veía como en casa.

—¿Qué haces?

—¿Mmm? —Él levantó la vista. Alargó la mano para abrir el AutoChef, que se encontraba detrás de él—. Te preparo el café.

—¿Me preparas el café?

—Te oí que andabas por ahí. —Sacó unas tazas y las llevó hasta ella, que estaba de pie en la puerta—. No haces eso muy a menudo.

—¿Andar por ahí?

—No. —Se rio y la besó en los labios con suavidad—. Sonreírme. Simplemente sonreírme.

¿Estaba sonriendo? Eve no se había dado cuenta.

—Creí que te habías marchado. —Rodeó la pequeña mesa redonda y echó un vistazo al monitor. Informes de bolsa. Por supuesto—. Debes de haberte levantado temprano.

—Tenía que hacer unas cuantas llamadas. —La miró y le gustó la forma en que ella se pasó la mano por el pelo húmedo. Era un hábito del que seguramente ella no era consciente. Tomó el TeleLink que había dejado antes sobre la mesa y se lo puso en el bolsillo—. Tenía una conferencia con la estación, a las cinco, hora local.

—Ah. —Eve sorbió el café y se preguntó cómo había podido vivir hasta ese momento sin sentir cada mañana el latigazo del café de verdad—. Sé que esas reuniones eran importantes. Lo siento.

—Conseguimos atar la mayor parte de detalles. El resto puedo llevarlo desde aquí.

—¿No vas a volver?

—No.

Ella fue hasta el AutoChef, satisfecha con ese pequeño menú.

—Casi no me queda nada. ¿Quieres un bollo o algo?

—Eve. —Roarke dejó el café y le puso las manos sobre los hombros—. ¿Por qué no quieres decirme que te alegras de que me quede?

—Tus testigos son válidos. No es cosa mía si tú…

Se calló cuando él la obligó a volverse para mirarle en la cara. Estaba enfadado. Lo veía en sus ojos. Se preparó para la discusión que parecía estar a punto de iniciar. El beso la pilló desprevenida, la forma en que los labios de él se cerraron con firmeza sobre los suyos, la sensación de ensueño y amplitud que notó en el corazón.

Así que permitió que la abrazara y apoyó la cabeza en la curva del hombro de él.

—No sé cómo manejar esto —murmuró Eve—. No tengo ningún precedente como éste. Necesito normas, Roarke. Normas sólidas.

—Yo no soy un caso que necesite resolverse.

—No sé qué eres. Pero sé que esto va demasiado deprisa. Que ni siquiera debería haber empezado. No debería haberme implicado contigo.

Él la apartó un poco para observarla.

—¿Por qué?

—Es complicado. Tengo que vestirme. Tengo que ir al trabajo.

—Dime algo. —Apretó los dedos alrededor de los hombros de ella—. Yo tampoco sé quién eres.

—Soy una policía —respondió ella—. Eso es todo. Tengo treinta años y sólo me he sentido cercana a dos personas en toda mi vida. Incluso con ellos me resulta fácil evitarlo.

—¿Evitar qué?

—Que me importe demasiado. Si eso te importa demasiado, puede minarte hasta que uno no es nadie. A mí me pasó. No puedo permitir que me pase nunca más.

—¿Quién te hizo daño?

—No lo sé. —Pero sí lo sabía. Lo sabía—. No lo recuerdo, y no quiero recordarlo. He sido una víctima y cuando has sido una víctima, necesitas hacer lo que sea para no volver a serlo. Yo era solamente eso, una víctima, cuando entré en la academia. Una víctima. Otra gente manejaba los hilos, tomaba las decisiones, me empujaba en una dirección, tiraba de mí hacia otro lado.

—¿Es eso lo que crees que estoy haciendo?

—Eso es lo que está sucediendo.

Había algunas preguntas que él necesitaba hacerle. Preguntas que, lo veía en el rostro de ella, tenían que esperar. Quizá había llegado el momento de asumir algún riesgo. Introdujo la mano en el bolsillo y sacó lo que llevaba en él.

Aturdida, Eve observó el sencillo botón gris que él tenía en la palma de la mano.

—Es de mi traje.

—Sí. Un traje no especialmente favorecedor. Tú necesitas colores más fuertes. Lo encontré en mi limusina. Pensaba devolvértelo.

—Ah.

Pero cuando ella alargó la mano para cogerlo, él cerró el puño.

—Ha sido una pequeña mentira. —Divertido, se rio de sí mismo—. No tenía ninguna intención de devolvértelo.

—¿Eres fetichista con los botones, Roarke?

—He llevado esto por todas partes, igual que un adolescente lleva el mechón de pelo de su amada.

Ella le miró a los ojos y una sensación dulce le recorrió el cuerpo. Fue más dulce todavía al ver que él estaba un tanto avergonzado.

—Eso es raro.

—Eso mismo pensé yo. —Pero volvió a ponerse el botón en el bolsillo—. ¿Sabes qué más pienso, Eve?

—No tengo ni idea.

—Creo que estoy enamorado de ti.

Eve sintió que empalidecía, que todos los músculos de su cuerpo se soltaban, y que el corazón le subía a la garganta.

—Eso...

—Sí, es difícil encontrar la palabra adecuada, ¿no? —Le pasó las manos por la espalda, arriba y abajo, pero no la atrajo hacia sí—. Lo he pensado mucho y no he encontrado la palabra adecuada tampoco. Pero debo volver al punto central.

Ella se humedeció los labios.

—¿Hay un punto central?

—Un punto muy importante y muy interesante. Yo me encuentro en tus manos tanto como tú en las mías. Me siento igual de incómodo, aunque quizá no muestre tanta resistencia, al encontrarme en esta situación. No voy a permitir que te vayas hasta que no hayamos encontrado la forma de manejar esto.

—Esto, bueno…, complica las cosas.

—De forma horrible —asintió él.

—Roarke, ni siquiera nos conocemos. Fuera del dormitorio.

—Sí, nos conocemos. Somos dos almas solitarias. Ambos nos hemos alejado de algo que nos convertía en otra cosa. No es extraño que el destino haya decidido trazar una curva en un camino que, para nosotros, era totalmente recto. Debemos decidir hasta dónde queremos seguir esa curva.

—Debo concentrarme en la investigación. Ésa debe ser mi prioridad.

—Lo entiendo. Pero tienes derecho a tener vida personal.

—Mi vida personal, esta parte de ella, ha surgido de la investigación. Y el asesino la está haciendo más personal, todavía. El hecho de que colocara esa arma para que las sospechas se dirigieran hacia ti fue una respuesta directa a mi relación contigo. Soy su objetivo.

Roarke llevó ambas manos a las solapas del albornoz.

—¿Qué quieres decir?

Normas, se dijo a sí misma. Había normas. Y ella estaba a punto de romperlas.

—Voy a contarte lo que pueda mientras me visto.

Eve se dirigió hasta la habitación siguiendo al gato, que caminó sinuosamente delante de ella.

—¿Recuerdas la noche en que estabas aquí cuando llegué a casa? ¿El paquete que encontraste en el suelo?

—Sí. Eso te preocupó.

Eve soltó una carcajada y se quitó el albornoz.

—Tengo reputación de tener la mejor cara de póquer de toda la comisaría.

—Yo gané mi primer millón en el juego.

—¿De verdad? —Se puso un jersey mientras se recordaba a sí misma que no debía distraerse—. Era una grabación del asesinato de Lola Starr. También me mandó la de Sharon DeBlass.

Roarke sintió una cuchillada de miedo.

—Él estuvo en tu apartamento.

Eve se dio cuenta de que no tenía ropa interior limpia y no notó el tono frío en la voz de él.

—Quizá sí, quizá no. Creo que no. No había ninguna señal de entrada forzada. Pudo haberlo introducido por debajo de la puerta. Eso es lo que hizo la primera vez. El disco de Georgie lo envió por correo. Teníamos el edificio vigilado.

Resignada, se puso unos pantalones sueltos sobre la piel desnuda.

—O bien lo sabía, o se lo olió. Pero se ocupó de que yo recibiera los discos, los tres. Él supo que yo estaba al cargo de la investigación casi antes de que yo misma lo supiera.

Buscó unos calcetines y tuvo suerte: encontró dos que iban emparejados.

—Me llamó y transmitió el vídeo del asesinato de Georgie Castle minutos después de que lo hiciera. —Se sentó en el extremo de la cama y se puso los calcetines—. Dejó un arma y se aseguró que ésta pudiera ser rastreada. Y que condujera a ti. Sin entrar en la incomodidad que una acusación de asesinato hubiera podido resultar en tu vida, Roarke, si yo no hubiera tenido el apoyo del comandante en esto ya estaría fuera del caso y fuera del departamento. Él sabe lo que sucede dentro de la central. Sabe lo que sucede en mi vida.

—Afortunadamente, no sabía que no me encontraba en el planeta.

—Eso nos dio un respiro a ambos. —Encontró las botas y se las puso—. Pero eso no va a detenerle. —Se levantó y tomó la funda del arma—. Va a continuar a por mí, y tú eres el mejor camino.

Roarke la observó mientras ella comprobaba con gesto automático el estado del láser antes de enfundarlo.

—¿Por qué tú?

—No tiene muy buena opinión de las mujeres. Debo decir que le quema el hecho de que sea una mujer quien dirige la investigación. Le hace bajar de nivel. —Se encogió de hombros y se pasó los dedos por el pelo—. Por lo menos, ésa es la opinión de la psiquiatra.

El gato intentaba subirse a sus piernas y Eve lo apartó, pensativa. Éste se subió a la cama y empezó a lamerse dándole la espalda.

—¿Y no cree la psiquiatra que él puede intentar eliminarte de una manera más directa?

—No cuadra con su modo de operar.

Roarke se llevó las manos, apretadas en un puño, a los bolsillos. Luchó contra el miedo que sentía cada vez más fuerte.

—¿Y si rompe su modo de operar?

—Sé protegerme.

—¿Vale la pena arriesgar la vida por tres mujeres que ya están muertas?

—Sí. —Ella se dio cuenta del tono de furia de su voz y le miró—. Vale la pena arriesgar mi vida para hacer justicia a tres mujeres que ya están muertas y para intentar evitar que mueran tres más. Él está a medias. Dejó una nota debajo de cada uno de los cuerpos. Ha querido que sepamos, desde el principio, que él tiene un plan. Y nos reta a que le detengamos. Una de seis, dos de seis y tres de seis. Haré lo que sea necesario para impedir que haya una cuarta.

—Buenos ovarios. Eso es lo primero que admiré de ti. Ahora me aterroriza.

Por primera vez, Eve se acercó a él y llevó una mano hasta su mejilla. Tan pronto como lo hubo hecho, bajó la mano y se apartó, avergonzada.

—Hace diez años que soy policía, Roarke, y no he recibido nada más que algún golpe y algún moratón. No te preocupes.

—Creo que vas a tener que acostumbrarte a que alguien se preocupe por ti, Eve.

Ése no había sido el plan. Eve salió de la habitación en busca de la chaqueta y el bolso.

—Te explico todo esto para que comprendas a qué me enfrento. Por qué no puedo disipar mi energía y empezar a analizar qué sucede entre nosotros.

—Siempre vas a estar trabajando en algún caso.

—Y pido a Dios que no sean casos como éste. Éste no es un caso de asesinato por obtener algún beneficio, ni un asesinato pasional. No es el resultado de la desesperación. Es algo frío y calculado. Es…

—¿El mal?

—Sí. —Se sintió aliviada de que él lo hubiera dicho primero. Así no sonaba tan absurdo—. Por mucho que hayamos avanzado en ingeniería genética, en in vitro, en programas sociales, todavía no somos capaces de controlar los principales fallos humanos: violencia, lujuria, envidia.

—Los siete pecados capitales.

Eve pensó en la mujer mayor que había envenenado la tarta.

—Sí. Tengo que irme.

—¿Vendrás a mi casa cuando termines esta noche?

—No sé a qué hora terminaré. Podría ser…

—¿Vendrás?

—Sí.

Entonces Roarke sonrió y ella supo que esperaba a que ella hiciera el siguiente gesto. Estaba convencida de que él sabía lo difícil que le resultaba ir hasta él y acercar sus labios a los suyos, por despreocupado que fuera el gesto con que lo hiciera.

—Hasta luego.

—Eve. Deberías llevar guantes.

Ella marcó el código de la puerta, y le dirigió una sonrisa por encima del hombro.

—Lo sé, pero los pierdo constantemente.

El buen humor le duró hasta que entró en su oficina y encontró a DeBlass y a su ayudante que la estaban esperando.

Con gesto deliberado, DeBlass consultó su reloj de muñeca de oro.

—Un horario de banquero más que de policía, teniente Dallas.

Eve sabía que sólo pasaban unos minutos de las ocho, pero se sacó la chaqueta con gesto despreocupado.

—Sí, aquí llevamos una vida bastante cómoda. ¿Puedo hacer algo por usted, senador?

—Me he enterado de que ha habido otro asesinato. Obviamente, no estoy nada satisfecho con sus progresos. A pesar de ello, estoy aquí para minimizar los daños. No quiero que el nombre de mi nieta sea relacionado con los de las otras dos víctimas.

—Quiere a Simpson en su lugar, o a su secretaria de prensa.

—No se ría de mí, joven. —DeBlass se inclinó hacia delante—. Mi nieta está muerta. Nada puede cambiar eso. Pero no voy a permitir que el nombre DeBlass sea mancillado o manchado por la muerte de dos putas vulgares.

—Parece usted tener una pobre opinión de las mujeres, senador. —Eve procuró no decirlo en tono de burla esta vez. Le miró, pensativa.

—Por el contrario. Las reverencio. Y es por eso porque me disgustan tanto aquellas que se venden, que pasan por alto la moralidad y la decencia…

—¿Incluida su nieta?

Se levantó con dificultad de la silla. Tenía el rostro enrojecido y los ojos hinchados. Eve tuvo la certeza de que la habría golpeado si Rockman no se hubiera interpuesto entre ellos.

—Senador, la teniente sólo le está provocando. No le dé esa satisfacción.

—No va usted a mancillar a mi familia.

DeBlass tenía la respiración agitada y Eve se preguntó si no tendría algún antecedente familiar de problemas de corazón.

—Mi nieta pagó un alto precio por sus pecados y no voy a permitir que el resto de personas a las que amo sean puestas en ridículo ante el público. Y no voy a tolerar sus mezquinas insinuaciones.

—Sólo intento aclarar los hechos. —Era fascinante observar cómo ese hombre luchaba por mantener la compostura. Lo estaba pasando mal. Le temblaban las manos y tenía el pecho agitado—. Estoy intentando encontrar al hombre que mató a Sharon, senador. Entiendo que ésa es una de las prioridades de su agenda también.

—Encontrarle no va a devolvérmela. —Volvió a sentarse, evidentemente exhausto por la explosión de furia—. Ahora lo importante es proteger lo que queda. Para conseguirlo, Sharon debe ser desvinculada de las otras mujeres.

A Eve no le gustaban sus opiniones, pero tampoco le gustó el color de su rostro. Todavía tenía un alarmante tono rojo.

—¿Quiere un poco de agua, senador DeBlass?

Él asintió e hizo un gesto con la mano. Eve salió al pasillo y llenó un vaso con agua embotellada. Al volver, él había recuperado un poco la respiración y las manos no le temblaban tanto.

—El senador se ha exigido demasiado a sí mismo últimamente —explicó Rockman—. Su proyecto de ley sobre moral pública va a ser presentado mañana. La presión de esta tragedia familiar ha sido un enorme peso.

—Me doy cuenta. Estoy haciendo todo lo posible por cerrar este caso. —Inclinó la cabeza—. La presión política también es un enorme peso en una investigación. No me gusta que me vigilen en mi tiempo personal.

Rockman le dirigió una desapasionada sonrisa.

—Lo siento. ¿Podría aclarar eso?

—He sido vigilada, y mis relaciones personales con un civil han sido comunicadas al jefe Simpson. No es ningún secreto que Simpson y el senador tienen una estrecha relación.

—El senador y el jefe Simpson tienen una alianza política y personal —asintió Rockman—. De todas formas, no sería ético, ni del interés del senador, vigilar a un miembro de la policía. Le aseguro, teniente, que el senador DeBlass ha estado demasiado ocupado en su dolor y en sus responsabilidades con el país para preocuparse por sus… relaciones personales. A pesar de ello, hemos sabido a través del jefe Simpson, que ha tenido usted una serie de encuentros con Roarke.

—Un oportunista amoral. —El senador dejó el vaso sobre la mesa con un golpe—. Un hombre que no se detendría ante nada para ganar poder.

—Un hombre —añadió Eve—, que ha sido descartado de cualquier conexión con esta investigación.

—El dinero compra la inmunidad —dijo DeBlass en tono de disgusto.

—No en esta oficina. Estoy segura de que pedirá usted el informe correspondiente al comandante. Mientras, resulte o no de consuelo a su dolor, intentaré encontrar al hombre que asesinó a su nieta.

—Supongo que debería alabar su dedicación. —DeBlass se levantó—. Cuídese de que esa dedicación no ponga en peligro la reputación de mi familia.

—¿Qué le ha hecho cambiar de opinión, senador? —preguntó Eve—. La primera vez que hablamos, me amenazó usted con hacerme perder mi trabajo si no conseguía llevar al asesino de Sharon ante la justicia. Y deprisa.

—Está enterrada —fue todo lo que dijo antes de salir.

—Teniente. —Rockman habló en voz baja—. Repito que la presión que está recibiendo el senador DeBlass es enorme. Hubiera acabado con un hombre menos fuerte. —Exhaló un suspiro—. El hecho es que esto ha destrozado a su esposa. Ha sufrido una crisis nerviosa.

—Lo siento.

—Los médicos no saben si se recuperará. Esta tragedia añadida ha vuelto loco de pena a su hijo; su hija se ha apartado de la familia y se ha encerrado en sí misma con una actitud de reproche. La única esperanza del senador para ayudar a su familia es dejar que la muerte de Sharon, este horror, pase a formar parte del pasado.

—Entonces sería sabio por parte del senador apartarse y dejar que este departamento siga el proceso debido.

—Teniente… Eve —dijo en ese extraño tono de amabilidad—. Me gustaría poder convencerle de ello. Pero creo que sería una misión tan imposible como convencerla a usted de que deje a Sharon descansar en paz.

—Es verdad.

—Bien. —Le puso la mano en el brazo un instante—. Todos debemos hacer lo que podamos para colocar las cosas en su sitio. Me alegro de haberla visto de nuevo.

Eve cerró la puerta detrás de él y se quedó pensativa. DeBlass poseía la clase de temperamento que podía conducirle a la violencia. Casi sintió no poder decir que también poseyera el control necesario, la capacidad de cálculo, para planear meticulosamente tres asesinatos.

En cualquier caso, le hubiera resultado difícil conectar a un fanático senador de derechas con una pareja de prostitutas de Nueva York.

Quizá sí estaba protegiendo a su familia, pensó. O quizá estaba protegiendo a Simpson, su aliado político.

Eso era absurdo, decidió Eve. Quizá tendría sentido pensar en Simpson si fuera sólo en los asesinatos de Starr y Castle. Pero ningún hombre protege al asesino de su nieta.

Qué pena que no se tratara de dos hombres, pensó Eve. De todas formas, haría algunas investigaciones sobre Simpson.

Tenía que ser objetiva, se dijo a sí misma. Y no sería bueno olvidar que existía una gran posibilidad de que DeBlass no supiera que unos de sus colegas políticos favoritos había sido objeto de chantaje por parte de su única nieta.

Tendría que averiguarlo.

Pero de momento, tenía una pista que seguir. Localizó el número de Charles Monroe y le llamó.

Él respondió con tono somnoliento. Tenía los ojos hinchados.

—¿Pasa usted todo el tiempo en la cama, Charles?

—Todo el que puedo, dulce teniente. —Se pasó una mano por el rostro y le sonrió—. Así es como la llamo cuando pienso en usted.

—Pues no lo haga. Un par de preguntas.

—¿Y no puede acercarse hasta aquí y preguntármelas en persona? Estoy calentito, desnudo y completamente solo.

—Colega, ¿no sabes que hay una ley que prohíbe insinuarse a un oficial de policía?

—Sería gratis. Ya te lo dije… sería algo estrictamente personal.

—Lo mantendremos estrictamente impersonal. ¿Conocías a Georgie Castle?

La seductora sonrisa desapareció de su rostro.

—Sí. La conocía. No la conocía bien, pero nos presentaron en una fiesta hace un año. Ella era nueva en el negocio. Divertida, atractiva. Juguetona, ya te lo imaginas. Hicimos buenas migas.

—¿En qué sentido?

—En un sentido amistoso. De vez en cuando tomábamos una copa juntos. Una vez, Sharon estaba desbordada e hice que mandara a un par de clientes a Georgie.

—Entonces, se conocían. —Eve pensó en ello—. ¿Sharon y Georgie?

—No lo creo. Por lo que puedo recordar, Sharon contactó con Georgie y le preguntó si le interesaba recibir un par de clientes nuevos. Georgie le dio luz verde y eso fue todo. Ah, sí, Sharon mencionó que Georgie le había mandado una docena de rosas. Rosas reales, como muestra de agradecimiento. Sharon tenía verdadera debilidad por la etiqueta clásica.

—Una chica clásica —dijo Eve, casi sin respiración.

—Cuando me enteré de que Georgie había muerto, fue un duro golpe. Debo decírselo. Con Sharon fue una sacudida, pero no fue tanto una sorpresa. Ella vivía al filo. Pero Georgie... estaba centrada, ¿sabe?

—Quizá deba hacer un seguimiento de esto, Charles. Manténgase a mano.

—Para usted...

—Corte el rollo —le ordenó antes de que él se pusiera ingenioso—. ¿Sabe algo acerca de los diarios de Sharon?

—Nunca dejó que leyera ninguno —dijo él inmediatamente—. Yo siempre le tomaba el pelo sobre el tema. Me parece que dijo que llevaba un diario desde niña. ¿Tiene usted alguno? ¿Eh, habla de mí?

—¿Dónde podría guardarlos?

—En su apartamento, imagino. ¿Dónde, si no?

Ésa era la cuestión, pensó Eve.

—Si recuerda algo de los diarios o de Georgie, póngase en contacto conmigo.

—De día o de noche, teniente. Cuente conmigo.

—De acuerdo.

Pero Eve se estaba riendo cuando cortó la comunicación.

Y

El sol justo empezaba a ponerse cuando llegó a casa de Roarke. Todavía no había terminado su trabajo. Todo el día había estado meditando en el favor que iba a pedirle. Había decidido hacerlo, lo había descartado, volvió a decidirlo y no dejó de dudar hasta que no pudo soportarse a sí misma más.

Al final había abandonado la comisaría, por primera vez en meses, justo en el momento en que terminaba su turno. Por el limitado progreso que había hecho, no valía la pena continuar allí.

Feeney había llegado a un callejón sin salida en su búsqueda de la segunda caja de seguridad. Le había dado, con evidente desagrado, la lista de policías que ella le había pedido. Eve tenía intención de hacer una búsqueda de todos ellos, en su propio tiempo y a su manera.

Con cierto sentimiento de culpa, se dio cuenta de que iba a utilizar a Roarke.

Summerset le abrió la puerta con su habitual gesto de desdén.

—Llega usted más temprano de lo esperado, teniente.

—Si él no se encuentra en casa, puedo esperar.

—Está en la biblioteca.

—¿Que se encuentra dónde, exactamente?

Summerset se permitió un minúsculo suspiro. Si Roarke no le hubiera ordenado que condujera a la mujer dentro inmediatamente, la hubiera llevado a una pequeña y mal iluminada habitación.

—Por aquí, por favor.

—¿Qué es exactamente lo que hay en mí que le irrita, Summerset?

Él la estaba conduciendo escaleras arriba hacia un largo pasillo. Su espalda, erguida en todo momento.

—No tengo ni idea de qué quiere usted decir, teniente.

La biblioteca —anunció en tono reverente mientras le abría la puerta.

Eve no había visto en toda su vida tantos libros. Nunca hubiera creído que existían tantos fuera de los museos. Las paredes estaban repletas de ellos y esa habitación de dos pisos olía a libro.

En el piso inferior, en lo que debía ser seguramente un sofá de piel, se encontraba Roarke, instalado con un libro en la mano y el gato en el regazo.

—Eve. Llegas temprano. —Dejó el libro a un lado y tomó al gato en brazos mientras se levantaba.

—¿Dios, Roarke, de dónde has sacado todo esto?

—¿Los libros? —Paseó la mirada por la habitación. La luz de la chimenea se reflejaba en sus lomos coloridos—. Es otra de mis aficiones. ¿No te gusta leer?

—Claro, de vez en cuando. Pero los discos son más cómodos.

—Y mucho menos estéticos. —Acarició el cuello del gato y el animal parecía sumido en éxtasis—. Puedes tomar prestado el que te apetezca.

—No creo que lo haga.

—¿Y qué tal una copa?

—Esto sí podría soportarlo.

El TeleLink de Roarke sonó.

—Ésta es una llamada que he estado esperando. ¿Por qué no sirves dos vasos del vino que he dejado respirando en la mesa?

—Claro.

Eve tomó al gato de los brazos de Roarke y se alejó para servir el vino. Deseaba escuchar la conversación, así que se obligó a mantenerse al otro lado de la habitación.

Esos instantes le dieron la oportunidad de ojear los libros y leyó los títulos por encima. Había oído hablar de algunos de ellos. A pesar de que había recibido una educación pública, había tenido que leer a Steinbeck y a Chaucer, a Shakespeare y a Dickens. El currículum la había hecho pasar por King, Grisham, Morrison y Grafton.

Pero allí había decenas, quizá cientos, de nombres que nunca había oído. Se preguntó si alguien era capaz de tener tantos libros, de leerlos.

—Lo siento —dijo él cuando hubo terminado de hablar—. Eso no podía esperar.

—Ningún problema.

Él tomó la copa que ella había servido.

—El gato te está cogiendo mucho afecto.

—No creo que él mantenga lealtades específicas. —Pero Eve tenía que admitir que le gustaba notar cómo recibía sus caricias—. No sé qué voy a hacer con él. Llamé a la hija de Georgie y me dijo que no podía enfrentarse al gato. Insistir en el tema la hizo llorar.

—Puedes quedarte tú con él.

—No lo sé. Hay que cuidar mucho a los animales de compañía.

—Los gatos son muy independientes. —Se sentó en el sofá y esperó a que ella se sentara a su lado—. ¿Quieres contarme qué tal te ha ido el día?

—No ha sido muy productivo. ¿Y el tuyo?

—Muy productivo.

—Muchos libros —dijo Eve sin convicción, dándose cuenta de que intentaba evadir el tema.

—Tengo cariño por los libros. Cuando tenía seis años casi no era capaz de leer mi propio nombre. Entonces tropecé con un ejemplar destrozado de Yeats. Un escritor irlandés de cierto renombre —añadió al ver que Eve no lo conocía—. No quería tener que inventármelo, así que aprendí por mí mismo.

—¿No ibas a la escuela?

—No, si podía evitarlo. Tienes una expresión preocupada en los ojos, Eve —murmuró.

Ella suspiró profundamente. ¿Qué sentido tenía disimular cuando él podía leer a través de ella?

—Tengo un problema. Quiero hacer una búsqueda sobre Simpson. Evidentemente, no puedo utilizar los canales habituales ni utilizar el equipo de casa ni el de la oficina. En el mismo instante en que empiece a escarbar en el jefe de la policía me detectarán.

—Y quieres saber si yo dispongo de un sistema seguro y sin registro. Por supuesto que lo tengo.

—Por supuesto —repitió ella—. Un sistema no registrado es una violación del código 453 B, sección 35.

—No puedo expresar cómo me excita el que recites los códigos, teniente.

—No es gracioso. Y lo que voy a pedirte que hagas es ilegal. Es una falta seria romper electrónicamente la privacidad de un oficial del Estado.

—Bueno, puedes arrestarnos a los dos, luego.

—Es un tema serio, Roarke. Yo sigo las reglas y ahora te estoy pidiendo que me ayudes a infringir la ley.

Él se levantó y la hizo poner de pie.

—Querida Eve, no tienes ni idea de cuántas leyes he infringido yo. —Tomó la botella de vino y, con la botella todavía en la mano, rodeó a Eve por la cintura—. A los diez años jugué una partida ilegal de dados —le dijo mientras la conducía fuera de la habitación—. Una herencia de mi querido y viejo padre, que se ganó una cuchillada en el gaznate en un callejón de Dublín.

—Lo siento.

—No teníamos una relación estrecha. Era un bastardo y nadie le quería. Y yo menos que nadie. Summerset, cenaremos a las siete y media —añadió Roarke mientras se dirigían hacia la escalera—. Pero él me enseñó, a base de golpes, a comprender los dados, las cartas, el juego. Era un ladrón, no muy bueno tal y como demuestra la forma en que acabó. Yo era mejor que él. Robé. Timé. Dediqué un tiempo en aprender el negocio del contrabando. Así que ya lo ves, es difícil que me corrompas con una petición como ésta.

Ella no le miró. Él marcó el código de la puerta del segundo piso.

—¿Y tú…?

—¿Robo, timo? ¿Soy contrabandista? —Se dio la vuelta y le acarició la mejilla—. Ya, odiarías que lo hiciera, ¿no es verdad? Casi desearía poder decir que sí y dejártelo en tus manos. Pero hace mucho tiempo que aprendí que hay juegos mucho más excitantes precisamente por su legitimidad. Y ganar es mucho más satisfactorio cuando se hace desde el piso de arriba.

La besó en la frente y entró en la habitación.

—Pero tenemos que mantener la práctica.

Capítulo dieciséis

*E*n comparación con el resto de la casa, esta habitación era austera, había sido diseñada únicamente para trabajar. No había elegantes estatuas ni candelabros. La ancha consola con forma de «U», la central de los aparatos de comunicación, investigación e información, estaba repleta de ranuras y pantallas, y se encontraba apagada.

Eve había oído decir que el CIRAC tenía la mayor base informática del país. Tenía la impresión que la de Roarke podía comparársele.

Eve no era una entendida en ordenadores, pero un único vistazo le sirvió para darse cuenta de que ese equipo era infinitamente superior al de cualquiera de los utilizados por la policía de Nueva York o por el Departamento de Seguridad, incluido el de la enorme División de Detección Electrónica.

La enorme pared que se encontraba enfrente de la consola estaba ocupada por seis largas pantallas. Había una segunda estación auxiliar con un pequeño y brillante TeleLink, un segundo fax láser, una unidad de recepción y emisión hologramática y otros varios aparatos que no reconocía.

Las tres estaciones informáticas tenían monitores personales con sus correspondientes TeleLinks.

El suelo de la habitación era de baldosas glaseadas cuyo diseño diamantino mostraba brillantes colores mutantes que cambiaban como los rayos del sol poniente.

Parecía que incluso en un lugar como ése, Roarke exigía la adecuada ambientación.

—Vaya escenario —comentó Eve.

—No tan cómodo como mi oficina, pero tiene lo básico. —Se colocó detrás de la consola principal y colocó la palma de la mano en la pantalla identificadora.

—Roarke. Inicio de operaciones.

Se oyó un tenue zumbido y las luces de la consola se encendieron.

—Autorización para nueva identificación de mano y de voz —ordenó mientras le dirigía un gesto a Eve—. Categoría amarilla.

Ante el gesto de cabeza afirmativo de Roarke, Eve colocó la mano sobre la pantalla y notó el ligero calor del lector.

—Dallas.

—Ya está. —Roarke se sentó—. Ahora el sistema reconocerá tu voz y tu mano.

—¿Qué es categoría amarilla?

Él sonrió.

—La suficiente para que obtengas todo lo que necesitas saber, pero no para anular mis órdenes.

—Ajá. —Eve observó los controles, las parpadeantes luces, la miríada de pantallas y de aparatos. Deseó que Feeney, con su mente informática, se encontrara allí—. Búsqueda sobre Edward T. Simpson, jefe de policía y seguridad, ciudad de Nueva York. Todos los datos financieros.

—Directa al asunto —murmuró Roarke.

—No tengo tiempo que perder. ¿Esto no puede ser detectado?

—No sólo no puede ser detectado, sino que no quedará ningún registro de esta búsqueda.

«Simpson, Edward T —anunció el ordenador con un tono de voz cálido y femenino—. Registros financieros. Realizando la búsqueda.»

Al ver que Eve arqueaba una ceja, Roarke se rio.

—Prefiero trabajar con voces agradables.

—Iba a preguntarte —repuso ella— cómo es posible que tengas acceso a ciertos datos sin despertar la alarma del Servicio de Vigilancia Informática.

—Ningún sistema se encuentra totalmente protegido, ni ofrece una resistencia completa… ni siquiera el Servicio de Vigilancia. Es un excelente freno para el pirata informático medio o para un ladrón electrónico. Pero con el equipo adecuado es posible ponerlo en una situación difícil. Y yo dispongo del equipo adecuado. Aquí está la información. Visualizar pantalla uno —ordenó.

Eve levantó la vista y vio el informe de crédito de Simpson en la pantalla. Correspondía a unas transacciones corrientes: alquiler de vehículos, hipotecas, balances de tarjetas de crédito. Las transacciones electrónicas automáticas habituales.

—Una cuantiosa factura de American Express —dijo Eve—. Y no creo que sea del conocimiento general que posee una propiedad en Long Island.

—No es probable que sean unos buenos motivos para cometer un crimen. Tiene una clasificación de clase A, lo cual significa que paga sus deudas. Ah, ahí hay una cuenta bancaria. Pantalla dos.

Eve estudió las cifras y no se sintió satisfecha.

—Nada fuera de lo corriente. Depósitos y retiradas bastante corrientes. La mayoría son transferencias de pago de facturas que coinciden con el informe de crédito. ¿Qué es Jeremy's?

—Un sastre para caballeros —le dijo Roarke con un ligerísimo tono de desdén—. De segunda clase.

Eve arrugó la nariz.

—Eso es mucho para gastar en ropa.

—Querida, voy a tener que pervertirte un poco. Sólo es demasiado si se gasta en ropa de poca calidad.

Ella suspiró brevemente e introdujo los pulgares en los bolsillos de los pantalones.

—Aquí hay una cuenta de bolsa. Pantalla tres. Insulsa —añadió Roarke al primer vistazo.

—¿Qué quieres decir?

—Las inversiones, tal como aparecen. Todas están hechas sin riesgo. Temas gubernamentales, unos cuantos fondos mutualistas, unas cuantas operaciones financieras fiables. Todo dentro del globo.

—¿Por qué es eso malo?

—No lo es si uno se contenta con dejar que su dinero acumule polvo. —Le dirigió una mirada de reojo—. ¿Inviertes, teniente?

—Sí, claro. —Eve continuaba intentando comprender las abreviaciones y los porcentajes—. Consulto los informes de bolsa dos veces al día.

—Ninguna cuenta de crédito estándar. —Se encogió de hombros él.

—¿Y qué?

—Dame lo que tienes y te lo duplicaré en seis meses.

Eve se limitó a fruncir el ceño y continuó luchando por comprender el informe de bolsa.

—No estoy aquí para hacerme rica.

—Querida —la corrigió Roarke con ese ligero tono irlandés—. Todos estamos aquí para eso.

—¿Qué me dices de las ayudas, las aportaciones políticas, los ingresos caritativos y ese tipo de cosas?

—Inversiones para desgravar impuestos —ordenó Roarke—. Visualizar en pantalla dos.

Eve esperó mientras se daba palmadas en la cadera con la mano, impaciente.

—Este hombre pone el dinero donde pone el corazón —dijo Eve mientras repasaba los pagos al partido conservador para la campaña de DeBlass.

—Tampoco es que sea especialmente generoso, por otro lado. Ajá. —Roarke arqueó una ceja—. Interesante. Un regalo muy importante a Valores Morales.

—Ése es un grupo extremista, ¿no?

—Yo lo calificaría así, pero los creyentes prefieren pensar en él como una organización dedicada a salvarnos a todos los pecadores de nosotros mismos. DeBlass es un firme defensor.

Pero Eve estaba concentrada en su propio archivo mental.

—Son sospechosos de haber saboteado los principales datos bancarios de varias clínicas de control de natalidad.

Roarke chasqueó la lengua.

—Todas esas mujeres que deciden por sí mismas si y cuándo quieren concebir y cuántos hijos quieren tener. ¿Adónde está llegando el mundo? Evidentemente, alguien tiene que hacer que recuperen el sentido común.

—Exacto. —Todavía insatisfecha, Eve introdujo las manos en los bolsillos—. Ésta es una conexión peligrosa para alguien como Simpson. Siempre le ha gustado colocarse en el centro. Siempre se ha presentado como moderado.

—Encubre sus alianzas e inclinaciones conservadoras. Pero durante los últimos años se ha dedicado a ir quitando velos, cautelosamente. Quiere llegar a gobernador y quizá cree que DeBlass le puede colocar ahí. La política es un juego de trueque.

—Política. El disco con los chantajes de Sharon DeBlass estaba lleno de políticos. Sexo, asesinato, política —murmuró Eve—. Cuanto más cambian las cosas…

—Sí, más se parecen. Las parejas todavía se permiten sus rituales de cortejo, los humanos continúan matando a otros humanos y los políticos siguen besando a los niños y contando mentiras.

Había algo que fallaba todavía. Eve deseó que Feeney se encontrara allí. Asesinatos del siglo xx, pensó, motivos del siglo xx. Había otra cosa que tampoco había cambiado durante el último milenio. Los impuestos.

—¿Podemos obtener los datos de Hacienda? ¿De los últimos tres años?

—Esto es un poco difícil. —Los labios de él dibujaban una sonrisa ante ese reto.

—También es una falta federal. Mira, Roarke…

—Espera un segundo. —Apretó un botón y un teclado manual emergió de la consola. Ligeramente sorprendida, Eve observó cómo sus dedos volaban sobre las teclas—. ¿Dónde aprendiste eso?

Aunque Eve había recibido un entrenamiento adecuado en el departamento, no era muy competente en lo manual.

—Un poco aquí y un poco allí —dijo él, despreocupado—. Durante mi juventud perdida. Tengo que esquivar el sistema de seguridad. Va a hacer falta un poco de tiempo. ¿Por qué no sirves un poco más de vino?

—Roarke, no debería habértelo pedido. —El ataque de mala conciencia la hizo acercarse a él—. No puedo permitir que esto te traiga consecuencias.

—Chis. —Frunció el ceño en un gesto de concentración mientras tecleaba para abrirse paso en el laberinto del sistema de seguridad.

—Pero…

Levantó la cabeza con un gesto brusco. Los ojos mostraban una expresión impaciente.

—Ya hemos abierto la puerta, Eve. Ahora o la atravesamos o nos hacemos atrás.

Eve recordó a las tres mujeres, muertas a causa de que ella no había sido capaz de evitarlo. No había sabido lo suficiente para hacerlo. Hizo un gesto afirmativo con la cabeza y se alejó. El sonido del teclado volvió.

Eve sirvió el vino y luego se colocó de pie ante las pantallas. Los datos aparecieron limpiamente. Clasificación de crédito máxima, puntual pago de deudas, inversiones prudentes y relativamente pequeñas. Probablemente, el dinero gastado en ropa, en vino y en joyas estaba por encima de la media. Pero tener unos gustos caros no era un delito. No si uno los pagaba. Ni siquiera tener una segunda residencia era un delito.

Algunas de las aportaciones resultaban dudosas para un moderado, pero, a pesar de ello, no eran un delito.

Oyó que Roarke maldecía en voz baja. Eve se dio la vuelta, pero él estaba encorvado sobre el teclado. La presencia de Eve era totalmente accesoria. Era extraño, pero ella no hubiera adivinado que él tuviera la habilidad técnica para conseguir un acceso manual. Según Feeney, éste era un arte casi extinguido excepto para los expertos y los piratas informáticos.

Y allí estaba él, un hombre rico, privilegiado y elegante, trabajando en un problema que habitualmente se delegaba a cualquier vago mal pagado.

Por un momento, Eve se permitió olvidar el trabajo que estaban realizando y le sonrió.

—Sabes, Roarke, eres bastante listo.

Eve se dio cuenta de que, por primera vez, le había sorprendido. Roarke levantó la cabeza y la miró extrañado… durante un segundo. Entonces sonrió ligeramente. Esa sonrisa que conseguía acelerar el pulso de Eve.

—Tendrás que superarme, teniente. Ya estás dentro.

—¿En serio? —Eve sintió una corriente de excitación al ver la pantalla—. Auméntalo.

—Pantallas cuatro, cinco, seis.

—Aquí está lo principal. —Eve frunció el ceño al ver los ingresos brutos—. Se diría que es un sueldo casi correcto.

—Unos cuantos intereses y dividendos de inversiones. —Roarke fue pasando las páginas—. Unos cuantos honorarios en concepto de apariciones en persona y de discursos. No sobrepasa, aunque por poco, su nivel económico, según estos datos.

—Diablos. —Dejó el vino—. ¿Qué son esos datos de ahí?

—Para ser una mujer tan aguda, haces preguntas bastante inocentes. Cuentas ocultas —explicó—. Llevar libros paralelos es un sistema comprobado y tradicional de esconder los ingresos ilícitos.

—Si uno tiene unos ingresos ilícitos, ¿por qué es tan estúpido de llevar un registro?

—Ésa es una pregunta antigua. Pero la gente lo hace. Sí, lo hacen. Sí —dijo, contestando a la pregunta callada de Eve acerca de sus propias cuentas—. Por supuesto que lo hago.

Eve le dirigió una mirada severa.

—No quiero saberlo.

Él se limitó a encogerse de hombros.

—El tema es que debido a que lo hago, sé cómo se hace. Se diría que aquí todo parece legítimo, ¿no? —Tecleó unas instrucciones y colocó los informes fiscales en una pantalla—. Ahora bajemos un nivel. Ordenador, Simpson, Edward T, cuentas extranjeras.

«Ningún dato conocido.»

—Siempre hay más datos —murmuró Roarke sin dejarse desanimar. Volvió a concentrarse en el teclado y se oyó un zumbido.

—¿Qué es este ruido?

—Me está diciendo que acabo de toparme con una pared. —Roarke se abrió los puños de la camisa y se subió las mangas, como un trabajador. Ese gesto despertó una sonrisa en Eve—. Y si hay un muro, es que detrás de él hay algo.

Continuó trabajando mientras sorbía el vino. Repitió las órdenes y la respuesta fue distinta.

«Datos protegidos.»

—Ahora lo tenemos.

—¿Cómo puedes…?

—Ssh —le ordenó.

Eve se quedó en silencio, impaciente.

—Ordenador, muestra combinaciones numéricas y alfabéticas para código de acceso.

Complacido por el progreso que había conseguido, se apartó del teclado.

—Esto va a tardar un poco. ¿Por qué no vienes aquí?

—¿Puedes enseñarme cómo…? —Pero se detuvo en seco, sorprendida, cuando Roarke la hizo sentarse sobre su regazo—. Eh, que esto es importante.

—Esto también. —Tomó sus labios entre los de él y le deslizó una mano desde la cadera hasta el nacimiento del seno—. Puede hacer falta una hora, tal vez más, para encontrar el código. —Esas manos ágiles y sensibles se encontraban ya debajo de su jersey—. No te gusta perder el tiempo, ¿no es así?

—No, no me gusta.

Era la primera vez en toda su vida que se sentaba en el regazo de alguien, y la sensación no le resultaba del todo desagradable. Cuando empezaba a abandonarse, un zumbido mecánico la sobresaltó. Sin decir palabra, observó que una cama emergía desde un panel de la pared lateral.

—Un hombre que lo tiene todo —consiguió decir.

—Lo voy a tener. —Pasó un brazo por debajo de sus piernas y la levantó—. Muy pronto.

—Roarke. —Tenía que admitir, aunque fuera por una vez, que le gustaba sentir que la llevaban en brazos.

—Sí.

—Siempre he pensado que la sociedad ha relacionado en exceso la publicidad y la diversión con el sexo.

—¿Ah, sí?

—Sí. —Sonrió y cambió de postura sobre sus brazos, lo cual hizo que él perdiera un poco el equilibrio—. He cambiado de opinión —dijo mientras él la dejaba caer sobre la cama.

Eve ya había aprendido que hacer el amor podía resultar

algo intenso, arrebatador, e incluso peligrosamente excitante. Pero no sabía que también podía ser divertido. Fue una revelación descubrir que podía reír y jugar en la cama como una niña.

Besos rápidos, mordiscos, cosquillas, risas. No recordaba haberse reído así en toda su vida.

Eve inmovilizó a Roarke.

—Te tengo.

—Desde luego. —Encantado, permitió que le sujetara y que le llenara el rostro de besos—. Ahora que me tienes, ¿qué vas a hacer conmigo?

—Utilizarte, por supuesto. —Le mordió, no con suavidad, el labio inferior—. Disfrutarte. —Con los ojos muy abiertos, Eve le desabrochó la camisa y se la abrió—. Tienes un cuerpo impresionante. —De puro placer, le pasó las manos por encima del pecho—. Yo pensaba que este tipo de cosas estaban demasiado sobrevaloradas también. Después de todo, cualquiera que tenga dinero puede conseguirlo.

—Yo no lo he comprado —dijo Roarke, e inmediatamente se sorprendió de haberse defendido.

—No, tú tienes un gimnasio aquí, ¿no? —Se inclinó sobre él y le acarició un hombro con los labios—. Tendrás que enseñármelo algún día. Creo que me gustará verte sudar.

Él rodó encima de ella, invirtiendo posiciones. La sintió tensarse y relajarse inmediatamente sujeta bajo sus manos. Un progreso, pensó él. El principio de la confianza.

—Estoy listo para trabajar contigo, teniente, en cualquier momento. —Le deslizó el jersey por encima de la cabeza—. En cualquier momento que quieras.

La soltó y se sintió conmovido al notar que ella le abrazaba y le atraía hacia su cuerpo.

Tan fuerte, pensó mientras el juego pasaba a ser un acto de amor. Tan dulce. Tan herida. La tomó lentamente, suavemente. La observó retorcerse y escuchó sus tenues gemidos cada vez que su cuerpo recibía una suave corriente de placer.

La necesitaba. Todavía le sorprendía darse cuenta de cuánto la necesitaba. Se puso de rodillas y arrastró sus piernas con él, enroscadas alrededor de su cintura. El cuerpo de ella se arqueó hacia atrás. Inclinándose sobre su cuerpo, tomó sus labios mientras se movía dentro de ella, profundamente, lentamente, con fuerza.

A cada escalofrío de ella, una corriente de placer le atravesaba. No podía resistirse ante esa blanca garganta. La lamió, la mordisqueó, la chupó, notando a cada momento el pulso de su corazón bajo la piel sensible.

Ella gimió y pronunció su nombre. Llevó ambas manos hasta la cabeza de él y le atrajo hacia sí mientras su cuerpo se arqueaba de placer.

Eve descubrió que hacer el amor la hacía sentir relajada y cálida. La lenta excitación y el largo y lento final le daban energías. No le resultaba en absoluto extraño vestirse de nuevo conservando todavía el olor de él en el cuerpo. La hacía sentirse bien.

—Me siento bien a tu lado.

Eve se sorprendió de haber dicho eso en voz alta. De haberle ofrecido, a él o a cualquiera, una ventaja como ésa.

Roarke se dio cuenta de que admitir eso era el equivalente a una declaración de devoción por parte de otra mujer.

—Me alegro. —Le pasó un dedo por la mejilla hasta el hoyuelo de la barbilla—. Me gusta la idea de quedarme a tu lado.

Ella se alejó y cruzó la habitación para observar las secuencias de cifras que pasaban volando por la pantalla.

—¿Por qué me hablaste de tu infancia en Dublín, de tu padre y de todo eso?

—Tú no te quedarías al lado de alguien a quien no conoces. —Roarke observó la espalda de ella mientras se colocaba la camisa dentro de los pantalones—. Tú me contaste unas cuantas cosas, así que yo también te conté unas cuantas. Y creo que, al final, me contarás quién te hirió cuando eras una niña.

—Te he dicho que no lo recuerdo. —Eve detestó el tono de pánico en su voz—. No necesito recordarlo.

—No te pongas tensa —murmuró él mientras se acercaba para masajearle los hombros—. No voy a presionarte. Sé exactamente lo que es recomponerse uno mismo, Eve. Distanciarse de aquello que fue.

¿Qué sentido tendría decirle que por muy lejos que uno huya, por deprisa que uno corra, el pasado siempre está a dos pasos de uno?

En lugar de eso, le pasó los brazos alrededor de la cintura y notó, con satisfacción, que ella ponía sus manos encima de las de él. Sabía que ella continuaba observando la pantalla al otro lado de la habitación. Y supo en qué momento lo vio.

—Hijo de puta. Mira los números. Ingresos. Gastos. Son demasiado parecidos. Son prácticamente exactos.

—Son exactos —la corrigió Roarke e, inmediatamente la soltó. Sabía que la policía necesitaba estar libre—. Hasta el último penique.

—Pero eso es imposible. —Eve luchó mentalmente con la aritmética—. Nadie gasta exactamente lo que gana. Todo el mundo lleva algo en monedas: el vendedor callejero ocasional, la máquina de Pepsi, el pizzero. Claro, la mayor parte es plástico o electrónico, pero uno tiene que tener unas cuantas monedas a mano.

Se calló un momento y dio media vuelta.

—¿Ya lo habías visto? ¿Por qué no has dicho nada?

—Pensé que sería más interesante esperar hasta encontrar su escondite. —La parpadeante luz amarilla cambió a verde—. Y parece que ya lo hemos encontrado. Ah, un hombre tradicional, nuestro Simpson. Y sospecho que confía en los respetados y discretos suizos. Mostrar datos en pantalla cinco.

—Dios mío —exclamó Eve ante los listados bancarios.

—Eso son francos suizos —explicó Roarke—. Calcular en dólares americanos, pantalla seis. Casi el triple de su informe fiscal, aquí. ¿No te parece, teniente?

Eve sentía la sangre en la cabeza.

—Lo sabía. Mierda, lo sabía. Y mira las retiradas de fondos, Roarke, del último año. Veinticinco mil cada trimestre, cada trimestre. Unos cien mil. —Le miró con una ligera sonrisa—. Eso concuerda con las cifras del listado de Sharon. Simpson... cien. Le estaba sangrando.

—Es posible que puedas probarlo.

—Por supuesto que lo voy a probar. —Eve empezó a caminar por la habitación—. Ella tenía algún poder sobre él. Quizá era la cuestión del sexo, o algún negocio ilícito. Quizá una combinación de pequeños pecados. Así que él le pagaba para que estuviera callada.

Eve introdujo las manos en los bolsillos y volvió a sacarlas.

—Quizá ella aumentó la presión. Quizá él estaba harto y cansado de tirar cien al año como medida de seguridad. Así que se la carga. Alguien continúa intentando boicotear la investigación. Alguien que tiene el poder y la información suficientes para complicar las cosas. Todo apunta directamente hacia él.

—¿Y qué hay de las otras dos víctimas?

Eve estaba pensando en eso. Mierda, estaba pensando en eso.

—Él utilizaba a una prostituta. Es posible que utilizara a otras. Sharon y la tercera víctima se conocían, o sabían la una de la otra. Una de ellas podía haber conocido a Lola, haberla mencionado, incluso haber sugerido que ofrecía un cambio de estilo. Mierda, incluso hubiera podido ser una elección casual. Él se sintió atrapado por la emoción del primer asesinato. Se asustó, pero al mismo tiempo le gustó.

Eve dejó de recorrer la habitación y clavó la vista en Roarke. Él había sacado un cigarrillo y lo había encendido mientras la observaba.

—DeBlass es uno de sus partidarios —continuó ella—. Y Simpson ha apoyado con fuerza el proyecto de ley de DeBlass. Ellas son sólo prostitutas. Eso es lo que él piensa. Solamente son unas putas legales y una de ellas resulta una amenaza. Y habría sido una amenaza mucho mayor cuando él hubiera empezado su carrera hacia el puesto de gobernador.

Ella se detuvo otra vez y se dio la vuelta.

—Todo eso es mierda.

—Creo que suena bastante razonable.

—No si uno observa a ese hombre. —Despacio, Eve se frotó la frente con los dedos—. No tiene el cerebro suficiente. Sí, creo que es capaz de matar. Dios sabe que también mantiene el control. Pero ¿realizar una serie de asesinatos con tal habilidad? Es un hombre de oficina, un administrador, una imagen. No un poli. Ni siquiera es capaz de recordar el código penal sin la ayuda de su asistente. Los chanchullos son fáciles. Es una cuestión de negocios. Y asesinar por puro pánico o pasión o furia, sí, también. Pero ¿planificarlo, ejecutar el plan paso a paso? No. Ni siquiera es lo suficientemente listo para falsear los registros públicos correctamente.

—Por eso tiene ayuda.

—Es posible. Quizá si consiguiera provocar un poco de presión sobre él, podría descubrirlo.

—Puedo ayudarte en eso. —Roarke dio la última calada al cigarrillo y lo apagó—. ¿Qué crees que harían los medios si recibieran una transmisión anónima de las cuentas ocultas de Simpson?

Ella bajó la mano con que se estaba apartando el pelo.

—Le colgarían. Y si sabe algo, aunque tenga una corte de abogados a su alrededor, podríamos hacerle soltar algo.

—Así es. La llamada es tuya, teniente.

Ella pensó en las reglas, en el procedimiento correcto, en el sistema del cual ella había pasado a formar parte. Y pensó en las tres mujeres muertas y en las tres que todavía necesitaban protección.

—Hay una periodista. Nadine Furst. Dáselo a ella.

No quería quedarse con él. Eve sabía que iba a recibir una llamada y era mejor que se encontrara en casa y sola cuando eso ocurriera. No creía que fuera capaz de dormir, pero cayó presa de los sueños.

Soñó primero con un asesinato. Sharon, Lola, Georgie. Todas ellas sonreían hacia la cámara. Ese instante de súbito miedo en sus ojos antes de caer sobre las sábanas tibias de sexo.

Papi. Lola le había llamado papi. Eve cayó en otros dolorosos y más antiguos sueños, mucho más aterradores.

Ella era una niña buena. Se esforzaba por ser buena, por no causar ningún problema. Si causas problemas, los polis vienen a por ti y te meten en un agujero hondo y profundo donde los bichos te saltan encima y las arañas trepan sobre ti con sus largas patas.

Ella no tenía amigos. Tener amigos significaba tener que inventarse historias para explicar el motivo de los moratones. Por qué eras torpe, cuando no eras torpe. Cómo habías caído, si no habías caído. Además, nunca vivían en el mismo sitio durante mucho tiempo. Si lo hacías, los jodidos asistentes sociales venían a husmear y a hacer preguntas. Eran los jodidos asistentes sociales quienes llamaban a los polis para que te metieran en un agujero negro y lleno de bichos.

Su papi la había advertido.

Así que ella era una niña buena, sin amigos, que iba de un lugar a otro, adónde la llevaran.

Pero no parecía que eso sirviera de nada.

Le oía cuando venía. Siempre le oía. Incluso aunque estuviera profundamente dormida, el crepitar sordo de sus pies desnudos sobre el suelo la despertaba tan rápidamente como el sonido de un trueno.

Por favor, por favor, por favor. Ella rogaba, pero no lloraba. Si lloraba, él le pegaba y le hacía esa cosa secreta igualmente. Esas cosas secretas y dolorosas que ella ya sabía, desde los cinco años, que estaban mal.

Él le decía que era una niña buena. Cada vez que le hacía esa cosa secreta le decía que era una niña buena. Pero ella sabía que era mala, y que sería castigada.

Algunas veces él la ataba. Cuando oía que se abría la puerta, ella gemía en voz baja, rezaba para que esta vez no la atara. Si él no la ataba, ella no lucharía, no lo haría. Si él no le tapaba la boca con la mano, ella no gritaría, no chillaría.

—¿Dónde está mi niñita? ¿Dónde está mi niñita buena?

Sus ojos se llenaban de lágrimas mientras las manos de él se deslizaban por debajo de las sábanas, hurgando, tanteando, apretando. El olor del aliento de él sobre su rostro, dulce, como un caramelo.

Los dedos de él entraron con fuerza dentro de ella. Su otra mano encima de su boca justo en el momento en que ella tomaba aire para chillar. No podía evitarlo.

—Cállate. —El aliento de él era entrecortado, delataba una excitación horrible que ella no comprendía.

Los dedos de él le apretaban las mejillas, ahí donde aparecerían los moratones a la mañana siguiente.

—Sé una niña buena. Ahí está una niña buena.

Los chillidos dentro de su cabeza eran más fuertes que los gruñidos de él. Los chillidos en la cabeza, una vez, y otra, y otra.

«No, papi. No papi.»

—¡No! —El grito le desgañitó la garganta al mismo tiempo que se incorporaba en la cama. Tenía la piel de gallina, fría y húmeda. Temblorosa, se cubrió con la sábana.

No lo recordaba. No lo iba a recordar más, se tranquilizó a sí misma. Encogió las piernas y apoyó la cabeza encima de las rodillas. Había sido sólo una pesadilla y ya estaba desapareciendo. Ella era capaz de alejarlo, ya lo había hecho antes, hasta que ya no quedaba nada de él excepto una ligera sensación de náusea.

Todavía temblando, se levantó y se cubrió con el albornoz para combatir el frío. Una vez en el baño, se lavó la cara con agua hasta que la respiración volvió a su ritmo normal. Más calmada, buscó una lata de Pepsi, se enroscó en la cama otra vez y encendió uno de los canales informativos de veinticuatro horas.

Se preparó a esperar.

Ésa era la principal noticia a las seis de la mañana. El titular lo leyó una tal Nadine de ojos de gato: Eve ya estaba vestida cuando entró una llamada avisándola de que fuera a la central.

Capítulo diecisiete

*F*uera cual fuese la satisfacción de Eve por formar parte del equipo que interrogaba a Simpson, la escondió con habilidad. Como deferencia a su posición, utilizaron la oficina de la administración de seguridad en lugar del área de interrogación.

Ni la elegancia de las enormes ventanas ni el brillo de la mesa conseguían hacer olvidar el hecho de que Simpson se encontraba ante un problema serio. El brillo del sudor de éste justo encima su labio superior era una muestra de que él sabía hasta qué punto era serio.

—Los medios intentan perjudicar al departamento —empezó Simpson, utilizando una afirmación meticulosamente preparada por su primer ayudante—. A causa del evidente fracaso de la investigación de las tres brutales muertes de esas mujeres, los medios están intentando incitar a una caza de brujas. Como jefe de la policía, soy un objetivo obvio.

—Jefe Simpson. —Ni por un segundo se permitió el comandante Whitney mostrar su íntima satisfacción. El tono de su voz era grave, su mirada, seria. Pero el corazón latía de contento—. Sin tener en cuenta cuáles sean los motivos, será necesario que explique usted la discrepancia entre sus libros.

Simpson se quedó un momento inmóvil en la silla mientras uno de sus abogados se inclinaba a su lado y le susurraba algo al oído.

—No he admitido que haya ninguna discrepancia. Si hay alguna, no estoy al corriente de ello.

—¿No está usted al corriente, jefe Simpson, de más de dos millones de dólares?

—Ya me he puesto en contacto con mi gestoría. Obviamente, si ha habido un error de alguna clase, ha sido cometido por ellos.

—¿Confirma o niega que la cuenta 4789127499, es suya?

Después de realizar otra breve consulta, Simpson asintió.

—Lo confirmo.

Mentir sólo hubiera apretado más el nudo.

Whitney miró a Eve. Estaban de acuerdo en que la cuenta era una cuestión de Hacienda. Lo único que querían era que Simpson lo confirmara.

—¿Cómo explica, jefe Simpson, la retirada de cien mil dólares, en cantidades de veinticinco mil dólares, cada tres meses durante el pasado año?

Simpson se aflojó el nudo de la corbata.

—No veo razón para explicar cómo me gasto mi dinero, teniente Dallas.

—Entonces quizá pueda explicar por qué esas mismas cantidades fueron registradas por Sharon DeBlass a su nombre.

—No sé de qué me está hablando.

—Tenemos pruebas de que pagó usted a Sharon De-Blass cien mil dólares, en cantidades de veinticinco mil dólares, durante el período de un año. —Eve esperó un instante—. Ésa es una cantidad bastante grande entre conocidos casuales.

—No tengo nada que decir al respecto.

—¿Le estaba haciendo chantaje?

—No tengo nada que decir.

—Las pruebas lo dicen por usted —afirmó Eve—. Ella le estaba haciendo chantaje y usted le estaba pagando. Estoy segura de que usted sabe que sólo existen dos maneras de de-

tener un chantaje, jefe Simpson. Una, dejar de pagar. Dos…
eliminar al chantajista.

—Esto es absurdo. Yo no maté a Sharon. Le pagaba pun-
tualmente. Yo…

—Jefe Simpson. —El mayor del grupo de abogados puso
una mano encima del brazo de Simpson y se lo apretó. Miró a
Eve con tranquilidad—. Mi cliente no tiene ninguna otra declaración acerca de Sharon DeBlass. Evidentemente, coopera-
remos en cualquier manera que la investigación de Hacienda
de los registros de mi cliente lo requiera. De todas formas, en
este momento no se ha realizado ninguna acusación. Estamos
aquí solamente como señal de cortesía y para demostrar nuestra buena voluntad.

—¿Conocía usted a una mujer conocida con el nombre
de Lola Starr? —disparó Eve.

—Mi cliente no tiene ningún comentario más.

—¿Conocía usted a la acompañante con licencia Georgie
Castle?

—La misma respuesta —dijo el abogado, paciente.

—Ha hecho usted todo lo posible por bloquear esta investigación de asesinato desde el principio. ¿Por qué?

—¿Es ésta una afirmación, teniente Dallas? —preguntó
el abogado—. ¿O una opinión?

—Hablo de hechos. Usted conocía a Sharon DeBlass bien.
Íntimamente. Ella le estaba costando cien de los grandes cada
año. Ella está muerta y alguien está filtrando información confidencial sobre la investigación. Hay dos mujeres más muertas. Todas las víctimas se ganaban la vida gracias a la prostitución legal, algo a lo que usted se opone.

—Mi oposición a la prostitución es una postura política,
moral y personal —dijo Simpson en tono seco—. Apoyaré
de todo corazón cualquier legislación que la haga ilegal. Pero
no eliminaría el problema acabando con las prostitutas de una
en una.

—Usted posee una colección de armas antiguas —insistió Eve.

—Así es —asintió Simpson sin hacer caso a su abogado—. Una colección pequeña, limitada. Todo registrado, asegurado e inventariado. Me complacerá enviárselas al comandante Whitney para que sean observadas.

—Se lo agradezco —dijo Whitney—. Gracias por su cooperación.

Simpson se levantó. Su rostro era un campo de batalla de emociones.

—Cuando este asunto se haya aclarado, no olvidaré esta reunión. —Su mirada se detuvo un instante sobre Eve—. No olvidaré quién atacó la oficina del jefe de la Policía y Seguridad.

El comandante Whitney esperó hasta que Simpson hubo salido, seguido por su equipo de abogados.

—Cuando esto se haya aclarado, no podrá acercarse ni a cien metros de la oficina del jefe de la Policía y Seguridad.

—Necesitaba más tiempo con él. ¿Por qué le ha permitido marcharse?

—El suyo no es el único nombre en la lista de DeBlass —le recordó Whitney—. Y todavía no existe ninguna relación entre él y las otras dos víctimas. Vaya descartando nombres de la lista, ofrézcame algo que pueda relacionarse y le daré todo el tiempo que necesite. —Hizo una pausa y revisó por encima los documentos que habían sido transmitidos hasta su oficina—. Dallas, parecía usted muy bien preparada para esta entrevista. Casi como si la hubiera estado esperando. No creo que tenga que recordarle que hurgar documentos privados está fuera de la ley.

—No, señor.

—Ya me lo parecía. Váyase.

Mientras se dirigía a la puerta, le parecía que le oyó murmurar «buen trabajo», pero debió de haber oído mal.

Estaba a punto de subir al ascensor para ir a su sección cuando su comunicador sonó.

—Dallas.

—Una llamada para ti. Charles Monroe.

—Ya le llamaré.

Iba tomando una taza de una imitación fangosa de café con lo que tendría que haber sido un donut, mientras pasaba por delante por el área de registros. Tardó casi veinte minutos en requisar unas copias de los discos de los tres homicidios.

Se encerró en la oficina y volvió a estudiarlos. Repasó sus notas, escribió notas nuevas.

La víctima se encontraba encima de la cama cada vez. La cama estaba deshecha cada vez. Ellas estaban desnudas cada vez. Tenían el pelo revuelto.

Entrecerró los ojos y ordenó que la imagen de Lola Starr se congelara y fuera ampliada.

—Piel enrojecida en la nalga izquierda —murmuró—. No percibido antes. ¿Azotes? ¿Juegos de dominación? No parece que haya moratones. Que Feeney lo aumente y lo determine. Cambio a la cinta de DeBlass.

Eve pasó las imágenes de nuevo. Sharon reía ante la cámara, se mostraba burlona, se acariciaba, cambiaba de postura.

—Congelar imagen. Cuadrante, mierda, intentar dieciséis, aumento. Ninguna señal —dijo—. Continuar. Vamos Sharon, muéstrame el lado correcto, sólo por si acaso. Un poco más. Congelar. Cuadrante doce, aumento. Ninguna marca. Quizá tú diste los azotes, ¿no? Activar el disco de Castle. Vamos Georgie, vamos a ver.

Observó a la mujer reír, flirtear, levantar una mano para arreglarse el pelo despeinado. Eve conocía el diálogo a la perfección. «Ha sido maravilloso. Eres increíble.»

Estaba de rodillas, sentada sobre los talones. Tenía una mirada complaciente y cómplice. Eve empezó a animarla mentalmente a que se moviera, sólo un poco, un ligero cambio de postura. Entonces Georgie bostezó delicadamente y se volvió para acomodar las almohadas.

—Congelar. Ah, sí, te ha azotado, ¿no es así? A algunos tíos les gusta jugar al papi y a la niña mala.

Un destello, como una cuchillada, le atravesó la mente. Los recuerdos la acribillaron, una palmada fuerte en el trasero, el dolor, la respiración pesada. «Mereces un castigo, niñita. Luego papi te lo va a curar con un beso. Te lo va a curar con muchos besos.»

—Dios. —Se frotó el rostro con manos temblorosas—. Parar. Apártalo. Apártalo.

Alargó la mano para tomar un sorbo de café pero sólo quedaba el poso. El pasado pertenecía al pasado, se dijo a sí misma, y no tenía nada que ver con ella. Nada que ver con el trabajo que tenía entre las manos.

—Las víctimas dos y tres tienen marcas de malos tratos en las nalgas. Ninguna señal en la víctima uno. —Exhaló un fuerte suspiro y respiró despacio, un poco más tranquila—. Una diferencia en el esquema. Reacción emocional visible durante el primer asesinato, ausente en los dos siguientes.

El TeleLink zumbó. Eve lo ignoró.

—Posible teoría: el perpetrador ganó confianza y placer en los asesinatos siguientes. Nota: la víctima dos no disponía de sistema de seguridad. Lapso de las cámaras de seguridad, víctima tres, treinta y tres minutos menos que la víctima uno. Teoría posible: más hábil, más confiado, menos dispuesto a jugar con la víctima. Quiere el polvo más rápido.

Posible, posible, pensó. Y el ordenador, después de un zumbante traqueteo, estuvo de acuerdo con un factor de probabilidad del 96,3 por ciento. Pero algo fallaba mientras pasaba los tres discos al mismo tiempo, intercambiando las secciones.

—Dividir pantalla —ordenó—. Víctimas uno y dos, desde el principio.

La sonrisa gatuna de Sharon, el puchero de Lola. Ambas

mujeres miraban a la cámara, al hombre que estaba detrás de ella. Le hablaban.

—Congelar imágenes —dijo Eve en un tono tan bajo que sólo el fino oído del ordenador pudo oírla—. Dios mío, ¿qué tenemos ahí?

Era un pequeño detalle, un ligerísimo detalle, que, ante la brutalidad de los asesinatos, pasaba totalmente desapercibido. Pero ahora lo veía, en los ojos de Sharon. En los de Lola.

La mirada de Lola era un poco más elevada.

Quizá la altura de la cama era una explicación, se dijo Eve mientras añadía la imagen de Georgie a la pantalla. Todas ellas tenían la cabeza levantada. Después de todo, estaban sentadas y él, probablemente, de pie. Pero el ángulo de la mirada, el punto al cual dirigían la mirada… sólo el de Sharon era distinto.

Sin apartar la vista de la pantalla, Eve llamó a la doctora Mira.

—No me importa lo que esté haciendo —escupió Eve a la recepción—. Es urgente.

Gruñó al escuchar la dulzona y estúpida música de espera.

—Pregunta —dijo en cuanto Mira estuvo al otro lado de la línea.

—Sí, teniente.

—¿Es posible que tengamos a dos asesinos?

—¿Un crimen imitado? Es poco probable, teniente, teniendo en cuenta que el método y el estilo de los asesinatos ha sido ocultado.

—Pero algo no cuadra. Hay diferencias en el esquema. Pequeñas, pero decisivas. —Impaciente, las resumió—. Una teoría, doctora. El primer asesinato es cometido por alguien que conocía bien a Sharon, que mató por un impulso, y que luego tuvo el control suficiente como para dejarlo todo bien limpio detrás. Los otros dos son reflejos del primer asesinato, mejorados, cometidos por alguien frío, calculador, que no tiene ninguna relación con sus víctimas. Y, mierda, es más alto.

—Es una teoría, teniente. Lo siento, pero es tan probable, incluso más probable, que los tres asesinatos fueran cometidos por un hombre que aprende a ser más calculador cada vez. Según mi opinión profesional, nadie que no hubiera tenido acceso al primer crimen, a los pasos que se dieron en él, pudo haber copiado tan perfectamente los sucesos de los otros dos.

Su ordenador también había desestimado esa teoría, con un 48,5 por ciento.

—Vale, gracias. —Desanimada, Eve cortó la comunicación. Era absurdo sentirse decepcionada, se dijo a sí misma. ¿No hubiera sido peor tener que ir tras dos hombres en lugar de uno?

Su TeleLink zumbó otra vez. Con la mandíbula apretada a causa de la irritación, conectó.

—Dallas. Qué.

—Eh, teniente Dulce. Cualquier chico pensaría que no le importa nada.

—No tengo tiempo de jugar, Charles.

—Eh, no me corte. Tengo algo para usted.

—Ni para insinuaciones absurdas…

—No, de verdad. Dios, flirteas con una mujer una o dos veces y no te toma en serio nunca más. —Su rostro perfecto mostraba estar dolido—. Me pidió que la llamara si recordaba algo, ¿no es así?

—Exacto. —Paciencia, se dijo a sí misma—. ¿Lo ha hecho?

—Fue lo de los diarios lo que me hizo pensar. Ya sabe que yo le dije que ella lo registraba todo. Dado que usted los estaba buscando, imaginé que no estaban en su apartamento.

—Debería usted ser detective.

—Me gusta mi línea de trabajo. De cualquier forma, empecé a preguntarme dónde debió de haberlos guardado para que estuvieran seguros. Y recordé la caja de seguridad.

—Ya lo hemos comprobado, gracias de todas maneras.

—Ah. Bueno, ¿y cómo ha tenido acceso sin mí? Ella está muerta.

Eve se detuvo justo antes de cortar la comunicación con él.

—¿Sin usted?

—Sí. Hace dos o tres años, me pidió que firmara para depositar una en su lugar. Dijo que no quería que su nombre quedara registrado.

Eve sintió que el corazón se le aceleraba.

—Bueno, ¿y de qué le iba a servir a ella?

La sonrisa de Charles era tímida y encantadora.

—Bueno, técnicamente, firmé a nombre de mi hermana. Tengo una en Kansas. Así que la inscribí como Annie Monroe. Ella pagaba el alquiler y yo me olvidé de ello. Ni siquiera puedo asegurarle que todavía exista, pero pensé que le gustaría saberlo.

—¿Dónde está el banco?

—Manhattan, en Madison.

—Escúcheme, Charles. Está usted en casa, ¿no es así?

—Exacto.

—Quédese ahí. Justo ahí. Llegaré en quince minutos. Vamos a ir de bancos, usted y yo.

—Si eso es lo mejor que puedo hacer. Eh, ¿le he dado una buena pista, teniente Dulce?

—Limítese a quedarse ahí.

Eve ya estaba en pie poniéndose la chaqueta cuando el TeleLink volvió a emitir un zumbido.

—Dallas.

—Comunicado, Dallas. Tenemos una transmisión para usted a la espera. Vídeo bloqueado. Rehúsa identificarse.

—¿Localización?

—Localizando ahora.

—Entonces, comuníqueme. —Se colgó el bolso en el hombro mientras el audio emitía un pequeño chasquido—. Aquí Dallas.

—¿Está sola? —Era una voz de mujer, temblorosa.

—Sí. ¿Quiere que la ayude?

—No fue culpa mía. Debe usted saber que no fue culpa mía.

—Nadie le está echando la culpa. —El entrenamiento permitía a Eve percibir el miedo y el dolor—. Dígame qué ha pasado.

—Me violó. No pude impedírselo. Me violó. La violó a ella también. Luego la mató. Podía matarme a mí también.

—Dígame dónde está. —Estudió la pantalla, esperando a que apareciera la localización—. Quiero ayudarla, pero tengo que saber dónde está.

Con respiración entrecortada, la mujer gimió.

—Dijo que tenía que ser un secreto. No se lo podría decir. La mató a ella para que no lo pudiera decir. Ahora estoy yo. Nadie va a creerme.

—Yo la creo. La ayudaré. Dígame… —La transmisión se cortó y Eve pronunció una maldición—. ¿Dónde? —preguntó.

—Front Royal, Virginia. Número 7, 0, 3, 5, 5, 5, 39, 08. Dirección…

—No la necesito. Póngame con el capitán Ryan Feeney. Rápido.

Dos minutos no era rápido. Estuvo a punto de hacerse un agujero con el dedo en la sien mientras esperaba.

—Feeney, tengo algo y es importante.

—¿Qué?

—No puedo contártelo ahora, pero necesito que vayas a recoger a Charles Monroe.

—Dios, Eve, ¿le tenemos?

—Todavía no. Monroe te llevará a la otra caja de seguridad de Sharon. Ocúpate bien de él, Feeney. Vamos a necesitarle. Y cuida bien de lo que encuentres en la caja.

—¿Qué vas a hacer?

—Tengo que subir a un avión.

Cortó la comunicación y llamó a Roarke. Tardó otros tres minutos de ese precioso tiempo antes de comunicarse con él.

—Estaba a punto de llamarte, Eve. Parece que tengo que volar a Dublín. ¿Te animas a venir?

—Roarke, necesito tu avión. Ahora. Tengo que ir a Virginia inmediatamente. Si voy con los canales o con el transporte público...

—El avión te estará esperando. Terminal C, puerta 22.

Eve cerró los ojos.

—Gracias. Te la debo.

La gratitud le duró hasta que llegó a la puerta de embarque y encontró que Roarke la estaba esperando.

—No tengo tiempo de hablar.

Su tono fue duro mientras sus largas piernas se comían la distancia desde la puerta hasta el ascensor.

—Hablaremos en el avión.

—No vas a venir conmigo. Esto es un asunto oficial...

—Éste es mi avión, teniente —la interrumpió en tono suave mientras la puerta del ascensor les encerraba y les deslizaba hacia arriba.

—¿No puedes hacer nada sin imponer tus condiciones?

—Sí. Pero ésta no es una de ellas.

La puerta se abrió. La asistente de vuelo se encontraba esperando en actitud eficiente.

—Bienvenidos a bordo, señor, teniente. ¿Puedo ofrecerles alguna bebida?

—No, gracias. Haga que el piloto despegue en cuanto obtenga permiso. —Roarke se sentó, pero Eve todavía estaba enojada—. No podremos despegar hasta que no estés sentada y con el cinturón atado.

—Pensé que te ibas a Irlanda. —Le resultaba tan fácil discutir con él como sentarse.

—No es una prioridad. Esto lo es. Eve, antes de que digas nada, deja que te resuma mi situación. Vas a llegar a Virginia en un momento. Esto tiene que ver con el caso DeBlass y con una información nueva. Beth y Richard son amigos, unos muy buenos amigos. Yo no tengo muchos buenos amigos, y tú tampoco. Ponte en mi lugar. ¿Qué harías?

Eve repiqueteó los dedos encima del brazo del asiento mientras el avión iniciaba el trayecto.

—Esto no puede convertirse en un asunto personal.

—Para ti no. Para mí, es muy personal. Beth se ha puesto en contacto conmigo mientras estaba dando instrucciones para que te prepararan el avión. Me pidió que viniera.

—¿Por qué?

—No me lo dijo. No necesitaba hacerlo… sólo tenía que pedirlo.

La lealtad era un rasgo ante el cual a Eve le costaba mostrarse en desacuerdo.

—No puedo impedir que vengas pero, te lo advierto, esto es un asunto del departamento.

—Y el departamento se encuentra revuelto esta mañana —dijo él en tono ecuánime— a causa de cierta información que se ha filtrado a los medios… procedente de una fuente anónima.

Ella exhaló con fuerza. No había nada como arrinconarse a sí mismo.

—Te agradezco la ayuda.

—¿Lo suficiente como para contarme el resultado?

—Supongo que el capitán estará ilocalizable durante todo el día. —Estaba inquieta, miraba a través de la ventana, ansiosa por dejar atrás los kilómetros—. Simpson va a intentar responsabilizar de todo el asunto a su empresa de gestoría. No creo que lo consiga. Hacienda le acusará de evasión fiscal. Supongo que una investigación interna desvelará dónde tiene el dinero. Teniendo en cuenta la imaginación de

Simpson, apuesto a que se trata de los sobornos y los chanchullos comunes.

—¿Y el chantaje?

—Ah, él le estaba pagando. Lo admitió antes de que su abogado le hiciera callar. Y lo negará en cuanto se dé cuenta de que el chantaje resulta un motivo poco dudoso ante un asesinato.

Eve tomó su comunicador y pidió acceso con Feeney.

—Eh, Dallas.

—¿Los tienes?

Feeney mostraba una pequeña caja para que ella la pudiera ver en la minúscula pantalla.

—Todos etiquetados y fechados. De unos veinte años atrás.

—Empieza con la última entrada, y ve hacia atrás. Yo llegaré a mi destino en veinte minutos. Me pondré en contacto contigo tan pronto como pueda para que me pases el informe.

—Eh, teniente Dulce. —Charles apareció en la pantalla—. ¿Cómo lo he hecho?

—Lo ha hecho bien. Gracias. Ahora, y hasta que le diga lo contrario, olvídese de la caja de seguridad, de los diarios y de todo.

—¿Qué diarios? —dijo él, guiñándole un ojo. Le mandó un beso antes de que Feeney le apartara de un codazo.

—Voy hacia la central ahora. Estamos en contacto.

—Corto. —Eve apagó el aparato y lo volvió a guardar en el bolsillo.

Roarke esperó un instante.

—¿Teniente Dulce?

—Cállate, Roarke.

Eve cerró los ojos para no hacerle caso, pero no pudo evitar una sonrisa.

Y

Cuando aterrizaron, tuvo que admitir que el nombre de Roarke resultaba más eficaz que una placa. Al cabo de unos minutos estaban en un potente coche de alquiler y tragaban kilómetros en dirección a Front Royal. Eve podría haberse quejado por haber sido relegada al asiento del acompañante, pero no podía quejarse de cómo conducía.

—¿Has ido alguna vez al Indy?

—No.

Él le dirigió una rápida mirada mientras corrían por la carretera noventa y cinco justo a menos de ciento cincuenta.

—Pero he conducido en el Grand Prix.

—Lo imaginaba. —Se sujetó en el agarradero del techo mientras él iniciaba un ascenso vertical y realizaba un vuelo rasante, e ilegal, por encima de un breve atasco—. Has dicho que Richard es un buen amigo. ¿Cómo le definirías?

—Inteligente. Dedicado. Tranquilo. Pocas veces habla si no tiene nada que decir. Eclipsado por su padre, a veces en desavenencia con él.

—¿Cómo describirías la relación con su padre?

Él hizo descender el vehículo de nuevo. Las ruedas casi no tocaban la superficie de la carretera.

—Por lo poco que me ha contado, y por lo que Beth ha dejado caer alguna vez, diría que es una relación de rivalidad, frustrada.

—¿Y la relación con su hija?

—Las elecciones que ella hizo eran directamente contrarias al estilo de vida de él, a su… bueno, moral, si quieres. Es un firme creyente en la libertad de elección y de expresión. A pesar de eso, no creo que ningún padre desee que su hija se convierta en una mujer que se vende a sí misma para vivir.

—¿Tuvo algo que ver en la planificación de los sistemas de seguridad de su padre durante la última campaña a senador?

Roarke volvió a elevar el vehículo y lo dirigió hacia fuera de la carretera mientras decía algo sobre un atajo. En silencio, pasaron por encima de un bosquecillo de árboles, de unos cuantos edificios residenciales y descendieron a una calle de una de las zonas residenciales.

Eve dejó de contar las infracciones de tráfico.

—La lealtad a la familia está más allá de la política. Un hombre con los puntos de vista de DeBlass o bien es muy querido o muy odiado. Richard puede estar en desacuerdo con su padre, pero no desea que le asesinen. Dado que está especializado en legislación de sistemas de seguridad, la consecuencia lógica es que debe de haber ayudado a su padre en ese asunto.

«Un hombre que protege a su padre», pensó Eve.

—¿Hasta dónde llegaría DeBlass para ayudar a su hijo?

—¿Protegerle de qué? Richard es un moderado entre moderados. Es un hombre muy prudente y apoya las causas de forma discreta. Él… —El significado de la pregunta se le hizo evidente—. Te equivocas de objetivo —dijo Roarke con las mandíbulas apretadas—. Te equivocas de objetivo.

—Ya veremos.

La casa de la colina tenía un aspecto tranquilo. Se elevaba serena y acogedora bajo el frío cielo azul, y unos cuantos azafranes empezaban a emerger por entre la hierba mordida por el frío.

Eve pensó que las apariencias resultaban engañosas la mayoría de las veces. Sabía que en esa casa no había un bienestar fácil, una felicidad tranquila ni una vida ordenada. Ahora estaba segura de que sabía lo que había sucedido detrás de esos muros rosados y esos cristales brillantes.

Elizabeth en persona les abrió la puerta. Si eso era posible, estaba más pálida y se la veía más agotada de lo que Eve la recordaba de la última vez. Tenía los ojos hinchados de haber llorado y el masculino vestido que llevaba le colgaba en las caderas descubriendo una reciente pérdida de peso.

—Oh, Roarke. —Elizabeth se precipitó entre sus brazos y Eve casi pudo oír el entrechocar de sus frágiles huesos—. Siento haberte hecho venir hasta aquí. No debería haberte molestado.

—No seas tonta. —Le hizo levantar la cabeza con una suavidad que a Eve le llegó al corazón, a pesar del esfuerzo por mantenerse fría—. Beth, no te estás cuidando.

—Parece que no puedo funcionar normalmente. No puedo pensar ni hacer nada. Todo se está desmoronando a mi alrededor y yo… —se interrumpió de repente al recordar que no estaban solos—. Teniente Dallas.

Eve percibió una expresión acusatoria en los ojos de Elizabeth cuando ésta volvió a mirar a Roarke.

—No me ha traído él, señora Barrister. Yo le he traído a él. Recibí una llamada esta mañana desde aquí. ¿La hizo usted?

—No. —Elizabeth dio un paso hacia atrás. Juntó las manos y se retorció los dedos en un gesto de nerviosismo—. No, no fui yo. Debe de haber sido Catherine. Llegó anoche, de forma imprevisible. Estaba histérica, presa de los nervios. Su madre ha sido hospitalizada y el pronóstico es malo. Lo único que puedo imaginar es que la tensión de las últimas semanas ha sido excesiva para ella. Por eso te he llamado, Roarke. Richard no puede más. Y parece que yo no puedo ayudar. Necesitamos a alguien.

—¿Por qué no entramos y nos sentamos un poco?

—Están en el salón. —Con gesto nervioso, Elizabeth se dio la vuelta y miró hacia el recibidor—. No quiere tomar ningún tranquilizante y tampoco quiere explicar nada. No nos ha dejado hacer nada excepto llamar a su esposo y a su hijo para decirles que estaba aquí y que no vinieran. Está obsesionada con la idea de que ellos quizá se encuentren en algún tipo de peligro. Supongo que lo que le ha sucedido a Sharon le hace preocuparse por su propio hijo. Está obsesionada con que debe salvarle de Dios sabe qué.

—Si fue ella quien me llamó —dijo Eve—, quizá quiera hablar conmigo.

—Sí. De acuerdo.

Les condujo por el recibidor hasta el ordenado y soleado salón. Catherine DeBlass estaba sentada en el sofá y su hermano, a su lado, la abrazaba. Eve no estaba segura de si ese abrazo era un gesto protector o represor.

Richard miró a Roarke con ojos afligidos.

—Me alegro de que hayas venido. Estamos destrozados, Roarke. —La voz le temblaba, casi no podía hablar—. Estamos destrozados.

—Elizabeth. —Roarke se puso de cuclillas frente a Catherine—. ¿Por qué no traes un poco de café?

—Claro. Lo siento.

—Catherine. —Su tono era amable, igual que la mano que depositó sobre el brazo de ella. A pesar de ello, el contacto hizo que Catherine se sobresaltara y que sus ojos mostraran una expresión de espanto.

—No. ¿Qué… qué estás haciendo aquí?

—He venido a ver a Beth y a Richard. Siento mucho que no te encuentres bien.

—¿Bien? —Emitió algo que quería ser una carcajada mientras se apartaba de él—. Ninguno de nosotros volverá a estar bien nunca. ¿Cómo podríamos hacerlo? Estamos todos manchados. Todos tenemos la culpa.

—¿De qué?

Ella negó con la cabeza y se alejó hasta el extremo opuesto del sofá.

—No puedo decir nada.

—Congresista DeBlass. Soy la teniente Dallas. Me ha llamado usted hace poco.

—No, no lo he hecho. —Aterrorizada, Catherine cruzó

los brazos delante del pecho—. No he llamado. No he dicho nada.

Richard iba a acercarse a ella, pero Eve le dirigió una mirada de advertencia. Deliberadamente, se puso entre ambos, se sentó y tomó la frágil mano de Catherine.

—Usted quería que yo la ayudara. Y la voy a ayudar.

—No puede hacerlo. Nadie puede hacerlo. Fue un error llamar. Tenemos que mantener esto en la familia. Tengo marido y un niño pequeño. —Las lágrimas empezaron a caerle por las mejillas—. Tengo que protegerles. Tengo que irme lejos, muy lejos, para protegerles.

—Nosotros les protegeremos —dijo Eve en voz baja—. Y la protegeremos a usted. Llegué tarde para proteger a Sharon. No puede usted culparse a sí misma.

—No hice nada por impedirlo —dijo Catherine en un susurro—. Quizá incluso me alegré, porque no era yo. No era yo.

—Señora DeBlass, yo puedo ayudarla. Puedo protegerla a usted y a su familia. Dígame quién la violó.

Richard emitió una exclamación de sorpresa.

—Dios mío, ¿qué está usted diciendo? ¿Qué…?

Eve se volvió hacia él y le dirigió una mirada fiera.

—Cállese. Aquí ya no hay más secretos.

—Secretos —dijo Catherine con labios temblorosos—. Tiene que ser un secreto.

—No, no tiene que serlo. Este tipo de secretos duelen. Se te meten dentro y te devoran. Hacen que una esté asustada y que se sienta culpable. Aquellos que quieren que sea un secreto, lo utilizan: la culpa, el miedo, la vergüenza. La única manera de luchar es contarlo. Dígame quién la violó.

Catherine emitió un suspiro tembloroso. Miró a su hermano con ojos brillantes y aterrorizados. Eve la obligó a mirarla a los ojos.

—Míreme. Míreme a mí. Y dígame quién la violó. ¿Quién violó a Sharon?

—Mi padre. —Pronunció esas palabras con voz dolorida—. Mi padre. Mi padre. Mi padre. —Se llevó las manos a la cara y empezó a llorar.

—Oh, Dios. —Elizabeth, al otro extremo de la habitación, tropezó con el robot de servicio. La vajilla se rompió y el café se derramó sobre la bonita alfombra—. Oh, Dios. Mi niña.

Richard se levantó bruscamente del sofá y la sujetó antes de que cayera. La abrazó con fuerza.

—Le voy a matar. Le voy a matar. —Entonces sumergió el rostro en el pelo de ella—. Beth. Oh, Beth.

—Haga lo que pueda por ellos —susurró Eve a Roarke mientras se dirigía a Catherine.

—Tú creíste que había sido Richard —respondió Roarke en voz baja.

—Sí. —Le miró con ojos inexpresivos—. Creí que había sido el padre de Sharon. Quizá no quería pensar que algo tan horroroso podía abarcar dos generaciones.

Roarke se inclinó un poco hacia ella. La expresión de su rostro era dura como una roca.

—De una forma u otra, DeBlass es hombre muerto.

—Ayuda a tus amigos —dijo Eve en tono tranquilo—. Tengo trabajo que hacer.

Capítulo dieciocho

*P*ermitió que Catherine llorara aunque sabía, demasiado bien, que las lágrimas no curarían la herida por completo. También sabía que no habría sido capaz de manejar sola esa situación. Fue Roarke quien tranquilizó a Elizabeth y a Richard, quien hizo que el robot de servicio recogiera la vajilla rota, quien tomó sus manos con calidez y quien, cuando lo consideró conveniente, pidió amablemente que le llevaran un poco de té a Catherine.

Catherine fue a buscarlo y a la vuelta, después de cerrar con cuidado las puertas del salón, le llevó una taza a su cuñada.

—Toma querida, bebe un poco.

—Lo siento. —Catherine tomó la taza con ambas manos para calentárselas un poco—. Lo siento. Creí que ya se había acabado. Me obligué a creer que se había acabado. Si no, no hubiera podido continuar viviendo.

—Está bien.

Pálida, Elizabeth volvió con su marido.

—Señora DeBlass, necesito que me lo cuente todo. ¿Congresista DeBlass? —Eve esperó a que Catherine la mirara otra vez—. ¿Comprende usted que esto está siendo grabado?

—Él se lo impedirá.

—No, no lo hará. Por eso me llamó usted, porque usted sabe que yo voy a detenerle.

—Él la teme —susurró Catherine—. Él la teme a usted. Me di cuenta. Él teme a las mujeres. Por eso las maltrata. Creo que le hizo algo a mi madre. La destrozó mentalmente. Ella lo sabía.

—¿Su madre sabía que su padre abusaba de usted?

—Lo sabía. Fingía que no lo sabía, pero yo lo veía en sus ojos. No quería saberlo. Sólo quería que todo se mantuviera tranquilo y perfecto para que pudiera continuar organizando fiestas y comportándose como la esposa del senador. —Se cubrió los ojos con una mano—. Cada vez que él había venido a mi habitación por la noche, al día siguiente yo lo veía en el rostro de ella. Pero cuando intentaba hablar con ella, pedirle que se lo impidiera, fingía que no sabía de qué le estaba hablando. Me decía que dejara de imaginarme cosas. Que fuera buena y que respetara a la familia.

Bajó la cabeza, sujetó la taza con ambas manos pero no bebió.

—Cuando yo era una niña, siete u ocho años, él venía por la noche y me tocaba. Decía que estaba bien porque era mi papi y que yo tenía que fingir que era mami. Era un juego, decía, un juego secreto. Me pidió que hiciera cosas, que le tocara. Que…

—Está bien —la tranquilizó Eve al ver que Catherine empezaba a temblar violentamente—. No tiene usted que decirlo todo. Dígame lo que pueda.

—Tenía que obedecerle. Tenía que hacerlo. Él era importante en la familia. ¿Richard?

—Sí. —Richard tomó la mano de su esposa entre las suyas y se la apretó—. Lo sé.

—No podía decírtelo porque estaba avergonzada y tenía miedo, y mamá desviaba la mirada, así que yo pensé que tenía que hacerlo. —Hizo un esfuerzo por tragar saliva—. En mi duodécimo cumpleaños hicimos una fiesta. Muchos amigos, un pastel grande y los ponis. ¿Te acuerdas de los ponis, Richard?

—Me acuerdo. —Las lágrimas le caían, silenciosas, mejillas abajo—. Me acuerdo.

—Esa noche, la noche de mi cumpleaños, vino. Dijo que ya era mayor. Dijo que tenía un regalo para mí. Un regalo especial porque yo me hacía mayor. Y me violó. —Enterró el rostro entre las manos y se balanceó hacia delante y hacia atrás—. Dijo que era un regalo. Oh, Dios. Y yo le rogaba que parara, porque dolía. Y como yo ya era mayor y sabía que eso estaba mal, yo era mala. Era mala. Pero él no paró. Y continuó viniendo. Durante todos esos años hasta que conseguí marcharme. Me fui al instituto, lejos, donde él no podía tocarme. Y me dije a mí misma que nunca había sucedido, que nunca, nunca, había sucedido.

»Intenté ser fuerte, hacer mi vida. Me casé porque pensé que así estaría segura. Justin era tan amable, tan comprensivo. Nunca me hizo daño. Y yo nunca se lo conté. Pensé que si él lo sabía, me rechazaría. Así que continué diciéndome a mí misma que eso nunca había sucedido.

Bajó las manos y miró a Eve.

»A veces conseguía creérmelo. La mayoría de las veces lo conseguía. Me concentraba en mi trabajo, en mi familia. Pero entonces me di cuenta, supe que estaba haciendo lo mismo con Sharon. Yo quería ayudarla, pero no sabía cómo. Así que me aparté, igual que hizo mi madre. Él la mató. Ahora me matará a mí.

—¿Por qué cree usted que él mató a Sharon?

—Ella no era débil, como yo. Ella utilizó eso contra él. Les oí pelearse. El día de Navidad. Cuando todos estábamos en su casa fingiendo que éramos una familia. Les vi ir a la oficina de él y les seguí. Abrí la puerta y les vi y les escuché por la rendija. Él estaba furioso por el hecho de que ella se burlaba en público de todo aquello que él defendía. Y ella le dijo: «Tú has hecho de mí lo que soy, tú, jodido bastardo». Me gustó oír eso. Me hizo desear saltar de alegría. Ella le plantó cara. Le amenazó con delatarle si no le pagaba. Lo tenía todo documentado, dijo, todos los sucios detalles. Así que él ten-

dría que pagarle lo que ella le pidiera. Se pelearon, se insulta-
ron el uno al otro. Y entonces…

Catherine dirigió una mirada a Elizabeth, a su hermano
y, luego, apartó la mirada.

—Le arrancó la blusa. —Elizabeth emitió un gemido y
Catherine empezó a temblar otra vez—. Ella le dijo que
podía poseerla, como un cliente cualquiera. Pero que él pa-
garía más. Mucho más. Él la miró. Yo supe cómo la estaba
mirando. Esos ojos vidriosos sobre su cuerpo, la boca en-
treabierta. Le cogió los pechos. Ella me miró. Me miró directamente. Sabía que yo estaba allí y me miró con tanto
desprecio. Quizá incluso con odio, porque yo lo sabía y no
había hecho nada. Cerré la puerta. La cerré y corrí. Estaba
mareada. Oh, Elizabeth.

—No es culpa tuya. Ella hubiera tenido que decírmelo.
Yo nunca lo vi, nunca lo supe. Nunca lo pensé. Yo era su madre y no la protegí.

—Intenté hablar con ella. —Catherine juntó las manos
y se las apretó con fuerza—. Cuando fui a Nueva York para
obtener fondos. Ella me dijo que yo había elegido mi camino
y que ella había elegido el suyo. Y que el suyo era mejor. Yo
jugaba a la política, había enterrado la cabeza, mientras que
ella jugaba con el poder y tenía los ojos abiertos.

—Cuando me enteré de que estaba muerta, lo supe. En
el funeral le observé, y el vio que yo le observaba. Vino hasta
mí, me rodeó con los brazos y me atrajo hacia él como si quisiera consolarme. Y susurró que tuviera cuidado. Que recordara qué les sucedía a las familias que no guardaban los secretos.
Y me recordó lo buen chico que era el pequeño Frank. Los
grandes planes que tenía para él. Dijo que yo debía sentirme
orgullosa. Y que debía tener cuidado. —Cerró los ojos—. ¿Qué
podía hacer? Es mi hijo.

—Nadie va a hacerle daño a su hijo. —Eve puso una
mano sobre las de Catherine—. Se lo prometo.

—Nunca sabré si hubiera podido salvarla. Tu hija, Richard.

—Pero ahora usted sabe que está haciendo todo lo que puede. —Casi sin darse cuenta de que había cogido una mano de Catherine, Eve se la apretó con un gesto tranquilizador—. Va a ser difícil para usted, señora DeBlass, volver a pasar por todo eso, tal y como tendrá que hacer. Enfrentarse a la publicidad. Testificar, si es que eso llega a los tribunales.

—Él nunca permitirá que eso llegue a los tribunales —dijo Catherine con gesto cansado.

—No voy a darle la oportunidad de que lo impida. —Quizá no por asesinato, pensó. No, todavía. Pero podía hacerlo por abuso sexual—. Señora Barrister, creo que su cuñada necesita descansar ahora. ¿Puede acompañarla arriba?

—Sí, por supuesto. —Elizabeth se levantó y se acercó a Catherine para ayudarla a ponerse en pie—. Vamos a descansar un poco, querida.

—Lo siento. —Catherine se apoyó contra Elizabeth mientras ésta la conducía hacia fuera—. Que Dios me perdone. Lo siento tanto.

—En el departamento hay un asesor psiquiátrico, señor DeBlass. Creo que su hermana debería ir a verle.

—Sí —asintió él, como ausente, sin apartar la vista de la puerta cerrada—. Va a necesitar a alguien. Algo.

«Todos ustedes van a necesitarlo», pensó Eve.

—¿Está usted preparado para responder a unas preguntas?

—No lo sé. Él es un tirano, un hombre difícil. Pero esto le convierte en un monstruo. ¿Cómo voy a aceptar que mi padre es un monstruo?

—Tiene una coartada para el día de la muerte de su hija —le dijo Eve—. No puedo acusarle si no tengo algo más.

—¿Una coartada?

—Los registros demuestran que Rockman estaba con su padre, que trabajaron juntos en la oficina de Washington

Este hasta casi las dos de la mañana, la misma noche en que murió su hija.

—Rockman dirá lo que mi padre le pida que diga.

—Incluso que le cubra en un asesinato.

—Es una cuestión de cuál es la salida más fácil. ¿Por qué creería alguien que mi padre está relacionado con eso? —Se estremeció repentinamente, como si le hubiera asaltado un frío súbito—. La declaración de Rockman se limita a impedir cualquier sospecha.

—¿De qué forma podría su padre haber viajado a Nueva York y haber vuelto sin que ese viaje quedara registrado?

—No lo sé. Si su puente aéreo salió, debería haber un registro.

—Pero los registros pueden ser manipulados —dijo Roarke.

—Sí. —Richard levantó la mirada como si acabara de recordar que su amigo estaba allí—. Tú sabes de eso más que yo.

—Habla de mi época de contrabandista —le explicó Roarke a Eve—. Hace mucho tiempo. Es posible hacerlo, pero requiere ciertos sobornos. El piloto, quizá el mecánico y, por supuesto, el ingeniero aéreo.

—Bueno, ya sé dónde debo apretar. —Si Eve podía demostrar que su puente aéreo había realizado ese viaje, tendría un posible móvil. Tendría lo suficiente para desmontarle—. ¿Qué sabe usted de la colección de armas de su padre?

—Más de lo que me interesa. —Richard se puso en pie con piernas temblorosas. Se dirigió al bar y se sirvió un licor. Se lo tragó de golpe, como si fuera una medicina—. Le gustan las armas y a menudo las exhibe. Cuando yo era más joven, intentó despertar mi interés por ellas. Roarke puede decírselo: no funcionó.

—Richard cree que las armas son un peligroso símbolo de poder y de maltrato. Y puedo decir que sí, a veces DeBlass utilizaba el mercado negro.

—¿Por qué no dijiste esto antes?

—No lo preguntaste.

Ella abandonó el tema, de momento.

—¿Tiene su padre algún conocimiento de sistemas de seguridad, de los aspectos técnicos?

—Desde luego. Se enorgullece de saber cómo protegerse a sí mismo. Ése es uno de los pocos temas de los que podemos hablar sin estar en desacuerdo.

—¿Le consideraría un experto?

—No —repuso Richard, despacio—. Un aficionado con talento.

—¿Y su relación con el jefe Simpson? ¿Cómo la describiría usted?

—Interesada. Piensa que Simpson es un tonto. A mi padre le gusta utilizar a los tontos. —De repente, se dejó caer sobre una silla—. Lo siento. No puedo hacer esto. Necesito un poco de tiempo. Necesito a mi mujer.

—De acuerdo. Señor DeBlass, voy a ordenar que vigilen a su padre. No va a poder ponerse en contacto con él sin que lo graben. Por favor, no lo intente.

—¿Cree usted que voy a intentar matarle? —Richard soltó una carcajada triste y fijó la mirada en las manos—. Deseo hacerlo. Por lo que le hizo a mi hija, a mi hermana, a mi vida. Pero no tendría el valor necesario.

Cuando hubieron salido de la casa, Eve se dirigió directamente al coche sin mirar a Roarke.

—¿Sospechabas esto? —preguntó Eve.

—¿Qué DeBlass estaba relacionado con eso? Sí, lo sospechaba.

—Pero no me lo dijiste.

—No. —Roarke se detuvo antes de que ella pudiera abrir la puerta del coche—. Era un presentimiento, Eve. No tenía ni idea de lo de Catherine. En absoluto. Sospechaba que Sharon y DeBlass tenían una relación.

—Ésa es una palabra suave para eso.

—Lo sospechaba —continuó— por la manera en que ella me había hablado de él el día que cenamos juntos. Pero igualmente era un presentimiento, no un hecho. Ese presentimiento no hubiera resultado de ninguna ayuda para tu investigación. Y —añadió mientras hacía que ella se volviera y le mirara a la cara—, cuando empecé a conocerte, guardé ese presentimiento para mí porque no quería herirte. —Eve giró la cara para evitar su mirada, pero él la obligó a volver a mirarle, paciente—. ¿No había nadie que te ayudara?

—No estamos hablando de mí. —Pero se le escapó un suspiro tembloroso—. No puedo pensar en eso, Roarke. No puedo. Voy a derrumbarme si lo hago, y si me derrumbo, no puedo continuar con esto. Con la violación y el asesinato, con el abuso de niños que necesitan ser protegidos. No voy a dejarle.

—¿No le dijiste a Catherine que la única manera de presentar batalla era contarlo?

—Tengo trabajo que hacer.

Roarke se tragó la frustración.

—Supongo que querrás ir al aeropuerto de Washington, donde DeBlass tiene su puente aéreo.

—Sí. —Entró en el coche mientras Roarke rodeaba el vehículo para sentarse en el asiento del conductor—. Puedes dejarme en la estación de transporte más cercana.

—Voy contigo, Eve.

—Muy bien, de acuerdo. Tengo que contactar.

Mientras él conducía por el ventoso camino, ella llamó a Feeney.

—Tengo algo urgente —le dijo antes de que él pudiera hablar—. Estoy de camino a Washington Este.

—¿Tienes algo urgente? —El tono de Feeney fue casi musical—. Yo no tuve que ir más allá de su última entrada,

Dallas, correspondiente a la mañana del asesinato. Dios sabe por qué se lo llevó al banco. La suerte es ciega. Tenía una cita a medianoche. Nunca adivinarías con quién.

—Con su abuelo.

Feeney la miró, sin comprender y con la boca abierta.

—Joder, Dallas, ¿cómo lo has sabido?

Eve cerró los ojos un momento.

—Dime que eso está documentado, Feeney. Dime que ella le menciona.

—Le llama senador, le llama su viejo y asqueroso abuelito. Y habla de forma muy divertida de los cinco mil que le clava por cada polvo. Literal: «Casi vale la pena dejar que babee encima de mí. Y todavía le queda mucha energía al viejo y querido abuelo. El bastardo. Cinco mil cada dos semanas no es un mal negocio. Y por supuesto que lo que le doy vale ese dinero. No es como cuando yo era una niña y él me utilizaba. Ahora los papeles han cambiado. No voy a convertirme en un viejo higo seco como la pobre tía Catherine. Ahora disfruto con ello. Y un día, cuando me haya aburrido, enviaré mis diarios a los medios. Muchas copias. El bastardo se vuelve loco cuando le amenazo con hacerlo. Quizá apriete un poco las tuercas esta noche. Le voy a dar un buen susto al senador. Dios, es maravilloso tener el poder de hacerle sufrir después de todo lo que me ha hecho».

Feeney meneó la cabeza.

—Esto duraba hacía mucho, Dallas: he revisado varias entradas. Ella obtenía unos buenos ingresos de este chantaje. Nombres, nombres y hechos. Pero esto coloca al senador en su apartamento la noche de su muerte. Y esto le pone los huevos en un cascanueces.

—¿Puedes conseguirme una orden judicial?

—El comandante ha dado orden de pasártela en cuanto aparecieras. Dice que le detengas. Cargo por asesinato.

Eve exhaló despacio.

DESNUDA ANTE LA MUERTE

—¿Dónde puedo encontrarlo?

—Está en el edificio del Senado, pregonando su proyecto de ley.

—Perfecto. Voy hacia allá. —Cortó la comunicación y se dirigió a Roarke—: ¿Hasta cuánto puede correr esta cosa?

—Vamos a averiguarlo.

Si junto con la orden judicial no le hubieran comunicado la orden de Whitney de que actuara con discreción, Eve hubiera atravesado el Senado y le hubiera puesto las esposas delante de todo el mundo. A pesar de todo, obtuvo una satisfacción considerable en la forma en que todo se desarrolló.

Esperó mientras él terminaba su apasionado discurso acerca de la decadencia moral del país, de la insidiosa corrupción que comportaban la promiscuidad, el control de natalidad y la ingeniería genética. Habló de la falta de moralidad de los jóvenes, de la escasez de religiosidad en los hogares, las escuelas, los puestos de trabajo. Nuestra unida nación de Dios se ha quedado sin Dios. Nuestro derecho constitucional a portar armas se ha roto bajo la izquierda liberal. Cantó las cifras acerca de los crímenes violentos, la decadencia urbana, el contrabando de droga y todo ello era resultado, según el senador, de nuestra cada vez mayor decadencia moral, nuestra mano blanda con los criminales, nuestra indulgencia en una sexualidad libre, sin responsabilidades.

Eve quería vomitar sólo de oírle.

—En el año 2016 —dijo Eve en voz baja—, al final de la Revolución Urbana, antes de la prohibición de armas, había más de diez mil muertos y heridos a causa de las armas solamente en Manhattan.

Roarke le puso una mano en la parte baja de la espalda y Eve continuó escuchando cómo DeBlass vendía su panacea.

—Antes de que legalizáramos la prostitución, había una

violación o un intento de violación cada tres segundos. Por supuesto, todavía se dan violaciones puesto que tienen que ver más con el poder que con el sexo, pero las cifras han caído. Las prostitutas con licencia no tienen chulos y a causa de ello no son golpeadas, maltratadas ni asesinadas. Y no pueden usar drogas. Hubo una época en que las mujeres acudían a unos carniceros en caso de embarazos no deseados. Una época en que o arriesgaban su vida o la destrozaban. Los niños nacían ciegos, sordos, deformados, antes de que la ingeniería genética y la investigación hicieran posible la intervención in vitro. No es un mundo perfecto, pero si le escuchas, te das cuenta de que podría ser muchísimo peor.

—¿Tienes idea de qué harán los medios cuando esto se sepa?

—Le crucificarán —murmuró Eve—. Espero que eso no le convierta en un mártir.

—El adalid del derecho moral sospechoso de incesto, de mantener trato con prostitutas, y de cometer un asesinato. No lo creo. Está acabado. —Roarke hizo un gesto afirmativo con la cabeza—. En más de un aspecto.

Eve oyó un estruendoso aplauso que venía de la galería. Por la fuerza que tenía, era evidente que el equipo de De-Blass se había ocupado de llenar la zona de espectadores con sus propios miembros.

A la mierda la discreción, pensó Eve cuando oyó el martillo anunciando una hora de descanso. Se abrió camino entre la multitud de ayudantes, asesores y sirvientes hasta que llegó a DeBlass. Éste estaba recibiendo felicitaciones por su elocuencia y palmadas en la espalda por parte de sus partidarios a senador.

Eve esperó hasta que él la vio, hasta que su mirada pasó por encima de ella y se detuvo en Roarke, hasta que sus labios se cerraron, tensos.

—Teniente. Si necesita hablar conmigo, podemos encontrarnos un momento en mi oficina. Solos. Puedo dedicarle diez minutos.

—Va usted a disponer de mucho tiempo, senador. Senador DeBlass, está usted detenido por los asesinatos de Sharon DeBlass, Lola Starr y Georgie Castle. —Mientras él estallaba en protestas y los murmullos empezaban a elevarse, ella elevó la voz—. Entre los cargos adicionales se encuentran la violación incestuosa de Catherine DeBlass, su hija, y de Sharon DeBlass, su nieta.

Él estaba todavía de pie, paralizado por el asombro, cuando ella le inmovilizó las muñecas, le hizo dar la vuelta y le ató las manos detrás.

—No tiene usted ninguna obligación de declarar nada.

—Esto es un ultraje —explotó él mientras se le recitaban sus derechos—. Soy un senador de Estados Unidos. Esto es una propiedad federal.

—Y estos dos agentes federales le escoltarán —añadió ella—. Tiene usted derecho a tener un abogado o un representante. —Mientras ella continuaba explicándole sus derechos, el brillo de su mirada hizo retroceder a los diputados federales y a los mirones—. ¿Ha entendido usted sus derechos?

—Voy a quitarle la placa, zorra. —Exclamó, resistiéndose, mientras ella le empujaba a través de la multitud.

—Entiendo esto como un sí. Ahórrese el aliento, senador, no podemos permitirnos que le dé un ataque al corazón. —Se le acercó al oído y murmuró—: Y no vas a quitarme la placa, bastardo. Yo voy a darte una patada en el culo. —Al entregarlo a los agentes federales, les comunicó con brevedad—: Le están esperando en Nueva York.

Esas últimas palabras resultaron casi inaudibles porque DeBlass gritaba pidiendo que le soltaran inmediatamente. El senado se había llenado de gente y de voces. Entre la multitud, distinguió a Rockman. Éste llegó hasta ella. Su rostro era una fría máscara furiosa.

—Está usted cometiendo un error, teniente.

—Yo no. Pero usted sí ha cometido uno en su declaración. Tal y como yo lo veo, le convierte en cómplice de los hechos. En cuanto vuelva a Nueva York, empezaré a trabajar en el tema.

—El senador DeBlass es un gran hombre. Usted no es nada más que un peón del partido liberal y de sus planes de destruirle.

—El senador DeBlass es un incestuoso maltratador infantil. Un violador y un asesino. Y yo, tío, soy una policía que le acaba de hundir. Es mejor que llames a un abogado si no quieres hundirte con él.

Roarke tuvo que obligarse a no tomarla en brazos mientras ella atravesaba el solemne vestíbulo del senado. Los miembros de los medios ya se arremolinaban a su alrededor, pero ella pasó de largo como si no se encontraran allí.

—Me gusta tu estilo, teniente Dallas —dijo, cuando consiguieron abrirse paso hasta el coche—. Me gusta mucho. Y, por cierto, ya no creo que esté enamorado de ti. Ahora sé que lo estoy.

Eve tuvo que tragar saliva ante la náusea que le subió desde el estómago.

—Vámonos de una puñetera vez de aquí.

Se mantuvo serena hasta que subieron al avión gracias a la pura fuerza de voluntad. Consiguió informar a su superior con voz tranquila e inexpresiva. Luego, tropezó y, desasiéndose de los brazos de Roarke, corrió hasta el lavabo para vomitar de forma horrorosa.

Roarke, al otro lado de la puerta, se quedó de pie sin poder hacer nada. Por lo que empezaba a conocerla, sabía que consolarla sólo empeoraría las cosas. Dio instrucciones a la ayudante de vuelo y fue hasta su asiento. Contempló el asfalto mientras esperaba.

Al oír que la puerta se abría, levantó la cabeza. Eve estaba pálida y sus ojos aparecían demasiado grandes y oscuros. Sus gestos, habitualmente suaves, eran tensos y extraños.

—Lo siento. Supongo que ha podido conmigo.

Se sentó y él le acercó un tazón.

—Bebe esto. Te ayudará.

—¿Qué es?

—Es té con una gota de whisky.

—Estoy de servicio —empezó, pero la protesta rápida de él la cortó en seco.

—Bebe, maldita sea, o te lo haré tragar.

Apretó un botón y ordenó al piloto despegar.

Eve se dijo que discutir sería más difícil, así que tomó el tazón con manos temblorosas. Tomó un trago con dificultad a causa del castañeteo de dientes y dejó el tazón a un lado.

No podía dejar de temblar. Cuando Roarke fue a tocarla, ella se apartó. Todavía estaba mareada, sentía el estómago revuelto y la cabeza le latía dolorosamente.

—Mi padre me violó. —Se oyó a sí misma decirlo. La impresión de oír su propia voz pronunciar esas palabras se reflejó en sus ojos—. Muchas veces. Y me pegaba, a menudo. No importaba si yo luchaba o no luchaba. De todas formas, él me violaba. Él me pegaba. Y yo no podía hacer nada. No puedes hacer nada cuando la gente que se supone que debe cuidarte te maltrata de esa forma. Te utiliza. Te hiere.

—Eve. —Le tomó una mano y se la aguantó con fuerza cuando ella intentó desasirse—. Lo siento. Lo siento muchísimo.

—Dijeron que tenía ocho años cuando me encontraron en algún callejón de Dallas. Estaba sangrando y tenía el brazo roto. Debió de haberme abandonado ahí. No lo sé. Quizá me escapé. No lo recuerdo. Pero nunca vino a buscarme. Nadie vino nunca a buscarme.

—¿Tu madre?

—No lo sé. No la recuerdo. Quizá estaba muerta. Quizá era como la madre de Catherine y fingía no saber nada. Sólo tengo imágenes sueltas, pesadillas de lo peor de todo eso. Ni siquiera sé cuál es mi nombre. No pudieron identificarme.

—Pero estabas a salvo, entonces.

—Nunca lo estás si tienes que pasar por el sistema. No hay ningún sentimiento de seguridad. Sólo impotencia. Sus buenas intenciones te dejan desnuda. —Suspiró y dejó caer la cabeza hacia atrás, con los ojos cerrados—. Yo no quería arrestar a DeBlass, Roarke. Yo quería matarle. Quería matarle con mis propias manos por lo que me pasó. Dejé que se convirtiera en un asunto personal.

—Hiciste tu trabajo.

—Sí, hice mi trabajo. Y continuaré haciéndolo. —Pero no era en el trabajo en lo que pensaba en esos momentos. Era en la vida. En la suya, y en la de él—. Roarke, tienes que saber que tengo algo malo dentro de mí. Es como un virus que recorre todo el organismo y sale cuando las resistencias están bajas. No soy una buena apuesta.

—Me gustan las apuestas a largo plazo. —Le tomó una mano y se la besó—. ¿Por qué no lo hacemos juntos? Averigüemos cuánto somos capaces de ganar juntos.

—Nunca se lo había contado a nadie antes.

—¿Y eso resultó de ayuda?

—No lo sé. Quizá. Dios, estoy tan cansada.

—Apóyate en mí.

Le pasó un brazo por los hombros y ella apoyó la cabeza en su hombro.

—Un ratito —murmuró ella—. Hasta que lleguemos a Nueva York.

—Un ratito, entonces. —Apretó los labios contra su pelo y deseó que se durmiera.

Capítulo diecinueve

*D*eBlass no hablaría. Sus abogados le pusieron el bozal muy pronto, y se lo apretaron bien. El proceso de interrogación era lento y aburrido. Había momentos en que Eve pensaba que él iba a estallar, momentos en que el malhumor que le hacía enrojecer de ira parecía inclinar la balanza a su favor.

Eve dejó de negar que se trataba de algo personal. No deseaba un juicio tramposo y dedicado a los medios. Quería una confesión.

—Mantenía usted una relación incestuosa con su nieta, Sharon DeBlass.

—Mi cliente no ha confirmado tales alegaciones.

Eve no hizo caso al abogado. Observó el rostro de DeBlass.

—Aquí tengo la transcripción de unas líneas del diario de Sharon DeBlass, fechadas en la noche de su asesinato.

Empujó el papel hasta el otro extremo de la mesa. El abogado de DeBlass, un hombre elegante y pulcro, de barba rubia y bien cortada y ecuánimes ojos azules, lo tomó y lo estudió. Fuera cual fuese su reacción, la ocultó tras una fría indiferencia.

—Esto no demuestra nada, teniente, tal y como estoy seguro de que usted sabe. Son fantasías destructivas de una mujer muerta. Una mujer de dudosa reputación que había sido apartada de la familia hacía mucho tiempo.

—Hay un esquema en ello, senador DeBlass. —Eve, testaruda, continuaba dirigiéndose al acusado en lugar de al abogado—. Usted abusó sexualmente de su hija Catherine.

—Ridículo —estalló DeBlass antes de que su abogado levantara una mano para hacerle callar.

—Tengo una declaración, firmada y verificada ante testigos, de la congresista Catherine DeBlass.

Eve la acercó y el abogado se la quitó de los dedos antes de que el senador pudiera moverse. La observó y luego la dobló cuidadosamente con sus pulcros dedos.

—Quizá no sepa usted, teniente, que existe una desafortunada historia de desequilibrio mental. Incluso la esposa del senador DeBlass se encuentra en estos momentos bajo observación por crisis nerviosa.

—Estamos al corriente. —Dirigió una mirada al abogado—. Y vamos a investigar su estado y la causa de él.

—La congresista DeBlass también ha sido tratada por síntomas de depresión, paranoia y estrés —continuó el abogado con el mismo tono neutro de voz.

—Si eso es así, senador DeBlass, pronto descubriremos que la raíz de ello se encuentra en su sistemático y continuado maltrato cuando era una niña. Usted estaba en Nueva York la noche del asesinato de Sharon DeBlass —dijo Eve, dando un giro a la conversación— y no, tal y como dijo en un principio, en Washington Este.

Antes de que el abogado pudiera impedírselo, se inclinó hacia delante y clavó los ojos en el rostro de DeBlass.

—Permítame que le cuente cómo sucedió todo. Usted tomó su puente aéreo privado y pagó al piloto y al ingeniero de vuelo para que manipularan los registros. Fue usted al apartamento de Sharon, tuvo sexo con ella, y lo grabó por sus propios motivos. Usted llevaba un arma, una Smith & Wesson antigua del calibre 38. Y debido a que ella le presionó, le amenazó, y debido a que usted no podía soportar por más tiempo la presión de ser delatado, le disparó. Le disparó tres veces, en la cabeza, en el corazón y en los genitales.

Eve habló deprisa con el rostro muy cerca del de él. Se sintió complacida al oler su sudor.

—El último disparo fue un acto inteligente. Impidió que pudiéramos verificar ninguna actividad sexual. Le destrozó usted la entrepierna. Quizá fue un acto simbólico, quizá un acto de autoprotección. ¿Por qué llevaba usted el arma? ¿Lo había planificado antes? ¿Había decidido terminar de una vez para siempre con eso?

Los ojos de DeBlass se dirigieron frenéticos a derecha y a izquierda. Su respiración era cada vez más rápida y pesada.

—Mi cliente no reconoce la propiedad del arma en cuestión.

—Su cliente es escoria.

El abogado hinchó el pecho.

—Teniente Dallas, está usted hablando de un senador de Estados Unidos.

—Lo cual le convierte en escoria elegida por voto. Le impresionó, ¿no es así senador? Toda la sangre y el ruido, cómo el arma le sacudió la mano. Quizá no había creído que podría llevarlo a cabo, realmente. No, hasta que la presión fue excesiva y tuvo usted que apretar el gatillo. Pero una vez lo hubo llevado a cabo, no había forma de dar marcha atrás. Tenía usted que borrar las huellas. Ella le habría arruinado, nunca le habría dejado en paz. Ella no era como Catherine. Sharon no permanecería en las sombras ni sufriría toda esa vergüenza, culpa y miedo. Ella lo utilizaba contra usted, así que tuvo usted que asesinarla. Luego debió borrar sus huellas.

—Teniente Dallas…

Eve no apartó los ojos de DeBlass y, sin hacer caso del aviso del abogado, continuó atacándole.

—Eso fue excitante, ¿no es así? Podía usted salir indemne de eso. Usted es un senador de Estados Unidos, el abuelo de la víctima. ¿Quién podría creer algo así de usted? Así que la colocó usted de esa forma sobre la cama. Se lo permitió. Podría hacerlo de nuevo y ¿por qué no?, ese asesinato había despertado algo en usted. ¿Qué mejor forma de esconderse que pretender que el crimen había sido llevado a cabo por un maníaco?

Esperó mientras DeBlass tomaba un vaso de agua y bebía con ansia.

—Porque era un maníaco. Usted escribió la nota y la deslizó debajo del cuerpo. Y se vistió, más tranquilo ahora, aunque excitado. Usted programó el TeleLink para que llamara a la policía a las 02:55. Necesitaba el tiempo suficiente para bajar y manipular las cintas del sistema de seguridad. Luego volvió a tomar su puente aéreo y voló de vuelta a Washington Este para esperar el momento de hacer el papel de abuelo ultrajado.

Durante todo el tiempo, DeBlass no dijo nada. Pero tenía un tic en la mejilla y era incapaz de reposar la mirada en ningún lugar.

—Una historia fascinante, teniente —dijo el abogado—. Pero sólo es eso, una historia. Una suposición. Un intento desesperado del departamento de policía por abrirse camino en una situación difícil con los medios y con los ciudadanos de Nueva York. Y, por supuesto, es un momento perfecto para disparar estas ridículas y dañinas acusaciones contra el senador, ahora que su proyecto de ley está siendo debatido.

—¿Cómo escogió a las otras dos? ¿Cómo eligió a Lola Starr y a Georgie Castle? ¿Ya ha escogido a la cuarta, la quinta, la sexta? ¿Cree que hubiera podido detenerse ahí? Habría podido detenerse cuando le convertía en alguien tan poderoso, tan invencible, tan irreprochable.

El rostro de DeBlass no se veía rojo ahora. Aparecía gris, y su respiración era ronca y entrecortada. Volvió a alargar la mano para tomar el vaso de agua, pero ésta le tembló y el vaso cayó rodando al suelo.

—Esta entrevista ha finalizado. —El abogado se puso en pie y ayudó a hacer lo mismo a DeBlass—. La salud de mi cliente es precaria. Necesita atención médica inmediatamente.

—Su cliente es un asesino. Tendrá toda la atención médica que necesite en la colonia penitenciaria durante el resto de su vida. —Apretó un botón. Cuando las puertas de la habitación de interrogatorios se abrieron, un hombre de uniforme entró en ella—. Llame a los técnicos médicos —ordenó Eve—. El senador está un poco estresado. Y esto va a ser peor —le advirtió, volviéndose hacia DeBlass—. Ni siquiera he empezado.

Dos horas más tarde, después de escribir informes y de reunirse con el fiscal, Eve luchó por abrirse camino entre el tráfico. Ya había leído una buena parte de los diarios de Sharon DeBlass. Pero ahora necesitaba dejar eso de lado, esas imágenes de un hombre torcido y la forma en que éste había convertido a una chica joven en una mujer casi tan desequilibrada como él.

Porque sabía que ésa habría podido ser, demasiado fácilmente, su propia historia. Había que tomar decisiones, pensó. Las de Sharon la habían conducido a la muerte.

Quería sacarse la presión de encima, repasar los hechos paso a paso con alguien que la escuchara, la apreciara y la apoyara. Alguien que, durante un rato, se interpusiera entre ella y los fantasmas de lo que fue. Y de lo que hubiera podido ser.

Se dirigió a casa de Roarke.

Cuando el TeleLink del coche sonó, rogó para que no fuera un requerimiento de volver al trabajo.

—Dallas.

—Eh, niña. —Fue el rostro cansado de Feeney el que apareció en pantalla—. Acabo de ver los discos del interrogatorio. Buen trabajo.

—No llegué tan lejos como me habría gustado por el maldito abogado. Voy a acabar con él, Feeney. Te lo juro.

—Sí, mi dinero está en tu color. Pero debo decirte algo que no va a hacer ningún bien. DeBlass ha tenido un pequeño fallo de corazón.

—Dios, ¿no se nos va a escapar?

—No, no, le han medicado. Corren voces de que le van a poner uno nuevo la semana próxima.

—Bien. —Eve suspiró con fuerza—. Quiero que viva mucho tiempo, tras los barrotes.

—Tenemos un caso potente. El fiscal está a punto de santificarte pero, mientras, él ha volado.

Eve apretó los frenos. Una salva de bocinazos irritados la hizo continuar hasta el límite de la Décima, donde bloqueó el carril de giro.

—¿Qué diablos quieres decir con que ha volado?

Feeney arrugó el ceño, previendo la reacción de Eve.

—Le han soltado bajo palabra. Un senador de Estados Unidos, una vida dedicada a la patria, un modelo de virtudes, un corazón débil… y un juez en el bolsillo.

—Mierda. —Se tiró del pelo hasta que el dolor fue tan fuerte como la frustración—. Le tenemos acusado de asesinato. El fiscal dijo que no habría fianza.

—Resultó abatido. El abogado de DeBlass realizó un discurso que habría hecho saltar lágrimas a una piedra y habría conseguido que un cadáver saludara a la bandera. DeBlass ha vuelto a Washington Este ahora, con órdenes del médico de que descanse. Tiene un período de treinta y seis horas antes del próximo interrogatorio.

—Mierda. —Dio un golpe al volante con la mano—. No va a servirle de nada —dijo malhumorada—. Puede jugar al viejo y enfermo hombre de Estado, puede bailar un zapateado en el jodido Lincoln Memorial. Le tengo.

—Al comandante le preocupa la posibilidad de que ese lapso de tiempo le ofrezca la oportunidad de reunir sus recursos. Quiere que te pongas a trabajar con el fiscal y que repases todo lo que tenemos mañana a las ocho en punto.

—Allí estaré. Feeney, no va a escaparse de este lazo.

—Asegúrate de que haces el nudo limpio y fuerte, niña. Te veo a las ocho.

—Sí. —Furiosa, volvió a introducirse en el tráfico. Consideró la posibilidad de volver a casa y de enterrarse bajo la cadena de evidencias. Pero se encontraba a cinco minutos de la casa de Roarke. Eve decidió utilizarle como pared.

Podía contar con que él haría el papel de abogado del diablo si ella lo necesitaba, y con que le señalaría los puntos débiles. Y, tenía que admitir, la tranquilizaría para que pudiera pensar sin que esas violentas emociones hicieran aparición. No podía permitirse ese tipo de emociones, no podía permitir que el rostro de Catherine se le apareciera mentalmente una y otra vez, tal como había sucedido hasta ese momento. La vergüenza y el miedo y la culpa.

Era imposible separarlo. Sabía que quería que DeBlass pagara todo lo que había hecho tanto por Catherine como por las tres mujeres muertas.

Le permitieron atravesar las puertas de la casa de Roarke y condujo con rapidez por el sinuoso camino. Mientras subía la escalera sintió que el pulso se le aceleraba. Idiota, se dijo a sí misma. Como una adolescente atacada por las hormonas. Pero sonrió cuando Summerset abrió la puerta.

—Necesito ver a Roarke —dijo mientras pasaba a su lado.

—Lo siento teniente. Roarke no está en casa.

—Oh. —Se sintió ridícula ante el sentimiento de decepción que la embargó—. ¿Dónde está?

Summerset levantó el rostro, pensativo.

—Creo que se encuentra en una reunión. Tuvo que cancelar un importante viaje a Europa y trabajar hasta tarde.

—Bien. —El gato bajó la escalera e inmediatamente empezó a frotarse contra las piernas de Eve. Ella lo tomó entre los brazos y le acarició la barriga—. ¿A qué hora espera que vuelva?

—Roarke dedica su tiempo a sus negocios, teniente. No tengo ninguna pretensión de esperarle a ninguna hora.

—Mire, amigo, no me ha hecho falta retorcerle el brazo a Roarke para que él pase su valioso tiempo conmigo. Así que ¿por qué no deja de mostrarse tan tieso y me cuenta por qué se comporta como un incómodo roedor cada vez que aparezco?

La sorpresa tiñó el rostro de Summerset de un blanco como el del papel.

—No me siento cómodo ante unos modos tan directos, teniente Dallas. Evidentemente, usted sí.

—Me sientan como unas pantuflas viejas.

—Por supuesto. —Summerset hinchó el pecho—. Roarke es un hombre de gusto, con estilo y con influencias. Goza de la atención de presidentes y reyes. Ha acompañado a mujeres de impecable familia y pedigrí.

—Y yo tengo una familia dudosa y ningún pedigrí. —Se habría reído si el dardo no hubiera dado tan cerca del corazón—. Pues parece que incluso un hombre como Roarke puede encontrar cierto encanto en una mestiza. Dile que me he llevado al gato —añadió antes de salir.

La ayudó el hecho de decirse a sí misma que Summerset era un esnob insufrible. Y el silencioso interés del gato mientras ella se desahogaba durante el trayecto a casa resultó curiosamente reconfortante. No necesitaba la aprobación de ningún mayordomo con el culo tieso. Como si estuviera de acuerdo, el gato subió a su regazo y empezó a amasarle los muslos con las patas.

Eve frunció el ceño al sentir que las uñas la pinchaban a través de la tela del pantalón, pero no le apartó.

—Supongo que tendré que encontrarte un nombre. Nunca antes he tenido ningún animal —murmuró—. No sé cómo te llamaba Georgie, pero empezaremos de nuevo. No te preocupes, no buscaremos algo tan tonto como *Peludo*.

Entró en el garaje, aparcó y vio la luz amarilla que parpadeaba en la pared de su plaza. Una advertencia de que el pago se había atrasado. Si se ponía rojo, la barricada bajaría y estaría jodida.

Soltó una maldición, más por hábito que por enfado. No había tenido tiempo de pagar las facturas, joder, y ahora se daba cuenta de que podía encontrarse ante una noche dedicada a desenmarañar los créditos de su cuenta bancaria.

Sujetó al gato bajo el brazo y caminó hasta el ascensor.

—Quizá *Fred*. —Inclinó la cabeza y observó esa inescrutable mirada bitono—. No, no tienes pinta de *Fred*. Dios, debes de pesar unos diez kilos. —Se colocó bien el bolso y entró en el ascensor—. Tendremos que pensarlo un poco, *Tubbo*.

En cuanto lo dejó en el suelo, dentro del apartamento, el gato se precipitó a la cocina. Eve, tomándose en serio sus responsabilidades como propietaria de un animal de compañía y decidiendo que era una buena forma de posponer los números, le siguió con un plato de leche y unos restos de comida china que olían ligeramente pasados.

Evidentemente, el gato no era un sibarita en cuanto a la comida y atacó el plato con placer.

Ella le observó unos momentos mientras dejaba vagar la mente. Había querido estar con Roarke. Le necesitaba. Eso era otra cosa en la que tendría que pensar.

No sabía cómo debía tomarse el hecho de que él hubiera afirmado que estaba enamorado de ella. El amor significa cosas distintas para gente distinta. Y nunca había formado parte de su vida.

Se sirvió medio vaso de vino y luego se limitó a fruncir el ceño.

Sentía algo por él, cierto. Algo nuevo e incómodamente fuerte. Pero era mejor dejar que las cosas se asentaran por sí mismas. Las decisiones que se tomaban con rapidez casi siempre eran lamentadas con la misma rapidez.

¿Por qué diablos no estaba en casa?

Dejó el vaso intacto a un lado y se pasó una mano por el cabello. Ése era el mayor problema de acostumbrarse a alguien, pensó. Uno se sentía solo cuando no estaban.

Se recordó a sí misma que tenía trabajo que hacer. Tenía un caso por cerrar, y una pequeña partida a la ruleta rusa con el estado de su crédito. Quizá se permitiera un largo baño caliente, para que parte del estrés se evaporara antes de prepararse para el encuentro de la mañana siguiente con el fiscal.

Así que dejó al gato comiendo y fue al lavabo. El instinto, lento después de un largo día y de muchas dudas personales, saltó un instante demasiado tarde.

Tenía la mano sobre su arma antes de que acabara de registrar el movimiento. Pero la bajó despacio en cuanto se encontró ante el revólver.

Una Colt 45, pensó. El arma que domesticó el oeste americano, seis balas cada vez.

—Esto no va a resultar de ninguna ayuda al caso de su jefe, Rockman.

—No estoy de acuerdo. —Salió de detrás de la puerta mientras mantenía la pistola apuntándola al corazón—. Quítese el arma despacio, teniente, y déjela caer al suelo.

Ella mantuvo la mirada en la de él. El láser era rápido, pero no sería más rápido que una 45 amartillada. A esa distancia, el agujero que podía hacerle no ofrecería una buena impresión. Dejó caer su arma.

—Dele una patada hacia mí. ¡Ah! —Sonrió complacido cuando ella se llevó la mano al bolsillo—. Y el comunicador. Prefiero que esto quede entre nosotros. Bien —dijo al ver que la unidad caía al suelo.

—Algunas personas encontrarían que su lealtad hacia el senador es admirable, Rockman. Yo la encuentro estúpida. Mentir para ofrecerle una coartada es una cosa. Amenazar a un agente de la policía es otra.

—Es usted una mujer brillante, teniente. A pesar de ello, comete usted importantes errores. La lealtad no es un tema en este asunto. Me gustaría que se quitara la chaqueta.

Ella realizó los movimientos con lentitud, sin apartar los ojos de los de él. Cuando se hubo sacado la chaqueta de un hombro, encendió la grabadora en el bolsillo.

—Si el hecho de apuntarme con una pistola no es una cuestión de lealtad hacia el senador DeBlass, Rockman, ¿qué es?

—Es una cuestión de autoprotección y de un gran placer. He deseado tener la oportunidad de matarla, teniente, pero no acababa de ver cómo hacerlo entrar en el plan.

—¿Qué plan es ése?

—¿Por qué no se sienta? En el lado de la cama. Quítese los zapatos y charlaremos un poco.

—¿Los zapatos?

—Sí, por favor. Esto me ofrece la primera y, estoy seguro, única oportunidad de discutir con alguien lo que he conseguido. ¿Sus zapatos?

Eve se sentó en el lado de la cama que quedaba más cerca del TeleLink.

—Ha trabajado con DeBlass en todo el proceso, ¿no es así?

—Usted quiere arruinarle. Él habría podido ser presidente y, finalmente, presidente de la Federación Mundial de Naciones. La marea está cambiando y él hubiera podido dejarse llevar por ella y tomar asiento en la Sala Oval. O más allá.

—Y usted estaría a su lado.

—Por supuesto. Y conmigo al lado, habríamos llevado al país, y luego al mundo, hacia una dirección nueva. Hacia la dirección correcta. En dirección a una moralidad fuerte y una defensa fuerte.

Eve se tomó su tiempo. Dejó que cayera un zapato antes de desabrocharse el otro.

—Defensa. ¿Cómo la de sus amigos de SafeNet?

La sonrisa de él era dura. Los ojos, brillantes.

—Este país ha sido dirigido por diplomáticos durante demasiado tiempo. Nuestros generales hablan y negocian en lugar de dirigir. Con mi ayuda, DeBlass habría cambiado eso. Pero usted estaba decidida a hacerle caer, y a mí con él. No hay ninguna oportunidad de llegar a la presidencia ahora.

—Es un asesino y un maltratador infantil.

—Un hombre de Estado —la interrumpió Rockman—. Nunca le llevará a juicio.

—Será llevado a juicio y será encerrado. Matarme no lo impedirá.

—No, pero acabará con su caso contra él. Póstumamente, por ambas partes. ¿Sabe? Cuando le dejé hace menos de dos horas, el senador DeBlass se encontraba en su oficina de Washingon Este. Yo le acompañé mientras escogía una Magnum 57, un arma muy poderosa. Y le observé mientras se colocaba el cañón en la boca y moría como un patriota.

—¡Dios! —La imagen la sorprendió—. Suicidio.

—El guerrero que muere bajo su propia espada. —Rockman habló con admiración—. Le dije que era la única manera, y él estuvo de acuerdo. Nunca habría podido soportar la humillación. Cuando encuentren su cuerpo, y cuando encuentren el de usted, la reputación del senador volverá a ser impecable. Él no habría podido matarla y, dado que el método habrá sido exactamente igual que el de los otros asesinatos, y dado que habrá dos más, tal como fue prometido, las pruebas contra él dejarán de tener importancia. Será llorado. Yo dirigiré los cargos por insulto y perjurio, y me pondré sus zapatos.

—Esto no va de política. Maldito sea. —Ella se levantó y se preparó para recibir el golpe. Se sintió agradecida de que no utilizara el arma, sino el dorso de la mano al golpearla. Eve cayó con fuerza contra la mesita de noche. El vaso que había dejado allí se rompió contra el suelo.

—Levántese.

Eve gimió un poco. Por supuesto, le dolía la mejilla y tenía la vista borrosa. Se levantó con esfuerzo y se dio la vuelta, con cuidado de mantenerse todo el tiempo delante del Te-leLink que había conectado manualmente.

—¿Qué bien va a hacer el matarme, Rockman?

—A mí me hará un gran bien. Usted era la punta de lanza de la investigación. Está usted manteniendo una relación sexual con un hombre que era uno de los primeros sospechosos. Su reputación y sus motivos volverán a ser examinados de cerca después de que usted muera. Siempre es un error dar autoridad a una mujer.

Eve se limpió la sangre de la boca.

—¿No le gustan las mujeres, Rockman?

—Tienen su utilidad, pero en el fondo, son putas. Quizá usted no vendiera su cuerpo a Roarke, pero él la compró. Su asesinato no romperá el esquema que he establecido.

—¿Qué ha establecido?

—De verdad creyó que DeBlass era capaz de planificar y ejecutar esa serie de asesinatos tan meticulosos. —Esperó hasta ver que ella había comprendido—. Sí, él mató a Sharon. Un impulso. Yo ni siquiera estaba al corriente de que él valoraba la posibilidad de hacerlo. Después, entró en pánico.

—Y usted estuvo allí. Estuvo allí con él la noche en que mató a Sharon.

—Yo le esperaba en el coche. Siempre le acompañaba durante sus citas con ella. Yo era quien le llevaba siempre para que solamente yo, en quien él confiaba, lo supiera.

—Su propia nieta. —Eve no se atrevió a volverse para asegurarse de que se encontraba en transmisión—. ¿No le desagradaba?

—Me desagradaba, teniente. Ella utilizaba su debilidad.

Todo hombre tiene derecho a una debilidad, pero ella la utilizaba, la explotaba y, luego, le amenazaba. Cuando estuvo muerta, me di cuenta de que era lo mejor. Ella hubiera esperado a que él fuera presidente, entonces hubiera apretado el cuchillo.

—Así que usted le ayudó a encubrirlo.

—Por supuesto. —Rockman se encogió de hombros—. Me alegro de tener esta oportunidad. Era frustrante no tener nada que ver. Estoy encantado de compartirlo con usted.

«Ego —recordó Eve—. No sólo inteligencia, sino ego y vanidad.»

—Tuvo usted que pensar deprisa —comentó—. Y lo hizo. Deprisa y brillantemente.

—Sí. Se le iluminó una sonrisa—. Él me llamó por el TeleLink del coche y me pidió que subiera rápidamente. Estaba enloquecido por el miedo. Si no le hubiera tranquilizado, ella habría acabado por arruinarle.

—¿Puede usted culparla?

—Era una puta. Una puta muerta. —Volvió a encogerse de hombros, pero mantuvo el arma firme—. Le di al senador un tranquilizante y limpié la habitación. Tal y como le expliqué, era necesario hacer que lo de Sharon fuera una parte de un todo. Utilizar sus errores, la patética elección de profesión. Fue un asunto muy sencillo manipular los discos de seguridad. La inclinación del senador de grabar sus actividades sexuales me dio la idea de utilizarlo como parte del esquema.

—Sí —asintió Eve con labios adormecidos—. Eso fue inteligente.

—Limpié el apartamento, limpié el arma. Como él había sido suficientemente sensato para utilizar una que no se encontraba registrada, la dejé. De nuevo, para establecer un esquema.

—Así que le utilizó a él —dijo Eve en voz baja—. Le utilizó a él y utilizó a Sharon.

DESNUDA ANTE LA MUERTE

—Sólo un tonto desperdicia las oportunidades. Él volvió un tanto en sí cuando estuvimos fuera de allí —continuó Rockman—. Yo pude esbozar el resto de mi plan. Utilizar a Simpson para ejercer presión, para pasar información. Fue desafortunado que el senador no recordara hasta muy tarde hablarme de los diarios de Sharon. Tuve que arriesgarme y volver. Pero, como sabemos ahora, ella fue suficientemente lista para esconderlos bien.

—Usted mató a Lola Starr y a Georgie Castle. Usted las mató para encubrir el primer asesinato.

—Sí. Pero a diferencia del senador, yo disfruté. Desde el principio hasta el final. Fue un asunto sencillo el elegirlas, escoger los nombres, los lugares.

Le resultaba un tanto difícil alegrarse de haber estado en lo cierto, y de que su ordenador se hubiera equivocado. Dos asesinos, después de todo.

—¿No las conocía? ¿Ni siquiera las conocía?

—¿Cree usted que hubiera debido conocerlas? —Se rio ante la idea—. Quiénes fueran importaba poco. Sólo importaba qué eran. Las putas me molestan. Las mujeres que se abren de piernas para debilitar a los hombres me molestan. Usted me molesta, teniente.

—¿Por qué los discos? —¿Dónde diablos estaba Feeney? ¿Por qué no entraba una unidad en el apartamento en ese mismo instante?—. ¿Por qué me mandó los discos?

—Me gustaba verla dar vueltas como un ratón que busca el queso: una mujer que cree que es capaz de pensar como un hombre. Yo le insinué a Roarke, pero usted le escuchó. Demasiado típico. Me decepcionó. Su comportamiento era emocional, teniente. Con las muertes, con esa niña pequeña a quien no salvó. Pero tuvo suerte. Y ése es el motivo por el que está a punto de ser muy desafortunada.

Él se acercó hasta el vestidor, donde había una cámara preparada. La encendió.

—Quítese la ropa.

—Puede matarme —dijo ella mientras empezaba a sentir que se le retorcía el estómago—. Pero no va a violarme.

—Va usted a hacer exactamente lo que yo le diga que haga. Siempre lo hacen. —Bajó el arma hasta que la apuntó en el vientre—. Con las otras, lo primero fue un disparo en la cabeza. Muerte instantánea, probablemente indolora. ¿Tiene usted idea del dolor que sentirá con un agujero del 45 en el vientre? Me rogará que la mate.

Le brillaron los ojos.

—Desnúdese.

Eve dejó caer las manos a ambos lados del cuerpo. Se enfrentaría al dolor, pero no a la pesadilla. Ninguno de los dos vio que el gato entraba en la habitación.

—Ha sido su elección, teniente —dijo Rockman. Entonces se sobresaltó al sentir al gato entre las piernas.

Eve se precipitó hacia delante con la cabeza bajada y utilizó toda la fuerza del cuerpo para empujarle contra la pared.

Capítulo veinte

*F*eeney se detuvo un momento a la vuelta del bar con medio burguer de soja en la mano. Se entretuvo en la máquina de café, compartiendo chismes con un par de polis sobre unos detalles de un robo. Intercambiaron historias y Feeney decidió que podía tomarse otra taza de café antes de dar la noche por terminada.

Iba con la idea de pasar la noche ante la pantalla de la televisión con una buena y fría cerveza en la mano. Con un poco de suerte, su esposa estaría despierta y podrían darse unos abrazos. Estuvo a punto de pasar de largo de su oficina, pero era un ser de costumbres. Entró un momento para asegurarse de que su precioso ordenador se encontraba a punto de pasar la noche. Y oyó la voz de Eve.

—Eh, Dallas, qué te trae… —Se calló y observó la oficina vacía—. Trabajo demasiado —se dijo.

Pero volvió a oírla.

«Estaba usted con él. Estaba con él la noche en que mató a Sharon.»

—Oh, Dios mío.

Casi no se veía nada en la pantalla: la espalda de Eve, uno de los lados de la cama. Rockman no estaba a la vista, pero el audio era claro. Feeney ya rezaba mientras llamaba para dar aviso.

Y

Eve oyó el chillido del gato cuando le pisó la cola. También oyó el sonido del arma al caer al suelo. Rockman la ganaba en altura, la ganaba en peso. Y se recobró del golpe demasiado rápido. Demostró que había sido entrenado por los militares.

Eve luchó con rabia, incapaz de limitarse a los fríos y eficientes movimientos del cuerpo a cuerpo. Empleó uñas y dientes.

Un rápido golpe a las costillas la dejó sin respiración. Se dio cuenta de que estaba cayendo, y se aseguró de que él caía con ella. Ambos golpearon el suelo con fuerza y, aunque ella rodó por encima de él, quedó debajo del cuerpo de él.

Eve se dio un fuerte golpe en la cabeza contra el suelo y la oscuridad de los ojos cerrados se llenó de luces.

La mano de él le apretaba la garganta. Ella buscó a tientas sus ojos, no dio con ellos, y con las uñas le abrió unos surcos mejillas abajo que le obligaron a chillar como un animal. Si él hubiera empleado su otra mano para golpearla en la cara, la habría dejado sin sentido. Pero él estaba demasiado concentrado en alcanzar el arma. Ella le golpeó con fuerza el codo y consiguió que le soltara la garganta. Mientras boqueaba, desesperada, para respirar, luchó contra él por el arma.

La mano de él se cerró primero sobre ella.

Roarke se colocó un paquete bajo el brazo mientras entraba en el recibidor del edificio de Eve. Le gustaba el hecho de que ella hubiera ido a buscarle. No quería que abandonara ese hábito. Pensaba que, ahora que el caso estaba cerrado, podría convencerla para que se tomara un par de días de vacaciones. Él tenía una isla en las Indias Occidentales que, pensaba, le gustaría.

Apretó el interfono, sonriendo ante la fantasía de nadar desnudo al lado de ella en unas límpidas aguas azules y de hacerle el amor bajo el caliente y deslumbrante sol mientras el infierno se hundía tras ellos.

—Apártese de en medio. —Feeney entró en tromba con una docena de uniformes detrás de él—. Asunto policial.

—¡Eve! —Roarke sintió que se quedaba sin sangre en las venas mientras luchaba por entrar en el ascensor.

Feeney le ignoró y gritó al comunicador.

—Vigilad todas las salidas. Haced que esos jodidos tiradores se coloquen en posición.

Roarke tenía los puños apretados.

—¿DeBlass?

—Rockman —le corrigió Feeney, mientras contaba cada latido de su corazón. Él la tiene. Quítese de en medio, Roarke.

—Una mierda.

Feeney le miró y lo pensó. No pensaba dedicar dos policías a retener a un civil. Y tenía la impresión de que ese civil haría cualquier cosa por Eve.

—Entonces haga lo que le yo le diga.

Oyeron el disparo en cuanto las puertas del ascensor se abrieron.

Roarke iba dos pasos por delante de Feeney y se abalanzó contra la puerta del apartamento de Eve. Soltó un juramento y retrocedió de nuevo. La golpearon juntos.

El dolor fue como el de una cuchillada de hielo. Entonces desapareció, aturdido por la rabia. Eve apretó una mano sobre la muñeca de la mano con que él sujetaba el arma y le clavó las uñas en la carne. El rostro de Rockman estaba junto al de ella, y su cuerpo la apretaba en una obscena parodia amorosa. Tenía la muñeca resbaladiza a causa de la sangre que sus uñas le producían.

Eve soltó una maldición al notar que él se soltaba la muñeca y empezaba a sonreír.

—Lucha usted como una mujer. —Hizo un rápido gesto con la cabeza para apartarse el pelo de los ojos. La sangre que le manaba de las mejillas era roja—. Voy a violarte. La última cosa que aprenderás antes de que te mate es que no eres mejor que una puta.

Ella aflojó el cuerpo y él, excitado por la victoria, le arrancó la blusa.

El puño de Eve se precipitó contra la boca de él y acabó con su sonrisa. La sangre la salpicó como una lluvia cálida. Volvió a golpearle y oyó el crujido de los cartílagos mientras de la nariz manaba más sangre. Rápida como una serpiente, se incorporó.

Y de nuevo, le golpeó, le dio un codazo en la mandíbula, le golpeó el rostro con los nudillos, mientras chillaba y juraba como si las palabras le golpearan tanto como los puños.

No oyó los golpes contra la puerta, ni el ruido de ésta al romperse. Presa de la furia, puso a Rockman de espaldas contra el suelo y continuó hundiéndole los puños en el rostro.

—Eve. Dios mío.

Hizo falta que Roarke y Feeney se esforzaran juntos para apartarla. Ella luchó y se retorció hasta que Roarke le apretó la cabeza contra su hombro.

—Basta. Ya está. Ya ha terminado.

—Iba a matarme. Mató a Lola y a Georgie. Iba a matarme, pero iba a violarme primero. —Ella se apartó y se limpió la sangre y el sudor del rostro—. Ahí es dónde cometió su error.

—Siéntate. —Con manos temblorosas y escurridizas por la sangre, la sentó en la cama—. Estás herida.

—Todavía no. Lo estaré en un minuto. —Inhaló con fuerza y exhaló. Era una policía, mierda, se dijo a sí misma. Era una policía y tenía que actuar como tal—. Tienes la transmisión —le dijo a Feeney.

—Sí. Él sacó un pañuelo para limpiarle la cara.

—Entonces ¿por qué diablos has tardado tanto? —Consiguió dibujar un amago de sonrisa—. Pareces un poco preocupado, Feeney.

—Mierda. Todo un día de trabajo. —Encendió el comunicador—. Situación bajo control. Necesitamos una ambulancia.

—No voy a ir a ningún centro de salud.

—No es para ti, campeona. Es para él. —Echó un vistazo a Rockman, quien consiguió emitir un débil gemido.

—Cuando le hayas enviado, enciérrale por los crímenes de Lola Starr y Georgie Castle.

—¿Estás segura de ello?

Sentía las piernas un tanto temblorosas, pero se levantó y tomó su chaqueta.

—Lo tengo todo. —Sacó la grabadora—. DeBlass se cargó a Sharon, pero nuestro chico fue cómplice. Y quiero que le acusen de intento de violación y asesinato de una oficial de policía. Añade allanamiento de morada.

—De acuerdo. —Feeney se guardó la grabadora en el bolsillo—. Dios, Dallas, estás hecha un desastre.

—Supongo que sí. Sácale de aquí, ¿de acuerdo, Feeney?

—Por supuesto.

—Deja que te ayude. —Roarke se inclinó y levantó a Rockman por las solapas. Cuando lo tuvo de pie, le obligó a asegurarse sobre sus piernas—. Mírame, Rockman. ¿Visión clara?

Rockman tenía la mirada sanguinolenta.

—Te veo.

—Bien. —El brazo de Roarke se precipitó con la rapidez de una bala y su puño golpeó el destrozado rostro de Rockman.

—Guau —exclamó Feeney cuando Rockman cayó de nuevo al suelo—. Supongo que no se tiene sobre los pies. —Se inclinó y le colocó las esposas—. Quizá vosotros dos, chicos, deberíais llevarle fuera. Haced que la ambulancia me espere. Yo haré el trayecto con él.

Sacó una bolsa de pruebas e introdujo el arma en ella.

—Bonita pieza: mango de marfil. Apuesto a que tiene un impacto potente.

—Dímelo a mí. —Eve se llevó una mano automáticamente al brazo.

Feeney dejó de admirar el arma y la miró a ella.

—Mierda, Dallas, ¿te disparó?

—No lo sé. —Lo dijo casi soñolienta, y se sorprendió al notar que Roarke le arrancaba la manga de la blusa destrozada—. Eh.

—La ha rozado. —Roarke lo dijo con voz profunda. Rasgó la manga y la utilizó para cubrir la herida—. Necesita que le echen un vistazo.

—Imagino que puedo dejar eso en sus manos —dijo Feeney—. Querrás pasar la noche en otro lugar, Dallas. Deja que venga un equipo a limpiar esto por ti.

—Sí. —Sonrió al ver que el gato subía a la cama—. Quizá. Él silbó entre los dientes.

—Un día difícil.

—Va como va —murmuró ella mientras acariciaba al gato. *Galahad*, pensó, su caballero blanco.

—Hasta pronto, niña.

—Sí. Gracias Feeney.

Decidido a ir directo, Roarke se puso de cuclillas delante de ella. Esperó hasta que el silbido de Feeney dejó de oírse.

—Eve, estás bajo los efectos de una conmoción.

—Más o menos. Pero empieza a doler.

—Necesitas un médico.

Ella se encogió de hombros.

—Puedo usar un calmante. Y necesito lavarme.

Se miró a sí misma e hizo el inventario con tranquilidad. Tenía la blusa rota y manchada de sangre. Las manos estaban hechas un desastre, heridas e hinchadas en los nudillos: no podía cerrarlas en un puño. Un centenar de moratones empezaban a hacer aparición y la herida del brazo causada por la bala empezaba a quemarle.

—No creo que sea tan malo como parece —decidió—, pero es mejor que lo compruebe.

Cuando iba a levantarse, él la sujetó.

—Empieza a gustarme que me lleves. Me hace sentir ligera por dentro. Luego me siento tonta. En el lavabo hay cosas.

Roarke quería ver las heridas por sí mismo, así que la llevó al lavabo y la sentó. Encontró unas píldoras calmantes en un botiquín casi vacío. Le ofreció una con un poco de agua y luego mojó una tela.

Ella se apartó el pelo con el brazo bueno.

—Olvidé decírselo a Feeney. DeBlass está muerto. Suicidio. Lo que acostumbraban a llamar comerse el arma. Vaya una frase.

—No pienses en ello ahora. —Roarke limpiaba la herida de la bala. Era una abertura fea, pero ya sangraba menos. Cualquier médico técnico competente la hubiera cerrado en cuestión de minutos. Pero eso no le hacía detener el temblor en las manos.

—Había dos asesinos —dijo ella con el ceño fruncido y la vista clavada en la pared de enfrente—. Ése fue el problema. Yo di con ello, pero luego lo dejé pasar. Los datos demostraban un bajo índice de probabilidad. Algo estúpido.

Roarke enjuagó la tela y empezó a limpiarle el rostro. Se sintió aliviado al ver que la mayor parte de sangre no era de ella. Tenía un corte en los labios y el ojo izquierdo empezaba a hincharse. Tenía una herida en la mejilla.

Roarke consiguió respirar por primera vez.

—Te va a salir un morado enorme.

—Ya los he tenido en otras ocasiones. —La medicación empezaba a hacer efecto y convertía el dolor en una vaga sensación neblinosa. Eve se limitó a sonreír cuando él la desvistió hasta la cintura y empezó a observarla en busca de alguna otra herida—. Tienes unas manos excelentes. Me encanta que me toques. Nadie me ha tocado nunca así. ¿Te lo he dicho antes?

—No. —Y dudó que se acordara de lo que le estaba diciendo. Se aseguraría de recordárselo.

—Y eres tan guapo. Tan guapo —repitió mientras llevaba una mano ensangrentada hasta su rostro—. No dejo de preguntarme qué haces aquí.

Él le tomó la mano y se la envolvió con cuidado con un trozo de tela.

—Yo me he hecho la misma pregunta.

Ella sonrió como ausente, y se dejó flotar. Tengo que hacer el informe, pensó, perezosa. Pronto.

—No debes creer que va a salir nada de todo esto, ¿no? ¿Roarke y la poli?

—Supongo que tendremos que adivinarlo.

Tenía muchos moratones, pero los que más le preocupaban eran los que tenía a lo largo de las costillas.

—De acuerdo. ¿Quizá puedo descansar un poco ahora? Podemos ir a tu casa, porque Feeney va a mandar un equipo para grabar el lugar y todo eso. Si pudiera hacer una pequeña siesta antes de realizar el informe…

—Vas a ir al centro de salud más cercano.

—No, no. No puedo soportarlos. Hospitales, centros de salud, médicos. —Le dirigió una sonrisa de ojos vidriosos y levantó los brazos—. Déjame dormir en tu cama, Roarke, ¿vale? En la grande, la de la plataforma, bajo el cielo.

A falta de nada mejor a mano, él tomó su chaqueta y la envolvió con ella. Cuando la levantó de nuevo, ella dejó caer la cabeza contra su hombro.

—No te olvides de *Galahad*. El gato me ha salvado la vida. ¿Quién lo hubiera pensado?

—Entonces tendrá caviar durante el resto de sus nueve vidas.

Roarke chasqueó los dedos y el gato acudió rápidamente.

—La puerta está rota —se rio Eve mientras Roarke la esquivaba y salían al pasillo—. El casero se va a enfadar. Pero ya sé como manejarle. —Le dio un beso en el cuello—. Me alegro de que todo haya terminado —dijo, con un suspiro—. Me alegro de que estés aquí. Sería bonito que te quedases.

—Cuenta con ello. —Se agachó con ella en los brazos y recogió el paquete que él mismo había dejado caer en el pasillo mientras corría hacia su puerta. Contenía medio kilo de café. Se imaginó que lo necesitaría al día siguiente como soborno cuando ella se despertara y se encontrara en una cama de hospital.

—No quiero pesadillas esta noche —murmuró mientras se dormía.

Él entró en el ascensor con el gato a sus pies.

—No. —Le rozó el pelo con los labios—. Esta noche no habrá pesadillas.

Nora Roberts

Nació y creció en Maryland, en el seno de una familia de lectores empedernidos.

En su juventud trabajó como secretaria en una asesoría legal, pero dejó el trabajo fuera de casa cuando nacieron sus hijos.

En 1979, una fuerte ventisca de nieve obligó a Nora y a su familia a permanecer en casa durante varios días, y fue entonces cuando empezó a escribir. Su primer libro fue publicado dentro de la serie Silhouette en 1981.

Es miembro de varios grupos de escritores y en su palmarés cuenta con numerosos premios literarios del género.